escuincles

2

EDICIONES B
GRUPO ZETA

Barcelona • Bogotá • Buenos Aires • Caracas • Madrid • México D.F. • Montevideo • Quito • Santiago de Chile

1.ª edición: Noviembre 2004

© Alejandro Ochoa

© 2004. Ediciones B México, S.A. de C.V.
   Bradley 52, Colonia Anzures. 11590, México, D.F.
   www.edicionesb-america.com

ISBN: 970-710-141-5

Impreso en los talleres de Quebecor World

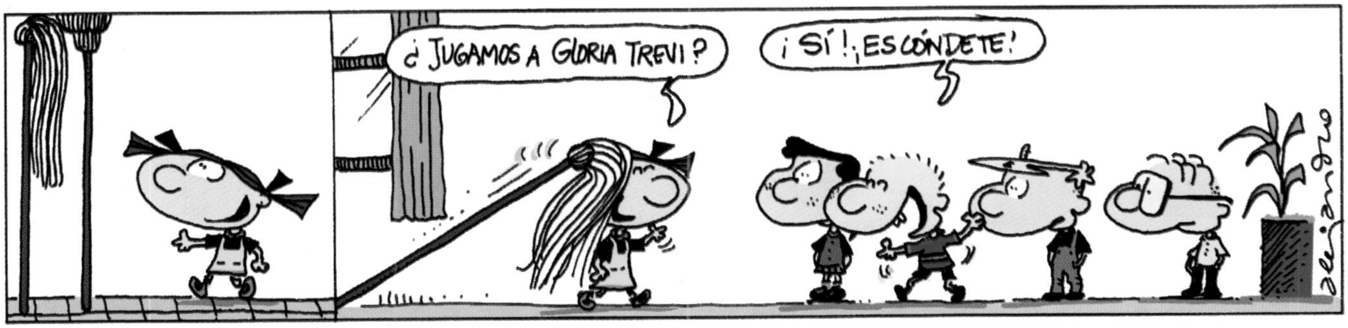
¿JUGAMOS A GLORIA TREVI?
¡SÍ! ¡ESCÓNDETE!

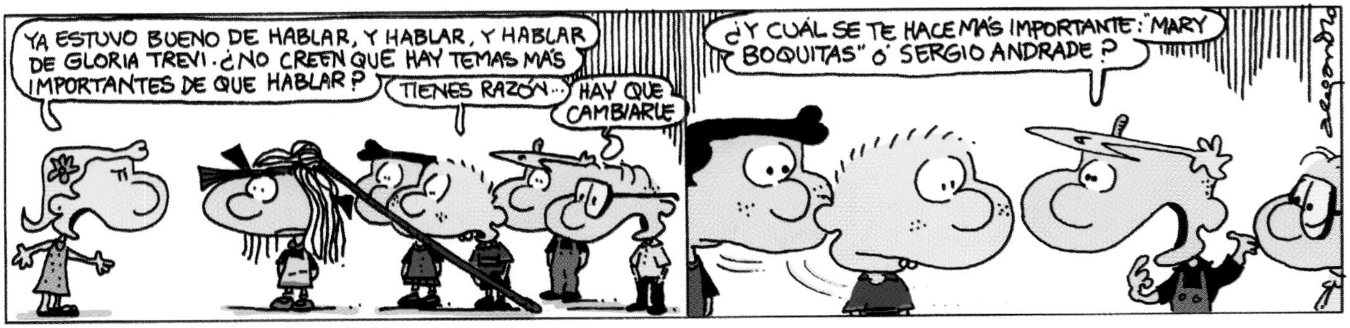
YA ESTUVO BUENO DE HABLAR, Y HABLAR, Y HABLAR DE GLORIA TREVI. ¿NO CREEN QUE HAY TEMAS MÁS IMPORTANTES DE QUE HABLAR?
TIENES RAZÓN...
HAY QUE CAMBIARLE
¿Y CUÁL SE TE HACE MÁS IMPORTANTE: "MARY BOQUITAS" Ó SERGIO ANDRADE?

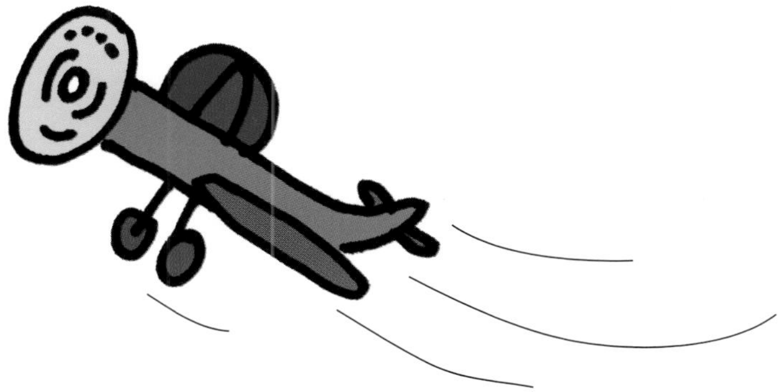

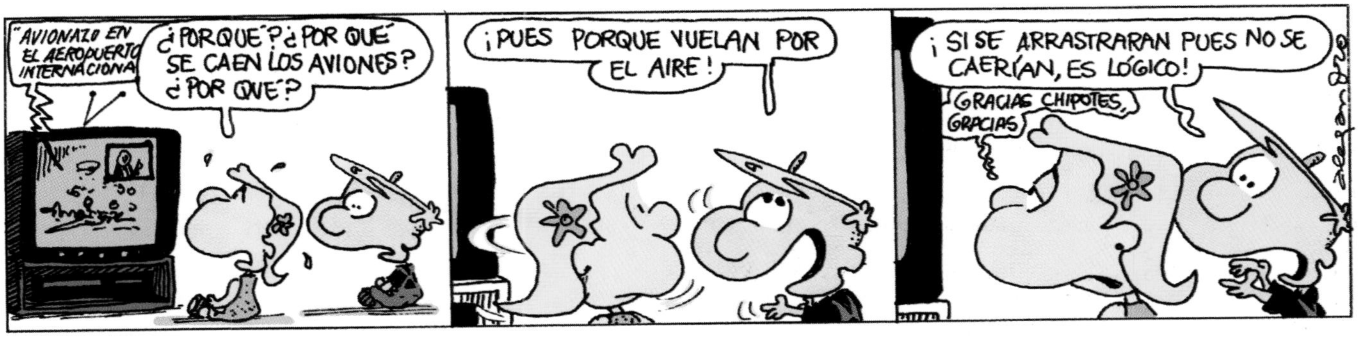
"AVIONAZO EN EL AEROPUERTO INTERNACIONA
¿PORQUE? ¿POR QUÉ SE CAEN LOS AVIONES? ¿POR QUÉ?
¡PUES PORQUE VUELAN POR EL AIRE!
¡SI SE ARRASTRARAN PUES NO SE CAERÍAN, ES LÓGICO!
GRACIAS CHIPOTES, GRACIAS

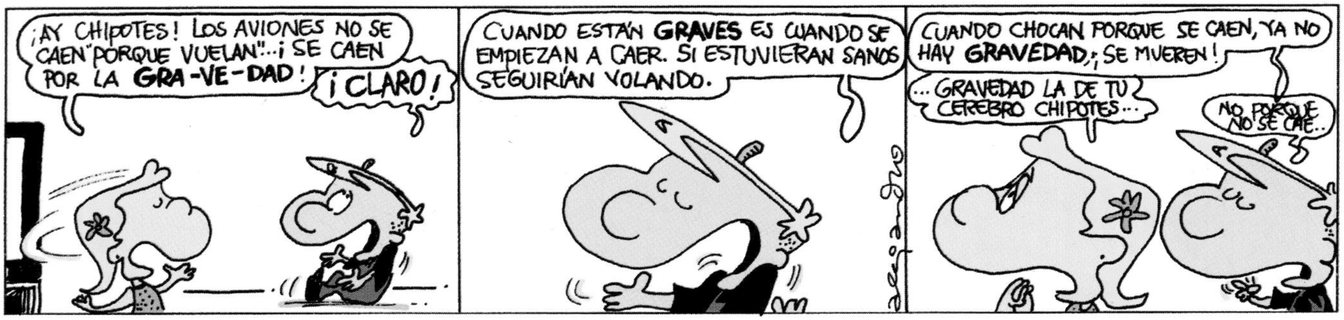
¡AY CHIPOTES! LOS AVIONES NO SE CAEN "PORQUE VUELAN"... ¡SE CAEN POR LA GRA-VE-DAD!
¡CLARO!
CUANDO ESTÁN GRAVES ES CUANDO SE EMPIEZAN A CAER. SI ESTUVIERAN SANOS SEGUIRÍAN VOLANDO.
CUANDO CHOCAN PORQUE SE CAEN, YA NO HAY GRAVEDAD, ¡SE MUEREN!
...GRAVEDAD LA DE TU CEREBRO CHIPOTES...
NO PORQUE NO SE CAE...

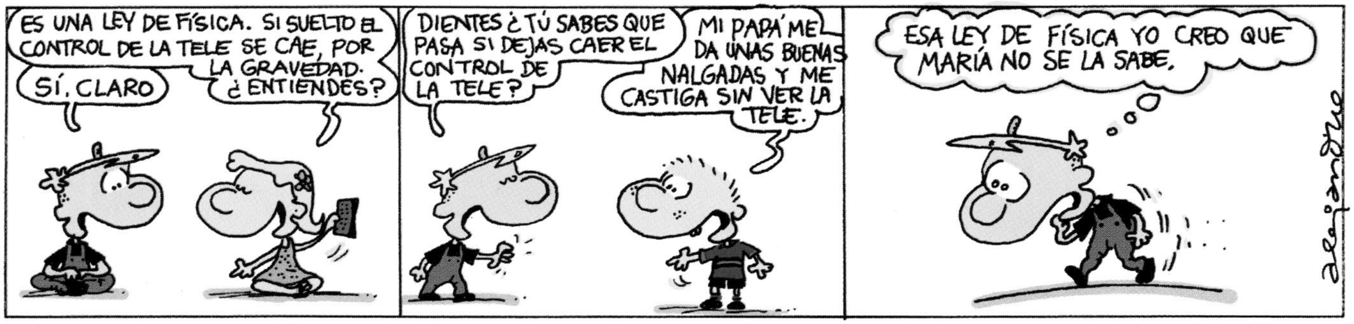
ES UNA LEY DE FÍSICA. SI SUELTO EL CONTROL DE LA TELE SE CAE, POR LA GRAVEDAD. ¿ENTIENDES?
SÍ, CLARO
DIENTES ¿TÚ SABES QUE PASA SI DEJAS CAER EL CONTROL DE LA TELE?
MI PAPÁ ME DA UNAS BUENAS NALGADAS Y ME CASTIGA SIN VER LA TELE.
ESA LEY DE FÍSICA YO CREO QUE MARÍA NO SE LA SABE.

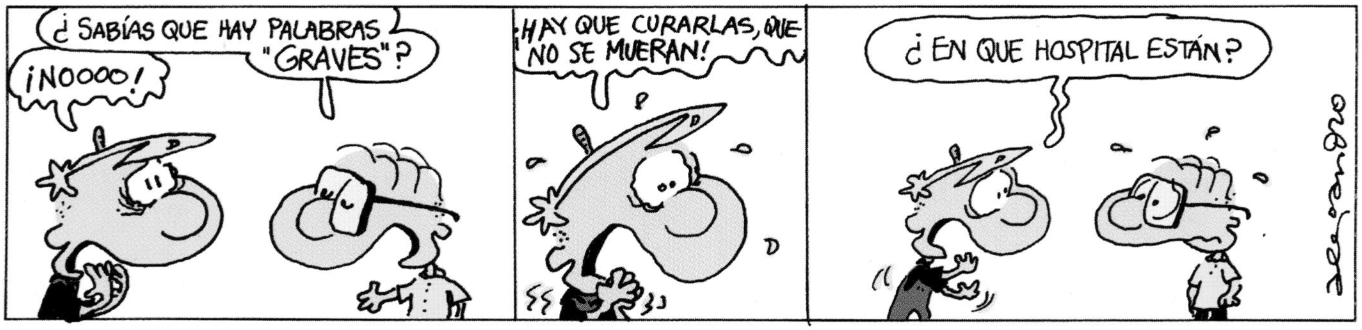
¿SABÍAS QUE HAY PALABRAS "GRAVES"?
¡NOOOO!
¡HAY QUE CURARLAS, QUE NO SE MUERAN!
¿EN QUE HOSPITAL ESTÁN?

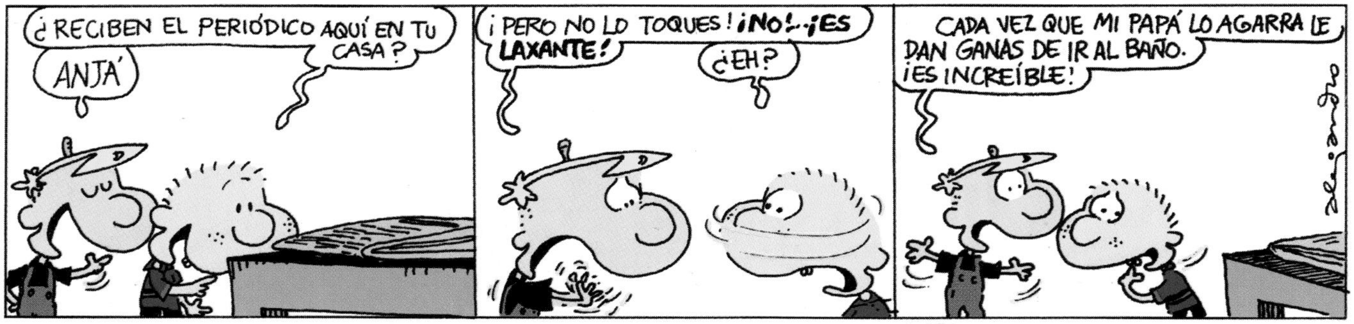
¿RECIBEN EL PERIÓDICO AQUÍ EN TU CASA?
ANJÁ
¡PERO NO LO TOQUES! ¡NO!... ¡ES LAXANTE!
¿EH?
CADA VEZ QUE MI PAPÁ LO AGARRA LE DAN GANAS DE IR AL BAÑO. ¡ES INCREÍBLE!

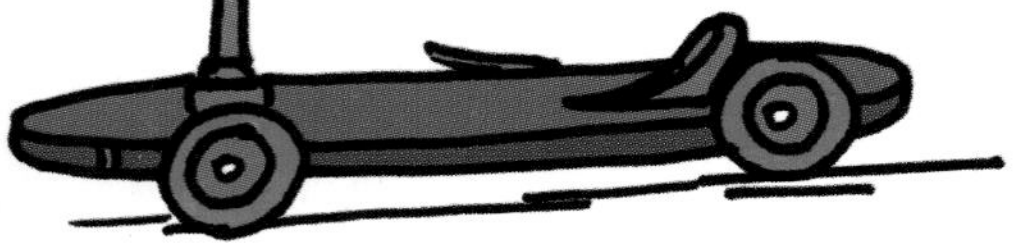

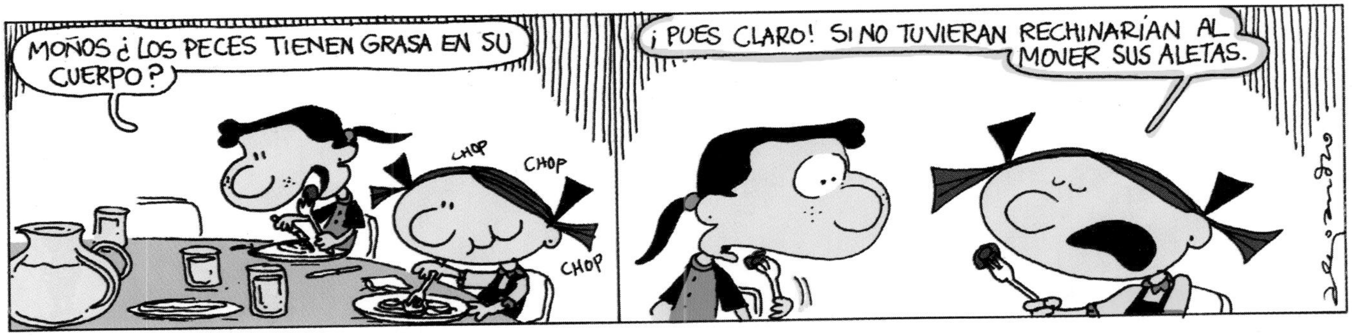
MOÑOS ¿LOS PECES TIENEN GRASA EN SU CUERPO?
CHOP
CHOP
CHOP
¡PUES CLARO! SI NO TUVIERAN RECHINARÍAN AL MOVER SUS ALETAS.

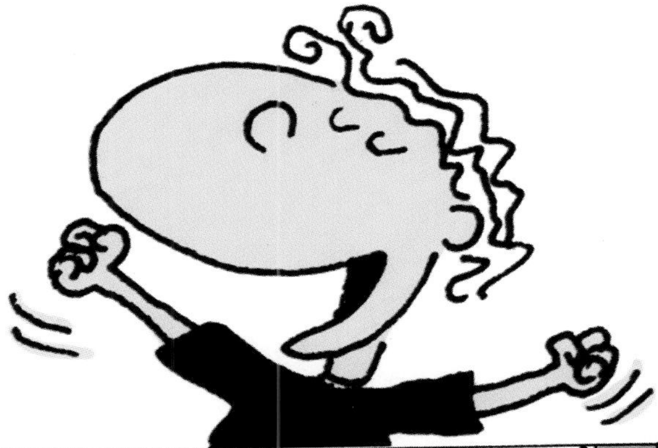

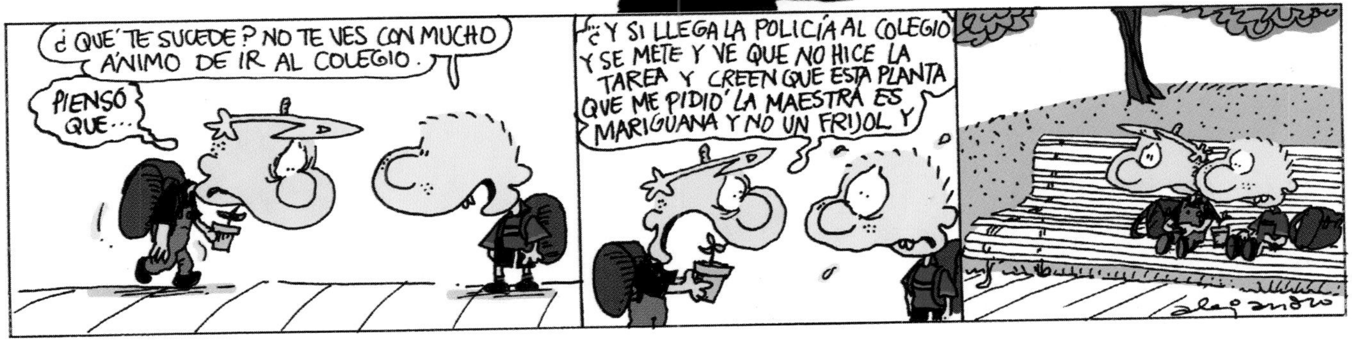
¿QUÉ TE SUCEDE? NO TE VES CON MUCHO ÁNIMO DE IR AL COLEGIO.
PIENSO QUE...
¿Y SI LLEGA LA POLICÍA AL COLEGIO Y SE METE Y VE QUE NO HICE LA TAREA Y CREEN QUE ESTA PLANTA QUE ME PIDIÓ LA MAESTRA ES MARIGUANA Y NO UN FRIJOL Y

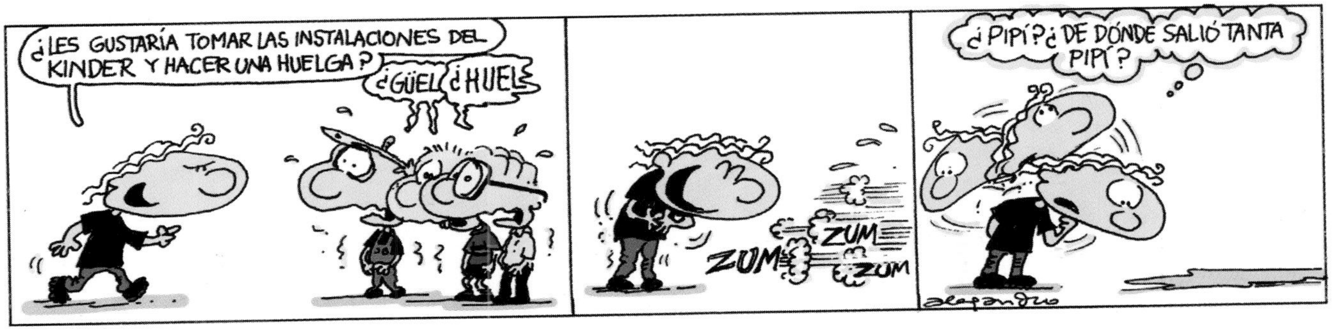
¿LES GUSTARÍA TOMAR LAS INSTALACIONES DEL KINDER Y HACER UNA HUELGA?
¿GÜEL
¿HUEL
ZUM
ZUM
ZUM
¿PIPÍ? ¿DE DÓNDE SALIÓ TANTA PIPÍ?

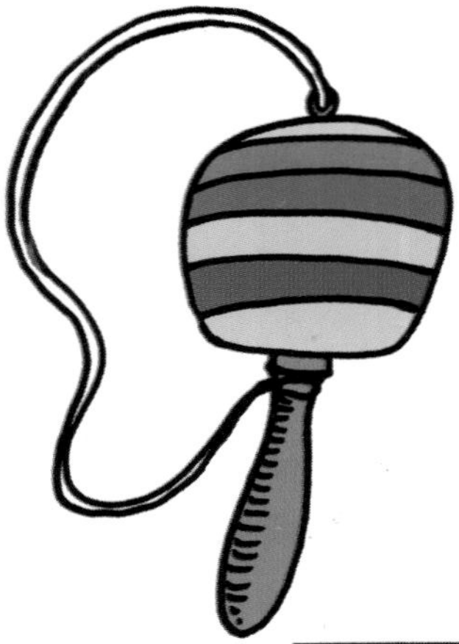

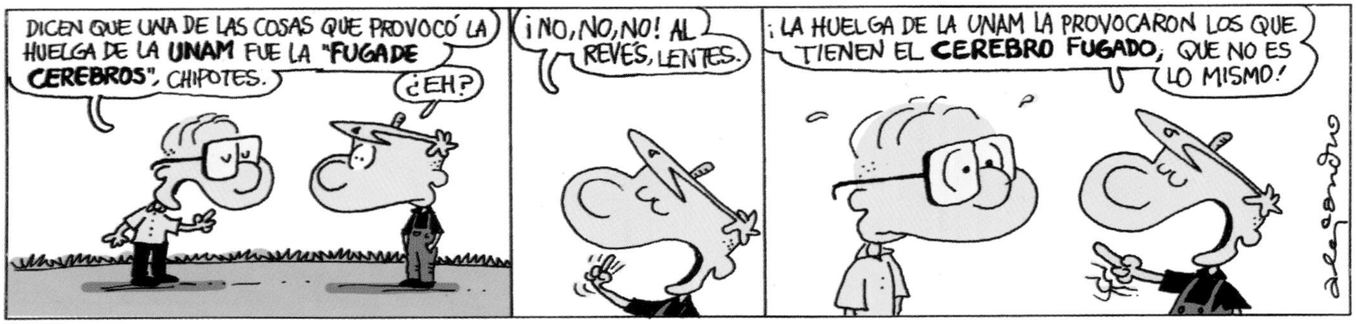
DICEN QUE UNA DE LAS COSAS QUE PROVOCÓ LA HUELGA DE LA **UNAM** FUE LA "**FUGA DE CEREBROS**", CHIPOTES.
¿EH?
¡NO, NO, NO! AL REVÉS, LENTES.
¡LA HUELGA DE LA UNAM LA PROVOCARON LOS QUE TIENEN EL **CEREBRO FUGADO**, QUE NO ES LO MISMO!
alejandro

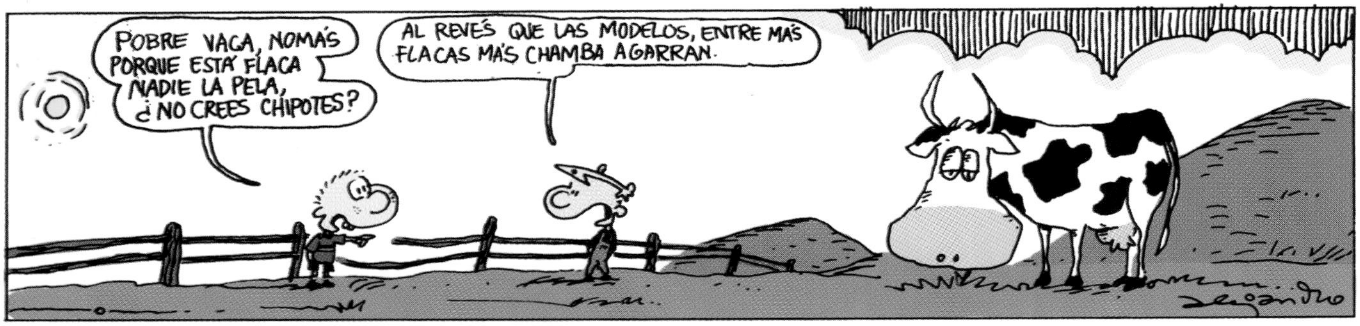
POBRE VACA, NOMÁS PORQUE ESTÁ FLACA NADIE LA PELA, ¿NO CREES CHIPOTES?
AL REVÉS QUE LAS MODELOS, ENTRE MÁS FLACAS MÁS CHAMBA AGARRAN.
alejandro

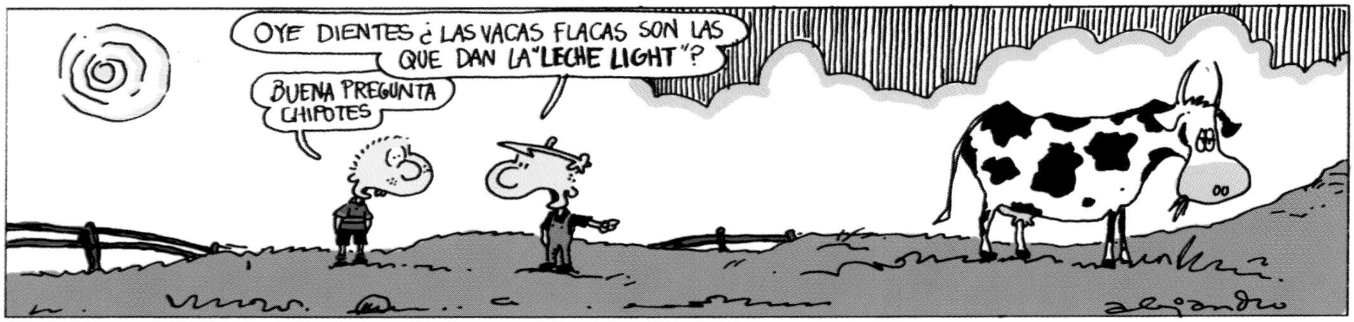
OYE DIENTES ¿LAS VACAS FLACAS SON LAS QUE DAN LA "**LECHE LIGHT**"?
BUENA PREGUNTA CHIPOTES
alejandro

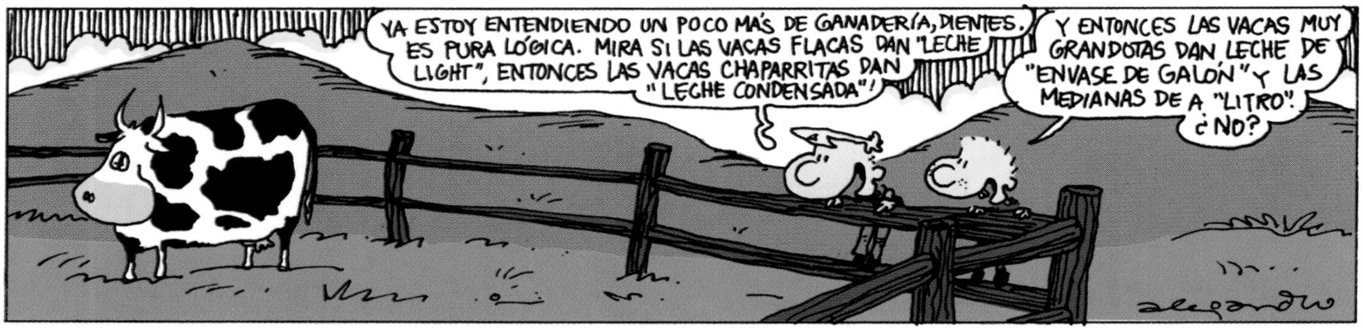
YA ESTOY ENTENDIENDO UN POCO MÁS DE GANADERÍA, DIENTES. ES PURA LÓGICA. MIRA SI LAS VACAS FLACAS DAN "LECHE LIGHT", ENTONCES LAS VACAS CHAPARRITAS DAN "LECHE CONDENSADA"!
Y ENTONCES LAS VACAS MUY GRANDOTAS DAN LECHE DE "ENVASE DE GALÓN" Y LAS MEDIANAS DE A "LITRO". ¿NO?
alejandro

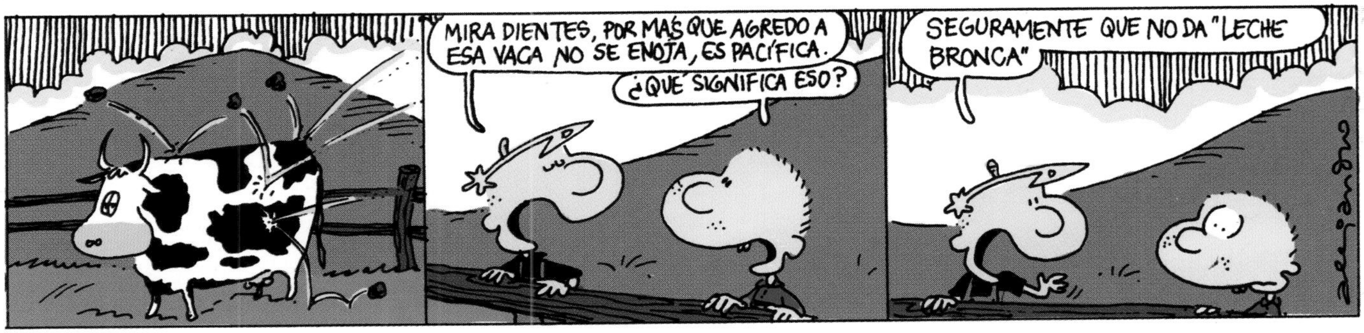
MIRA DIENTES, POR MÁS QUE AGREDO A ESA VACA NO SE ENOJA, ES PACÍFICA.
¿QUÉ SIGNIFICA ESO?
SEGURAMENTE QUE NO DA "LECHE BRONCA"

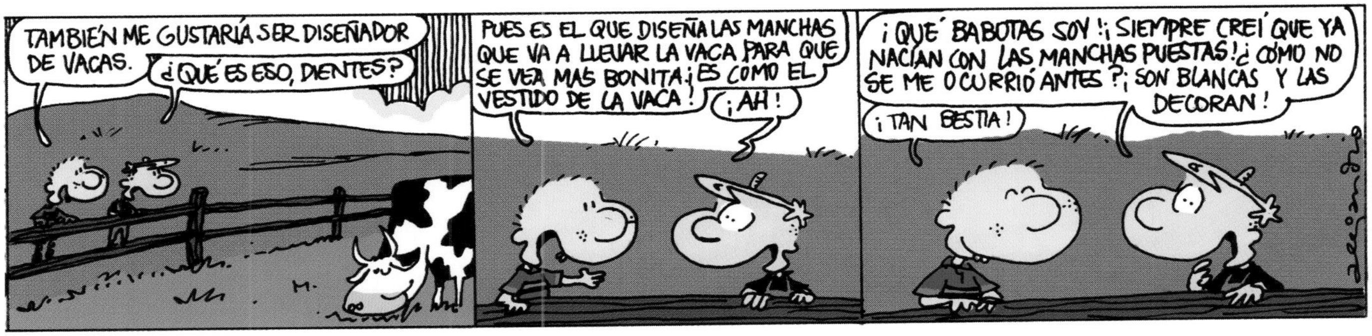
TAMBIÉN ME GUSTARÍA SER DISEÑADOR DE VACAS.
¿QUÉ ES ESO, DIENTES?
PUES ES EL QUE DISEÑA LAS MANCHAS QUE VA A LLEVAR LA VACA PARA QUE SE VEA MÁS BONITA ¡ES COMO EL VESTIDO DE LA VACA!
¡AH!
¡QUÉ BABOTAS SOY! ¡SIEMPRE CREÍ QUE YA NACÍAN CON LAS MANCHAS PUESTAS! ¿CÓMO NO SE ME OCURRIÓ ANTES? ¡SON BLANCAS Y LAS DECORAN!
¡TAN BESTIA!

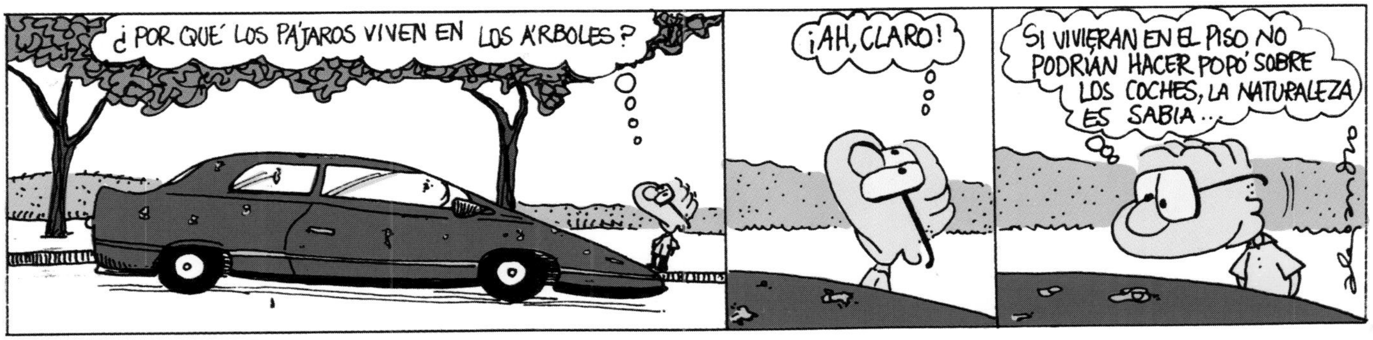
¿POR QUÉ LOS PÁJAROS VIVEN EN LOS ÁRBOLES?
¡AH, CLARO!
SI VIVIERAN EN EL PISO NO PODRÍAN HACER POPÓ SOBRE LOS COCHES, LA NATURALEZA ES SABIA...

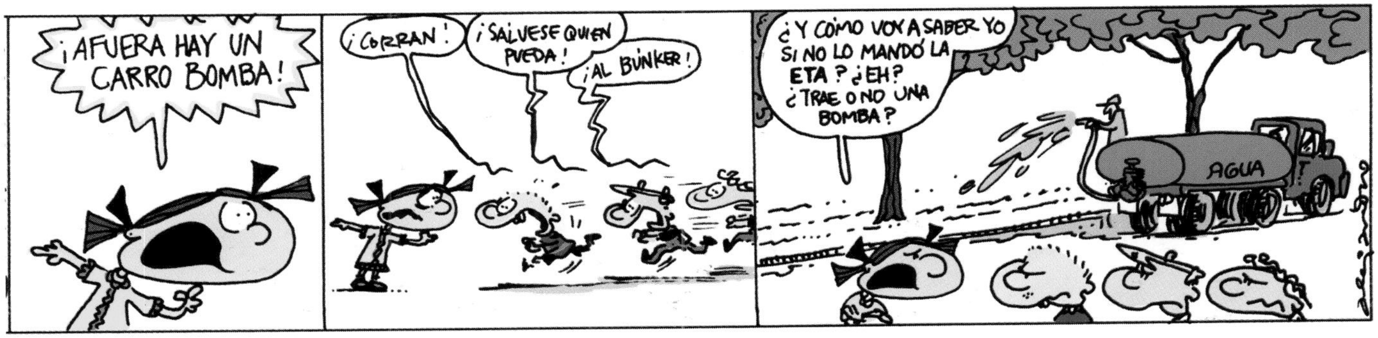
¡AFUERA HAY UN CARRO BOMBA!
¡CORRAN!
¡SÁLVESE QUIEN PUEDA!
¡AL BÚNKER!
¿Y CÓMO VOY A SABER YO SI NO LO MANDÓ LA ETA? ¿EH? ¿TRAE O NO UNA BOMBA?
AGUA

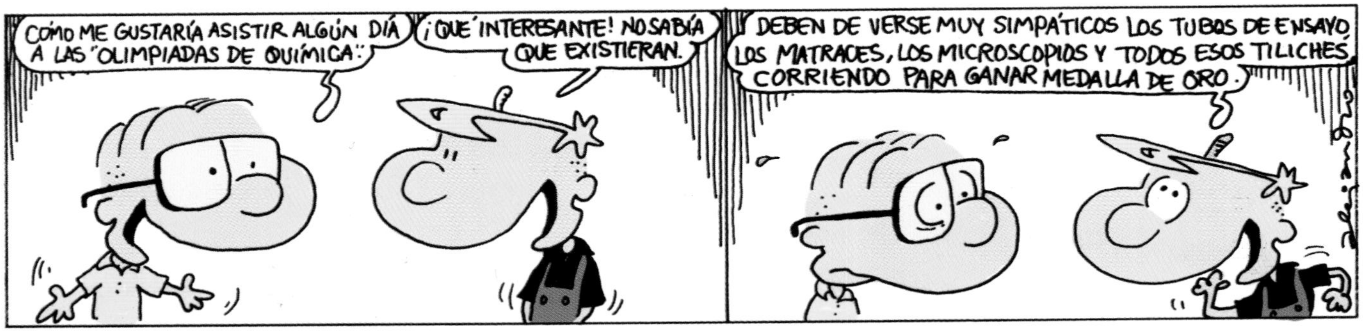
CÓMO ME GUSTARÍA ASISTIR ALGÚN DÍA A LAS "OLIMPIADAS DE QUÍMICA".
¡QUÉ INTERESANTE! NO SABÍA QUE EXISTIERAN.
DEBEN DE VERSE MUY SIMPÁTICOS LOS TUBOS DE ENSAYO, LOS MATRACES, LOS MICROSCOPIOS Y TODOS ESOS TILICHES CORRIENDO PARA GANAR MEDALLA DE ORO.

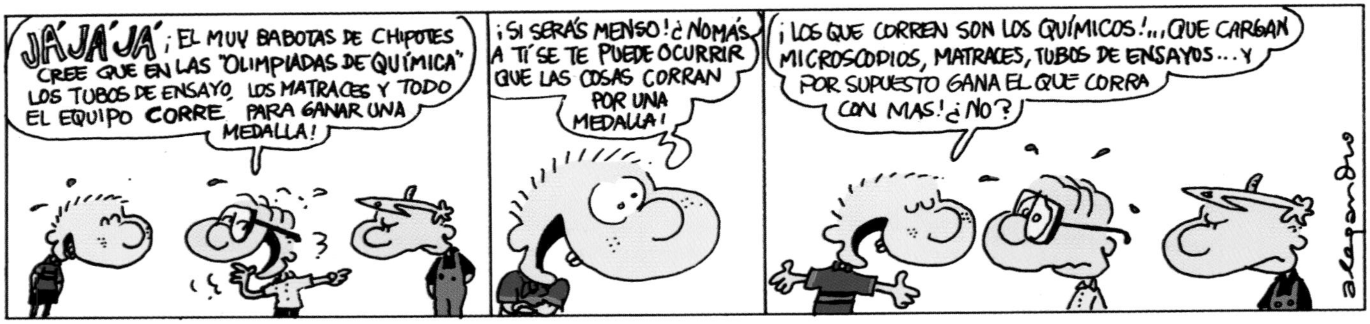
JÁ JÁ JÁ ¡EL MUY BABOTAS DE CHIPOTES CREE QUE EN LAS "OLIMPIADAS DE QUÍMICA" LOS TUBOS DE ENSAYO, LOS MATRACES Y TODO EL EQUIPO CORRE PARA GANAR UNA MEDALLA!
¡SI SERÁS MENSO! ¿NOMÁS A TÍ SE TE PUEDE OCURRIR QUE LAS COSAS CORRAN POR UNA MEDALLA!
¡LOS QUE CORREN SON LOS QUÍMICOS!... ¡QUE CARGAN MICROSCOPIOS, MATRACES, TUBOS DE ENSAYOS... Y POR SUPUESTO GANA EL QUE CORRA CON MAS! ¿NO?

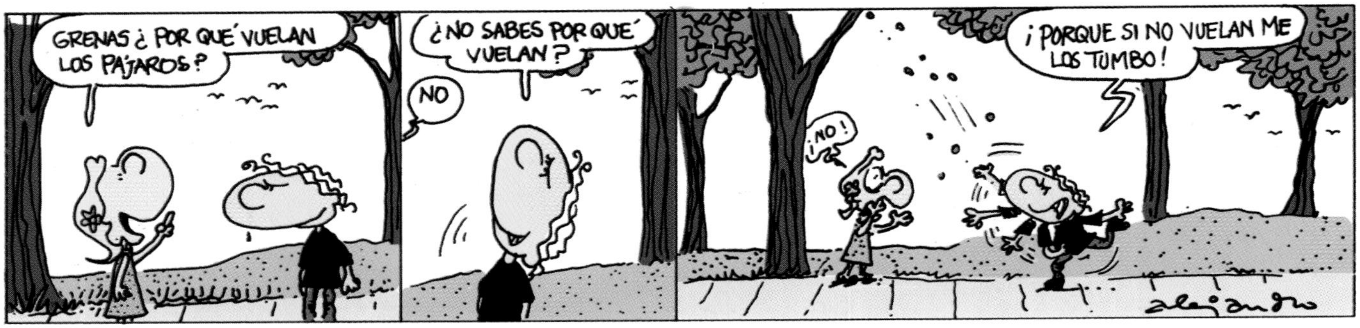
GRENAS ¿POR QUÉ VUELAN LOS PÁJAROS?
NO
¿NO SABES POR QUÉ VUELAN?
¡NO!
¡PORQUE SI NO VUELAN ME LOS TUMBO!

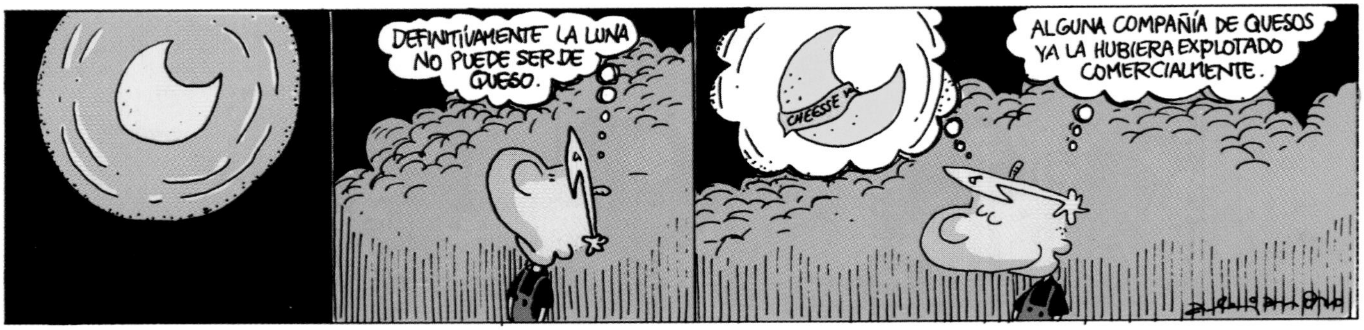
DEFINITIVAMENTE LA LUNA NO PUEDE SER DE QUESO.
CHEESSE
ALGUNA COMPAÑÍA DE QUESOS YA LA HUBIERA EXPLOTADO COMERCIALMENTE.

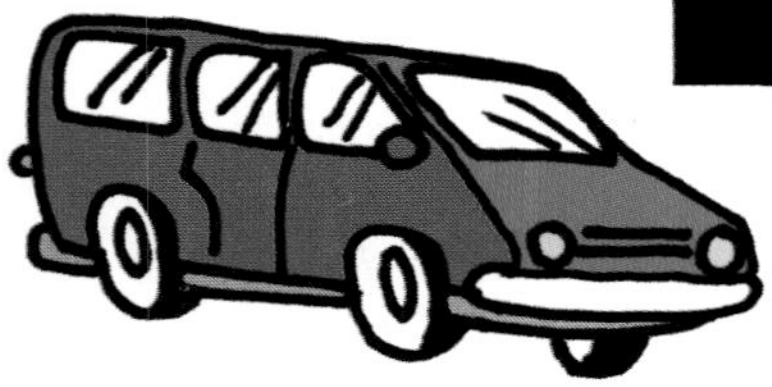

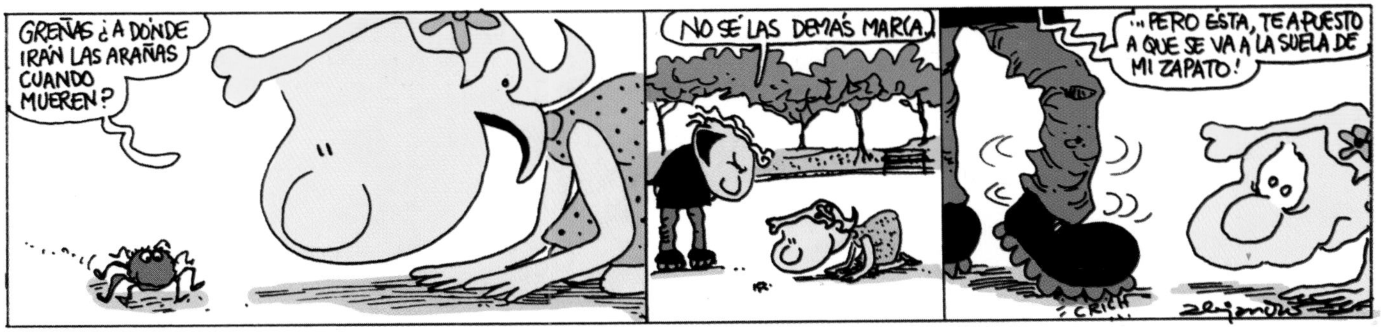
GREÑAS ¿A DÓNDE IRÁN LAS ARAÑAS CUANDO MUEREN?
NO SÉ LAS DEMÁS MARCA,
...PERO ÉSTA, TE APUESTO A QUE SE VA A LA SUELA DE MI ZAPATO!
CRICH

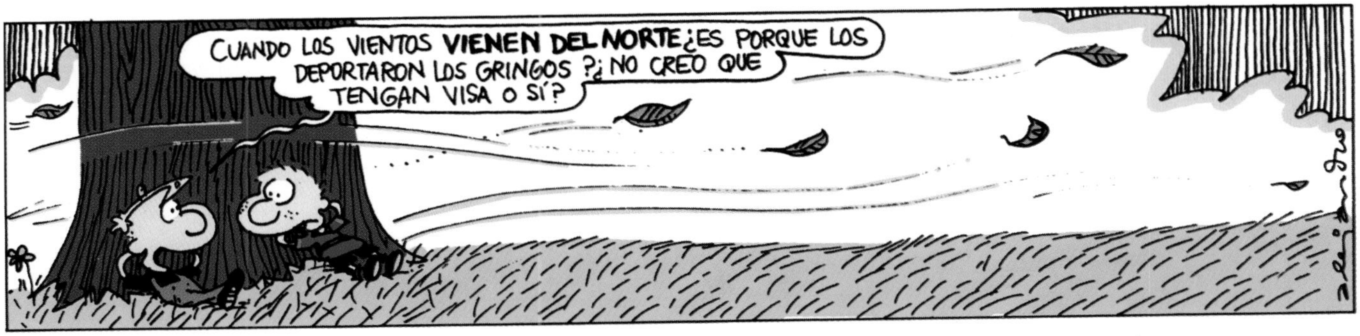
CUANDO LOS VIENTOS **VIENEN DEL NORTE** ¿ES PORQUE LOS DEPORTARON LOS GRINGOS? ¿NO CREO QUE TENGAN VISA O SÍ?

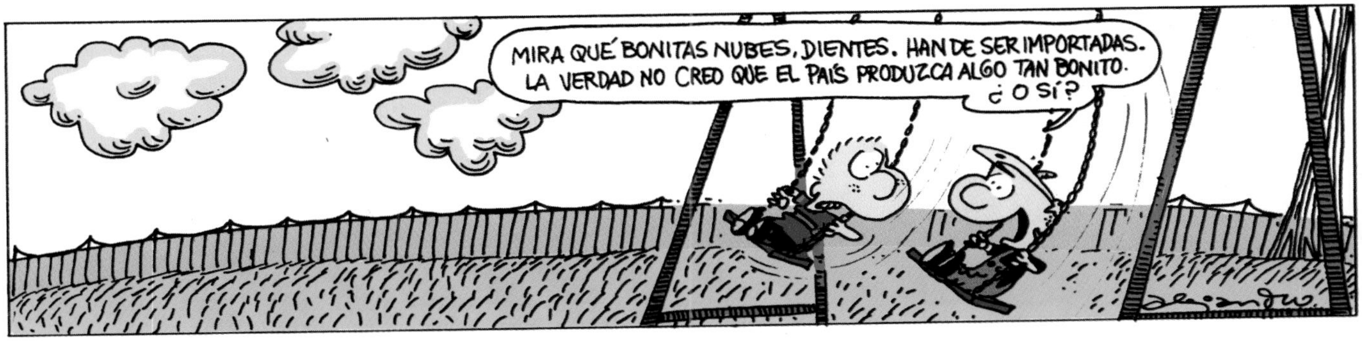
MIRA QUÉ BONITAS NUBES, DIENTES. HAN DE SER IMPORTADAS. LA VERDAD NO CREO QUE EL PAÍS PRODUZCA ALGO TAN BONITO. ¿O SÍ?

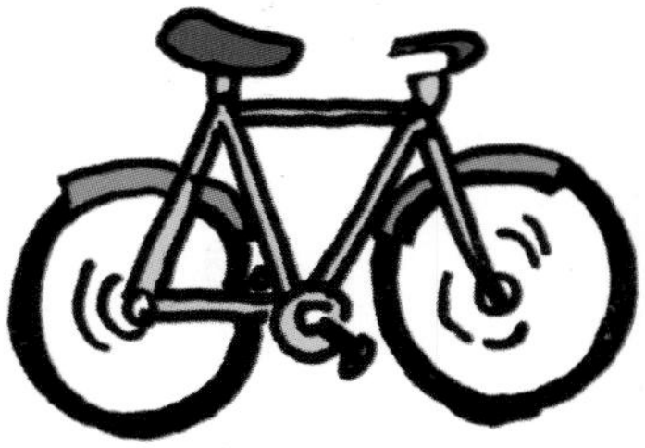

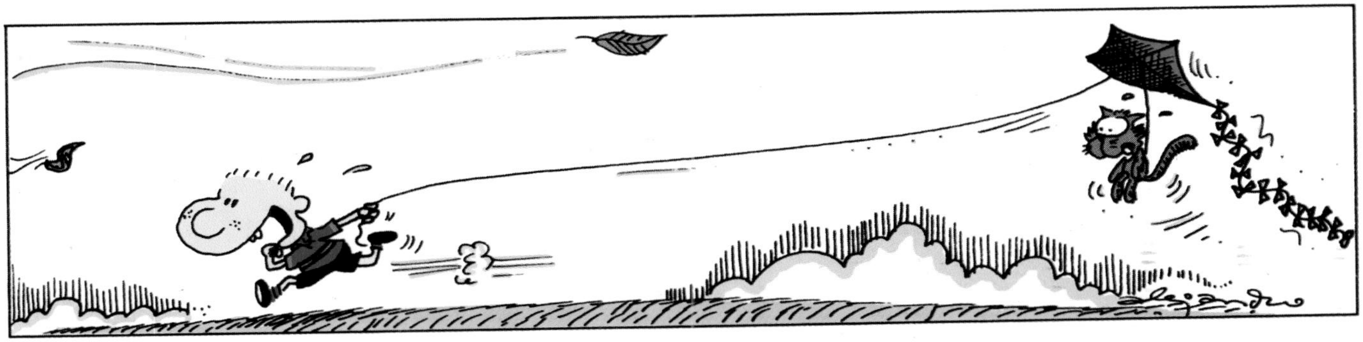

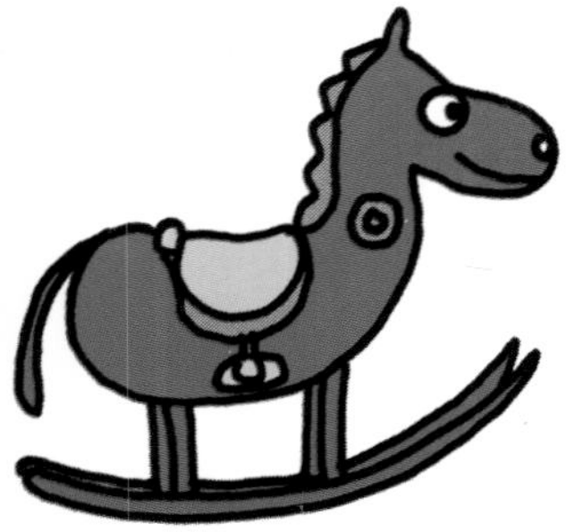

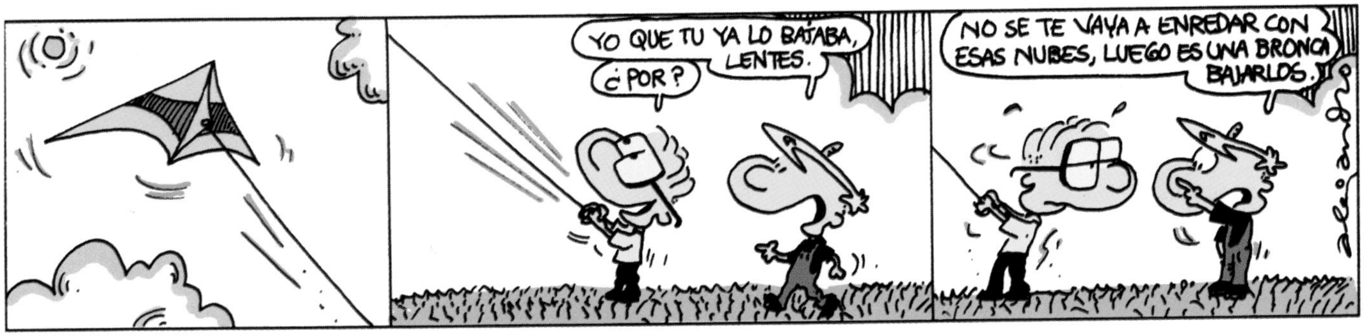
YO QUE TU YA LO BAJABA, LENTES.
¿POR?
NO SE TE VAYA A ENREDAR CON ESAS NUBES, LUEGO ES UNA BRONCA BAJARLOS.

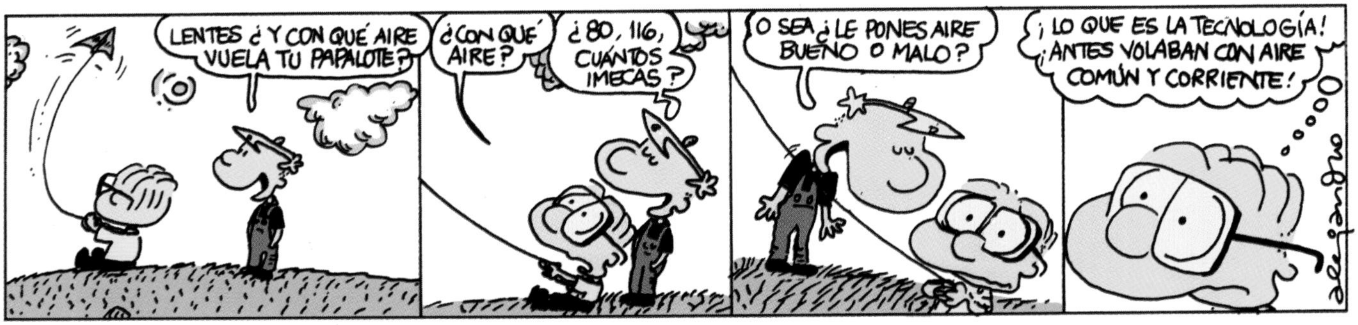
LENTES ¿Y CON QUÉ AIRE VUELA TU PAPALOTE?
¿CON QUÉ AIRE?
¿80, 116, CUÁNTOS IMECAS?
O SEA ¿LE PONES AIRE BUENO O MALO?
¡LO QUE ES LA TECNOLOGÍA! ¡ANTES VOLABAN CON AIRE COMÚN Y CORRIENTE!

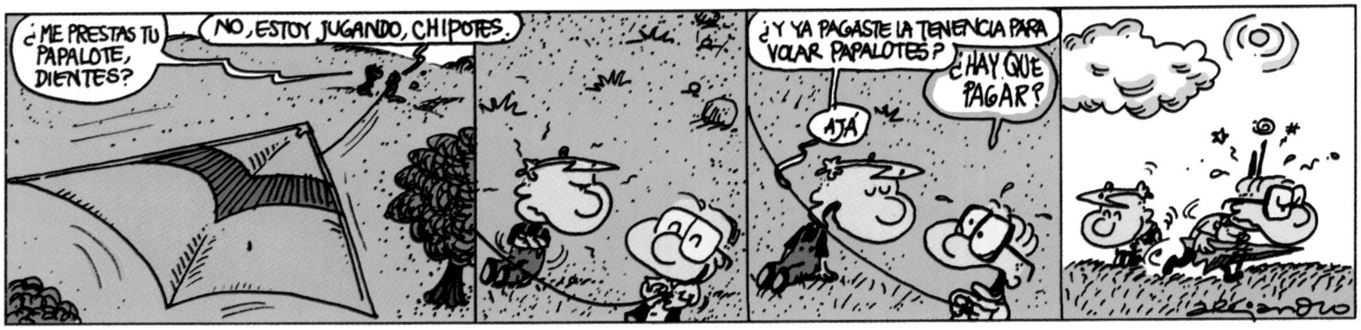
¿ME PRESTAS TU PAPALOTE, DIENTES?
NO, ESTOY JUGANDO, CHIPOTES.
¿Y YA PAGASTE LA TENENCIA PARA VOLAR PAPALOTES?
¿HAY QUE PAGAR?
AJÁ

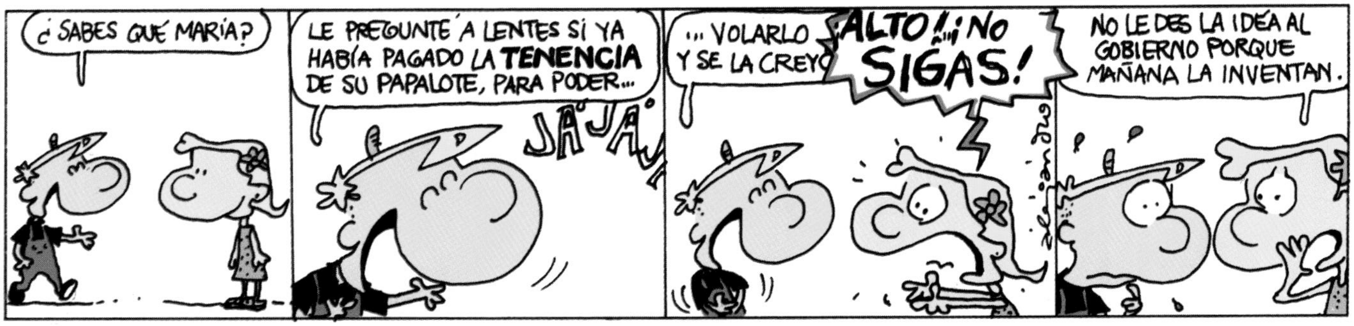
¿SABES QUÉ MARÍA?
LE PREGUNTÉ A LENTES SI YA HABÍA PAGADO LA TENENCIA DE SU PAPALOTE, PARA PODER...
JA JA
... VOLARLO Y SE LA CREYÓ
¡ALTO! ¡NO SIGAS!
NO LE DES LA IDEA AL GOBIERNO PORQUE MAÑANA LA INVENTAN.

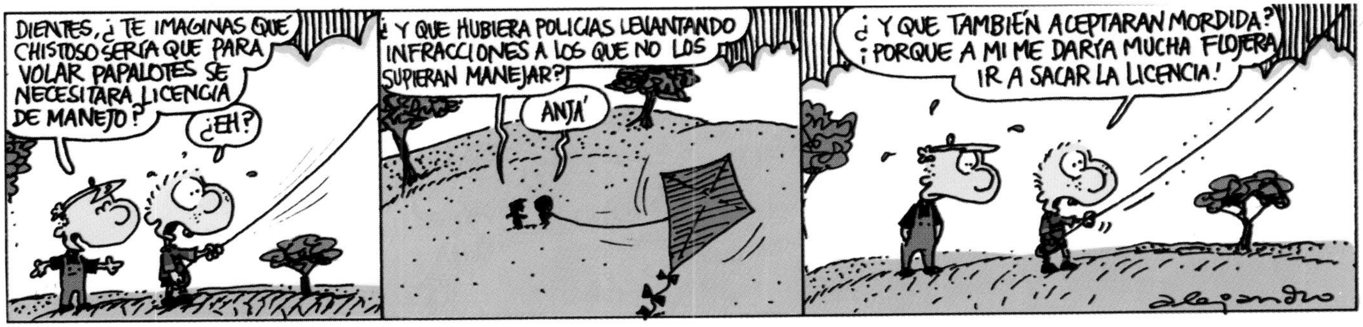
DIENTES, ¿TE IMAGINAS QUÉ CHISTOSO SERÍA QUE PARA VOLAR PAPALOTES SE NECESITARA LICENCIA DE MANEJO?
¿EH?
¿Y QUE HUBIERA POLICÍAS LEVANTANDO INFRACCIONES A LOS QUE NO LOS SUPIERAN MANEJAR?
ANJÁ
¿Y QUE TAMBIÉN ACEPTARAN MORDIDA? ¡PORQUE A MÍ ME DARÍA MUCHA FLOJERA IR A SACAR LA LICENCIA!

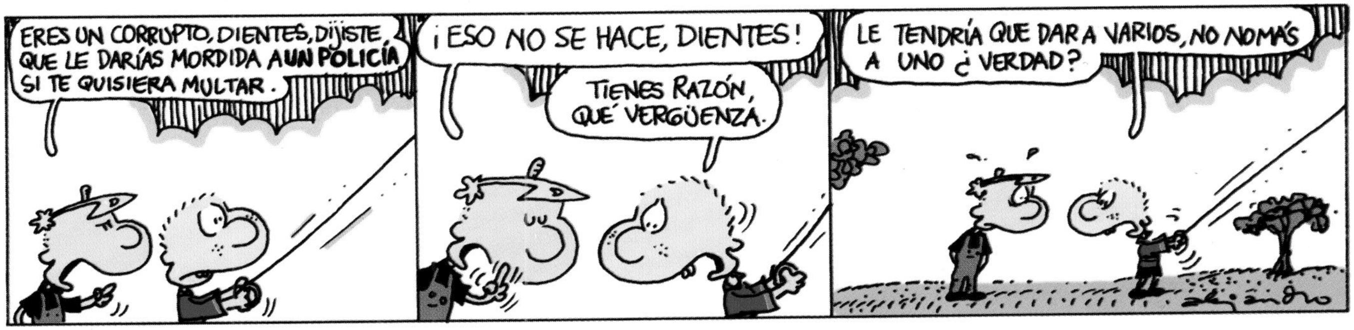
ERES UN CORRUPTO, DIENTES, DIJISTE QUE LE DARÍAS MORDIDA A UN POLICÍA SI TE QUISIERA MULTAR.
¡ESO NO SE HACE, DIENTES!
TIENES RAZÓN, QUÉ VERGÜENZA.
LE TENDRÍA QUE DAR A VARIOS, NO NOMÁS A UNO ¿VERDAD?

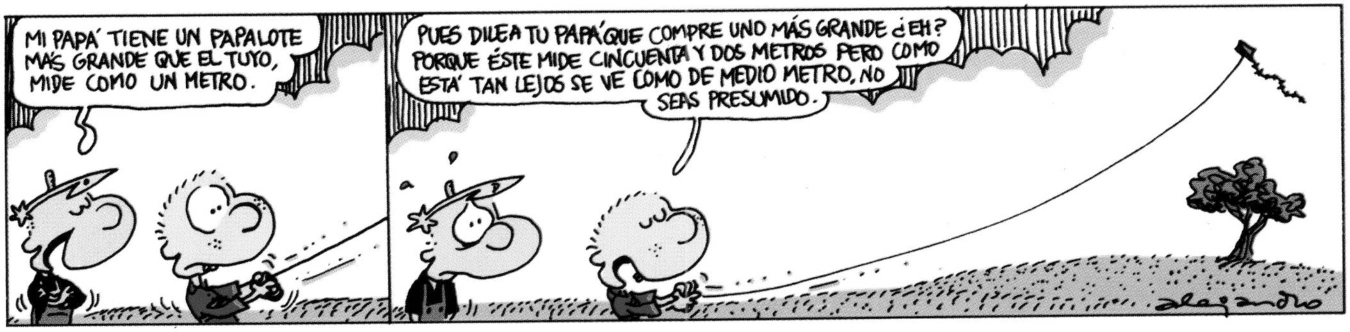
MI PAPÁ TIENE UN PAPALOTE MÁS GRANDE QUE EL TUYO, MIDE COMO UN METRO.
PUES DILE A TU PAPÁ QUE COMPRE UNO MÁS GRANDE ¿EH? PORQUE ÉSTE MIDE CINCUENTA Y DOS METROS PERO COMO ESTÁ TAN LEJOS SE VE COMO DE MEDIO METRO, NO SEAS PRESUMIDO.

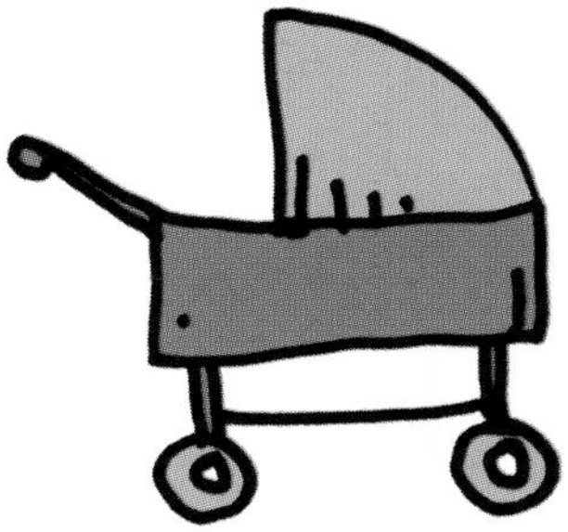

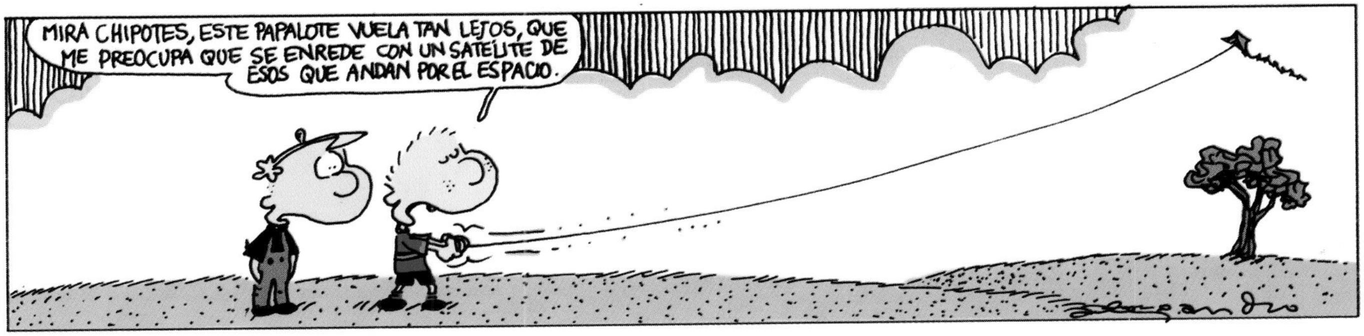
MIRA CHIPOTES, ESTE PAPALOTE VUELA TAN LEJOS, QUE ME PREOCUPA QUE SE ENREDE CON UN SATÉLITE DE ÉSOS QUE ANDAN POR EL ESPACIO.

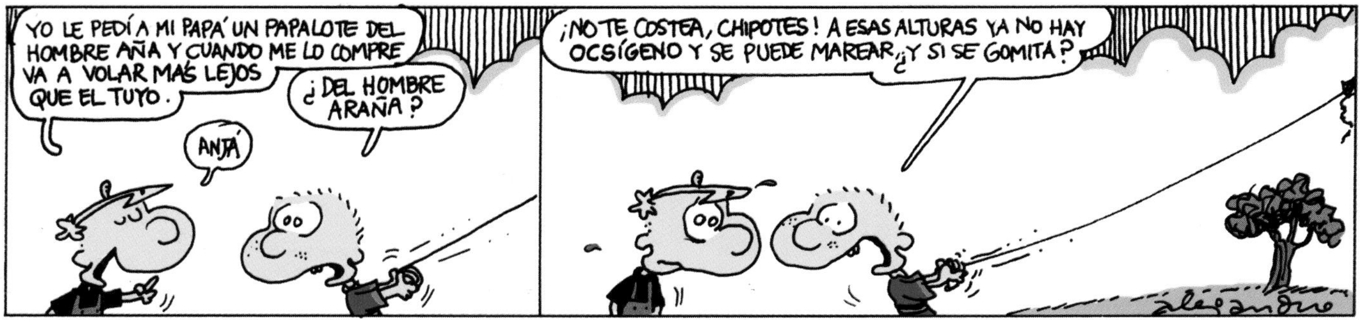
YO LE PEDÍ A MI PAPÁ UN PAPALOTE DEL HOMBRE AÑA Y CUANDO ME LO COMPRE VA A VOLAR MÁS LEJOS QUE EL TUYO.
ANJÁ
¿DEL HOMBRE ARAÑA?
¡NO TE COSTEA, CHIPOTES! A ESAS ALTURAS YA NO HAY OCSÍGENO Y SE PUEDE MAREAR ¿Y SI SE GOMITA?

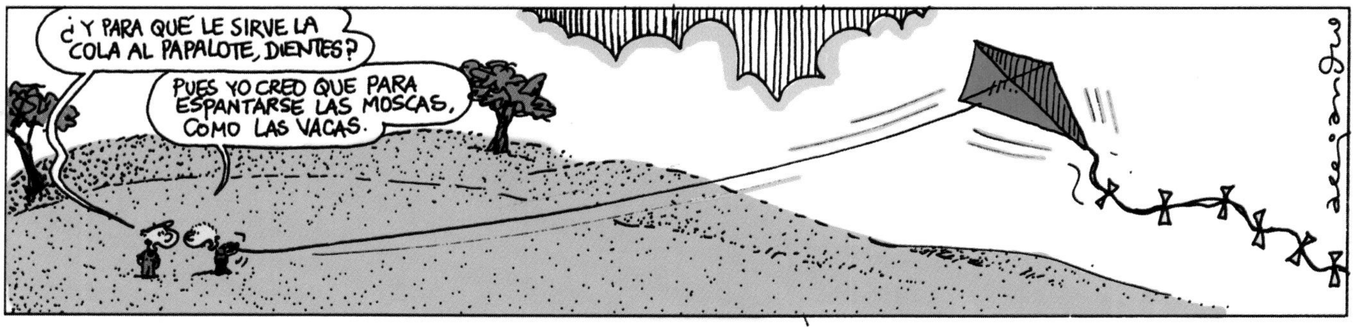
¿Y PARA QUÉ LE SIRVE LA COLA AL PAPALOTE, DIENTES?
PUES YO CREO QUE PARA ESPANTARSE LAS MOSCAS, COMO LAS VACAS.

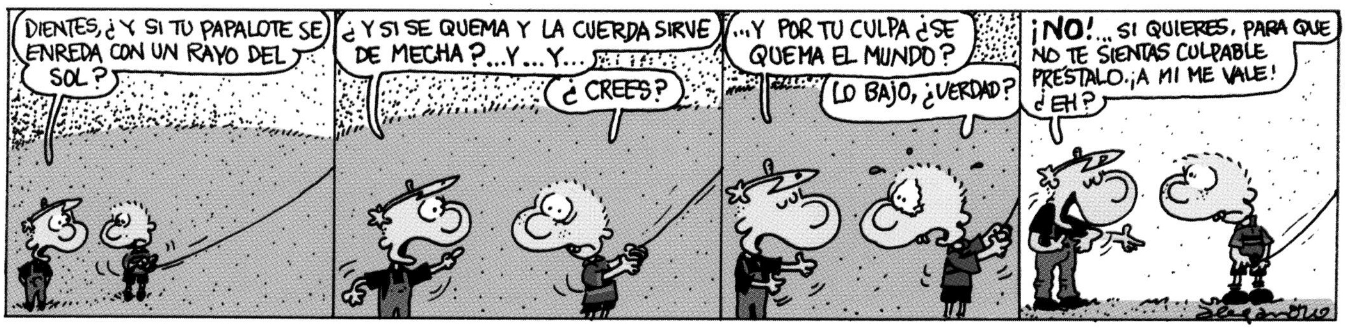
DIENTES, ¿Y SI TU PAPALOTE SE ENREDA CON UN RAYO DEL SOL?
¿Y SI SE QUEMA Y LA CUERDA SIRVE DE MECHA?...Y...Y...
¿CREES?
...Y POR TU CULPA ¿SE QUEMA EL MUNDO?
LO BAJO, ¿VERDAD?
¡NO!... SI QUIERES, PARA QUE NO TE SIENTAS CULPABLE PRÉSTALO. ¡A MÍ ME VALE! ¿EH?

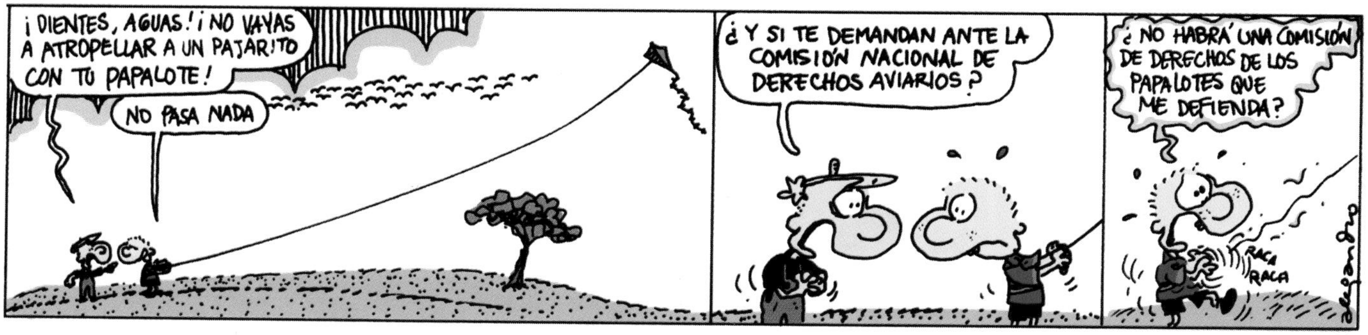
¡DIENTES, AGUAS! ¡NO VAYAS A ATROPELLAR A UN PAJARITO CON TU PAPALOTE!
NO PASA NADA
¿Y SI TE DEMANDAN ANTE LA COMISIÓN NACIONAL DE DERECHOS AVIARIOS?
¿NO HABRÁ UNA COMISIÓN DE DERECHOS DE LOS PAPALOTES QUE ME DEFIENDA?
RACA RACA

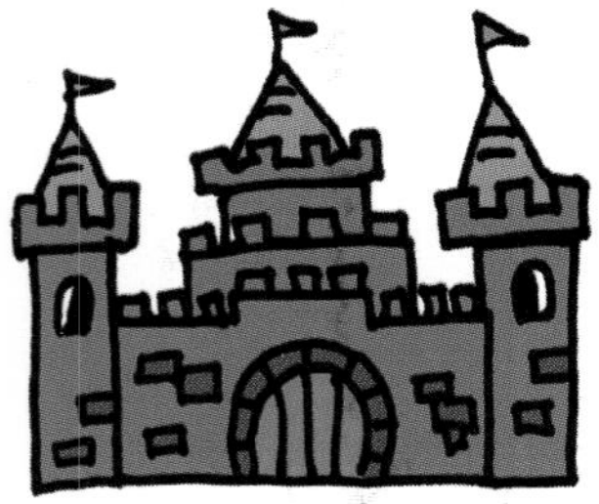

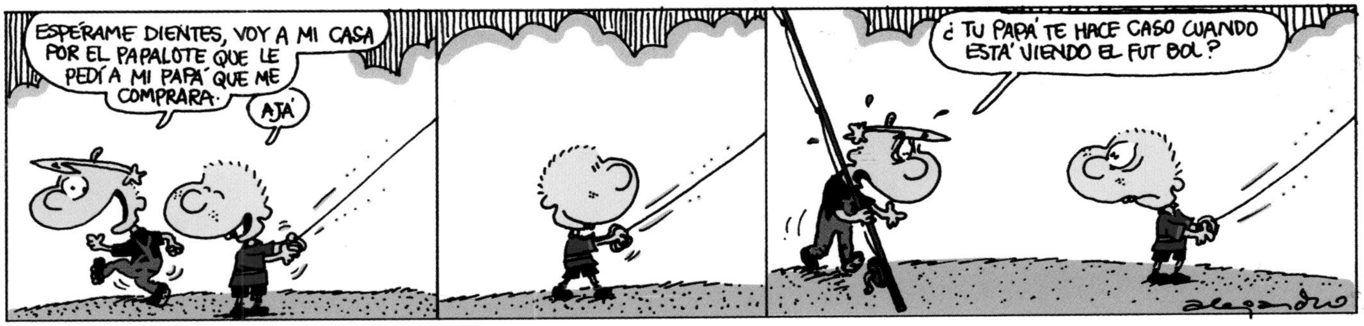
ESPÉRAME DIENTES, VOY A MI CASA POR EL PAPALOTE QUE LE PEDÍ A MI PAPÁ QUE ME COMPRARA.
AJÁ
¿TU PAPÁ TE HACE CASO CUANDO ESTÁ VIENDO EL FUT BOL?

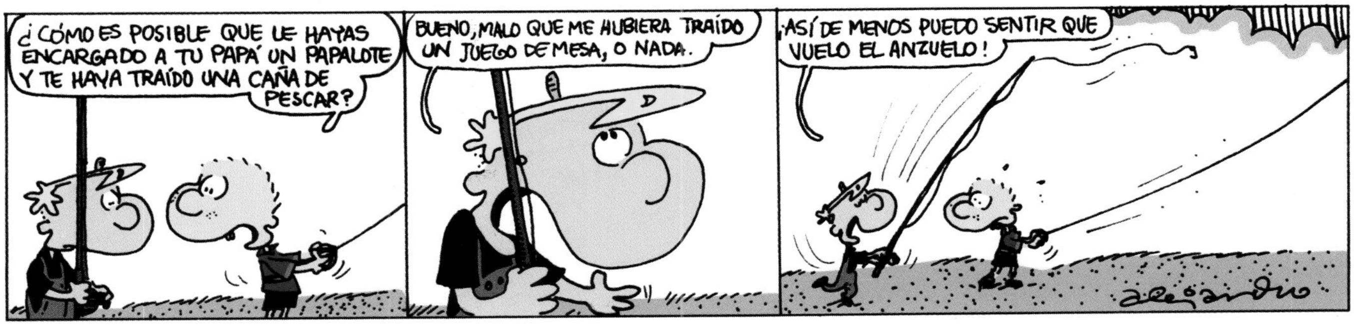
¿CÓMO ES POSIBLE QUE LE HAYAS ENCARGADO A TU PAPÁ UN PAPALOTE Y TE HAYA TRAÍDO UNA CAÑA DE PESCAR?
BUENO, MALO QUE ME HUBIERA TRAÍDO UN JUEGO DE MESA, O NADA.
¡ASÍ DE MENOS PUEDO SENTIR QUE VUELO EL ANZUELO!

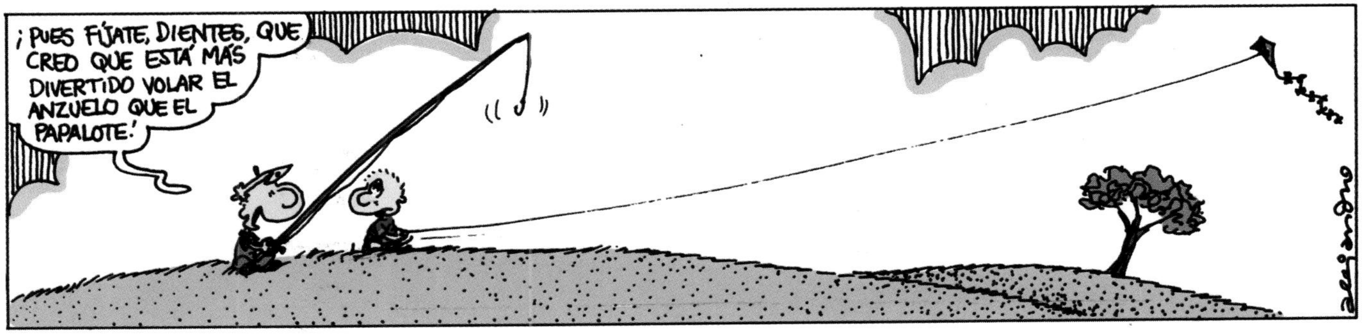
¡PUES FÍJATE, DIENTES, QUE CREO QUE ESTÁ MÁS DIVERTIDO VOLAR EL ANZUELO QUE EL PAPALOTE!

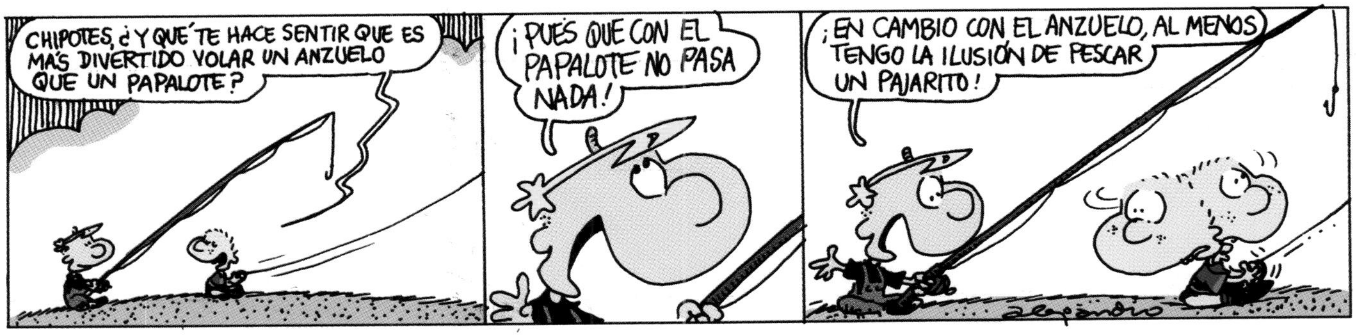
CHIPOTES, ¿Y QUÉ TE HACE SENTIR QUE ES MÁS DIVERTIDO VOLAR UN ANZUELO QUE UN PAPALOTE?
¡PUES QUE CON EL PAPALOTE NO PASA NADA!
¡EN CAMBIO CON EL ANZUELO, AL MENOS TENGO LA ILUSIÓN DE PESCAR UN PAJARITO!

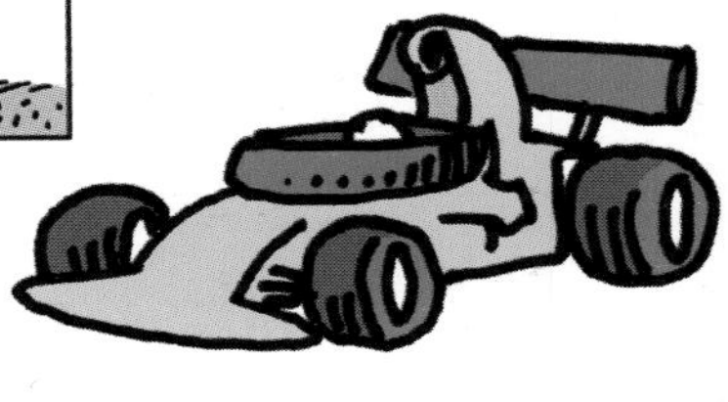

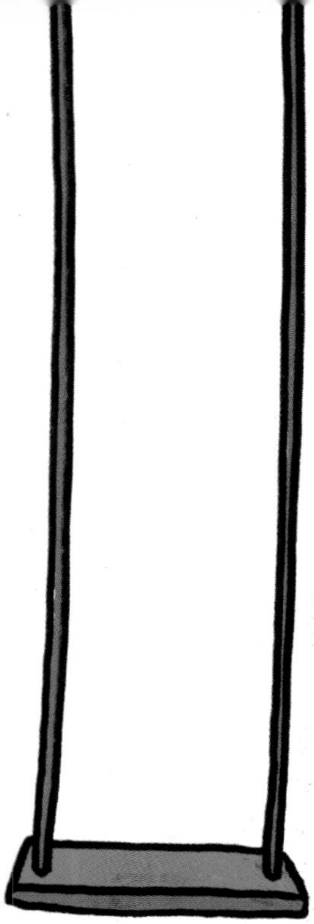

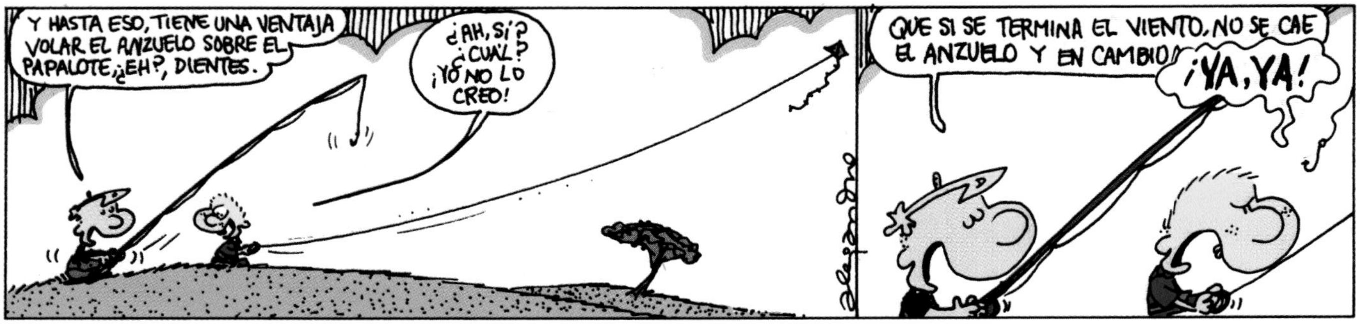
Y HASTA ESO, TIENE UNA VENTAJA VOLAR EL ANZUELO SOBRE EL PAPALOTE, ¿EH?, DIENTES.
¿AH, SÍ? ¿CUÁL? ¡YO NO LO CREO!
QUE SI SE TERMINA EL VIENTO, NO SE CAE EL ANZUELO Y EN CAMBIO...
¡YA, YA!

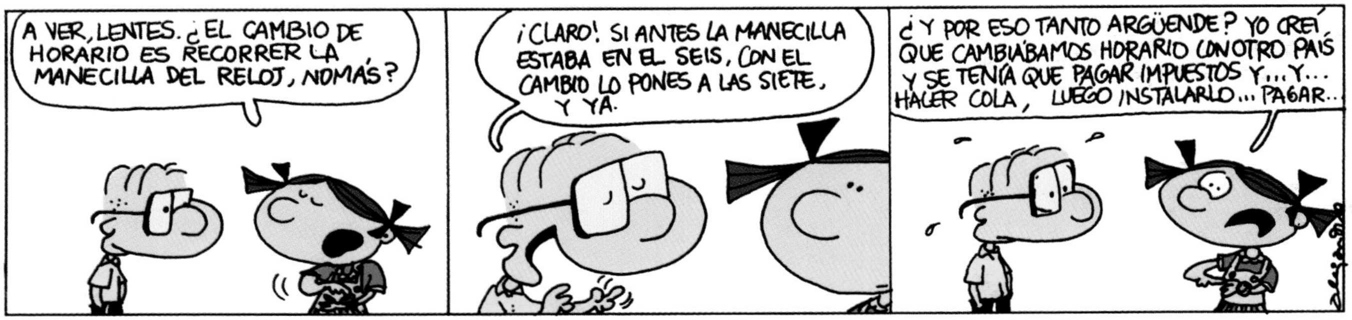
A VER, LENTES. ¿EL CAMBIO DE HORARIO ES RECORRER LA MANECILLA DEL RELOJ, NOMÁS?
¡CLARO! SI ANTES LA MANECILLA ESTABA EN EL SEIS, CON EL CAMBIO LO PONES A LAS SIETE, Y YA.
¿Y POR ESO TANTO ARGÜENDE? YO CREÍ QUE CAMBIÁBAMOS HORARIO CON OTRO PAÍS Y SE TENÍA QUE PAGAR IMPUESTOS Y... Y... HACER COLA, LUEGO INSTALARLO... PAGAR...

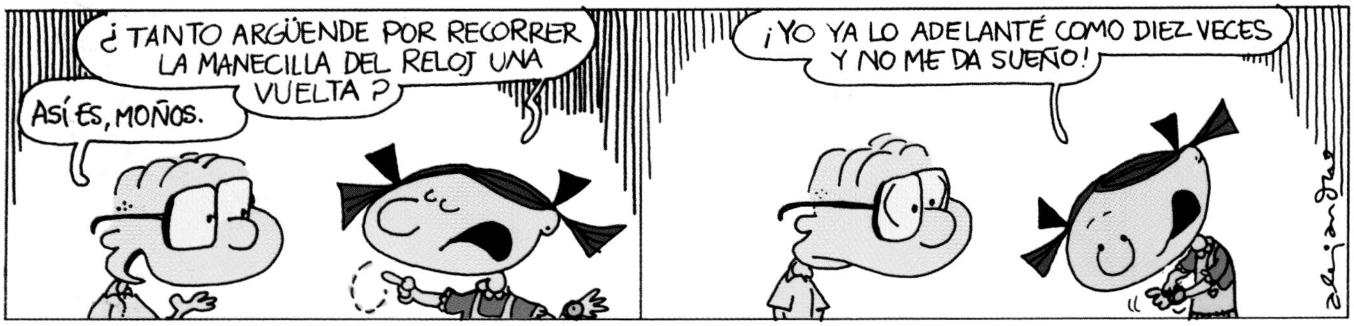
¿TANTO ARGÜENDE POR RECORRER LA MANECILLA DEL RELOJ UNA VUELTA?
ASÍ ES, MOÑOS.
¡YO YA LO ADELANTÉ COMO DIEZ VECES Y NO ME DA SUEÑO!

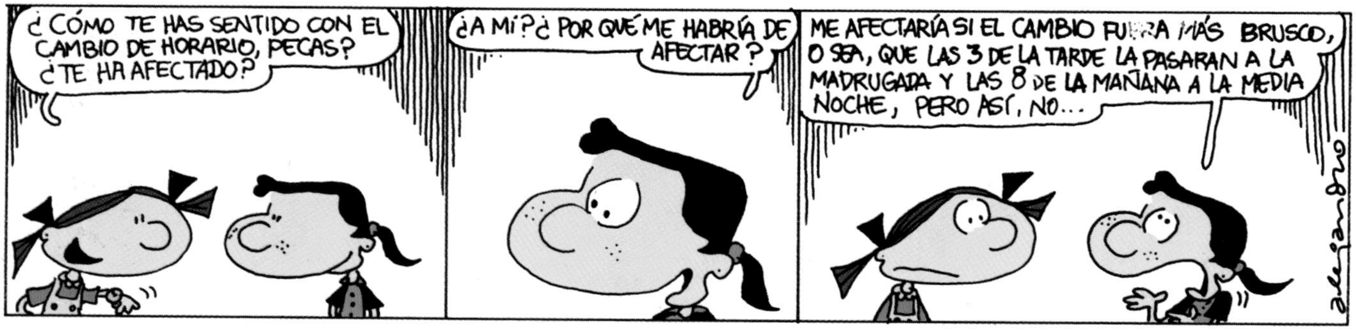
¿CÓMO TE HAS SENTIDO CON EL CAMBIO DE HORARIO, PECAS? ¿TE HA AFECTADO?
¿A MÍ? ¿POR QUÉ ME HABRÍA DE AFECTAR?
ME AFECTARÍA SI EL CAMBIO FUERA MÁS BRUSCO, O SEA, QUE LAS 3 DE LA TARDE LA PASARAN A LA MADRUGADA Y LAS 8 DE LA MAÑANA A LA MEDIA NOCHE, PERO ASÍ, NO...

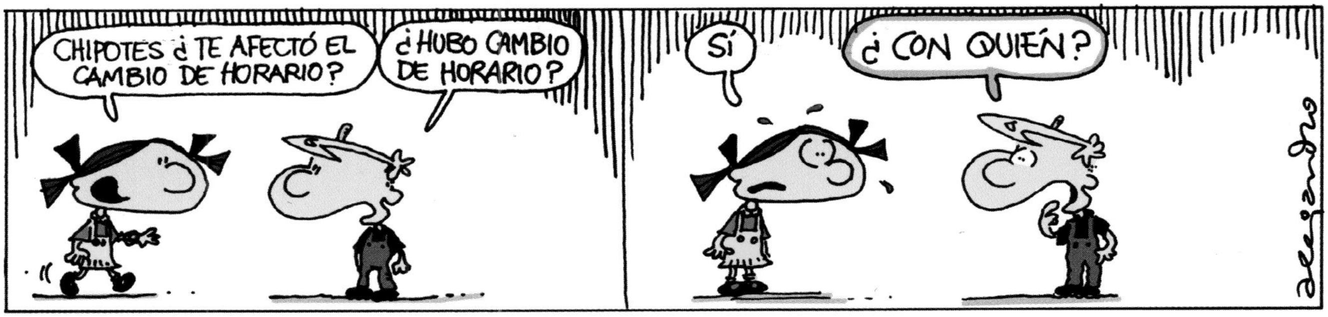
CHIPOTES ¿TE AFECTÓ EL CAMBIO DE HORARIO?
¿HUBO CAMBIO DE HORARIO?
SÍ
¿CON QUIÉN?

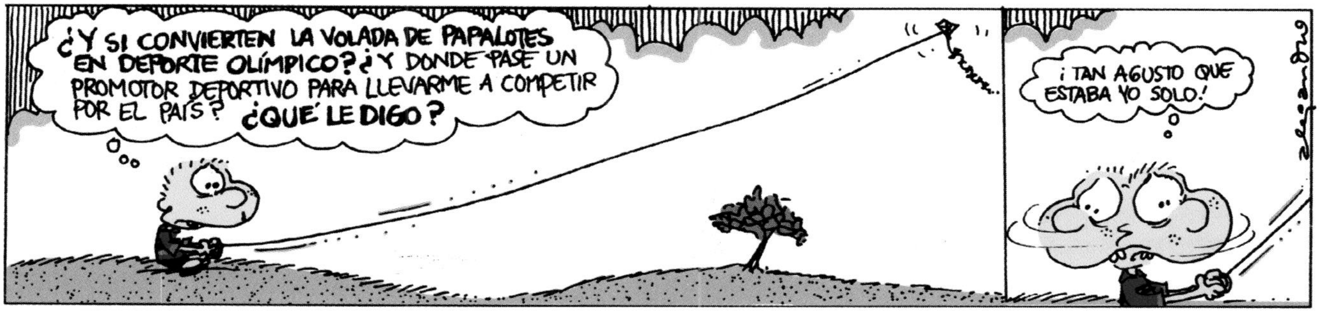
¿Y SI CONVIERTEN LA VOLADA DE PAPALOTES EN DEPORTE OLÍMPICO? ¿Y DONDE PASE UN PROMOTOR DEPORTIVO PARA LLEVARME A COMPETIR POR EL PAÍS? ¿QUÉ LE DIGO?
¡TAN AGUSTO QUE ESTABA YO SOLO!

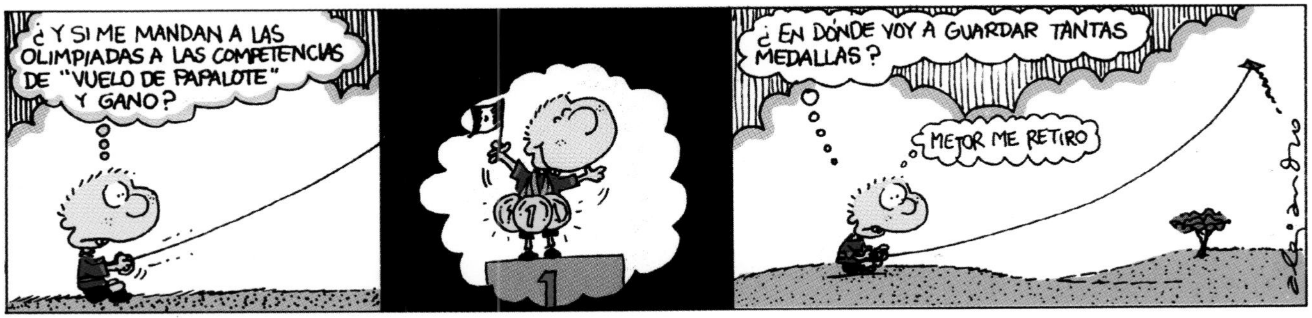
¿Y SI ME MANDAN A LAS OLIMPIADAS A LAS COMPETENCIAS DE "VUELO DE PAPALOTE" Y GANO?
1
¿EN DÓNDE VOY A GUARDAR TANTAS MEDALLAS?
MEJOR ME RETIRO

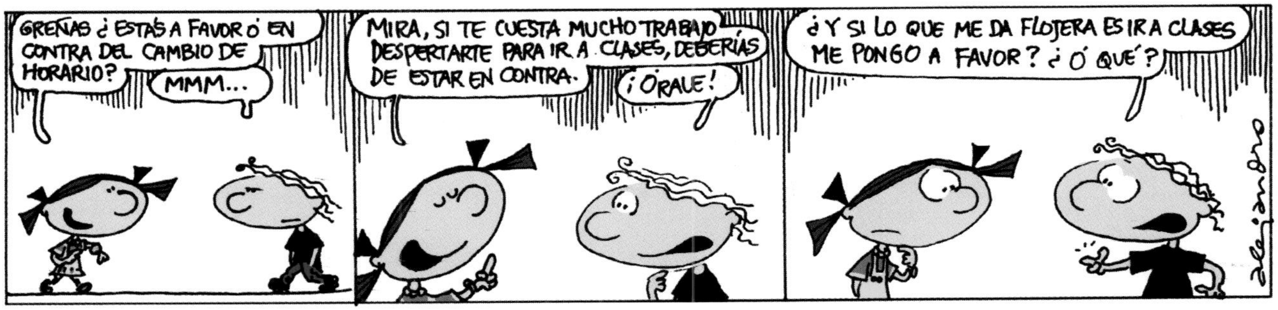
GREÑAS ¿ESTÁS A FAVOR O EN CONTRA DEL CAMBIO DE HORARIO?
MMM...
MIRA, SI TE CUESTA MUCHO TRABAJO DESPERTARTE PARA IR A CLASES, DEBERÍAS DE ESTAR EN CONTRA.
¡ÓRALE!
¿Y SI LO QUE ME DA FLOJERA ES IR A CLASES ME PONGO A FAVOR? ¿O QUÉ?

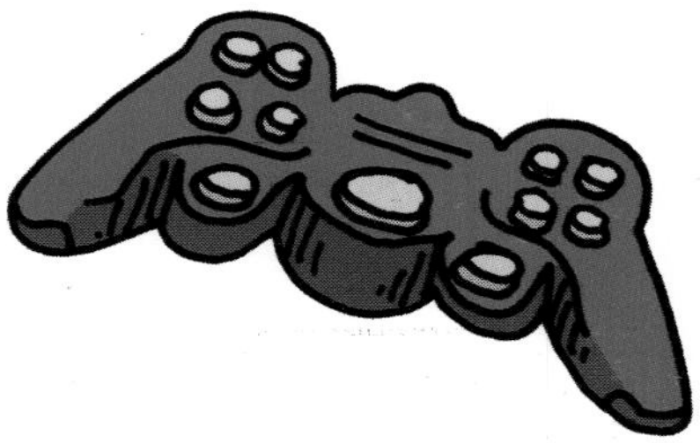

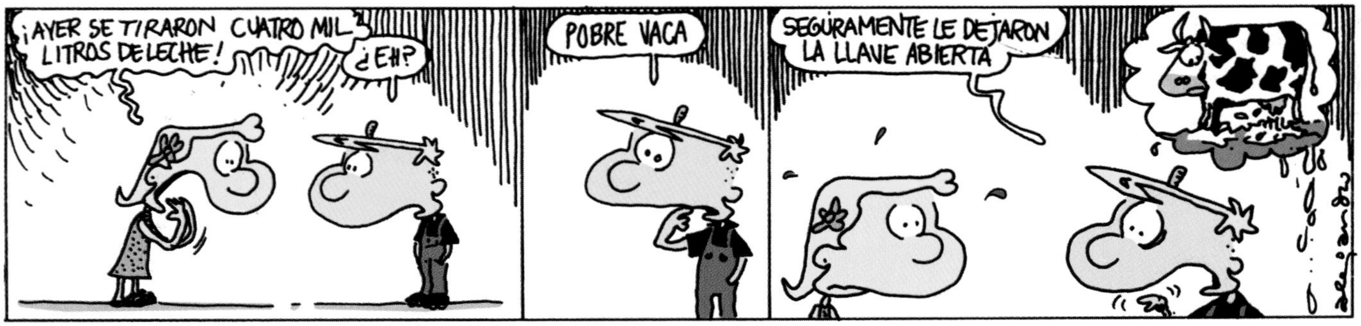
¡AYER SE TIRARON CUATRO MIL LITROS DE LECHE!
¿EH?
POBRE VACA
SEGURAMENTE LE DEJARON LA LLAVE ABIERTA

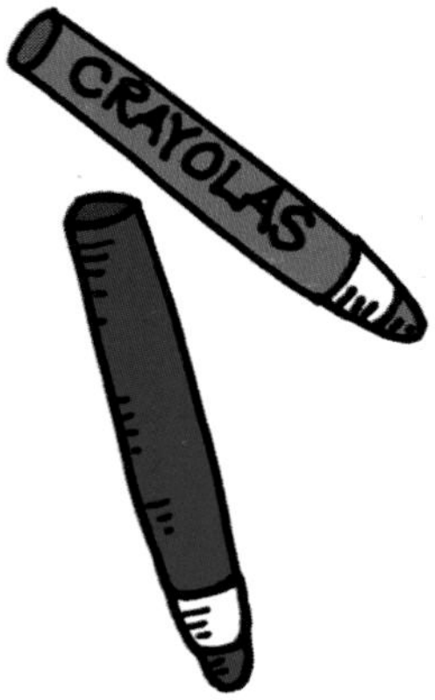
CRAYOLAS

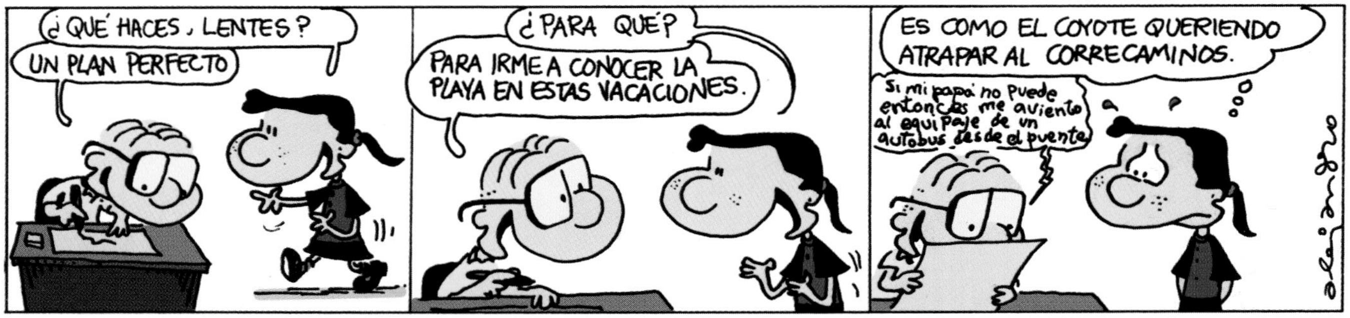
¿QUÉ HACES, LENTES?
UN PLAN PERFECTO
¿PARA QUÉ?
PARA IRME A CONOCER LA PLAYA EN ESTAS VACACIONES.
ES COMO EL COYOTE QUERIENDO ATRAPAR AL CORRECAMINOS.
Si mi papá no puede entonces me aviento al equipaje de un autobus desde el puente

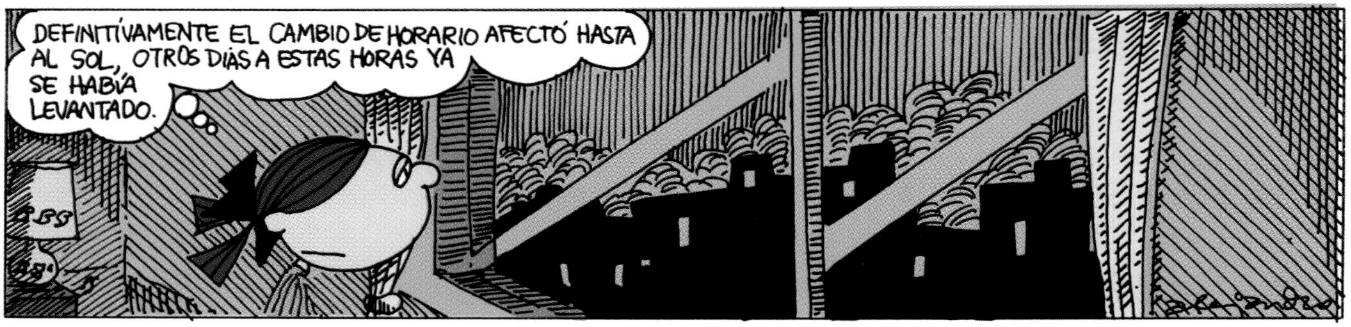
DEFINITIVAMENTE EL CAMBIO DE HORARIO AFECTÓ HASTA AL SOL, OTROS DÍAS A ESTAS HORAS YA SE HABÍA LEVANTADO.

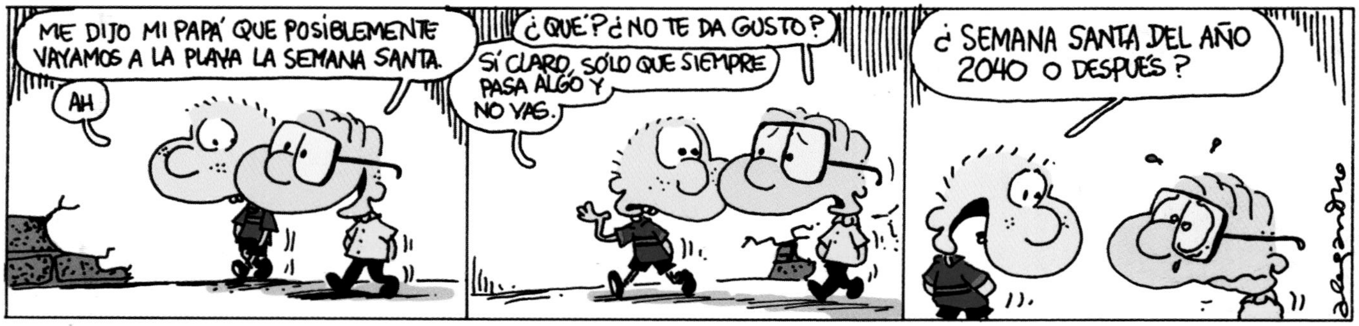
ME DIJO MI PAPÁ QUE POSIBLEMENTE VAYAMOS A LA PLAYA LA SEMANA SANTA.
AH
¿QUÉ? ¿NO TE DA GUSTO?
SÍ CLARO, SÓLO QUE SIEMPRE PASA ALGO Y NO VAS.
¿SEMANA SANTA DEL AÑO 2040 O DESPUÉS?

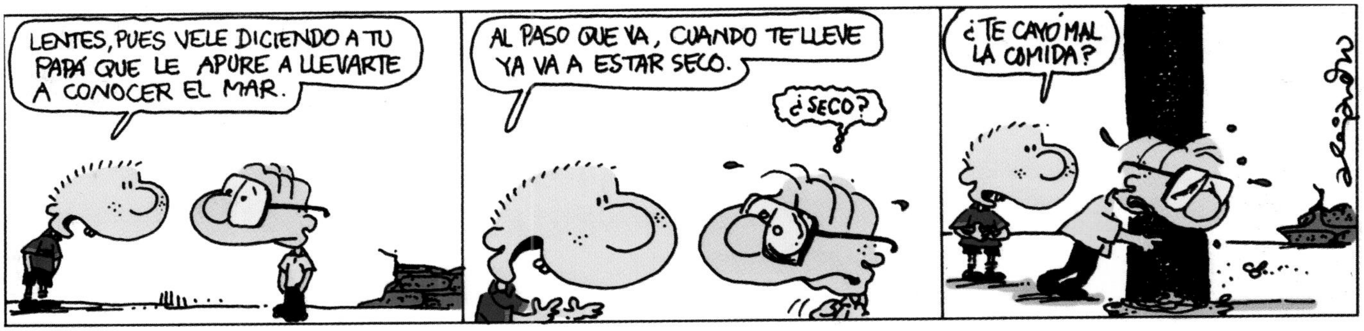
LENTES, PUES VELE DICIENDO A TU PAPÁ QUE LE APURE A LLEVARTE A CONOCER EL MAR.
AL PASO QUE VA, CUANDO TE LLEVE YA VA A ESTAR SECO.
¿SECO?
¿TE CAYÓ MAL LA COMIDA?

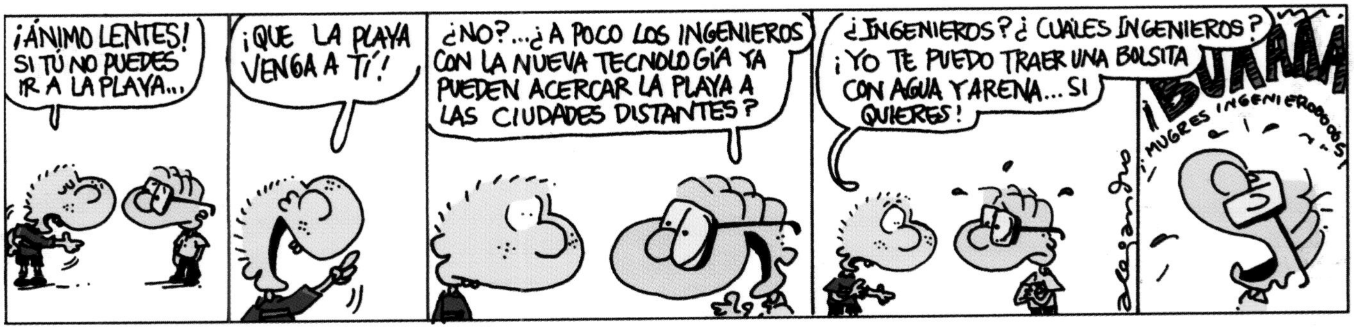
¡ÁNIMO LENTES! SI TÚ NO PUEDES IR A LA PLAYA...
¡QUE LA PLAYA VENGA A TI!
¿NO?... ¿A POCO LOS INGENIEROS CON LA NUEVA TECNOLOGÍA YA PUEDEN ACERCAR LA PLAYA A LAS CIUDADES DISTANTES?
¿INGENIEROS? ¿CUÁLES INGENIEROS? ¡YO TE PUEDO TRAER UNA BOLSITA CON AGUA Y ARENA... SI QUIERES!
¡BUAAA
¡MUGRES INGENIEROOOOOS!

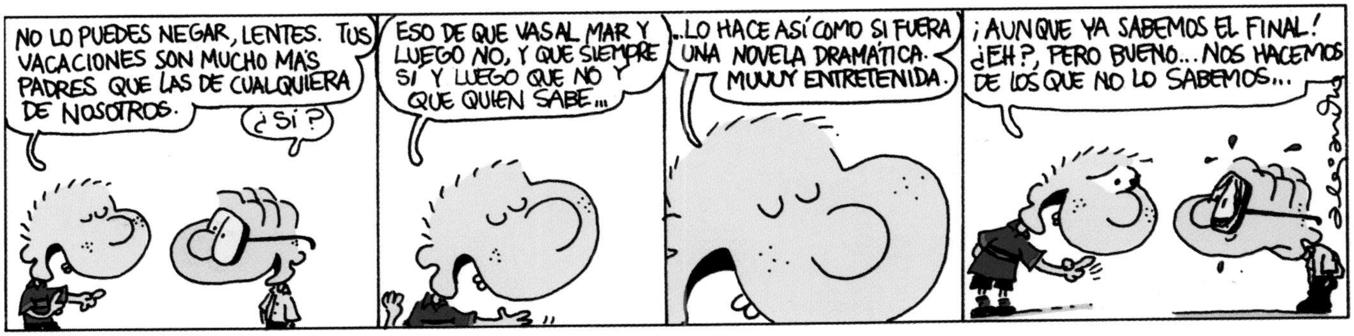
NO LO PUEDES NEGAR, LENTES. TUS VACACIONES SON MUCHO MÁS PADRES QUE LAS DE CUALQUIERA DE NOSOTROS.
¿SÍ?
ESO DE QUE VAS AL MAR Y LUEGO NO, Y QUE SIEMPRE SÍ Y LUEGO QUE NO Y QUE QUIÉN SABE...
...LO HACE ASÍ COMO SI FUERA UNA NOVELA DRAMÁTICA. MUUUY ENTRETENIDA.
¡AUNQUE YA SABEMOS EL FINAL! ¿EH?, PERO BUENO... NOS HACEMOS DE LOS QUE NO LO SABEMOS...

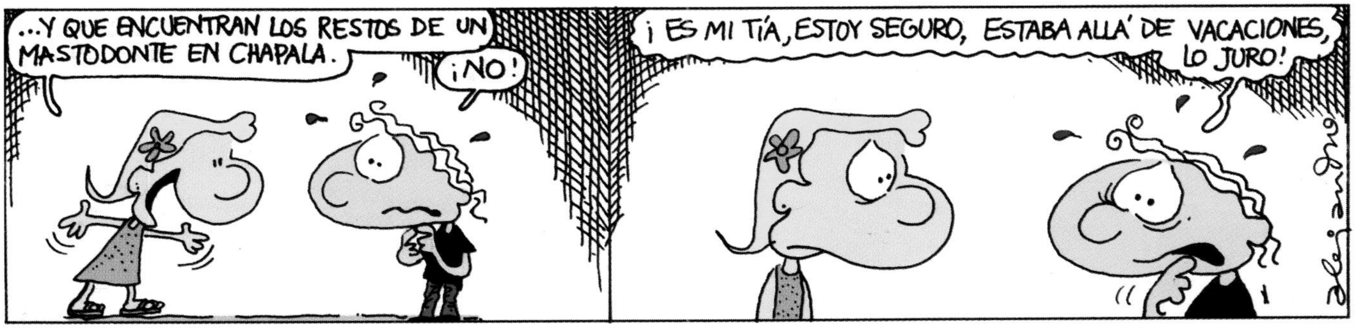
...Y QUE ENCUENTRAN LOS RESTOS DE UN MASTODONTE EN CHAPALA.
¡NO!
¡ES MI TÍA, ESTOY SEGURO, ESTABA ALLÁ DE VACACIONES, LO JURO!

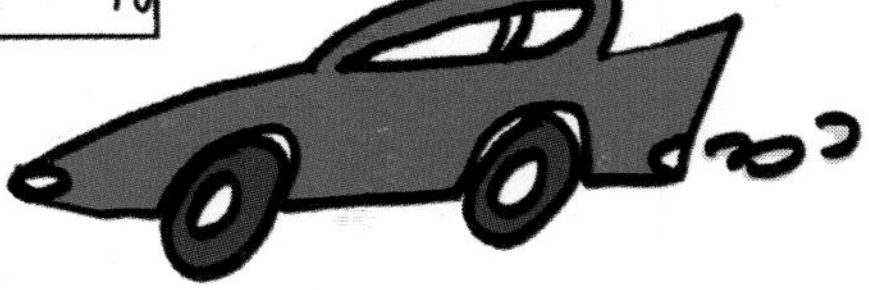

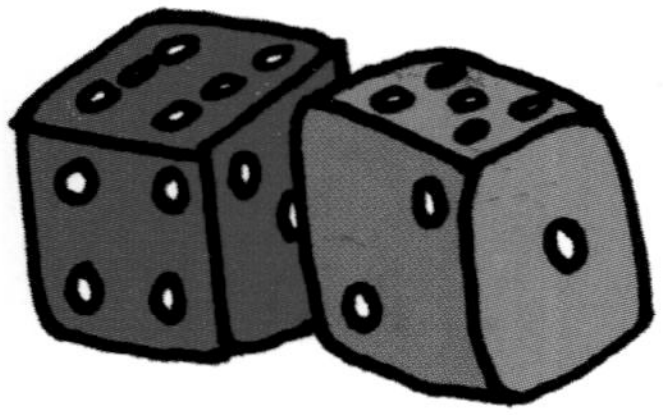

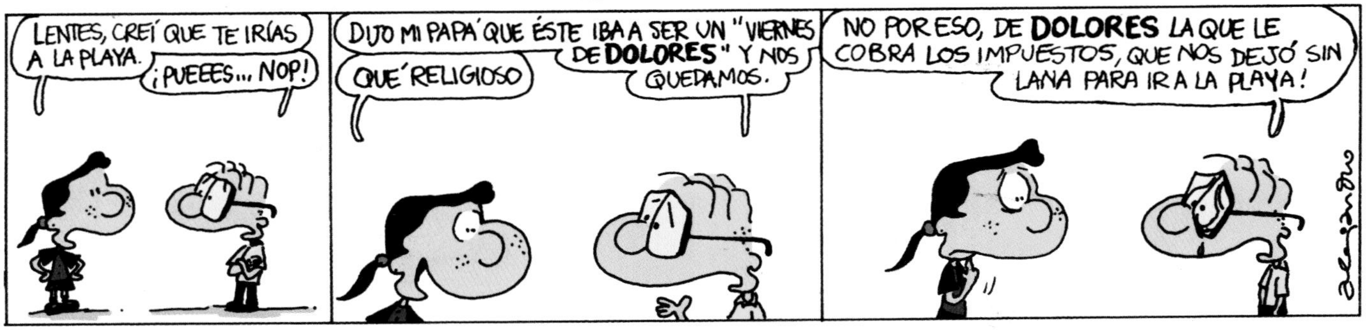
LENTES, CREÍ QUE TE IRÍAS A LA PLAYA.
¡PUEEES... NOP!
DIJO MI PAPÁ QUE ÉSTE IBA A SER UN "VIERNES DE **DOLORES**" Y NOS QUEDAMOS.
QUÉ RELIGIOSO
NO POR ESO, DE **DOLORES** LA QUE LE COBRA LOS IMPUESTOS, QUE NOS DEJÓ SIN LANA PARA IR A LA PLAYA!

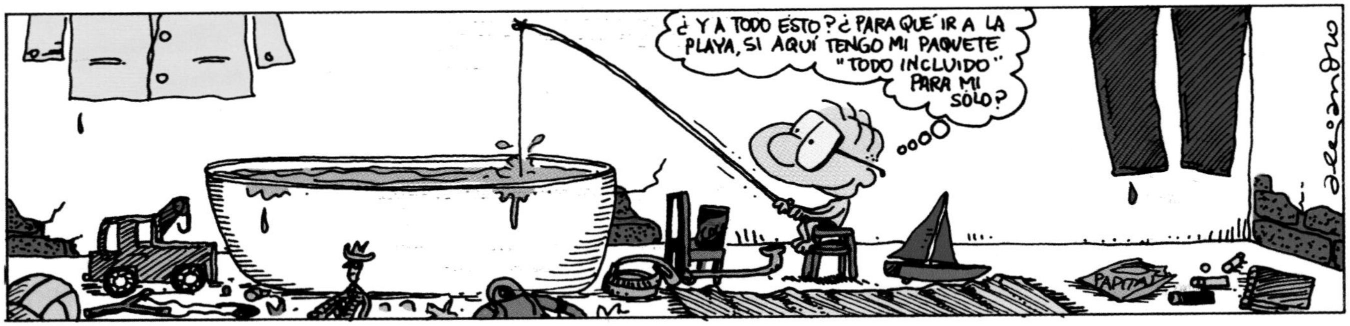
¿Y A TODO ESTO? ¿PARA QUÉ IR A LA PLAYA, SI AQUÍ TENGO MI PAQUETE "TODO INCLUIDO" PARA MI SOLO?

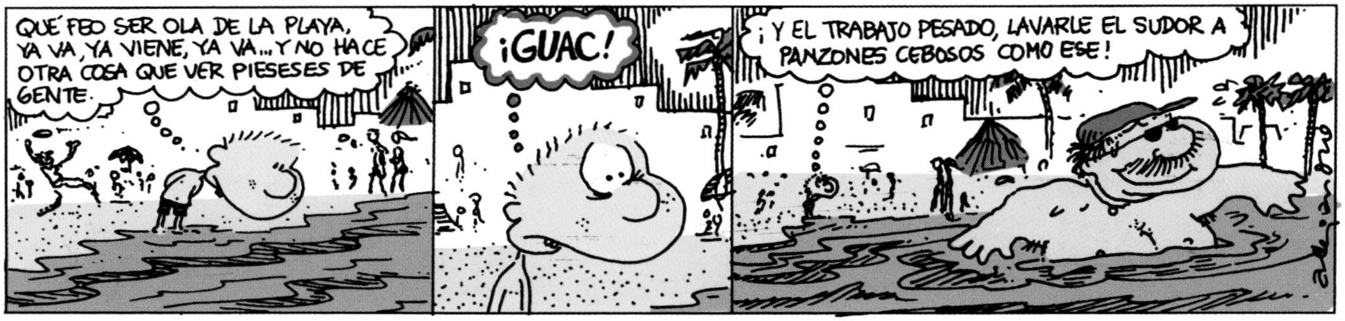
QUÉ FEO SER OLA DE LA PLAYA, YA VA, YA VIENE, YA VA... Y NO HACE OTRA COSA QUE VER PIESESES DE GENTE.
¡GUAC!
¡Y EL TRABAJO PESADO, LAVARLE EL SUDOR A PANZONES CEBOSOS COMO ESE!

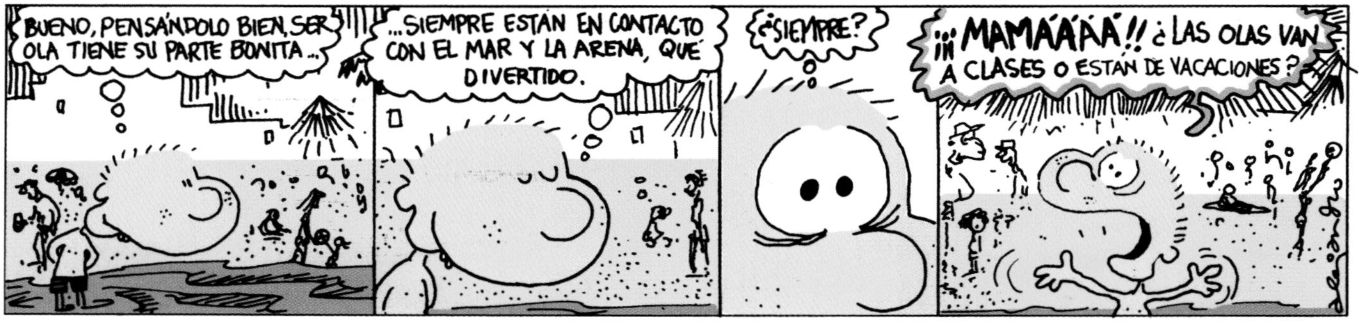
BUENO, PENSÁNDOLO BIEN, SER OLA TIENE SU PARTE BONITA...
...SIEMPRE ESTÁN EN CONTACTO CON EL MAR Y LA ARENA, QUÉ DIVERTIDO.
¿SIEMPRE?
¡¡¡MAMÁÁÁÁ!! ¿LAS OLAS VAN A CLASES O ESTÁN DE VACACIONES?

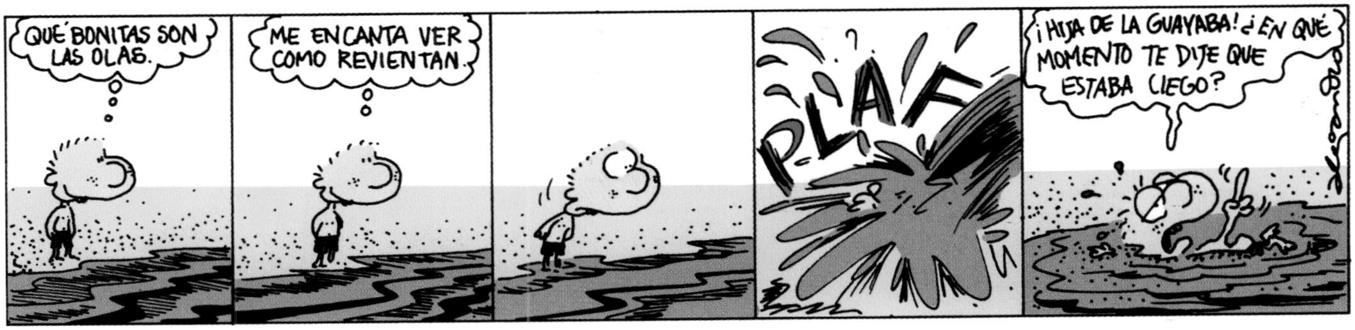
QUÉ BONITAS SON LAS OLAS.
ME ENCANTA VER COMO REVIENTAN.
PLAF
¡HIJA DE LA GUAYABA! ¿EN QUÉ MOMENTO TE DIJE QUE ESTABA CIEGO?

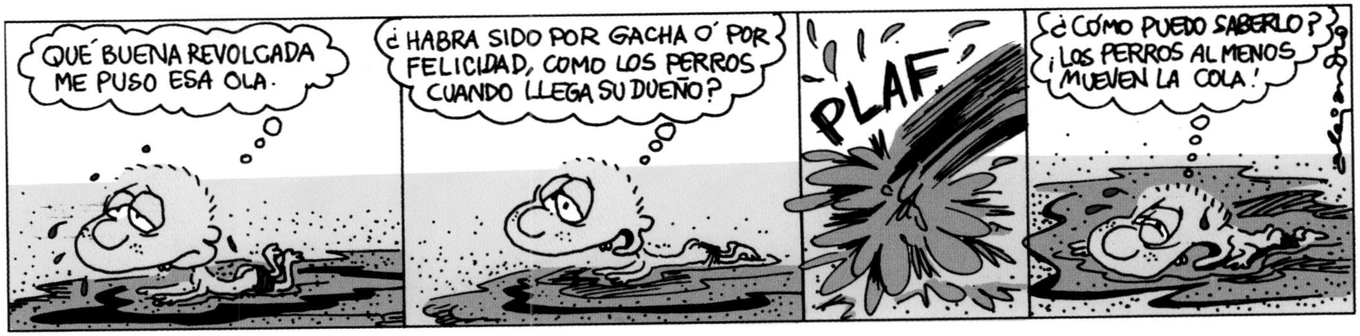
QUÉ BUENA REVOLCADA ME PUSO ESA OLA.
¿HABRA SIDO POR GACHA Ó POR FELICIDAD, COMO LOS PERROS CUANDO LLEGA SU DUEÑO?
PLAF
¿CÓMO PUEDO SABERLO? ¡LOS PERROS AL MENOS MUEVEN LA COLA!

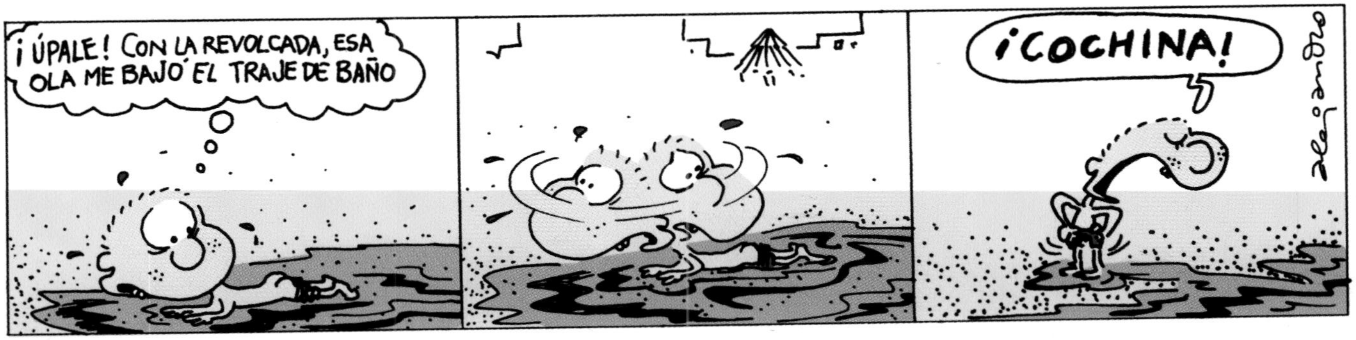
¡ÚPALE! CON LA REVOLCADA, ESA OLA ME BAJÓ EL TRAJE DE BAÑO
¡COCHINA!

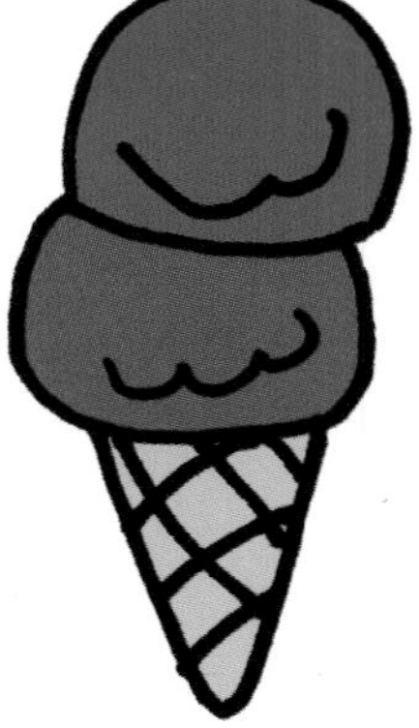

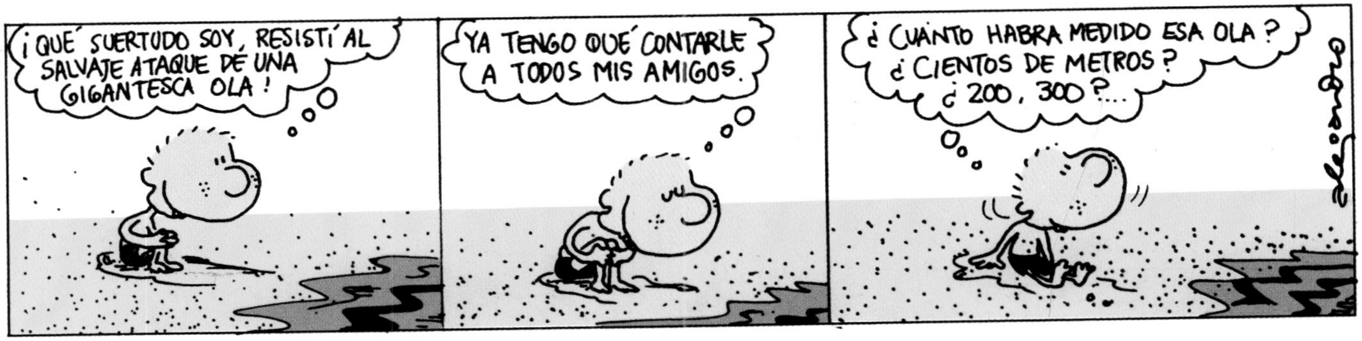
¡QUÉ SUERTUDO SOY, RESISTÍ AL SALVAJE ATAQUE DE UNA GIGANTESCA OLA!
YA TENGO QUÉ CONTARLE A TODOS MIS AMIGOS.
¿CUÁNTO HABRA MEDIDO ESA OLA? ¿CIENTOS DE METROS? ¿200, 300?...

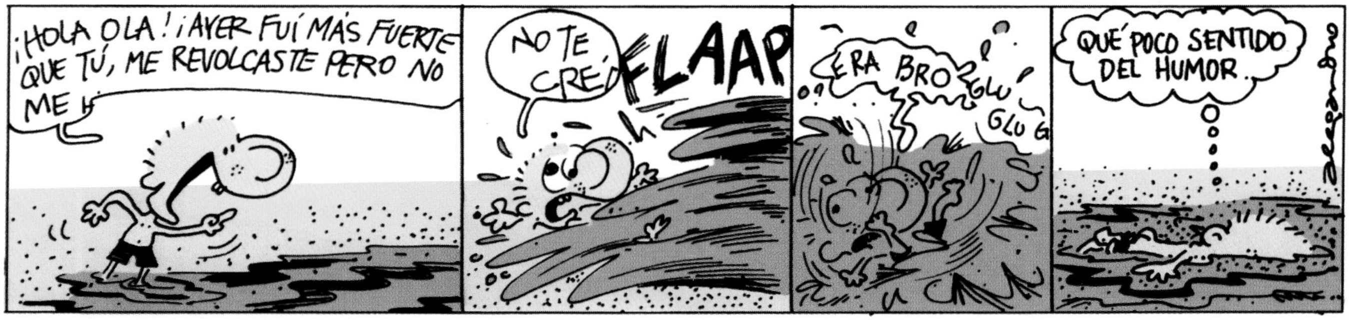
¡HOLA OLA! ¡AYER FUÍ MÁS FUERTE QUE TÚ, ME REVOLCASTE PERO NO ME H
NO TE CREÍ
FLAAP
ERA BRO
GLU
GLU G
QUÉ POCO SENTIDO DEL HUMOR...

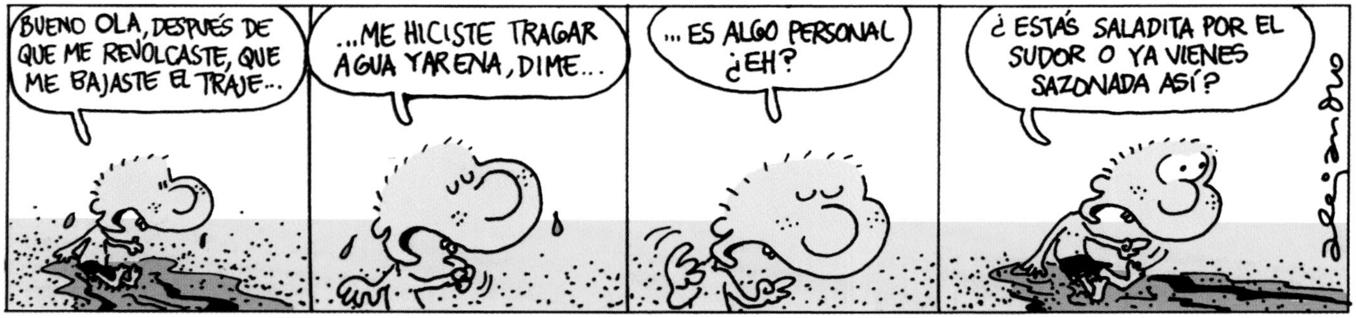
BUENO OLA, DESPUÉS DE QUE ME REVOLCASTE, QUE ME BAJASTE EL TRAJE...
...ME HICISTE TRAGAR AGUA Y ARENA, DIME...
...ES ALGO PERSONAL ¿EH?
¿ESTÁS SALADITA POR EL SUDOR O YA VIENES SAZONADA ASÍ?

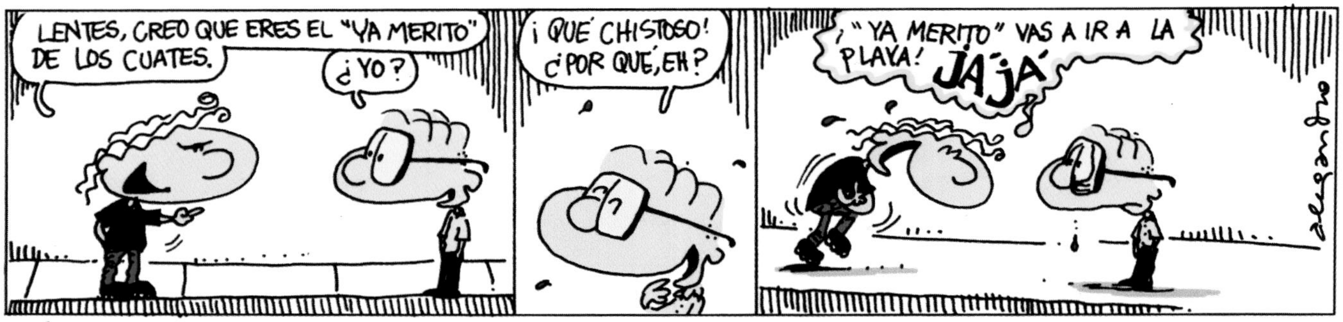
LENTES, CREO QUE ERES EL "YA MERITO" DE LOS CUATES.
¿YO?
¡QUÉ CHISTOSO! ¿POR QUÉ, EH?
¡"YA MERITO" VAS A IR A LA PLAYA!
JAJÁ

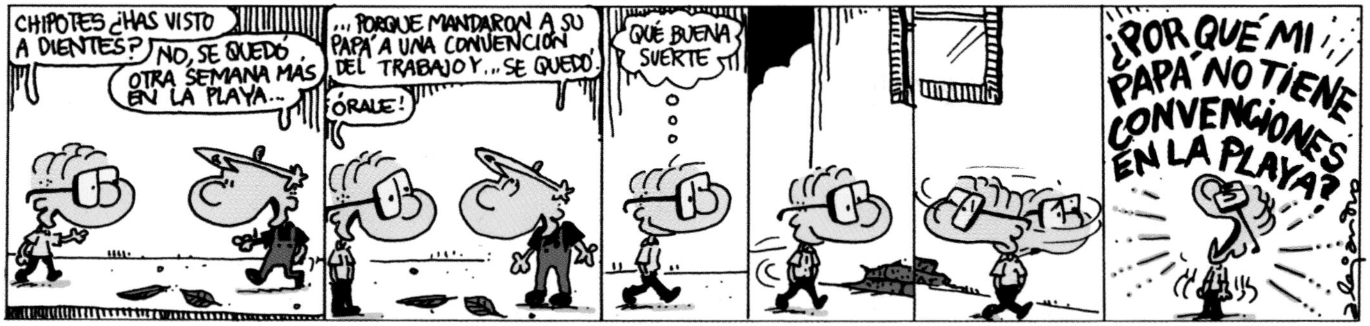
CHIPOTES ¿HAS VISTO A DIENTES?
NO, SE QUEDÓ OTRA SEMANA MÁS EN LA PLAYA...
...PORQUE MANDARON A SU PAPÁ A UNA CONVENCIÓN DEL TRABAJO Y... SE QUEDÓ.
¡ÓRALE!
QUÉ BUENA SUERTE
¿POR QUÉ MI PAPÁ NO TIENE CONVENCIONES EN LA PLAYA?

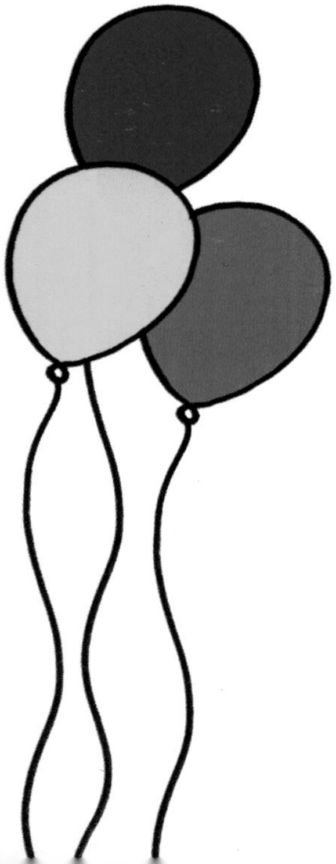

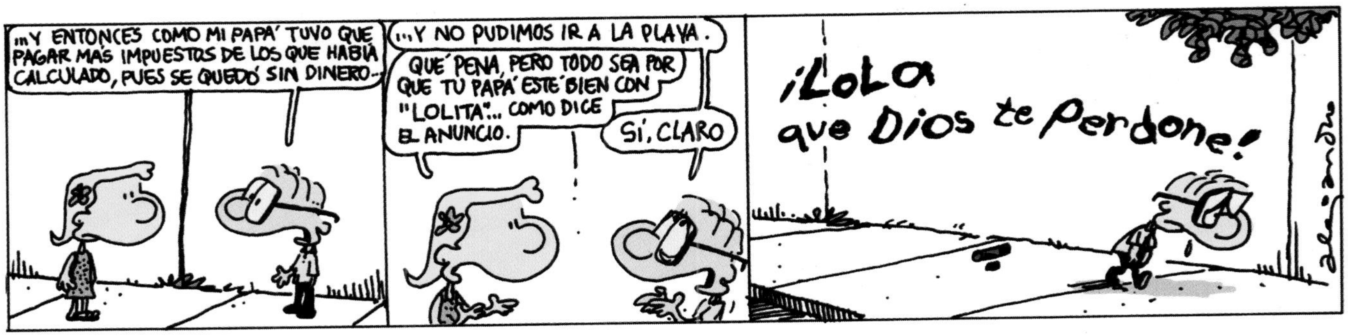
...Y ENTONCES COMO MI PAPÁ TUVO QUE PAGAR MÁS IMPUESTOS DE LOS QUE HABÍA CALCULADO, PUES SE QUEDÓ SIN DINERO...
...Y NO PUDIMOS IR A LA PLAYA.
QUÉ PENA, PERO TODO SEA POR QUE TU PAPÁ ESTÉ BIEN CON "LOLITA"... COMO DICE EL ANUNCIO.
SÍ, CLARO
¡LOLA que Dios te perdone!

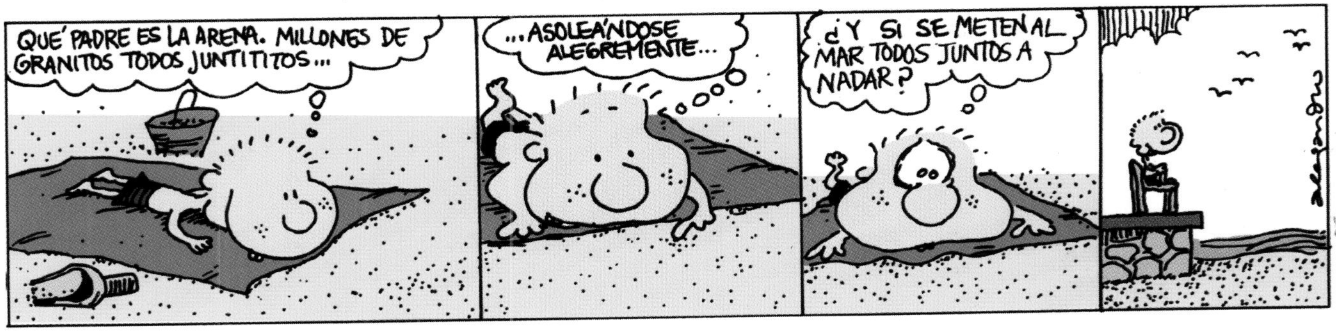
QUÉ PADRE ES LA ARENA. MILLONES DE GRANITOS TODOS JUNTITITOS...
...ASOLEÁNDOSE ALEGREMENTE...
¿Y SI SE METEN AL MAR TODOS JUNTOS A NADAR?

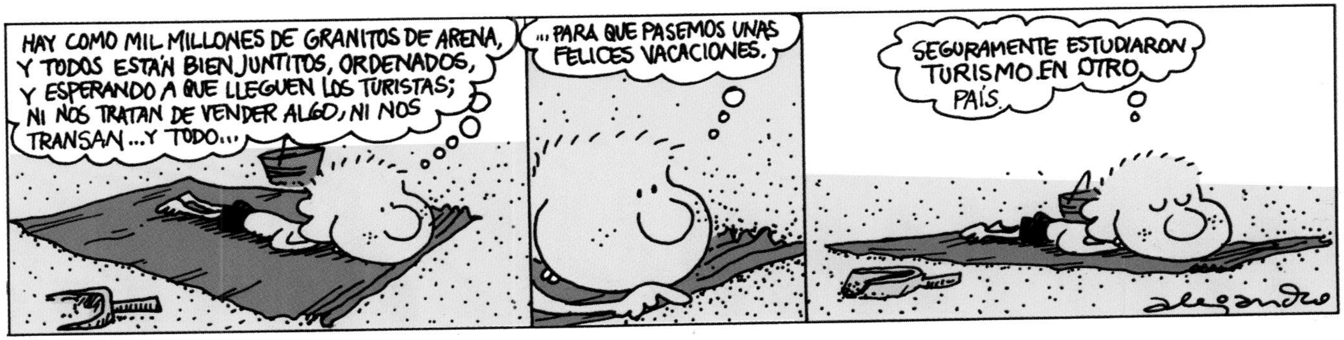
HAY COMO MIL MILLONES DE GRANITOS DE ARENA, Y TODOS ESTÁN BIEN JUNTITOS, ORDENADOS, Y ESPERANDO A QUE LLEGUEN LOS TURISTAS; NI NOS TRATAN DE VENDER ALGO, NI NOS TRANSAN ...Y TODO...
...PARA QUE PASEMOS UNAS FELICES VACACIONES.
SEGURAMENTE ESTUDIARON TURISMO EN OTRO PAÍS.

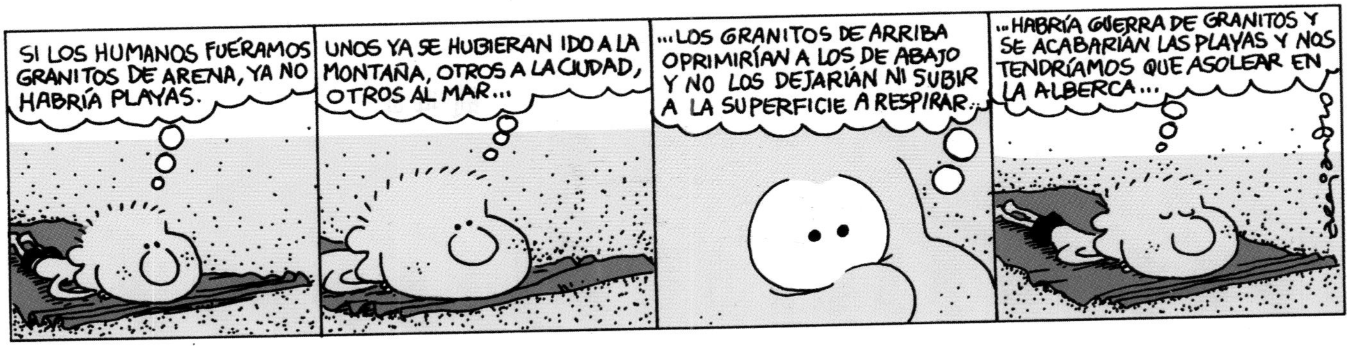
SI LOS HUMANOS FUÉRAMOS GRANITOS DE ARENA, YA NO HABRÍA PLAYAS.
UNOS YA SE HUBIERAN IDO A LA MONTAÑA, OTROS A LA CIUDAD, OTROS AL MAR...
...LOS GRANITOS DE ARRIBA OPRIMIRÍAN A LOS DE ABAJO Y NO LOS DEJARÍAN NI SUBIR A LA SUPERFICIE A RESPIRAR.
...HABRÍA GUERRA DE GRANITOS Y SE ACABARÍAN LAS PLAYAS Y NOS TENDRÍAMOS QUE ASOLEAR EN LA ALBERCA...

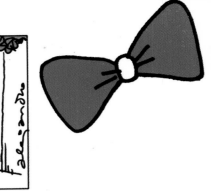

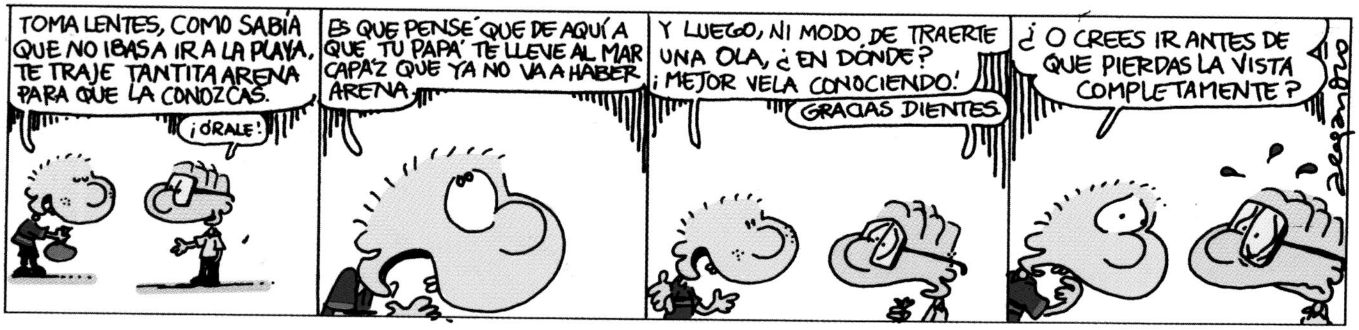
TOMA LENTES, COMO SABÍA QUE NO IBAS A IR A LA PLAYA, TE TRAJE TANTITA ARENA PARA QUE LA CONOZCAS.
¡ÓRALE!
ES QUE PENSÉ QUE DE AQUÍ A QUE TU PAPÁ TE LLEVE AL MAR CAPAZ QUE YA NO VA A HABER ARENA.
Y LUEGO, NI MODO DE TRAERTE UNA OLA, ¿EN DÓNDE? ¡MEJOR VELA CONOCIENDO!
GRACIAS DIENTES.
¿O CREES IR ANTES DE QUE PIERDAS LA VISTA COMPLETAMENTE?

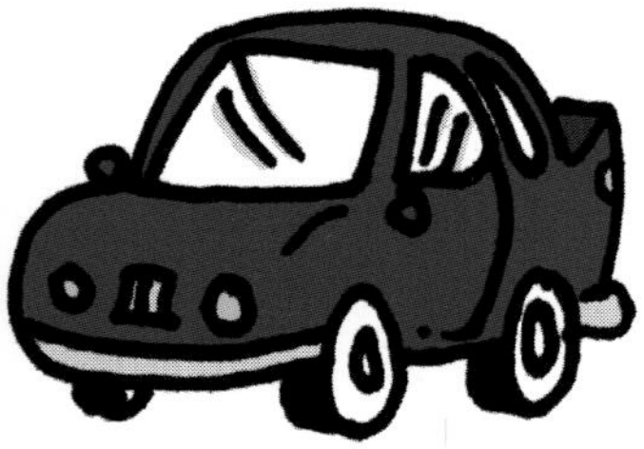

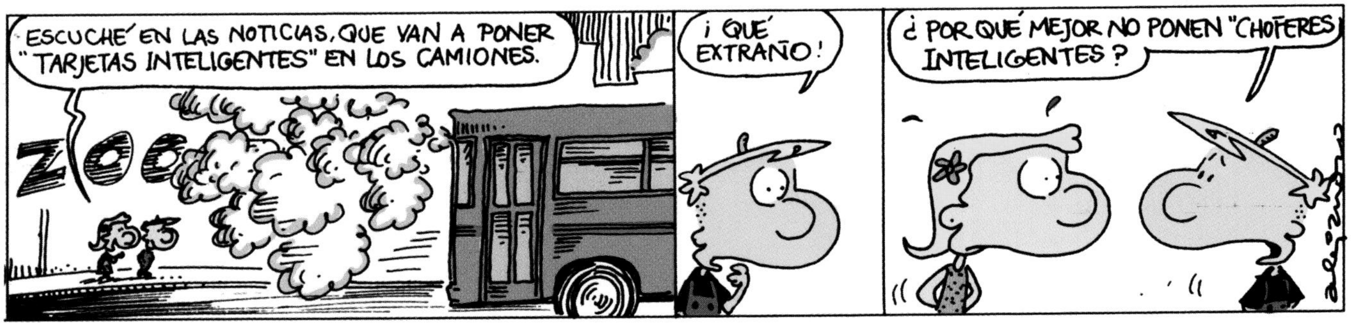
ESCUCHÉ EN LAS NOTICIAS, QUE VAN A PONER "TARJETAS INTELIGENTES" EN LOS CAMIONES.
ZOO
¡QUÉ EXTRAÑO!
¿POR QUÉ MEJOR NO PONEN "CHOFERES INTELIGENTES"?

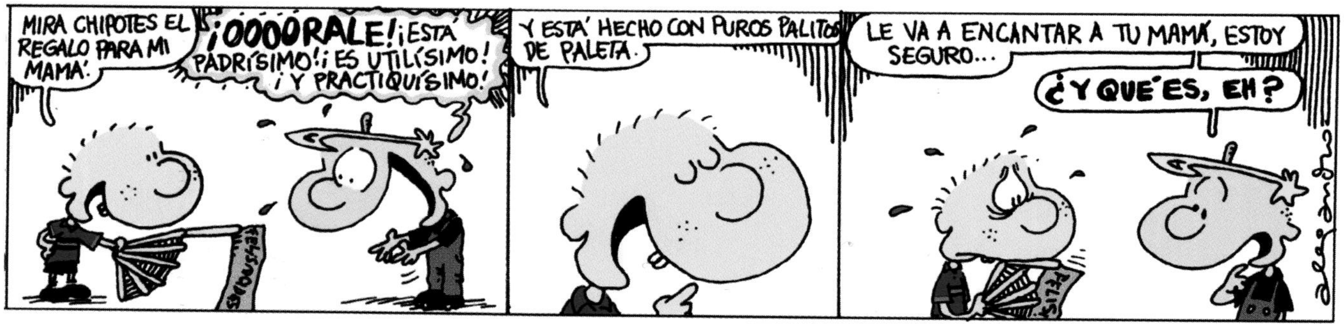
MIRA CHIPOTES EL REGALO PARA MI MAMÁ.
¡OOOORALE! ¡ESTÁ PADRÍSIMO! ¡ES UTILÍSIMO! ¡Y PRACTIQUÍSIMO!
Y ESTÁ HECHO CON PUROS PALITOS DE PALETA.
LE VA A ENCANTAR A TU MAMÁ, ESTOY SEGURO...
¿Y QUÉ ES, EH?

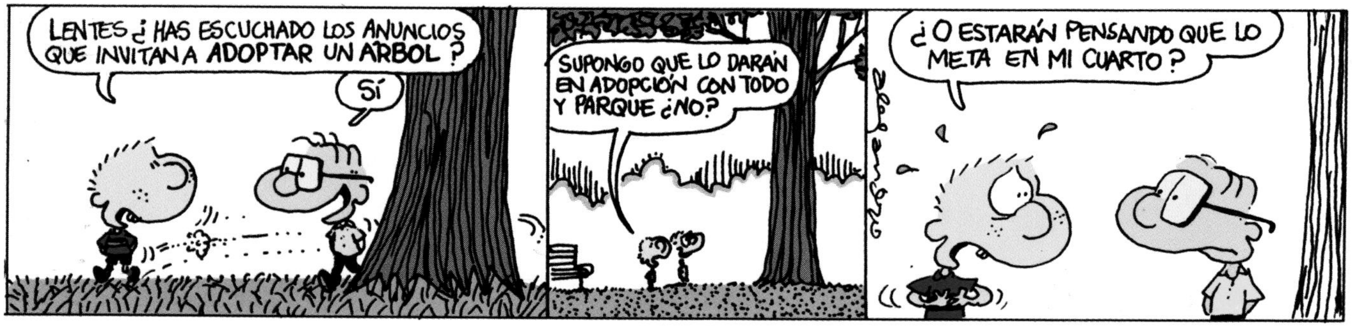
LENTES ¿HAS ESCUCHADO LOS ANUNCIOS QUE INVITAN A ADOPTAR UN ÁRBOL?
SÍ
SUPONGO QUE LO DARÁN EN ADOPCIÓN CON TODO Y PARQUE ¿NO?
¿O ESTARÁN PENSANDO QUE LO META EN MI CUARTO?

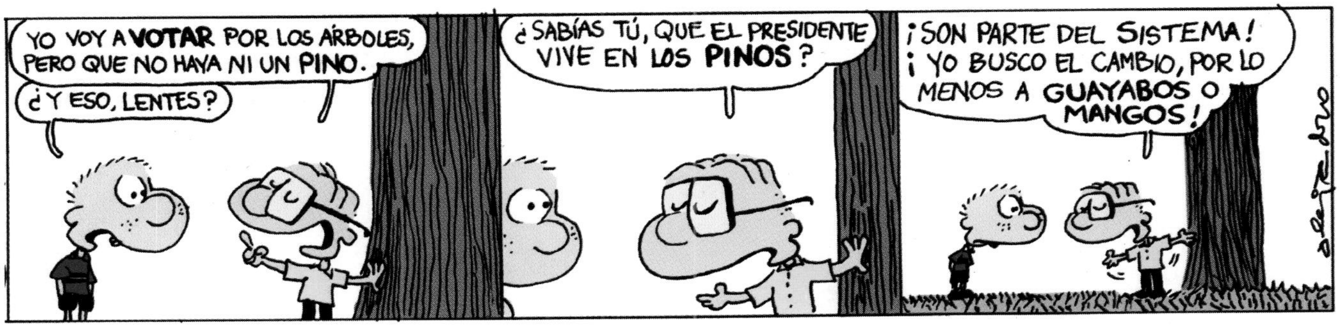
YO VOY A VOTAR POR LOS ÁRBOLES, PERO QUE NO HAYA NI UN PINO.
¿Y ESO, LENTES?
¿SABÍAS TÚ, QUE EL PRESIDENTE VIVE EN LOS PINOS?
¡SON PARTE DEL SISTEMA! ¡YO BUSCO EL CAMBIO, POR LO MENOS A GUAYABOS O MANGOS!

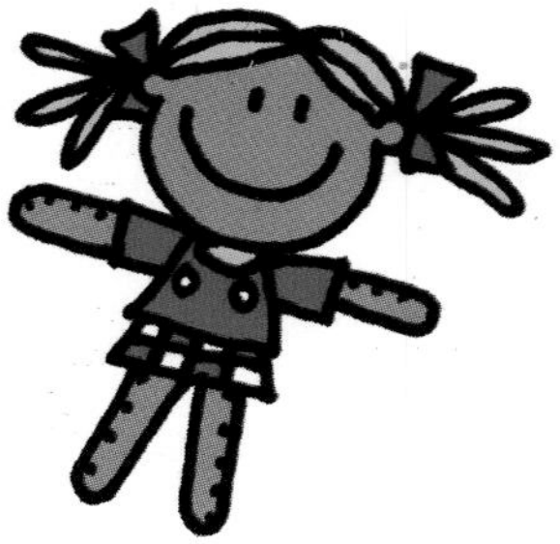

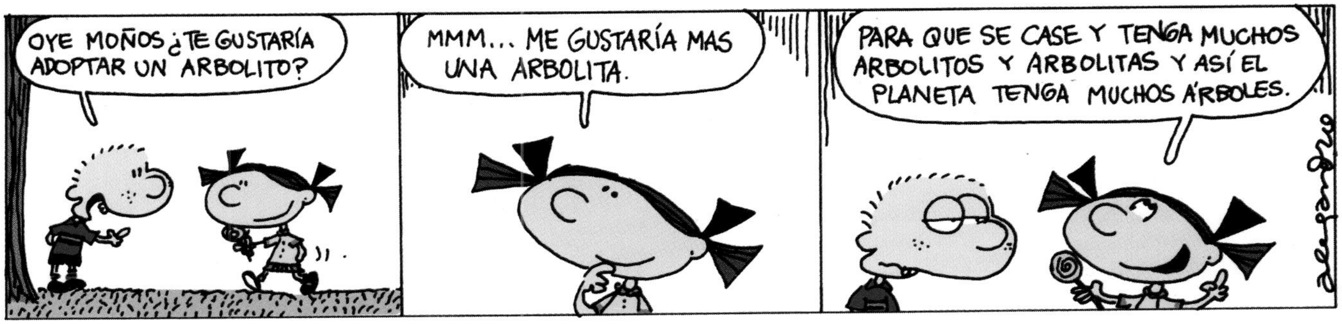
OYE MOÑOS ¿TE GUSTARÍA ADOPTAR UN ARBOLITO?
MMM... ME GUSTARÍA MAS UNA ARBOLITA.
PARA QUE SE CASE Y TENGA MUCHOS ARBOLITOS Y ARBOLITAS Y ASÍ EL PLANETA TENGA MUCHOS ÁRBOLES.

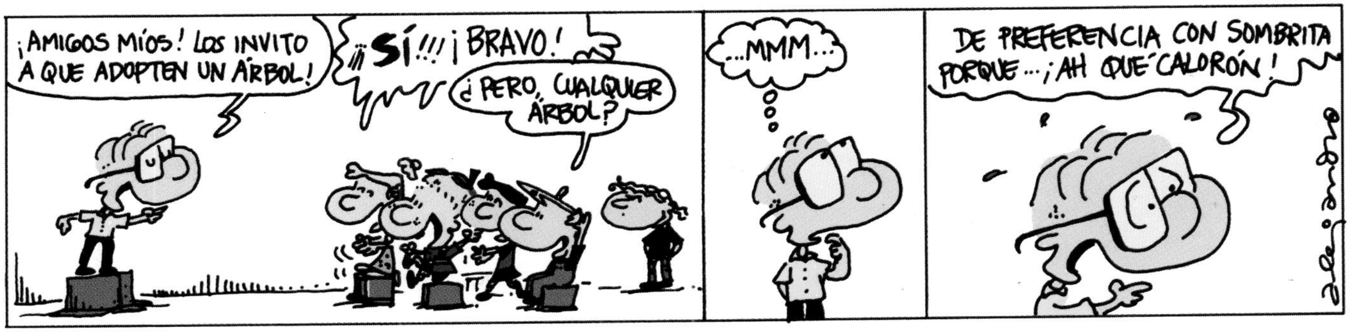
¡AMIGOS MÍOS! LOS INVITO A QUE ADOPTEN UN ÁRBOL!
¡¡¡SÍ!!! ¡BRAVO!
¿PERO, CUALQUIER ÁRBOL?
...MMM...
DE PREFERENCIA CON SOMBRITA PORQUE... ¡AH QUÉ CALORÓN!

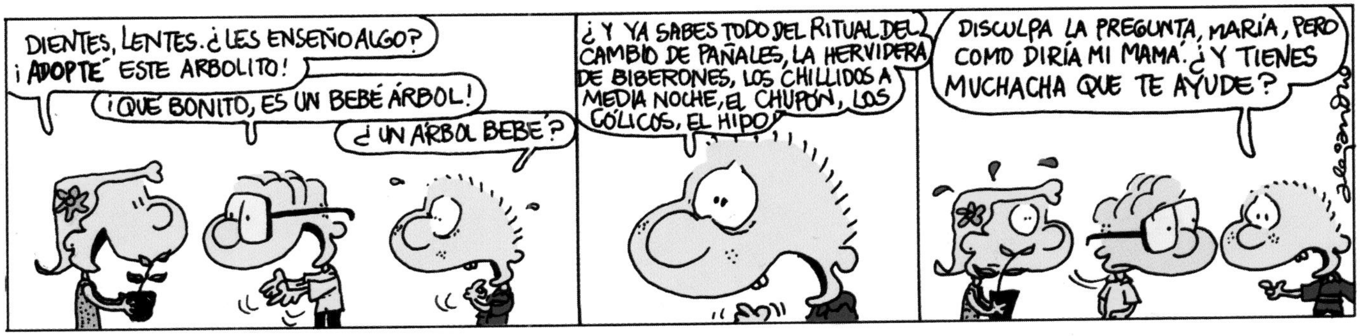
DIENTES, LENTES. ¿LES ENSEÑO ALGO?
¡ADOPTE ESTE ARBOLITO!
¡QUÉ BONITO, ES UN BEBÉ ÁRBOL!
¿UN ÁRBOL BEBE?
¿Y YA SABES TODO DEL RITUAL DEL CAMBIO DE PAÑALES, LA HERVIDERA DE BIBERONES, LOS CHILLIDOS A MEDIA NOCHE, EL CHUPÓN, LOS CÓLICOS, EL HIPO?
DISCULPA LA PREGUNTA, MARÍA, PERO COMO DIRÍA MI MAMÁ. ¿Y TIENES MUCHACHA QUE TE AYUDE?

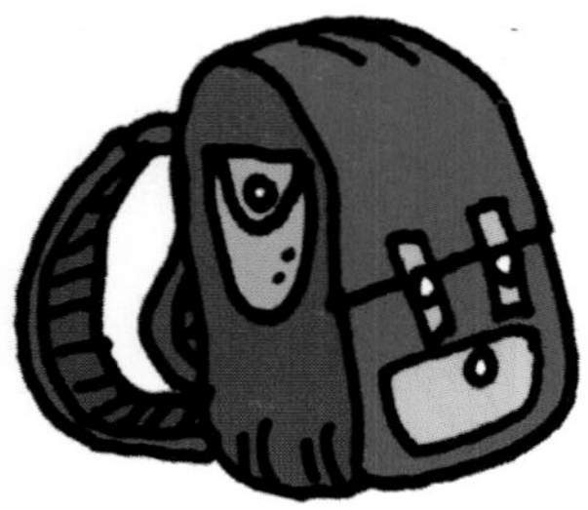

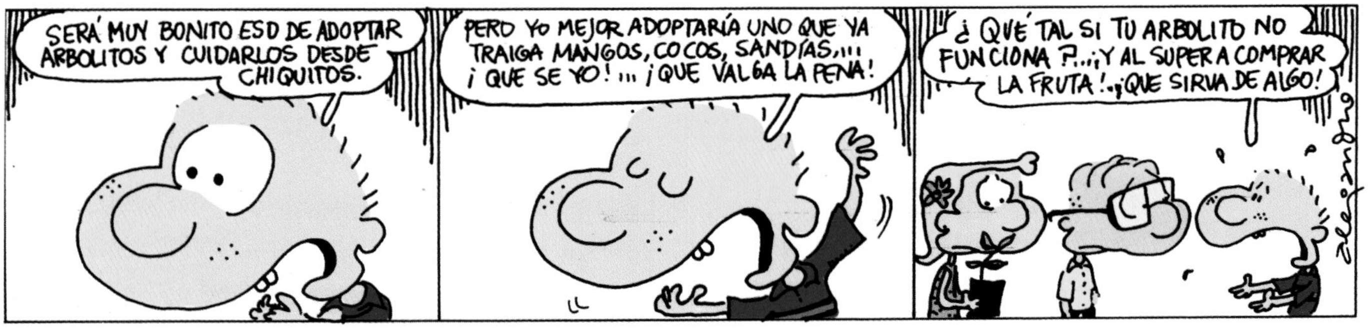
SERÁ MUY BONITO ESO DE ADOPTAR ARBOLITOS Y CUIDARLOS DESDE CHIQUITOS.
PERO YO MEJOR ADOPTARÍA UNO QUE YA TRAIGA MANGOS, COCOS, SANDÍAS,... ¡QUE SE YO! ... ¡QUE VALGA LA PENA!
¿QUÉ TAL SI TU ARBOLITO NO FUNCIONA?...¡Y AL SUPER A COMPRAR LA FRUTA!..¡QUE SIRVA DE ALGO!

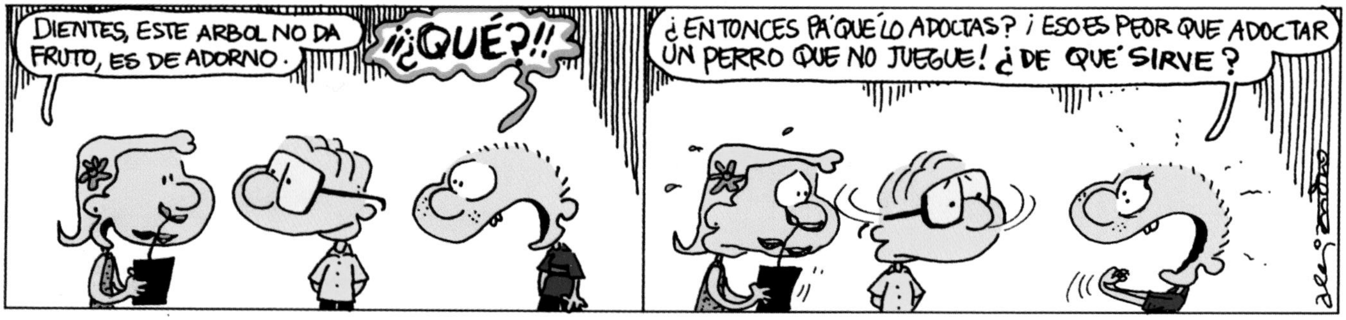
DIENTES, ESTE ARBOL NO DA FRUTO, ES DE ADORNO.
¡¡¿QUÉ?!!
¿ENTONCES PA'QUÉ LO ADOCTAS? ¡ESO ES PEOR QUE ADOCTAR UN PERRO QUE NO JUEGUE! ¿DE QUÉ SIRVE?

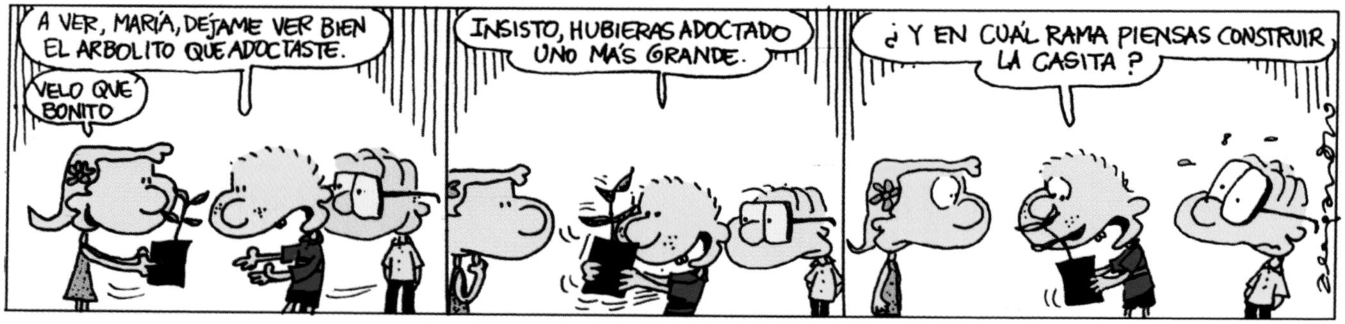
A VER, MARÍA, DÉJAME VER BIEN EL ARBOLITO QUE ADOCTASTE.
VELO QUE BONITO
INSISTO, HUBIERAS ADOCTADO UNO MÁS GRANDE.
¿Y EN CUÁL RAMA PIENSAS CONSTRUIR LA CASITA?

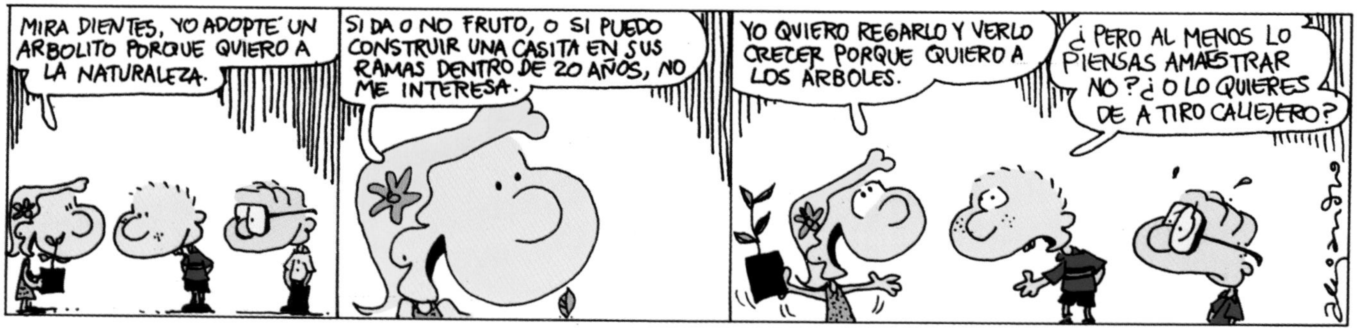
MIRA DIENTES, YO ADOPTÉ UN ARBOLITO PORQUE QUIERO A LA NATURALEZA.
SI DA O NO FRUTO, O SI PUEDO CONSTRUIR UNA CASITA EN SUS RAMAS DENTRO DE 20 AÑOS, NO ME INTERESA.
YO QUIERO REGARLO Y VERLO CRECER PORQUE QUIERO A LOS ARBOLES.
¿PERO AL MENOS LO PIENSAS AMAESTRAR NO? ¿O LO QUIERES DE A TIRO CALLEJERO?

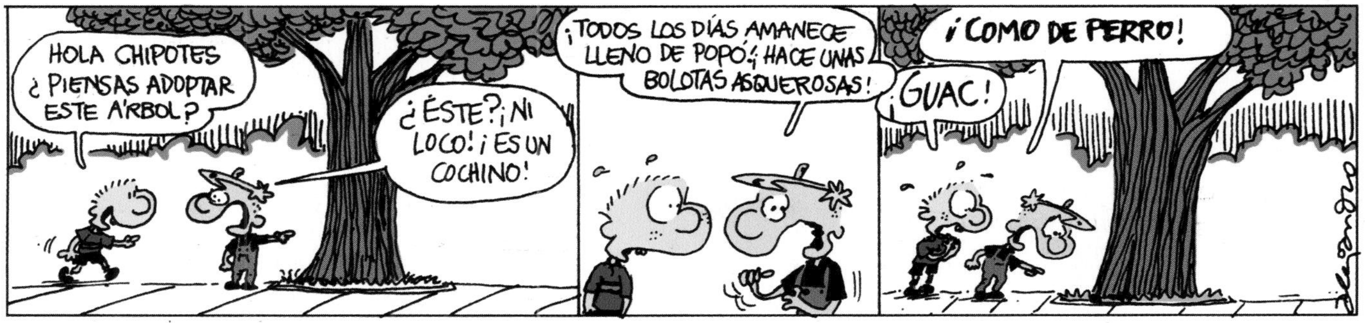
HOLA CHIPOTES ¿PIENSAS ADOPTAR ESTE ÁRBOL?
¿ÉSTE? ¡NI LOCO! ¡ES UN COCHINO!
¡TODOS LOS DÍAS AMANECE LLENO DE POPÓ! ¡HACE UNAS BOLOTAS ASQUEROSAS!
¡GUAC!
¡COMO DE PERRO!

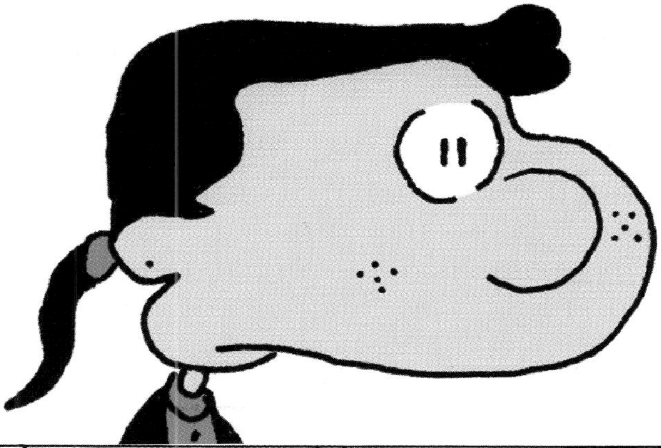

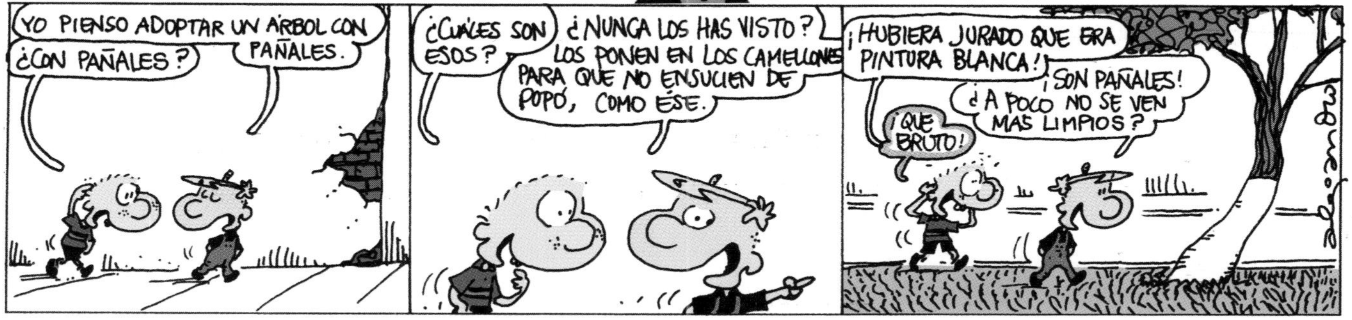
YO PIENSO ADOPTAR UN ÁRBOL CON PAÑALES.
¿CON PAÑALES?
¿CUÁLES SON ESOS?
¿NUNCA LOS HAS VISTO? LOS PONEN EN LOS CAMELLONES PARA QUE NO ENSUCIEN DE POPÓ, COMO ÉSE.
¡HUBIERA JURADO QUE ERA PINTURA BLANCA!
¡SON PAÑALES! ¿A POCO NO SE VEN MÁS LIMPIOS?
¡QUÉ BRUTO!

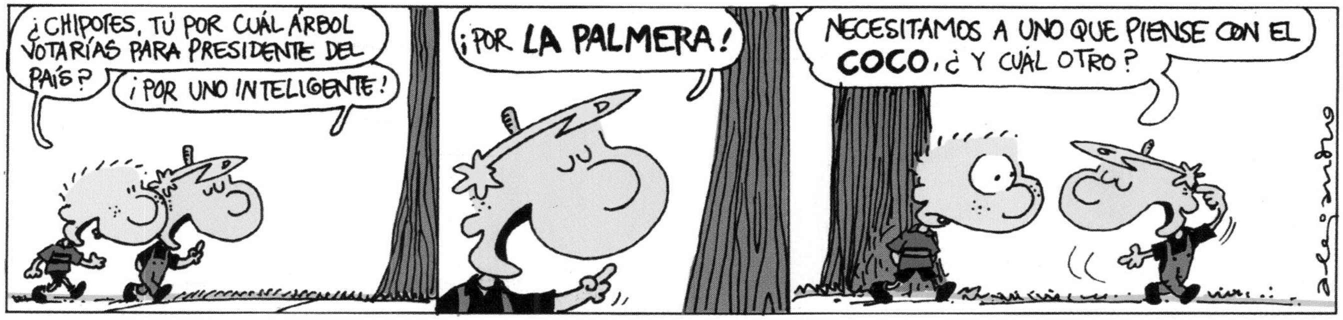
¿CHIPOTES, TÚ POR CUÁL ÁRBOL VOTARÍAS PARA PRESIDENTE DEL PAÍS?
¡POR UNO INTELIGENTE!
¡POR LA PALMERA!
NECESITAMOS A UNO QUE PIENSE CON EL COCO. ¿Y CUÁL OTRO?

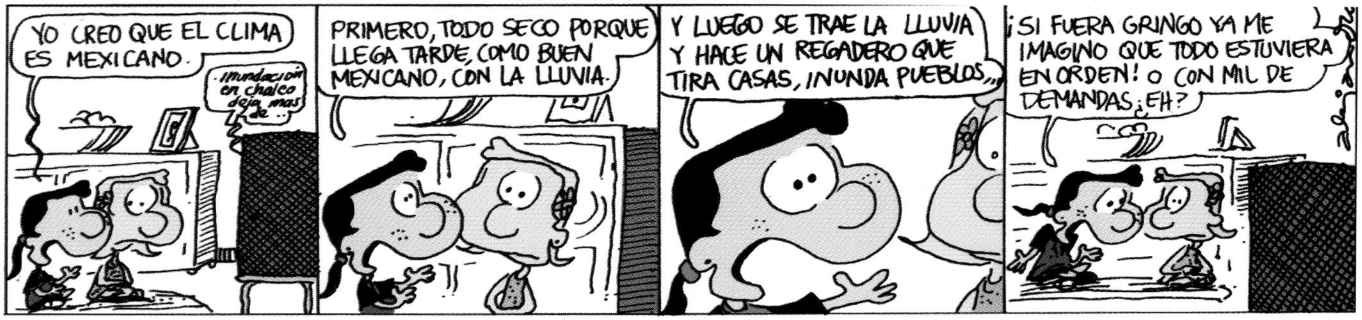
YO CREO QUE EL CLIMA ES MEXICANO.
inundación en chalco deja mas de ...
PRIMERO, TODO SECO PORQUE LLEGA TARDE, COMO BUEN MEXICANO, CON LA LLUVIA.
Y LUEGO SE TRAE LA LLUVIA Y HACE UN REGADERO QUE TIRA CASAS, INUNDA PUEBLOS,,,
¡SI FUERA GRINGO YA ME IMAGINO QUE TODO ESTUVIERA EN ORDEN! O CON MIL DE DEMANDAS ¿EH?

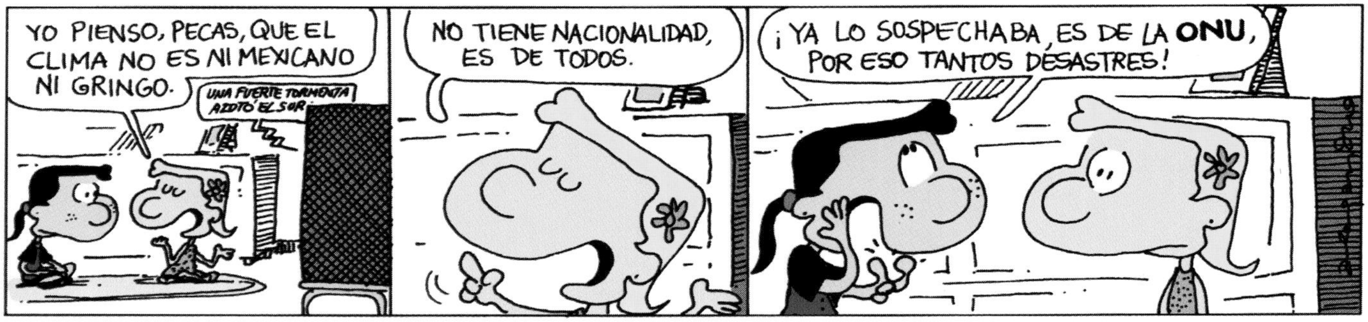
YO PIENSO, PECAS, QUE EL CLIMA NO ES NI MEXICANO NI GRINGO.
UNA FUERTE TORMENTA AZOTÓ EL SUR
NO TIENE NACIONALIDAD, ES DE TODOS.
¡YA LO SOSPECHABA, ES DE LA ONU, POR ESO TANTOS DESASTRES!

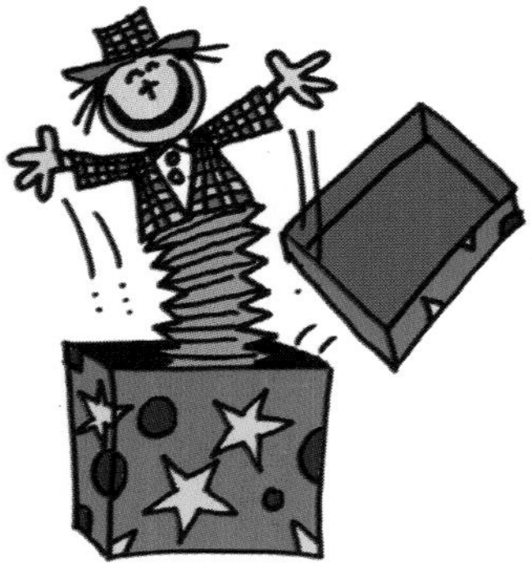

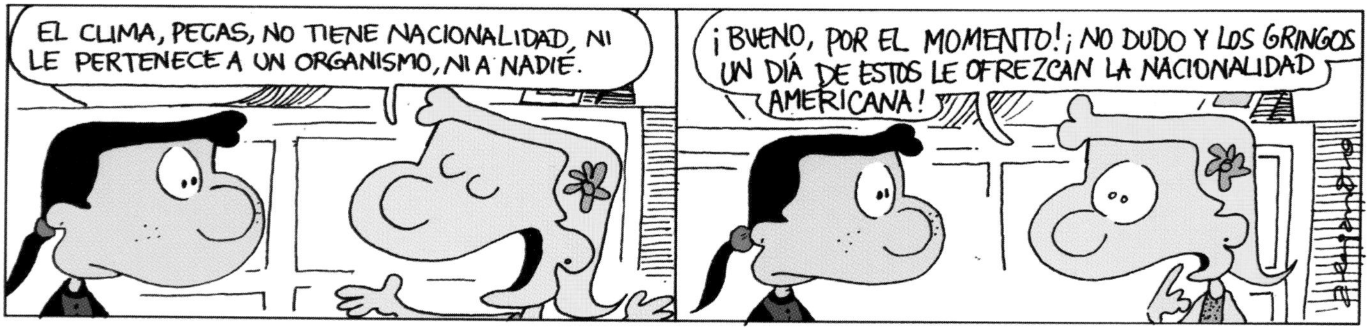
EL CLIMA, PECAS, NO TIENE NACIONALIDAD, NI LE PERTENECE A UN ORGANISMO, NI A NADIÉ.
¡BUENO, POR EL MOMENTO! ¡NO DUDO Y LOS GRINGOS UN DÍA DE ESTOS LE OFREZCAN LA NACIONALIDAD AMERICANA!

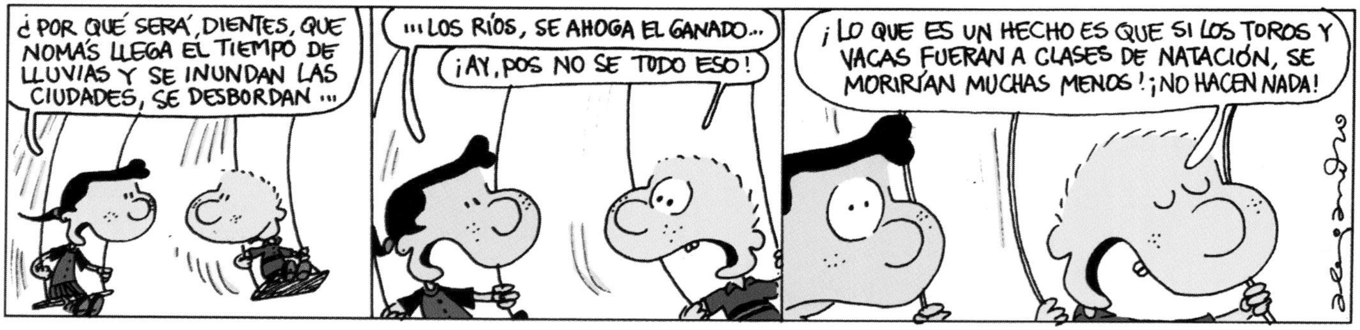
¿POR QUÉ SERÁ, DIENTES, QUE NOMÁS LLEGA EL TIEMPO DE LLUVIAS Y SE INUNDAN LAS CIUDADES, SE DESBORDAN ...
... LOS RÍOS, SE AHOGA EL GANADO...
¡AY, POS NO SE TODO ESO!
¡LO QUE ES UN HECHO ES QUE SI LOS TOROS Y VACAS FUERAN A CLASES DE NATACIÓN, SE MORIRÍAN MUCHAS MENOS! ¡NO HACEN NADA!

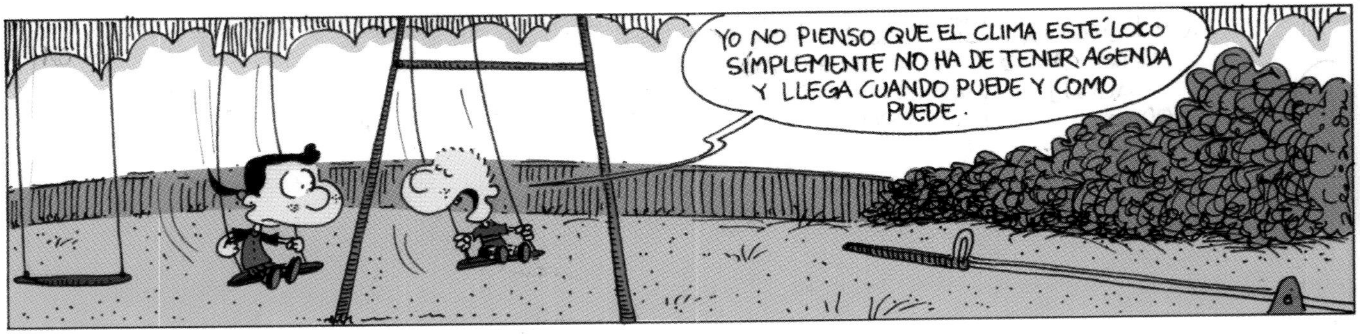
YO NO PIENSO QUE EL CLIMA ESTÉ LOCO SÍMPLEMENTE NO HA DE TENER AGENDA Y LLEGA CUANDO PUEDE Y COMO PUEDE.

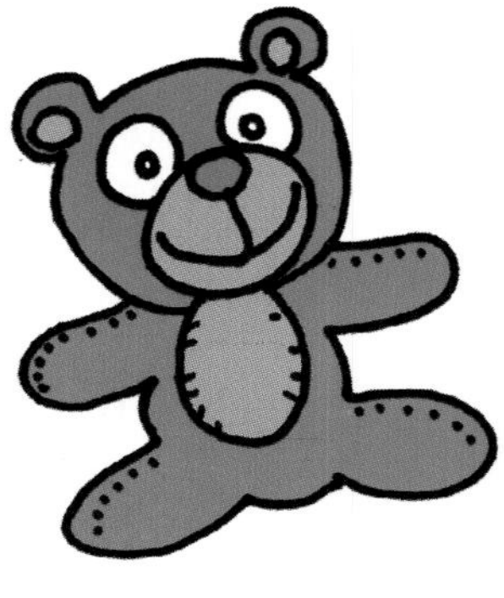

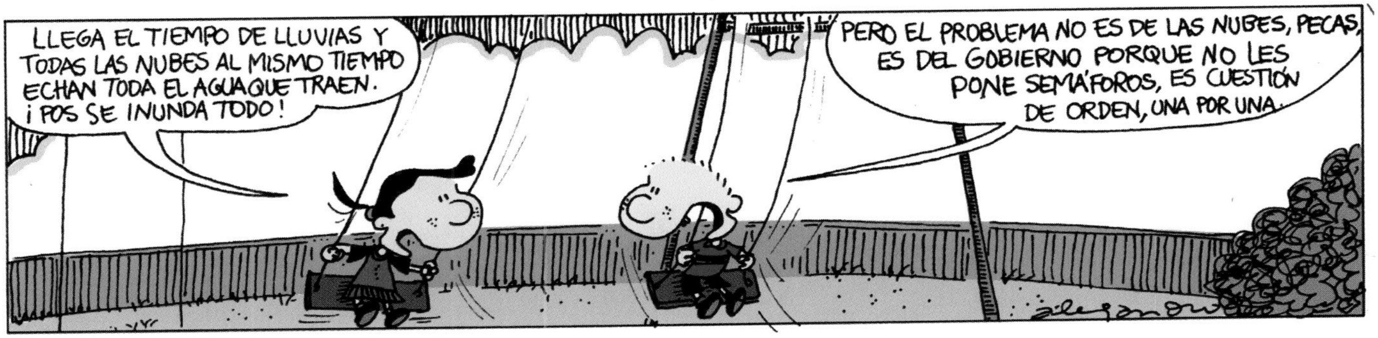
LLEGA EL TIEMPO DE LLUVIAS Y TODAS LAS NUBES AL MISMO TIEMPO ECHAN TODA EL AGUA QUE TRAEN. ¡POS SE INUNDA TODO!
PERO EL PROBLEMA NO ES DE LAS NUBES, PECAS, ES DEL GOBIERNO PORQUE NO LES PONE SEMÁFOROS, ES CUESTIÓN DE ORDEN, UNA POR UNA.

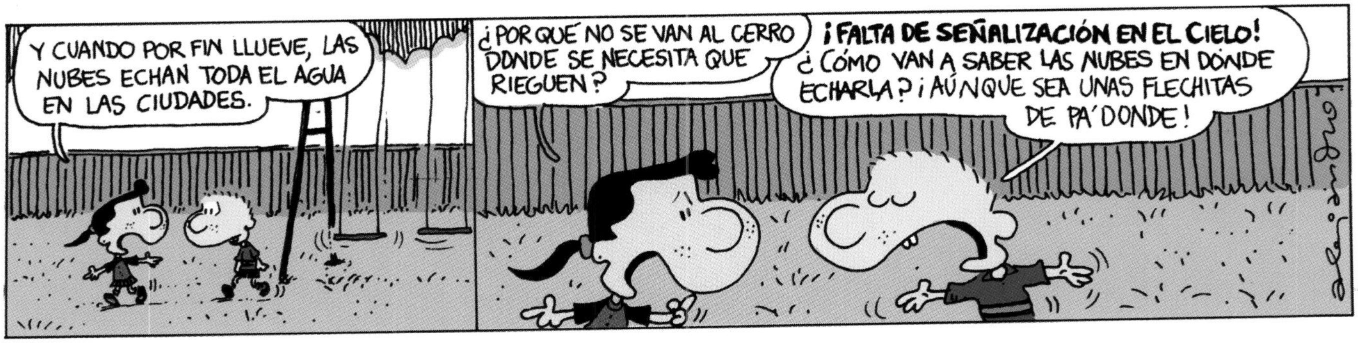
Y CUANDO POR FIN LLUEVE, LAS NUBES ECHAN TODA EL AGUA EN LAS CIUDADES.
¿POR QUÉ NO SE VAN AL CERRO DONDE SE NECESITA QUE RIEGUEN?
¡FALTA DE SEÑALIZACIÓN EN EL CIELO! ¿CÓMO VAN A SABER LAS NUBES EN DÓNDE ECHARLA? ¡AÚNQUE SEA UNAS FLECHITAS DE PA'DONDE!

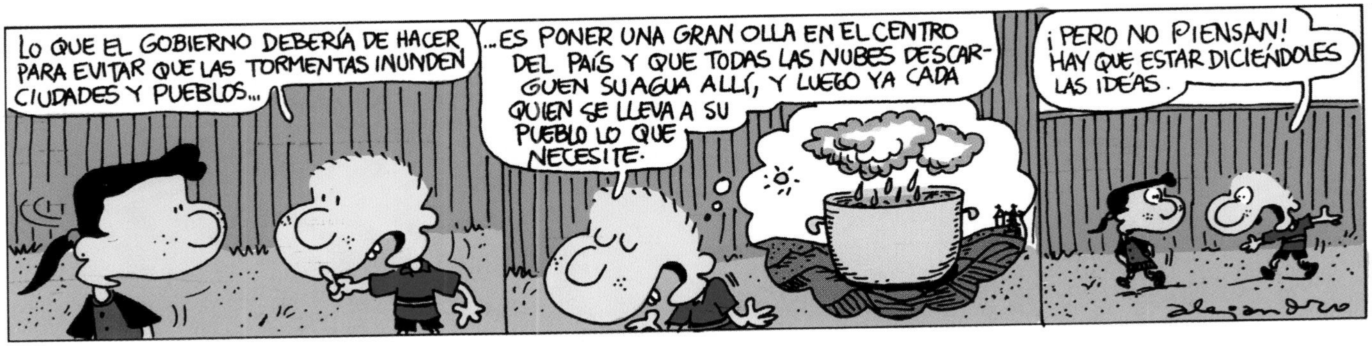
LO QUE EL GOBIERNO DEBERÍA DE HACER PARA EVITAR QUE LAS TORMENTAS INUNDEN CIUDADES Y PUEBLOS...
...ES PONER UNA GRAN OLLA EN EL CENTRO DEL PAÍS Y QUE TODAS LAS NUBES DESCARGUEN SU AGUA ALLÍ, Y LUEGO YA CADA QUIEN SE LLEVA A SU PUEBLO LO QUE NECESITE.
¡PERO NO PIENSAN! HAY QUE ESTAR DICIÉNDOLES LAS IDEAS.

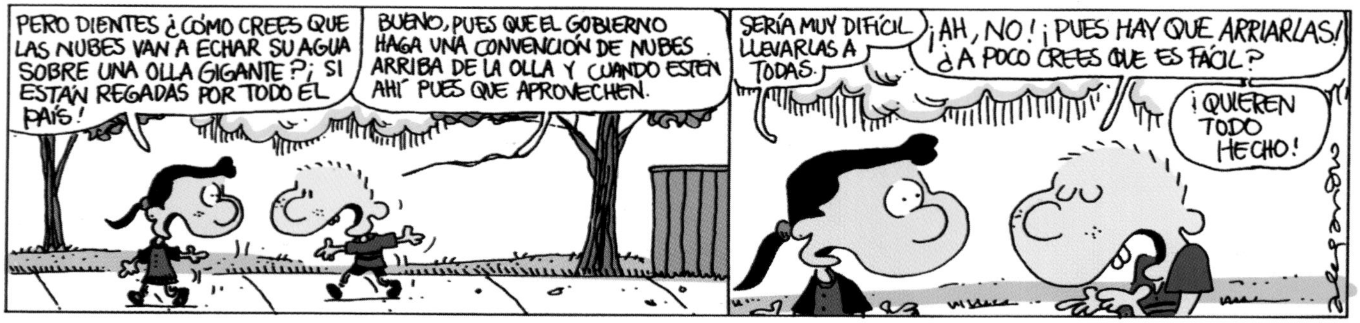
PERO DIENTES ¿CÓMO CREES QUE LAS NUBES VAN A ECHAR SU AGUA SOBRE UNA OLLA GIGANTE?; SI ESTÁN REGADAS POR TODO EL PAÍS!
BUENO, PUES QUE EL GOBIERNO HAGA UNA CONVENCIÓN DE NUBES ARRIBA DE LA OLLA Y CUANDO ESTÉN AHÍ PUES QUE APROVECHEN.
SERÍA MUY DIFÍCIL LLEVARLAS A TODAS.
¡AH, NO! ¡PUES HAY QUE ARRIARLAS! ¿A POCO CREES QUE ES FÁCIL?
¡QUIEREN TODO HECHO!

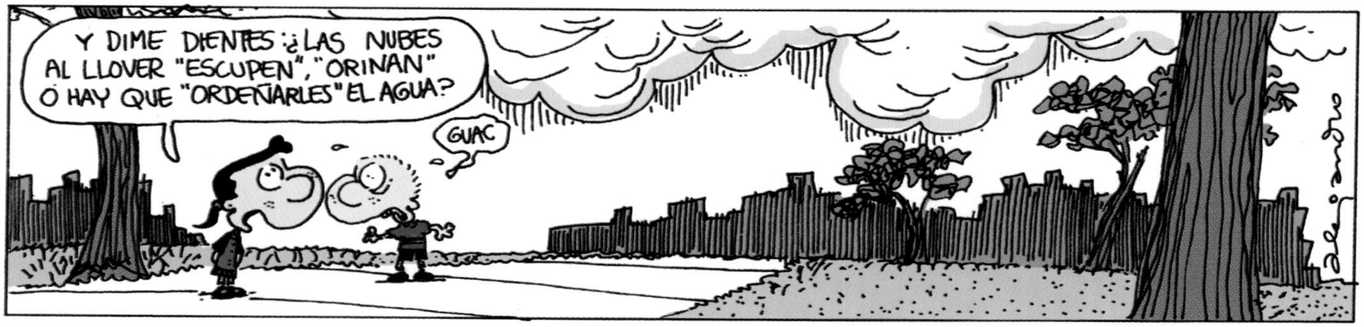
Y DIME DIENTES ¿LAS NUBES AL LLOVER "ESCUPEN", "ORINAN" O HAY QUE "ORDEÑARLES" EL AGUA?
GUAC

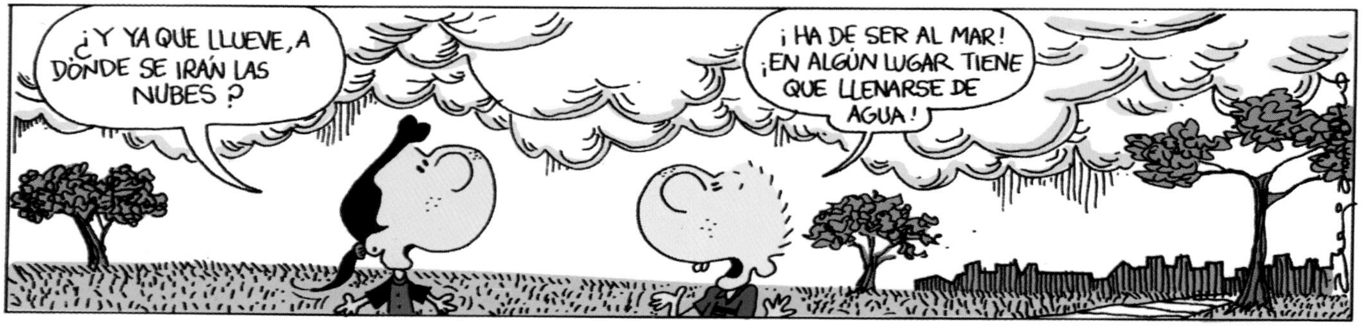
¿Y YA QUE LLUEVE, A DÓNDE SE IRÁN LAS NUBES?
¡HA DE SER AL MAR! ¡EN ALGÚN LUGAR TIENE QUE LLENARSE DE AGUA!

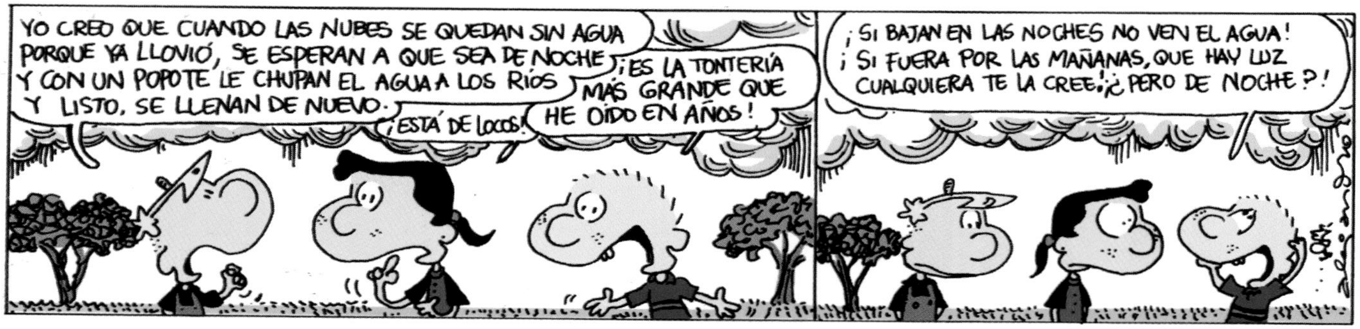
YO CREO QUE CUANDO LAS NUBES SE QUEDAN SIN AGUA PORQUE YA LLOVIÓ, SE ESPERAN A QUE SEA DE NOCHE Y CON UN POPOTE LE CHUPAN EL AGUA A LOS RÍOS Y LISTO, SE LLENAN DE NUEVO.
¡ESTÁ DE LOCOS!
¡ES LA TONTERÍA MÁS GRANDE QUE HE OÍDO EN AÑOS!
¡SI BAJAN EN LAS NOCHES NO VEN EL AGUA! ¡SI FUERA POR LAS MAÑANAS, QUE HAY LUZ CUALQUIERA TE LA CREE! ¿PERO DE NOCHE?!

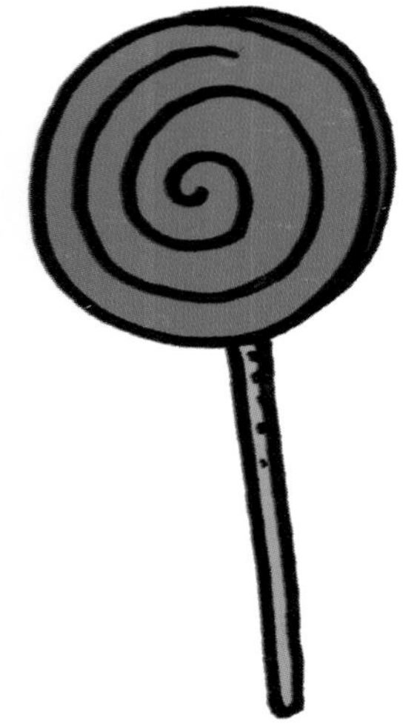

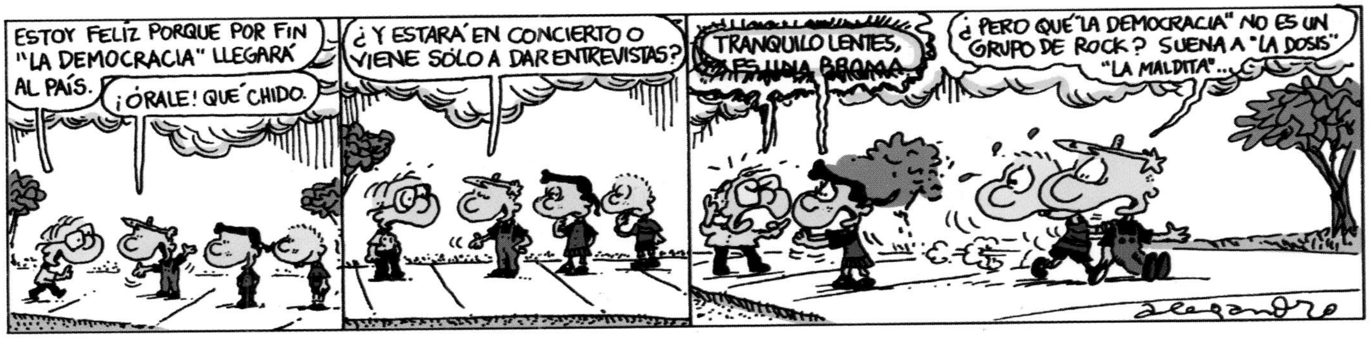
ESTOY FELIZ PORQUE POR FIN "LA DEMOCRACIA" LLEGARÁ AL PAÍS.
¡ÓRALE! QUÉ CHIDO.
¿Y ESTARÁ EN CONCIERTO O VIENE SÓLO A DAR ENTREVISTAS?
TRANQUILO LENTES, ES UNA BROMA
¿PERO QUÉ "LA DEMOCRACIA" NO ES UN GRUPO DE ROCK? SUENA A "LA DOSIS" "LA MALDITA"...

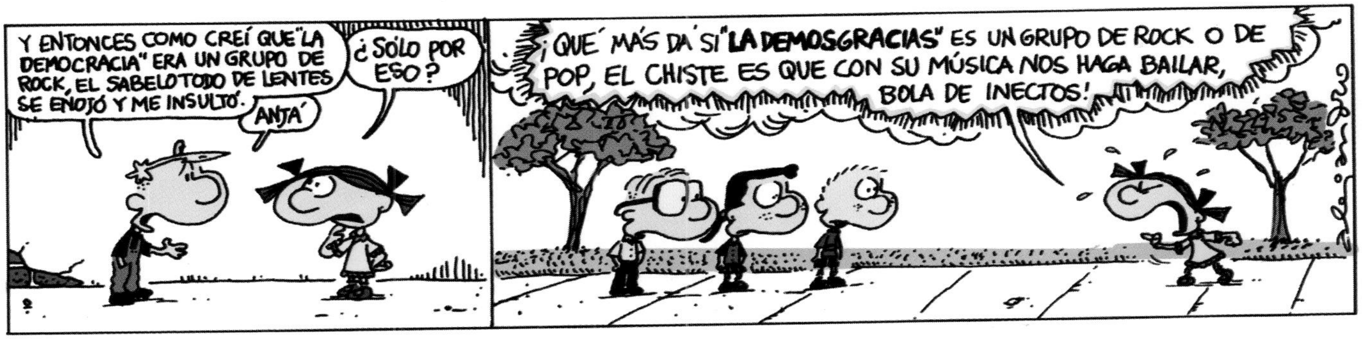
Y ENTONCES COMO CREÍ QUE "LA DEMOCRACIA" ERA UN GRUPO DE ROCK, EL SABELOTODO DE LENTES SE ENOJÓ Y ME INSULTÓ.
ANJÁ
¿SÓLO POR ESO?
¡QUÉ MÁS DA SI "LA DEMOSGRACIAS" ES UN GRUPO DE ROCK O DE POP, EL CHISTE ES QUE CON SU MÚSICA NOS HAGA BAILAR, BOLA DE INECTOS!

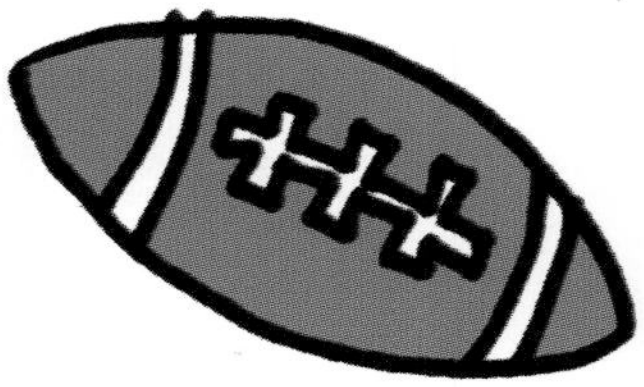

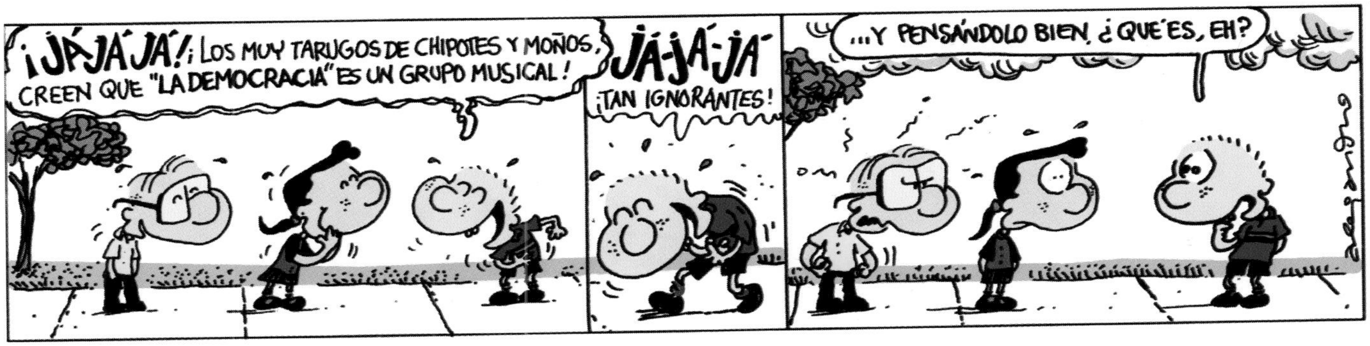
¡JÁ JÁ JÁ! ¡LOS MUY TARUGOS DE CHIPOTES Y MOÑOS, CREEN QUE "LA DEMOCRACIA" ES UN GRUPO MUSICAL!
JÁ-JÁ-JÁ
¡TAN IGNORANTES!
...Y PENSÁNDOLO BIEN, ¿QUÉ ES, EH?

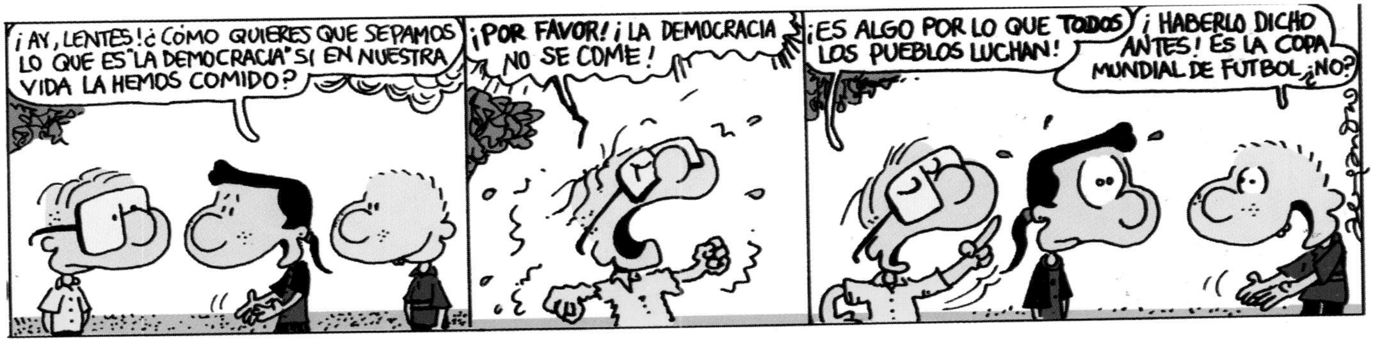
¡AY, LENTES! ¿CÓMO QUIERES QUE SEPAMOS LO QUE ES "LA DEMOCRACIA" SI EN NUESTRA VIDA LA HEMOS COMIDO?
¡POR FAVOR! ¡LA DEMOCRACIA NO SE COME!
¡ES ALGO POR LO QUE TODOS LOS PUEBLOS LUCHAN!
¡HABERLO DICHO ANTES! ES LA COPA MUNDIAL DE FUTBOL, ¿NO?

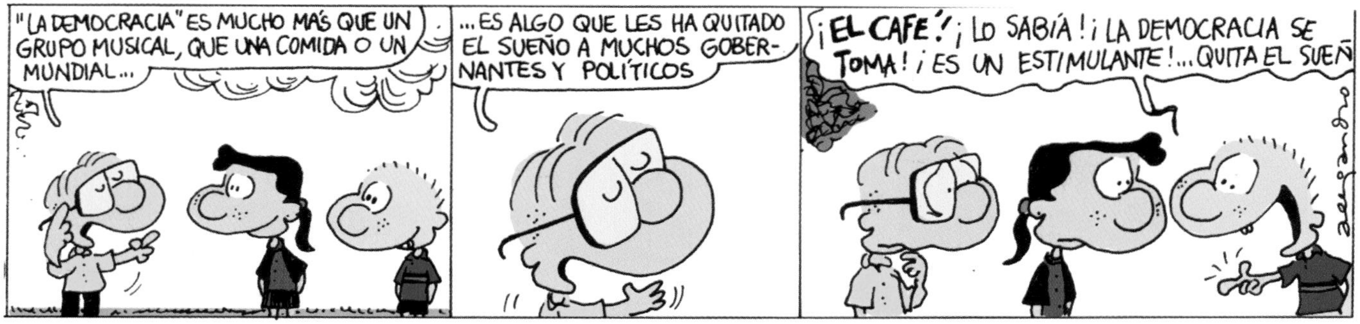
"LA DEMOCRACIA" ES MUCHO MÁS QUE UN GRUPO MUSICAL, QUE UNA COMIDA O UN MUNDIAL...
...ES ALGO QUE LES HA QUITADO EL SUEÑO A MUCHOS GOBERNANTES Y POLÍTICOS
¡EL CAFÉ! ¡LO SABÍA! ¡LA DEMOCRACIA SE TOMA! ¡ES UN ESTIMULANTE!... QUITA EL SUEÑ

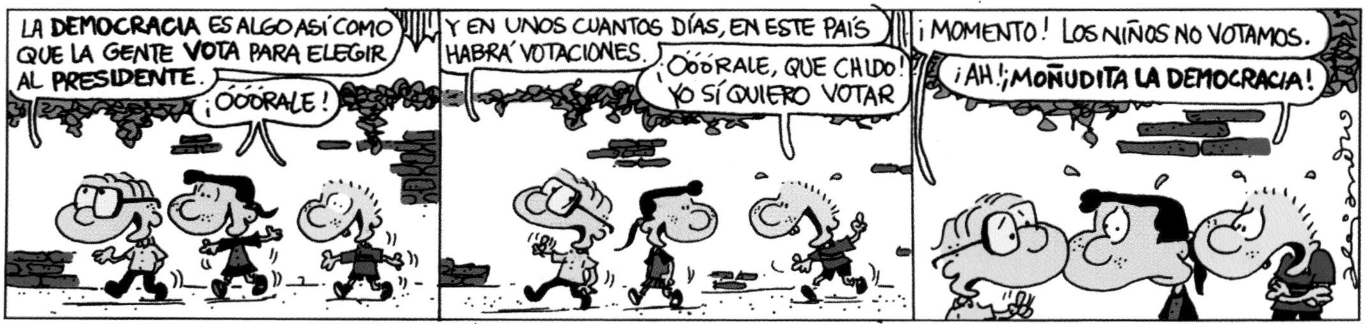
LA DEMOCRACIA ES ALGO ASÍ COMO QUE LA GENTE VOTA PARA ELEGIR AL PRESIDENTE.
¡ÓÓÓRALE!
Y EN UNOS CUANTOS DÍAS, EN ESTE PAÍS HABRÁ VOTACIONES.
¡ÓÓÓRALE, QUE CHIDO! YO SÍ QUIERO VOTAR
¡MOMENTO! LOS NIÑOS NO VOTAMOS.
¡AH!, ¡MOÑUDITA LA DEMOCRACIA!

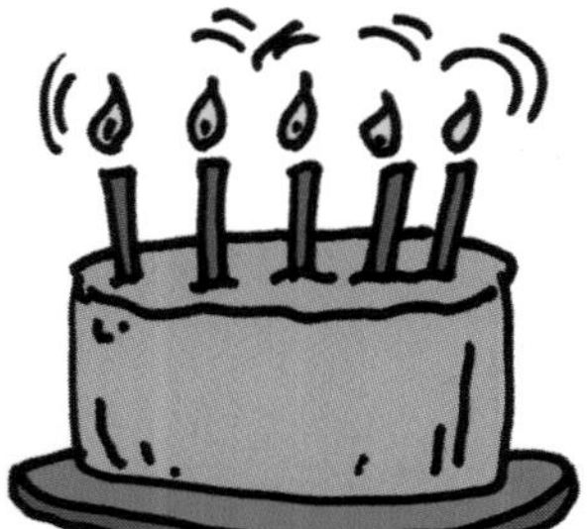

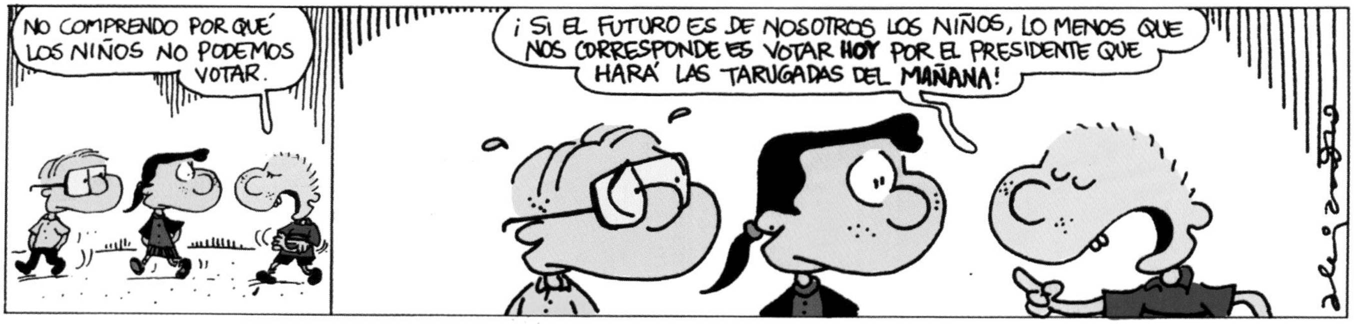
NO COMPRENDO POR QUÉ LOS NIÑOS NO PODEMOS VOTAR.
¡SI EL FUTURO ES DE NOSOTROS LOS NIÑOS, LO MENOS QUE NOS CORRESPONDE ES VOTAR HOY POR EL PRESIDENTE QUE HARÁ LAS TARUGADAS DEL MAÑANA!

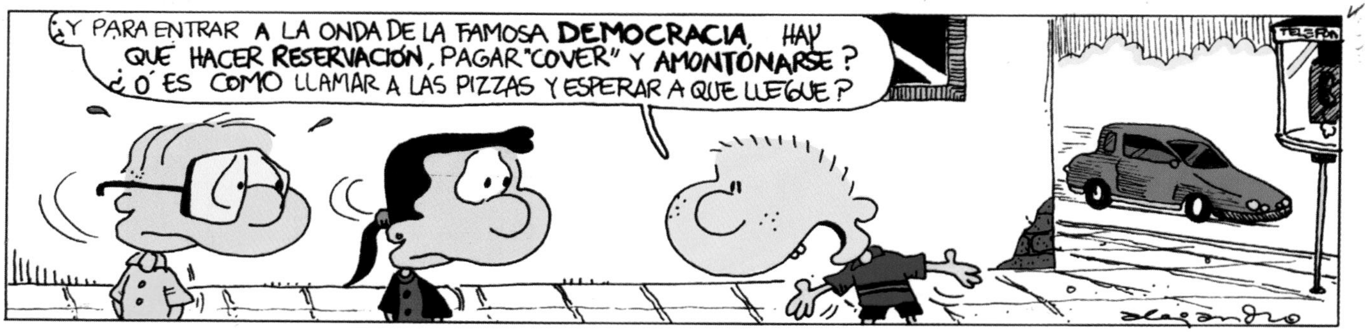
¿Y PARA ENTRAR A LA ONDA DE LA FAMOSA DEMOCRACIA, HAY QUE HACER RESERVACIÓN, PAGAR "COVER" Y AMONTONARSE? ¿O ES COMO LLAMAR A LAS PIZZAS Y ESPERAR A QUE LLEGUE?
TELÉFONO

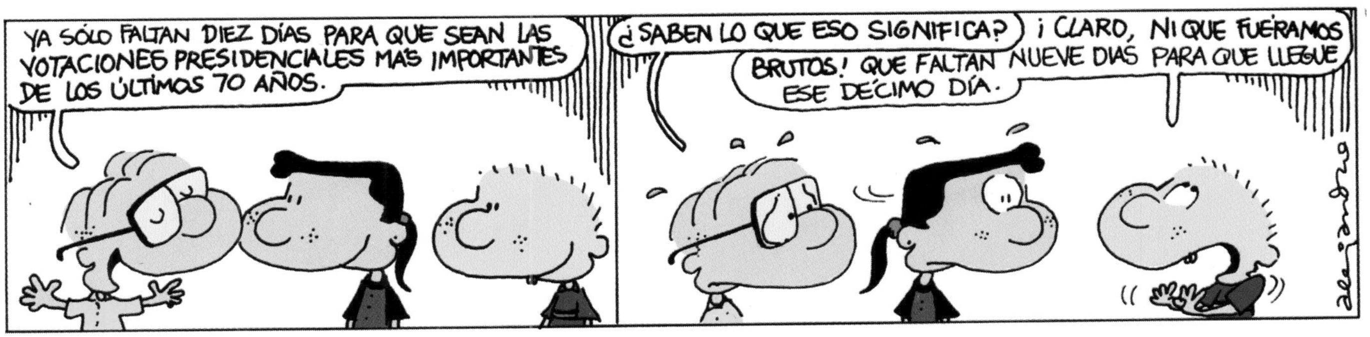
YA SÓLO FALTAN DIEZ DÍAS PARA QUE SEAN LAS VOTACIONES PRESIDENCIALES MÁS IMPORTANTES DE LOS ÚLTIMOS 70 AÑOS.
¿SABEN LO QUE ESO SIGNIFICA?
¡CLARO, NI QUE FUÉRAMOS BRUTOS! QUE FALTAN NUEVE DÍAS PARA QUE LLEGUE ESE DÉCIMO DÍA.

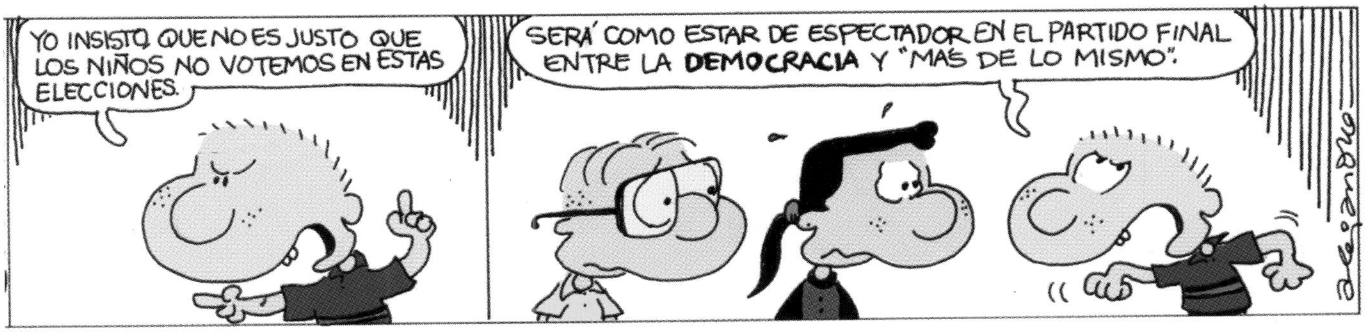
YO INSISTO QUE NO ES JUSTO QUE LOS NIÑOS NO VOTEMOS EN ESTAS ELECCIONES.
SERÁ COMO ESTAR DE ESPECTADOR EN EL PARTIDO FINAL ENTRE LA DEMOCRACIA Y "MÁS DE LO MISMO".

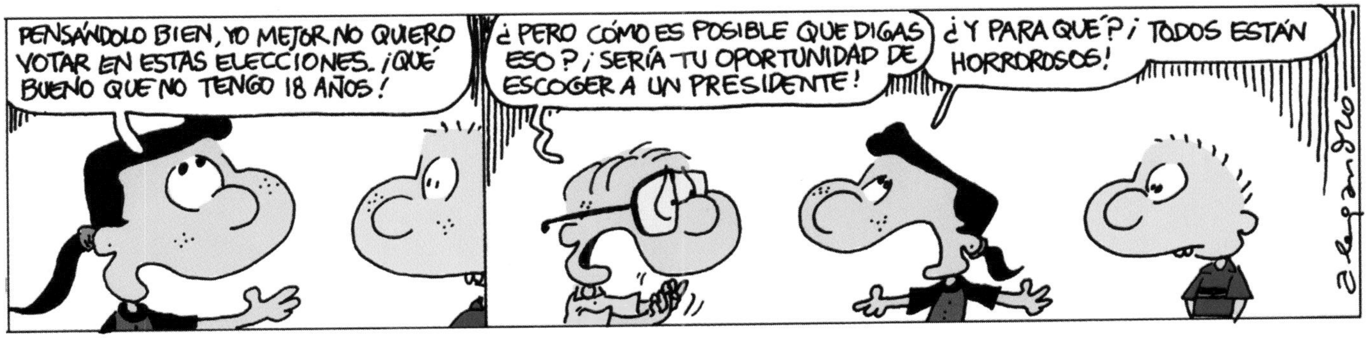
PENSÁNDOLO BIEN, YO MEJOR NO QUIERO VOTAR EN ESTAS ELECCIONES. ¡QUÉ BUENO QUE NO TENGO 18 AÑOS!
¿PERO CÓMO ES POSIBLE QUE DIGAS ESO? ¡SERÍA TU OPORTUNIDAD DE ESCOGER A UN PRESIDENTE!
¿Y PARA QUÉ? ¡TODOS ESTÁN HORROROSOS!

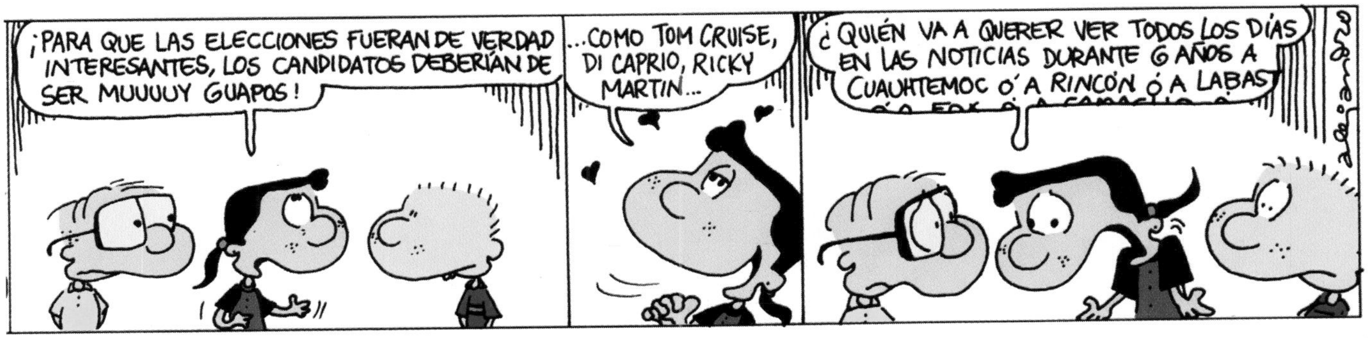
¡PARA QUE LAS ELECCIONES FUERAN DE VERDAD INTERESANTES, LOS CANDIDATOS DEBERÍAN DE SER MUUUUY GUAPOS!
...COMO TOM CRUISE, DI CAPRIO, RICKY MARTIN...
¿QUIÉN VA A QUERER VER TODOS LOS DÍAS EN LAS NOTICIAS DURANTE 6 AÑOS A CUAUHTEMOC Ó A RINCÓN Ó A LABAST

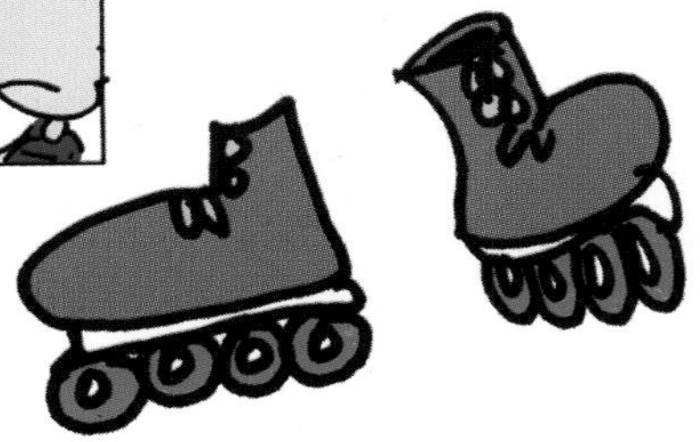

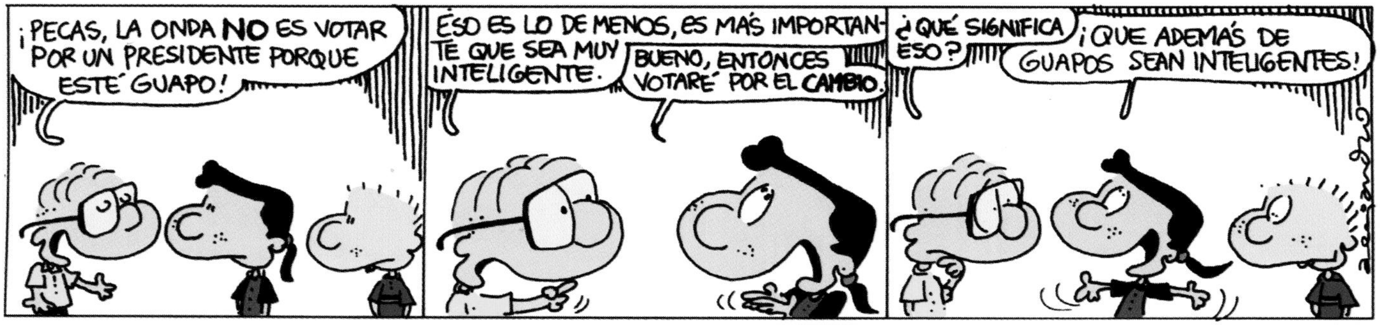
¡PECAS, LA ONDA NO ES VOTAR POR UN PRESIDENTE PORQUE ESTÉ GUAPO!
ÉSO ES LO DE MENOS, ES MÁS IMPORTANTE QUE SEA MUY INTELIGENTE.
BUENO, ENTONCES VOTARÉ POR EL CAMBIO.
¿QUÉ SIGNIFICA ESO?
¡QUE ADEMÁS DE GUAPOS SEAN INTELIGENTES!

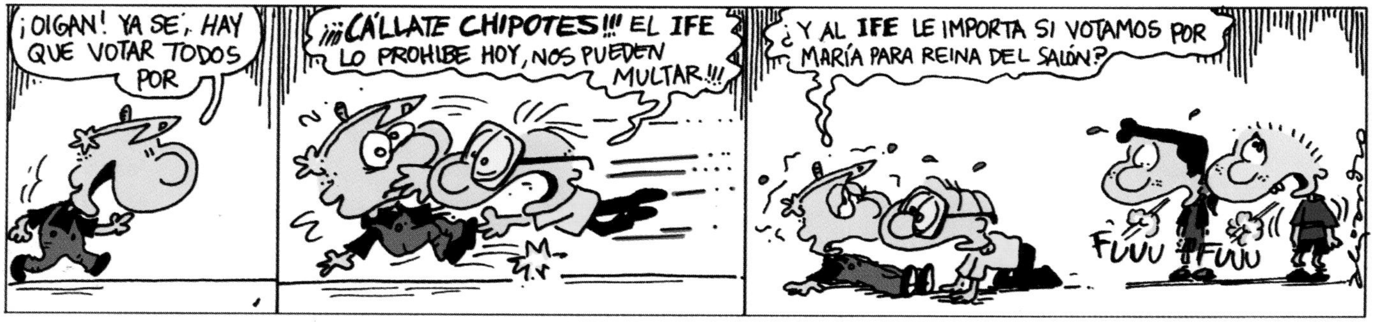
¡OIGAN! YA SÉ, ¡HAY QUE VOTAR TODOS POR
¡¡¡CÁLLATE CHIPOTES!!! EL IFE LO PROHÍBE HOY, NOS PUEDEN MULTAR!!!
¿Y AL IFE LE IMPORTA SI VOTAMOS POR MARÍA PARA REINA DEL SALÓN?
FUUU FUUU

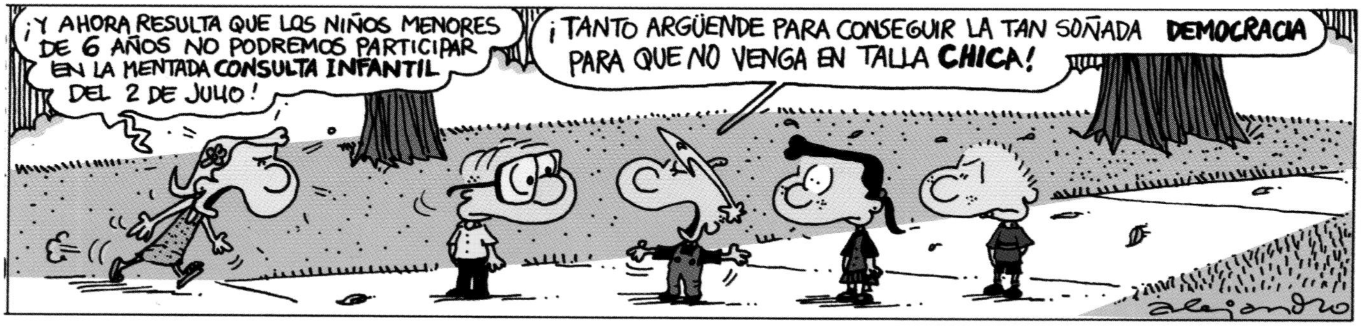
¡Y AHORA RESULTA QUE LOS NIÑOS MENORES DE 6 AÑOS NO PODREMOS PARTICIPAR EN LA MENTADA CONSULTA INFANTIL DEL 2 DE JULIO!
¡TANTO ARGÜENDE PARA CONSEGUIR LA TAN SOÑADA DEMOCRACIA PARA QUE NO VENGA EN TALLA CHICA!
alejandro

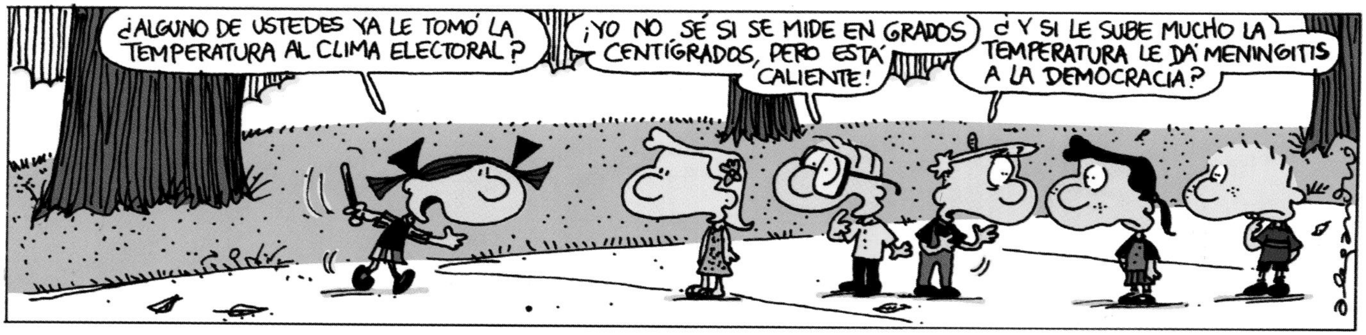
¿ALGUNO DE USTEDES YA LE TOMÓ LA TEMPERATURA AL CLIMA ELECTORAL?
¡YO NO SÉ SI SE MIDE EN GRADOS CENTÍGRADOS, PERO ESTÁ CALIENTE!
¿Y SI LE SUBE MUCHO LA TEMPERATURA LE DÁ MENINGITIS A LA DEMOCRACIA?

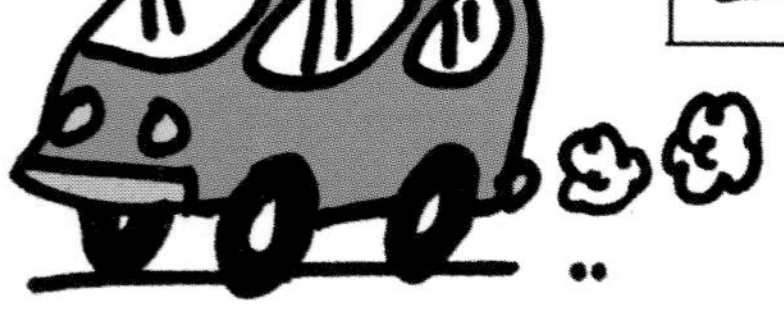

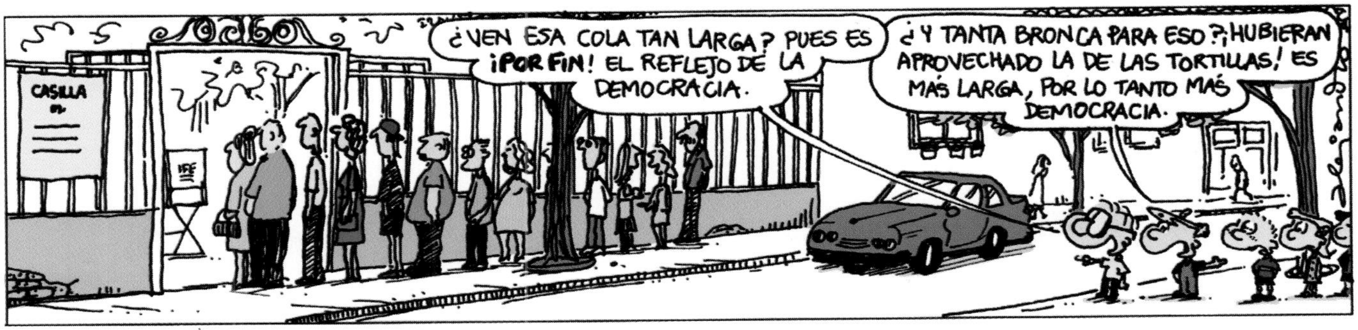
CASILLA
¿VEN ESA COLA TAN LARGA? PUES ES ¡POR FIN! EL REFLEJO DE LA DEMOCRACIA.
¿Y TANTA BRONCA PARA ESO?, ¡HUBIERAN APROVECHADO LA DE LAS TORTILLAS! ES MÁS LARGA, POR LO TANTO MÁS DEMOCRACIA.

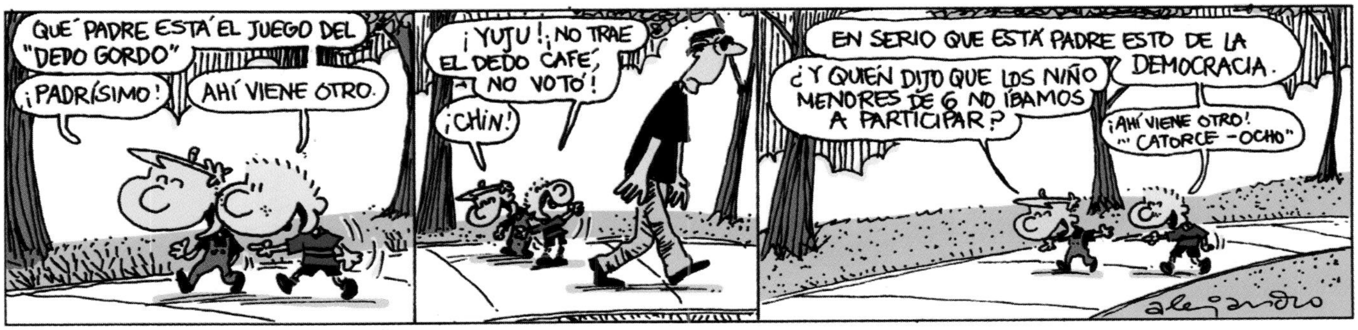
QUÉ PADRE ESTÁ EL JUEGO DEL "DEDO GORDO"
¡PADRÍSIMO!
AHÍ VIENE OTRO.
¡YUJU! ¡NO TRAE EL DEDO CAFÉ, NO VOTÓ!
¡CHIN!
EN SERIO QUE ESTÁ PADRE ESTO DE LA DEMOCRACIA.
¿Y QUIÉN DIJO QUE LOS NIÑO MENORES DE 6 NO ÍBAMOS A PARTICIPAR?
¡AHÍ VIENE OTRO! "CATORCE-OCHO"
alejandro

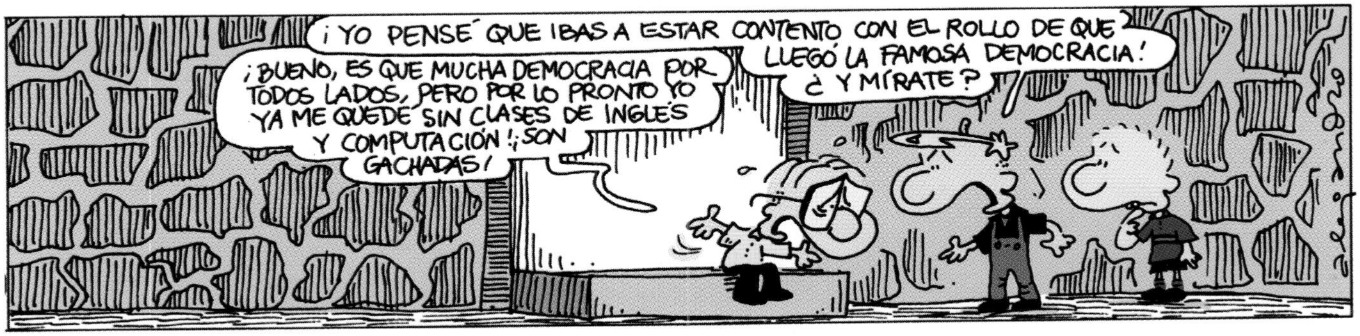
¡YO PENSÉ QUE IBAS A ESTAR CONTENTO CON EL ROLLO DE QUE LLEGÓ LA FAMOSA DEMOCRACIA! ¿Y MÍRATE?
¡BUENO, ES QUE MUCHA DEMOCRACIA POR TODOS LADOS, PERO POR LO PRONTO YO YA ME QUEDÉ SIN CLASES DE INGLÉS Y COMPUTACIÓN! ¡SON GACHADAS!

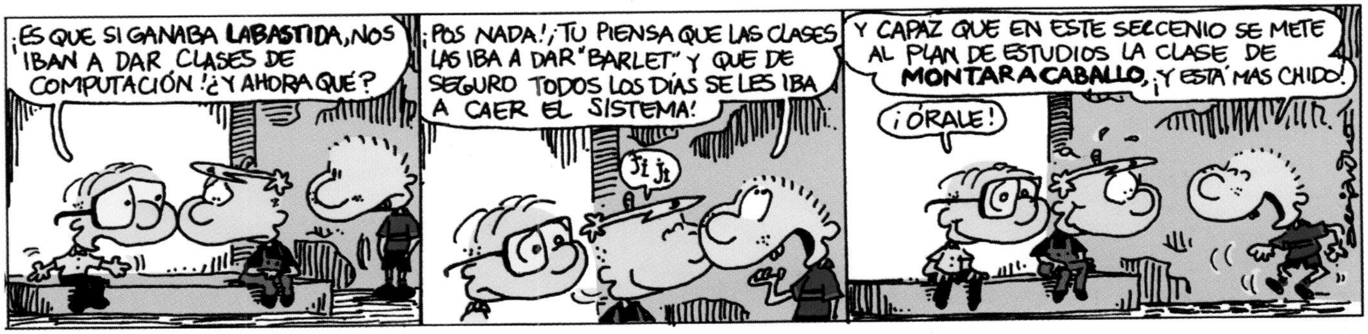
¡ES QUE SI GANABA LABASTIDA, NOS IBAN A DAR CLASES DE COMPUTACIÓN! ¿Y AHORA QUÉ?
¡POS NADA! ¡TU PIENSA QUE LAS CLASES LAS IBA A DAR "BARLET" Y QUE DE SEGURO TODOS LOS DÍAS SE LES IBA A CAER EL SISTEMA!
JI JI
Y CAPAZ QUE EN ESTE SEXENIO SE METE AL PLAN DE ESTUDIOS LA CLASE DE MONTAR A CABALLO, ¡Y ESTÁ MÁS CHIDO!
¡ÓRALE!

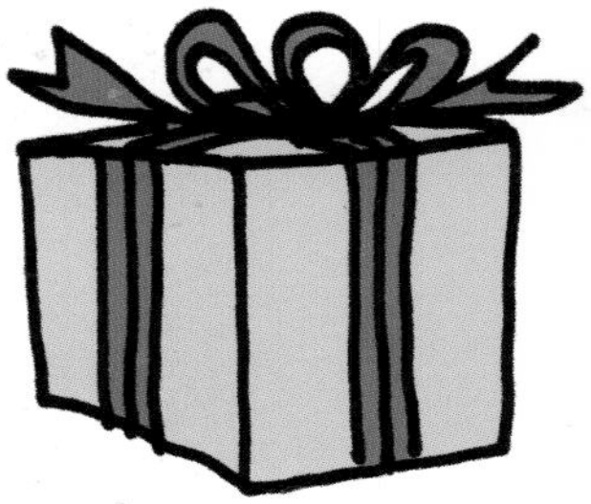

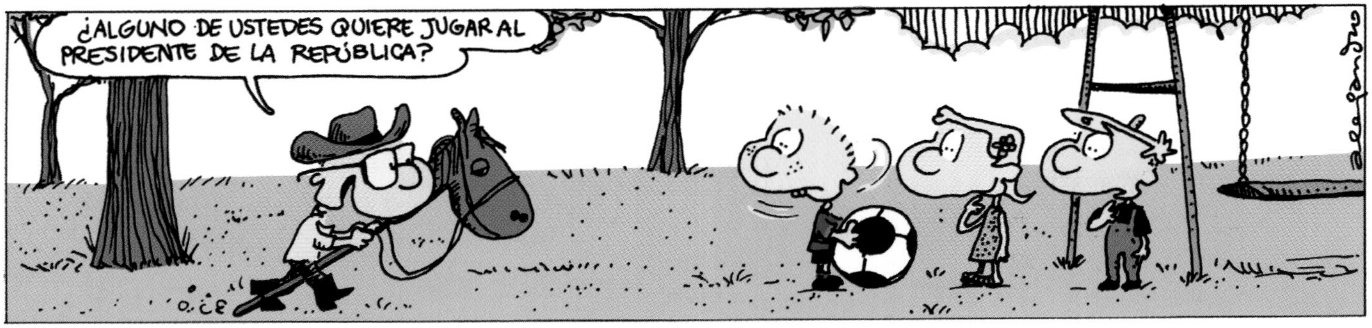
¿ALGUNO DE USTEDES QUIERE JUGAR AL PRESIDENTE DE LA REPÚBLICA?

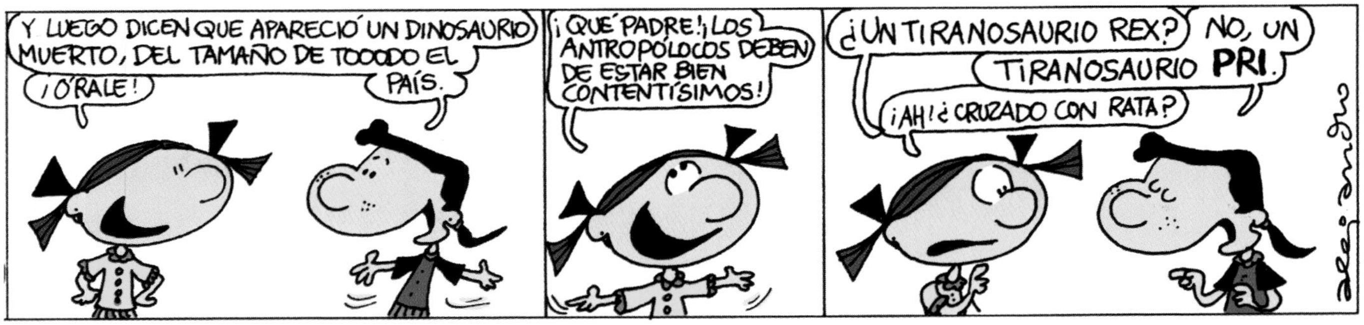
Y LUEGO DICEN QUE APARECIÓ UN DINOSAURIO MUERTO, DEL TAMAÑO DE TOOODO EL PAÍS.
¡ÓRALE!
¡QUÉ PADRE! ¡LOS ANTROPÓLOGOS DEBEN DE ESTAR BIEN CONTENTÍSIMOS!
¿UN TIRANOSAURIO REX?
NO, UN TIRANOSAURIO PRI.
¡AH! ¿CRUZADO CON RATA?

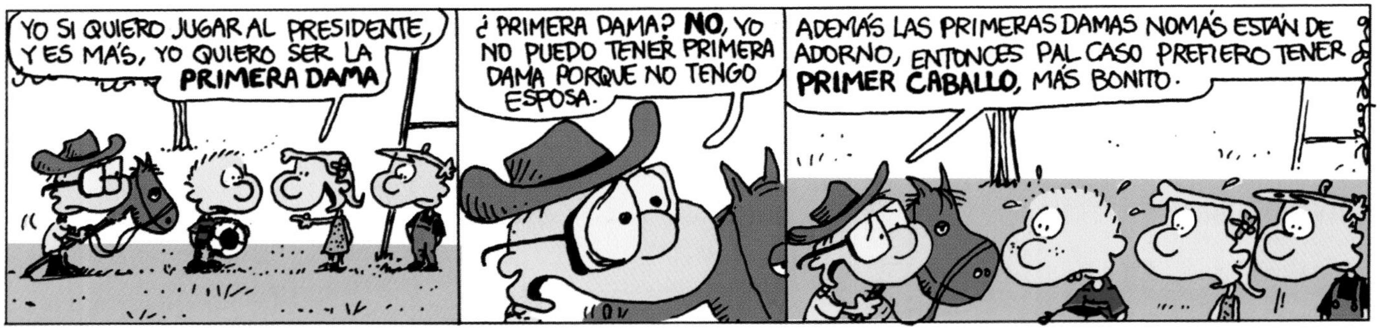
YO SÍ QUIERO JUGAR AL PRESIDENTE, Y ES MÁS, YO QUIERO SER LA PRIMERA DAMA
¿PRIMERA DAMA? NO, YO NO PUEDO TENER PRIMERA DAMA PORQUE NO TENGO ESPOSA.
ADEMÁS LAS PRIMERAS DAMAS NOMÁS ESTÁN DE ADORNO, ENTONCES PAL CASO PREFIERO TENER PRIMER CABALLO, MÁS BONITO.

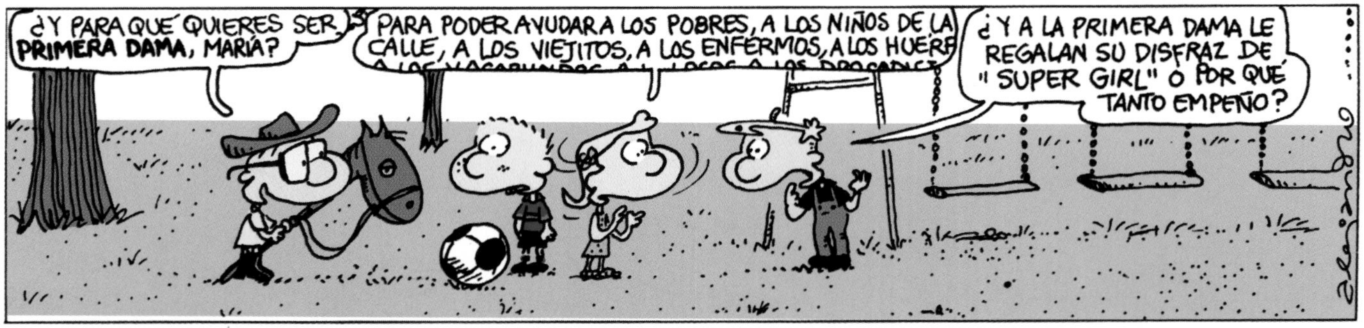
¿Y PARA QUÉ QUIERES SER PRIMERA DAMA, MARÍA?
PARA PODER AYUDAR A LOS POBRES, A LOS NIÑOS DE LA CALLE, A LOS VIEJITOS, A LOS ENFERMOS, A LOS HUERF
¿Y A LA PRIMERA DAMA LE REGALAN SU DISFRAZ DE "SUPER GIRL" O POR QUÉ TANTO EMPEÑO?

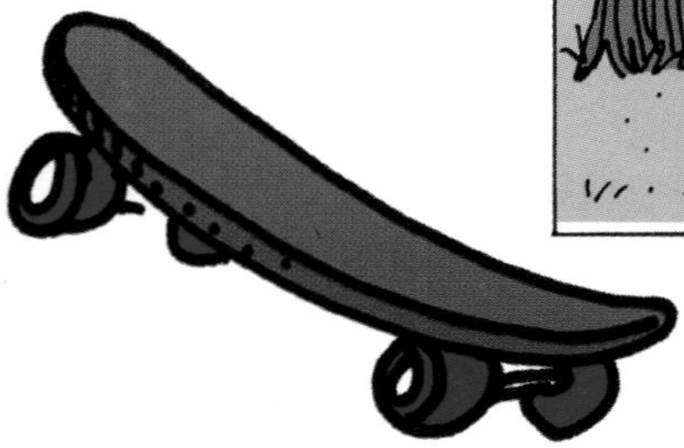

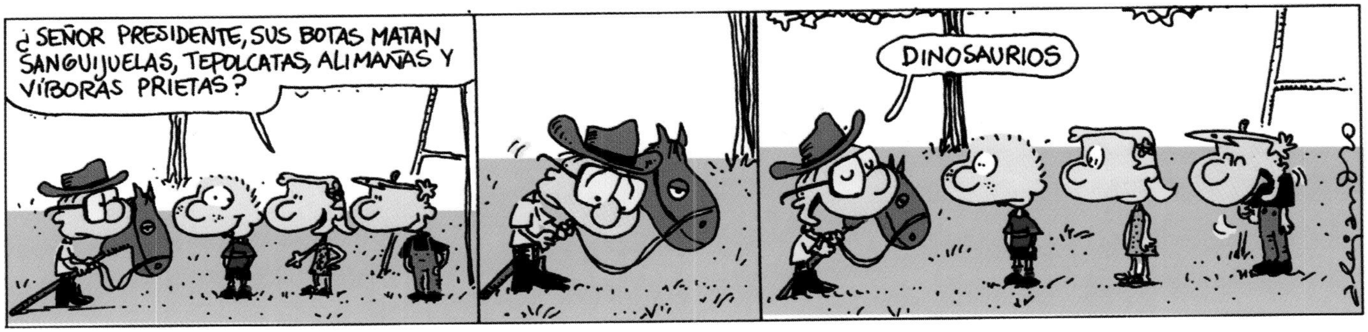
¿SEÑOR PRESIDENTE, SUS BOTAS MATAN SANGUIJUELAS, TEPOLCATAS, ALIMAÑAS Y VÍBORAS PRIETAS?
DINOSAURIOS
alejandro

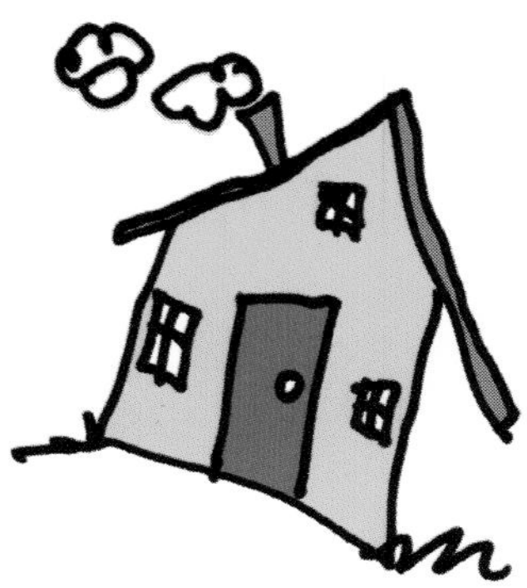

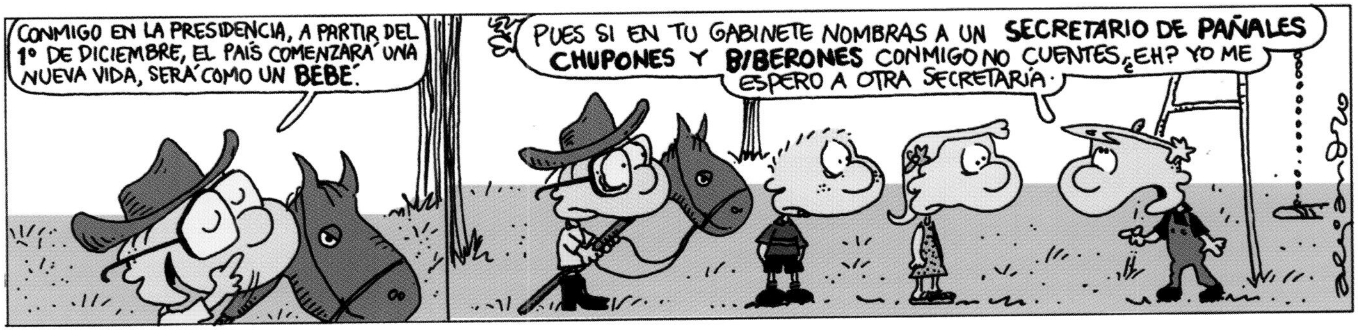
CONMIGO EN LA PRESIDENCIA, A PARTIR DEL 1° DE DICIEMBRE, EL PAÍS COMENZARÁ UNA NUEVA VIDA, SERÁ COMO UN BEBÉ.
PUES SI EN TU GABINETE NOMBRAS A UN SECRETARIO DE PAÑALES CHUPONES Y BIBERONES CONMIGO NO CUENTES, ¿EH? YO ME ESPERO A OTRA SECRETARÍA.
alejandro

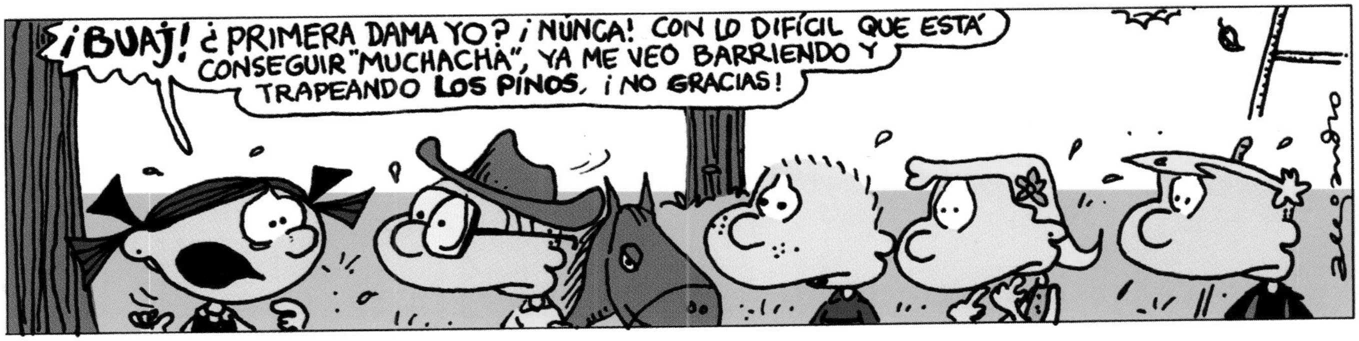
¡BUAJ! ¿PRIMERA DAMA YO? ¡NUNCA! CON LO DIFÍCIL QUE ESTÁ CONSEGUIR "MUCHACHA", YA ME VEO BARRIENDO Y TRAPEANDO LOS PINOS. ¡NO GRACIAS!
alejandro

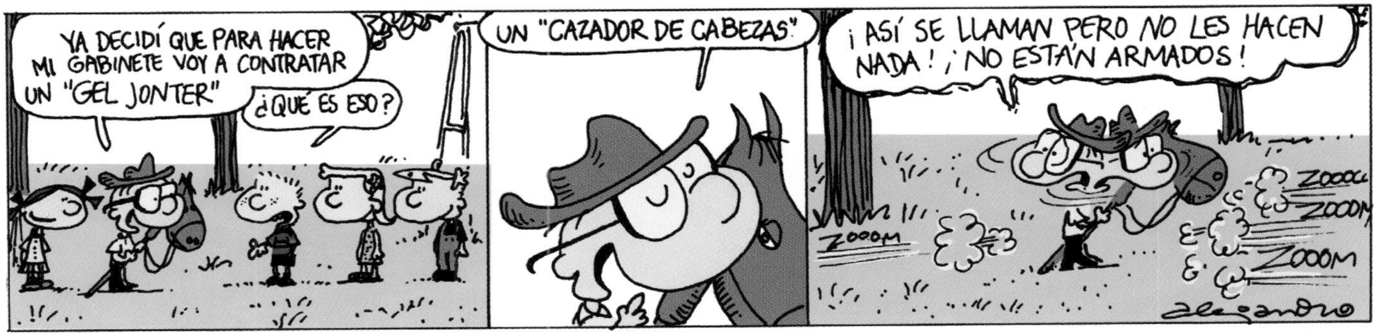
YA DECIDÍ QUE PARA HACER MI GABINETE VOY A CONTRATAR UN "GEL JONTER"
¿QUÉ ES ESO?
UN "CAZADOR DE CABEZAS"
¡ASÍ SE LLAMAN PERO NO LES HACEN NADA! ¡NO ESTÁN ARMADOS!
ZOOOM
ZOOOM
ZOOOM
alejandro

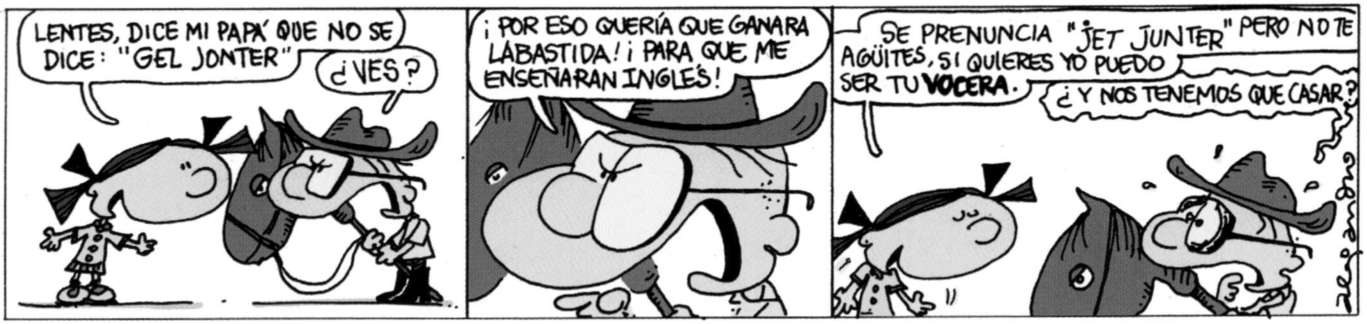
LENTES, DICE MI PAPÁ QUE NO SE DICE: "GEL JONTER"
¿VES?
¡POR ESO QUERÍA QUE GANARA LABASTIDA! ¡PARA QUE ME ENSEÑARAN INGLÉS!
SE PRENUNCIA "JET JUNTER" PERO NO TE AGÜITES, SI QUIERES YO PUEDO SER TU **VOCERA**.
¿Y NOS TENEMOS QUE CASAR?

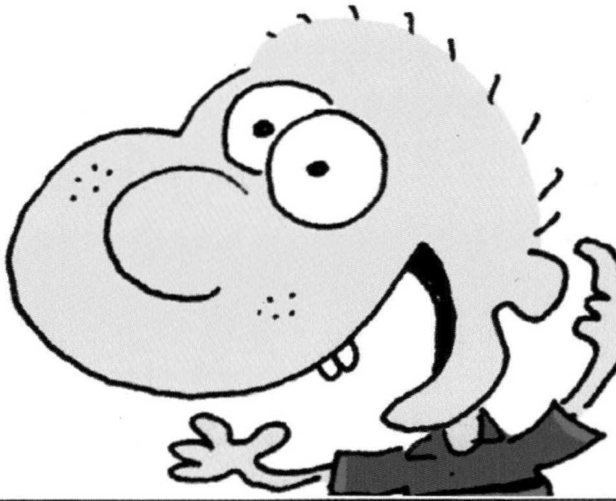

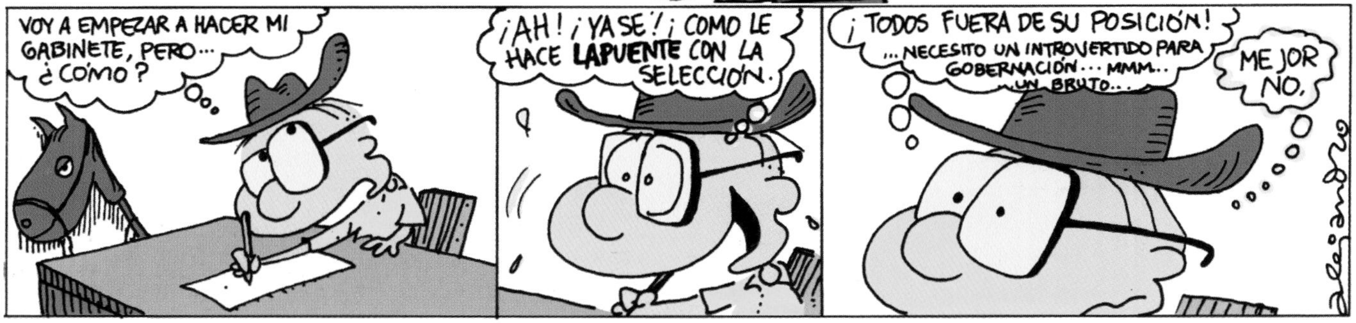
VOY A EMPEZAR A HACER MI GABINETE, PERO... ¿CÓMO?
¡AH! ¡YA SÉ! ¡COMO LE HACE **LAPUENTE** CON LA SELECCIÓN.
¡TODOS FUERA DE SU POSICIÓN!
...NECESITO UN INTROVERTIDO PARA GOBERNACIÓN... MMM... ...UN BRUTO...
MEJOR NO.

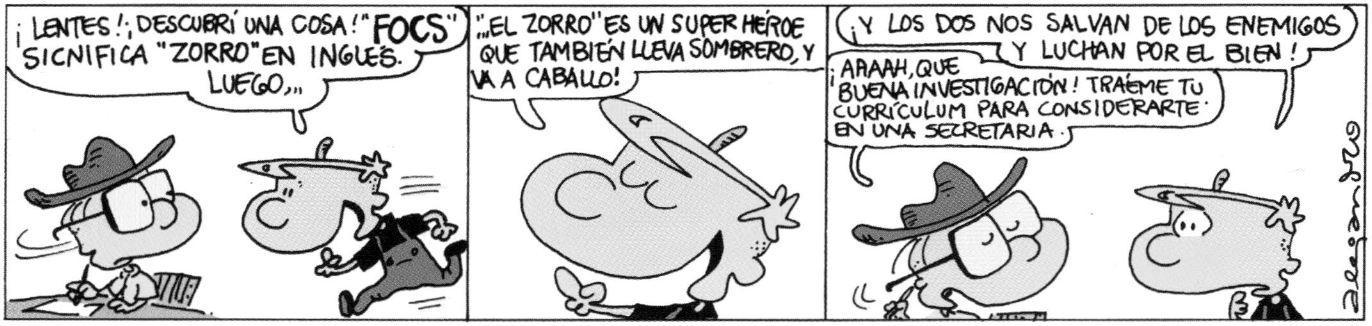
¡LENTES!, ¡DESCUBRÍ UNA COSA! "**FOCS**" SICNIFICA "ZORRO" EN INGLÉS. LUEGO,..
...EL "ZORRO" ES UN SUPERHÉROE QUE TAMBIÉN LLEVA SOMBRERO, Y VA A CABALLO!
¡Y LOS DOS NOS SALVAN DE LOS ENEMIGOS Y LUCHAN POR EL BIEN!
¡ARAAH, QUE BUENA INVESTIGACIÓN! TRÁEME TU CURRÍCULUM PARA CONSIDERARTE EN UNA SECRETARIA.

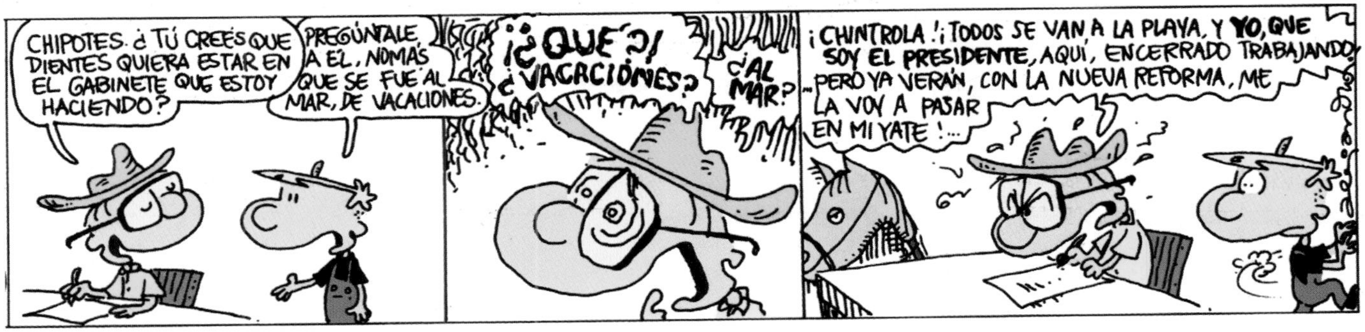
CHIPOTES. ¿TÚ CREES QUE DIENTES QUIERA ESTAR EN EL GABINETE QUE ESTOY HACIENDO?
PREGÚNTALE A ÉL, NOMÁS QUE SE FUE AL MAR, DE VACACIONES.
¡¿QUÉ?! ¿VACACIONES?
¿AL MAR?
¡CHINTROLA! ¡TODOS SE VAN A LA PLAYA, Y YO, QUE SOY EL PRESIDENTE, AQUÍ, ENCERRADO TRABAJANDO! PERO YA VERÁN, CON LA NUEVA REFORMA, ME LA VOY A PASAR EN MI YATE!...

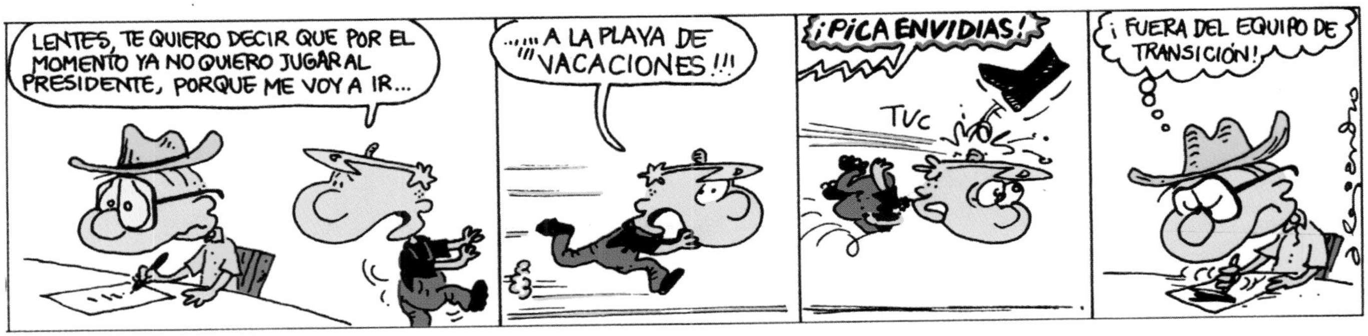
LENTES, TE QUIERO DECIR QUE POR EL MOMENTO YA NO QUIERO JUGAR AL PRESIDENTE, PORQUE ME VOY A IR...
...¡¡¡A LA PLAYA DE VACACIONES!!!
¡PICA ENVIDIAS!
TUC
¡FUERA DEL EQUIPO DE TRANSICIÓN!

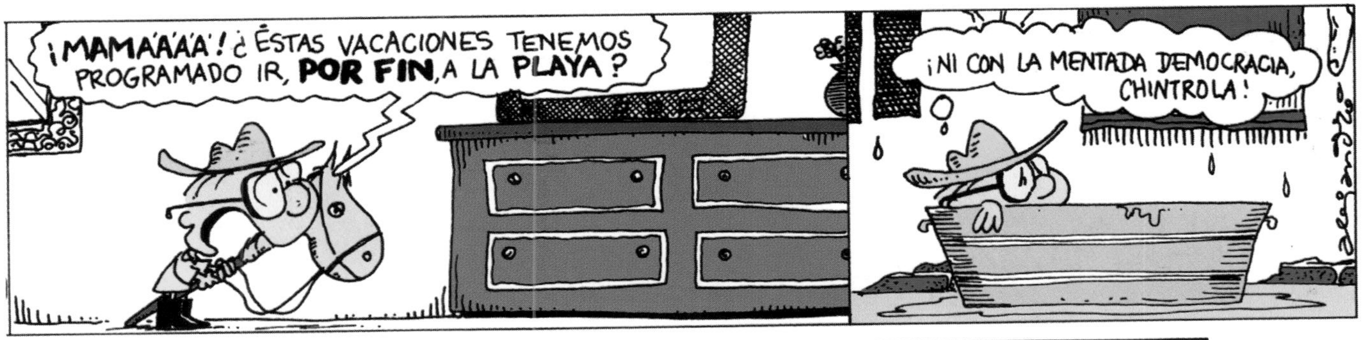
¡MAMÁÁÁÁ! ¿ÉSTAS VACACIONES TENEMOS PROGRAMADO IR, POR FIN, A LA PLAYA?
¡NI CON LA MENTADA DEMOCRACIA, CHINTROLA!

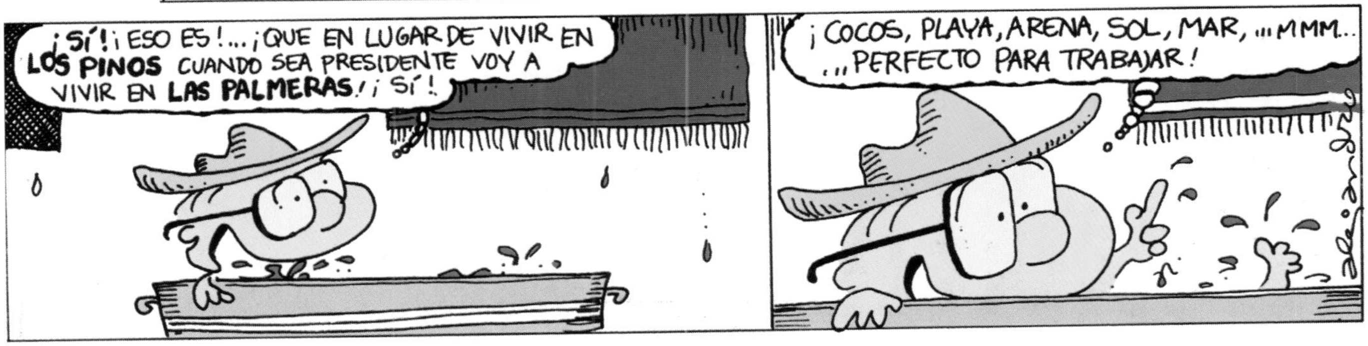
¡SÍ! ¡ESO ES!... ¡QUE EN LUGAR DE VIVIR EN LOS PINOS CUANDO SEA PRESIDENTE VOY A VIVIR EN LAS PALMERAS! ¡SÍ!
¡COCOS, PLAYA, ARENA, SOL, MAR, ...MMM... ...PERFECTO PARA TRABAJAR!

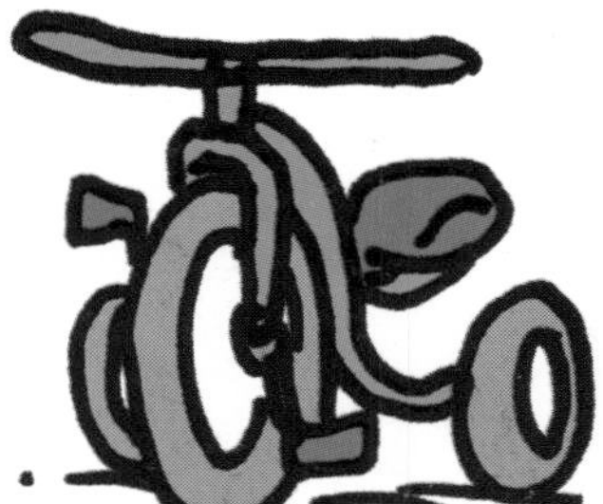

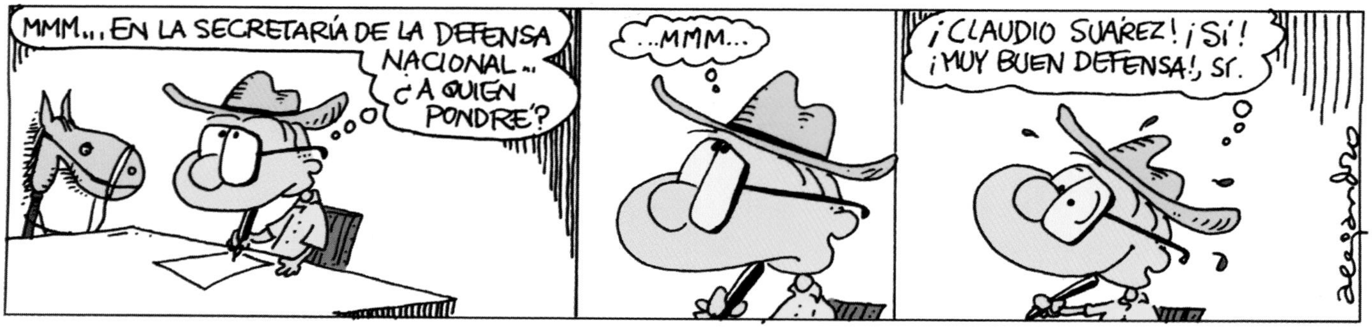
MMM..., EN LA SECRETARÍA DE LA DEFENSA NACIONAL... ¿A QUIÉN PONDRÉ?
...MMM...
¡CLAUDIO SUÁREZ! ¡SÍ! ¡MUY BUEN DEFENSA!, SÍ.

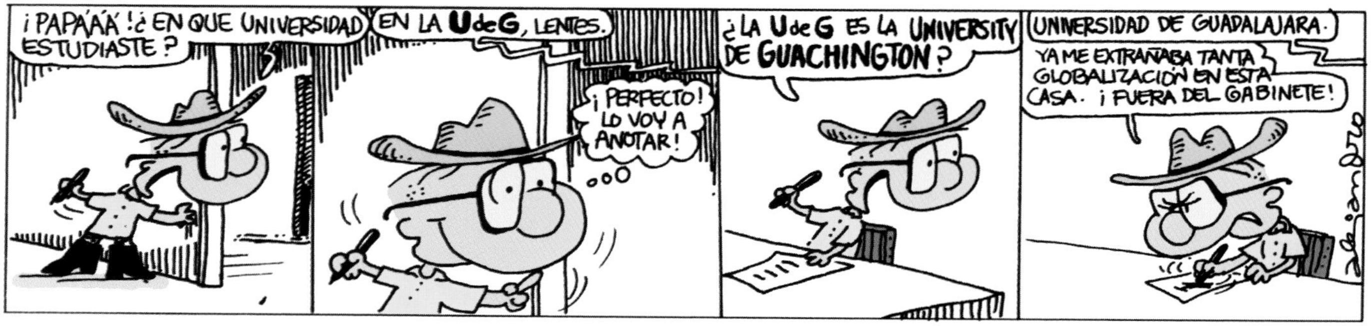
¡PAPÁÁÁ! ¿EN QUÉ UNIVERSIDAD ESTUDIASTE?
EN LA UdeG, LENTES.
¡PERFECTO! LO VOY A ANOTAR!
¿LA UdeG ES LA UNIVERSITY DE GUACHINGTON?
UNIVERSIDAD DE GUADALAJARA.
YA ME EXTRAÑABA TANTA GLOBALIZACIÓN EN ESTA CASA. ¡FUERA DEL GABINETE!

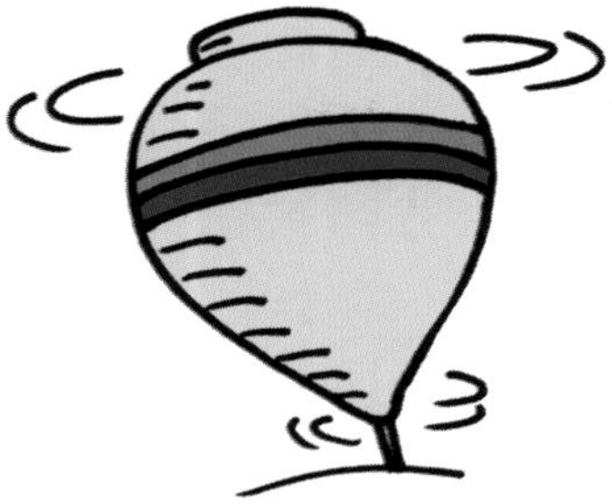

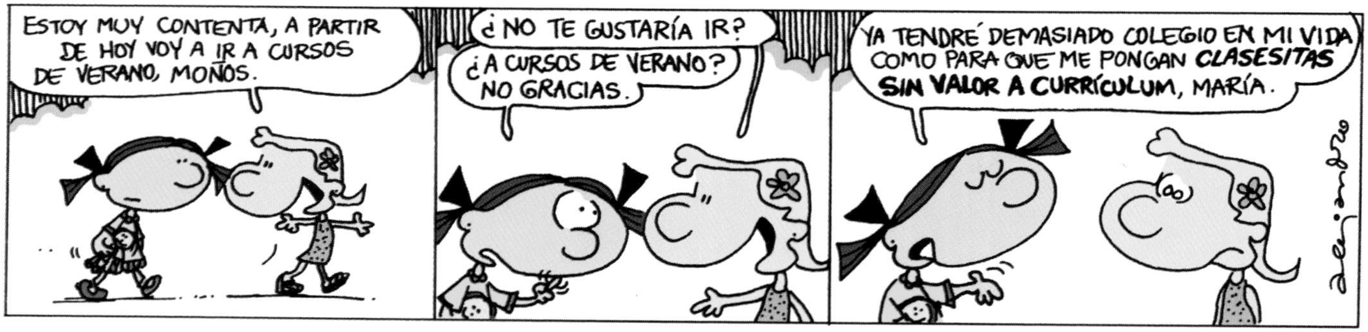
ESTOY MUY CONTENTA, A PARTIR DE HOY VOY A IR A CURSOS DE VERANO, MOÑOS.
¿NO TE GUSTARÍA IR?
¿A CURSOS DE VERANO? NO GRACIAS.
YA TENDRÉ DEMASIADO COLEGIO EN MI VIDA COMO PARA QUE ME PONGAN CLASESITAS SIN VALOR A CURRÍCULUM, MARÍA.

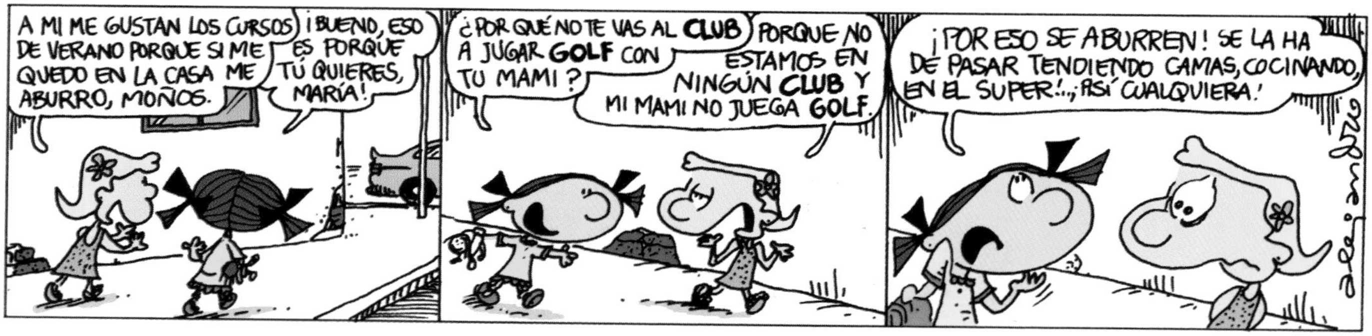
A MÍ ME GUSTAN LOS CURSOS DE VERANO PORQUE SI ME QUEDO EN LA CASA ME ABURRO, MOÑOS.
¡BUENO, ESO ES PORQUE TÚ QUIERES, MARÍA!
¿POR QUÉ NO TE VAS AL CLUB A JUGAR GOLF CON TU MAMI?
PORQUE NO ESTAMOS EN NINGÚN CLUB Y MI MAMI NO JUEGA GOLF.
¡POR ESO SE ABURREN! SE LA HA DE PASAR TENDIENDO CAMAS, COCINANDO, EN EL SUPER!... ¡ASÍ CUALQUIERA!

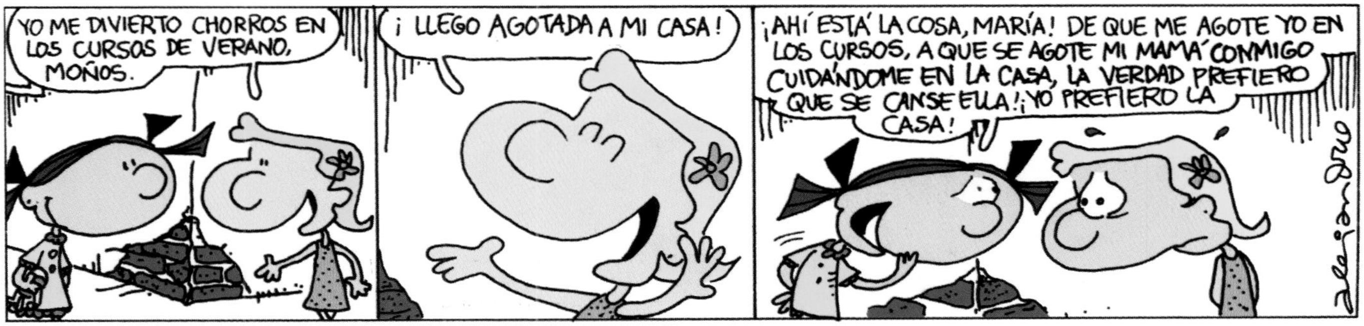
YO ME DIVIERTO CHORROS EN LOS CURSOS DE VERANO, MOÑOS.
¡ LLEGO AGOTADA A MI CASA !
¡AHÍ ESTÁ LA COSA, MARÍA! DE QUE ME AGOTE YO EN LOS CURSOS, A QUE SE AGOTE MI MAMÁ CONMIGO CUIDÁNDOME EN LA CASA, LA VERDAD PREFIERO QUE SE CANSE ELLA! ¡YO PREFIERO LA CASA!

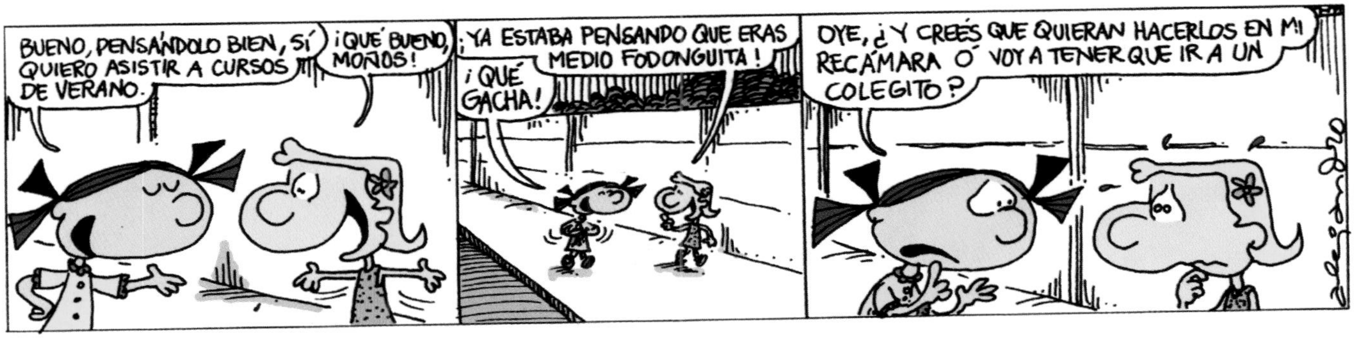
BUENO, PENSÁNDOLO BIEN, SÍ QUIERO ASISTIR A CURSOS DE VERANO.
¡QUÉ BUENO, MOÑOS!
¡YA ESTABA PENSANDO QUE ERAS MEDIO FODONGUITA!
¡QUÉ GACHA!
OYE, ¿Y CREÉS QUE QUIERAN HACERLOS EN MI RECÁMARA O VOY A TENER QUE IR A UN COLEGITO?

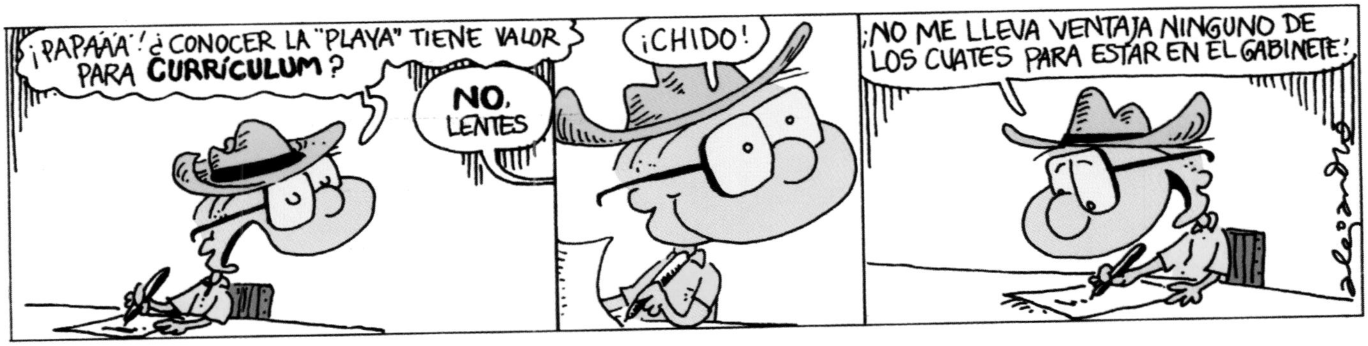
¡PAPÁÁÁ! ¿CONOCER LA "PLAYA" TIENE VALOR PARA **CURRÍCULUM**?
NO, LENTES
¡CHIDO!
¡NO ME LLEVA VENTAJA NINGUNO DE LOS CUATES PARA ESTAR EN EL GABINETE!

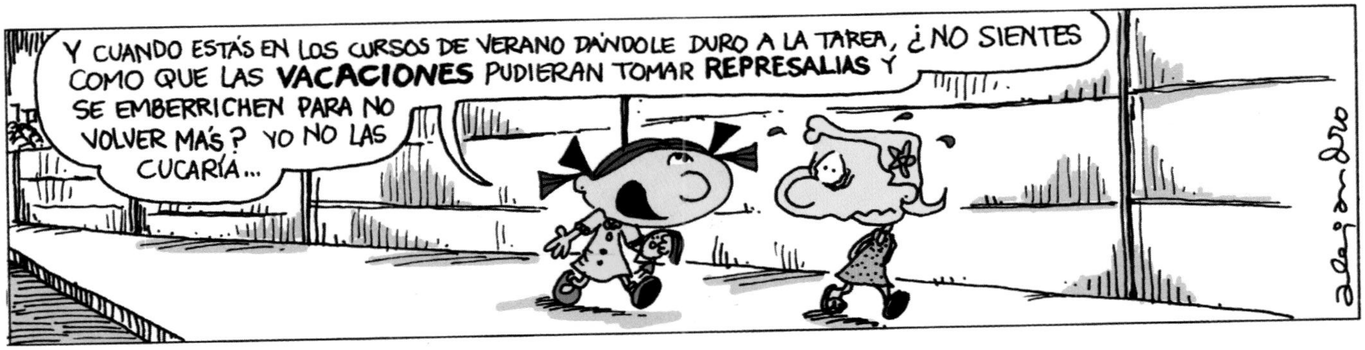
Y CUANDO ESTÁS EN LOS CURSOS DE VERANO DÁNDOLE DURO A LA TAREA, ¿NO SIENTES COMO QUE LAS **VACACIONES** PUDIERAN TOMAR **REPRESALIAS** Y SE EMBERRICHEN PARA NO VOLVER MÁS? YO NO LAS CUCARÍA...

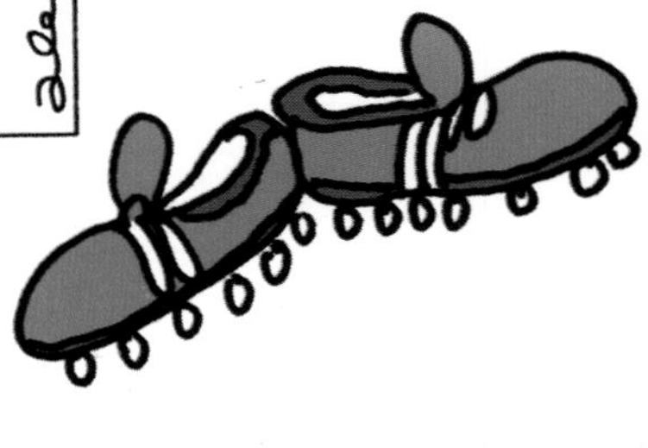

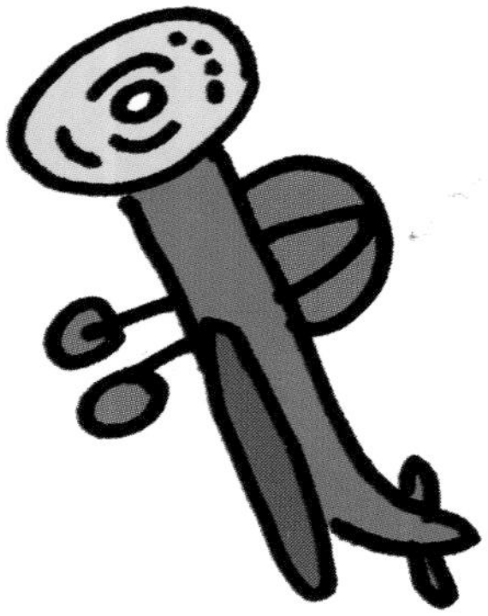

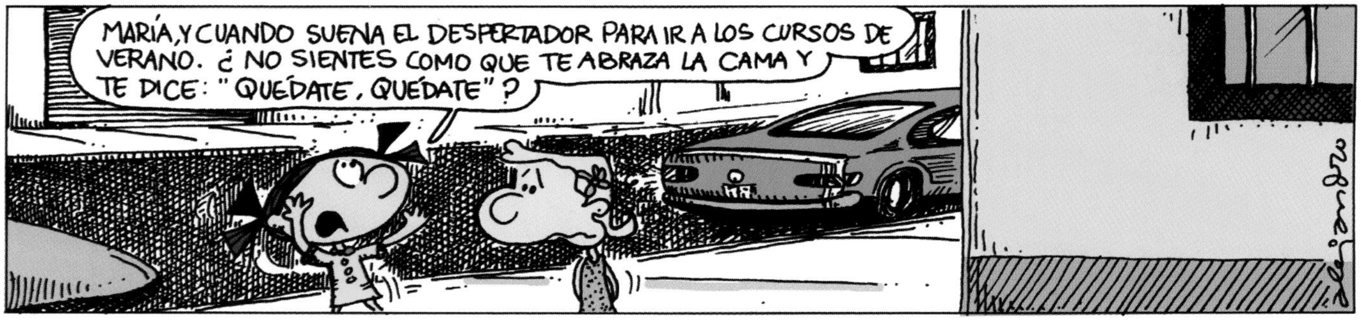
MARÍA, Y CUANDO SUENA EL DESPERTADOR PARA IR A LOS CURSOS DE VERANO. ¿NO SIENTES COMO QUE TE ABRAZA LA CAMA Y TE DICE: "QUÉDATE, QUÉDATE"?

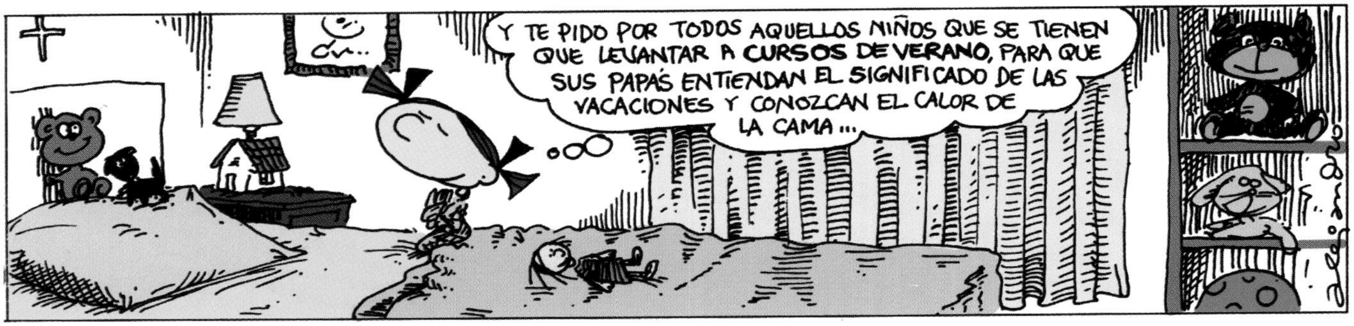
Y TE PIDO POR TODOS AQUELLOS NIÑOS QUE SE TIENEN QUE LEVANTAR A **CURSOS DE VERANO**, PARA QUE SUS PAPÁS ENTIENDAN EL SIGNIFICADO DE LAS VACACIONES Y CONOZCAN EL CALOR DE LA CAMA...

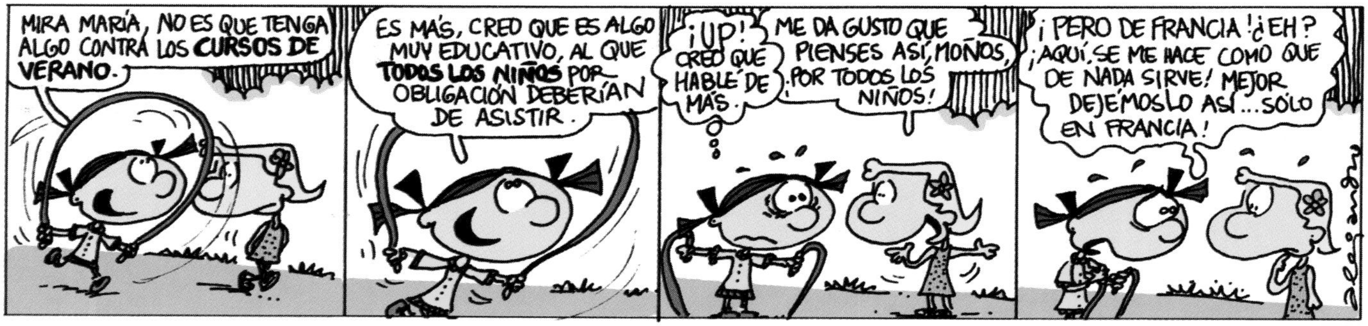
MIRA MARÍA, NO ES QUE TENGA ALGO CONTRA LOS **CURSOS DE VERANO**.
ES MÁS, CREO QUE ES ALGO MUY EDUCATIVO, AL QUE **TODOS LOS NIÑOS** POR OBLIGACIÓN DEBERÍAN DE ASISTIR.
¡UP! CREO QUE HABLÉ DE MÁS.
ME DA GUSTO QUE PIENSES ASÍ, MOÑOS, ¡POR TODOS LOS NIÑOS!
¡PERO DE FRANCIA! ¿EH? ¡AQUÍ SE ME HACE COMO QUE DE NADA SIRVE! MEJOR DEJÉMOSLO ASÍ... SÓLO EN FRANCIA!

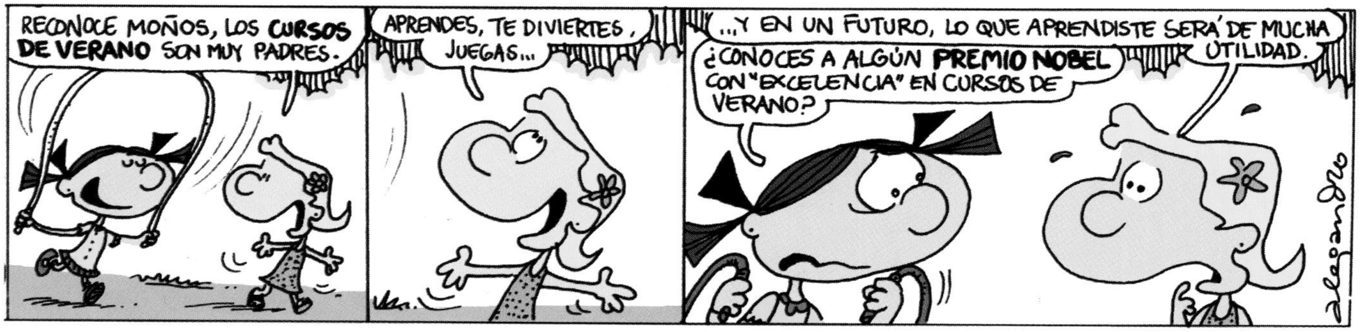
RECONOCE MOÑOS, LOS **CURSOS DE VERANO** SON MUY PADRES.
APRENDES, TE DIVIERTES, JUEGAS...
...Y EN UN FUTURO, LO QUE APRENDISTE SERÁ DE MUCHA UTILIDAD.
¿CONOCES A ALGÚN **PREMIO NOBEL** CON "EXCELENCIA" EN CURSOS DE VERANO?

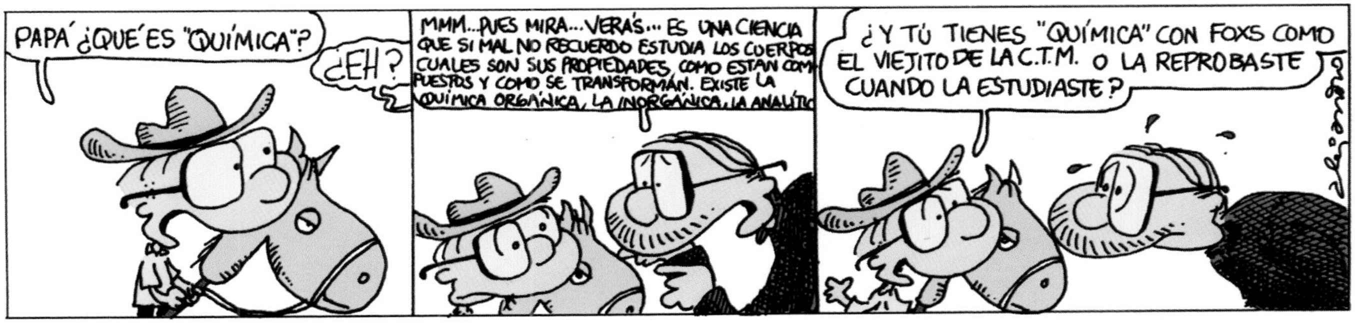

PAPÁ ¿QUÉ ES "QUÍMICA"?
¿EH?
MMM...PUES MIRA...VERÁS... ES UNA CIENCIA QUE SI MAL NO RECUERDO ESTUDIA LOS CUERPOS CUALES SON SUS PROPIEDADES, COMO ESTAN COMPUESTOS Y COMO SE TRANSFORMÁN. EXISTE LA QUÍMICA ORGÁNICA, LA INORGÁNICA, LA ANALÍTIC
¿Y TÚ TIENES "QUÍMICA" CON FOXS COMO EL VIEJITO DE LA C.T.M. O LA REPROBASTE CUANDO LA ESTUDIASTE?
alejandro

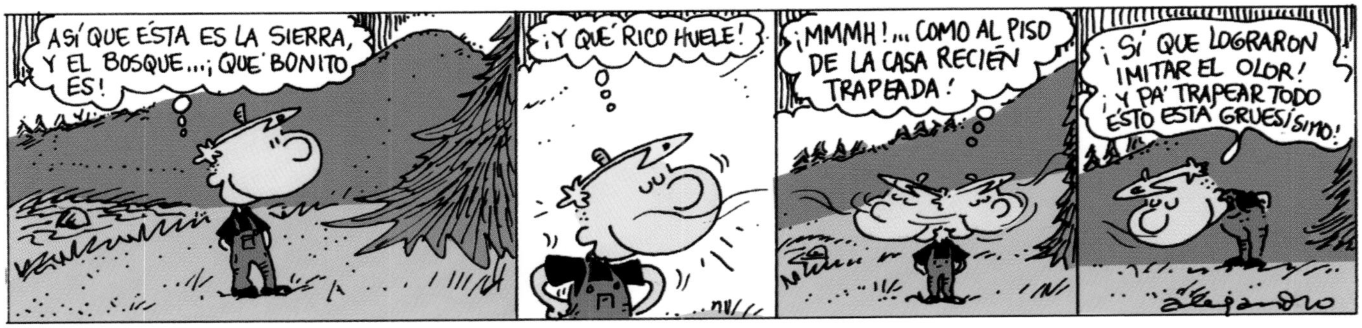

ASÍ QUE ÉSTA ES LA SIERRA, Y EL BOSQUE...¡QUÉ BONITO ES!
¡Y QUÉ RICO HUELE!
¡MMMH!... COMO AL PISO DE LA CASA RECIÉN TRAPEADA!
¡SÍ QUE LOGRARON IMITAR EL OLOR! ¡Y PA' TRAPEAR TODO ÉSTO ESTÁ GRUESÍSIMO!
alejandro

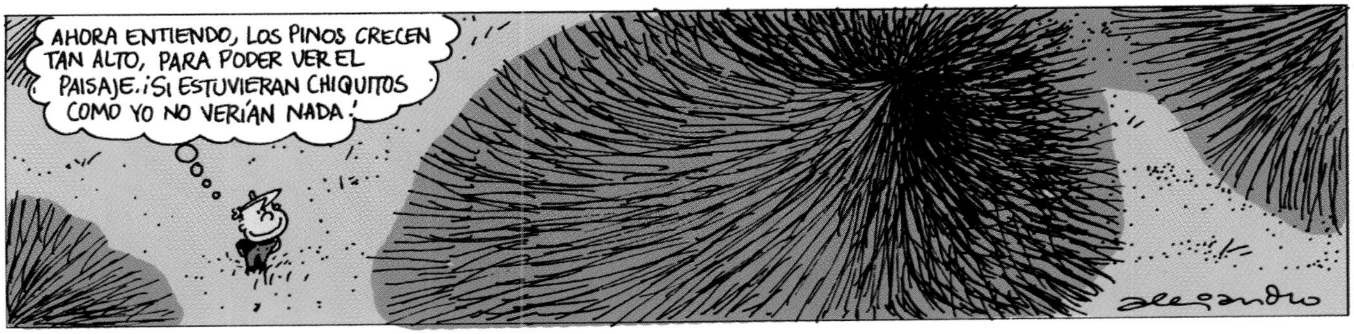

AHORA ENTIENDO, LOS PINOS CRECEN TAN ALTO, PARA PODER VER EL PAISAJE. ¡SI ESTUVIERAN CHIQUITOS COMO YO NO VERÍAN NADA!
alejandro

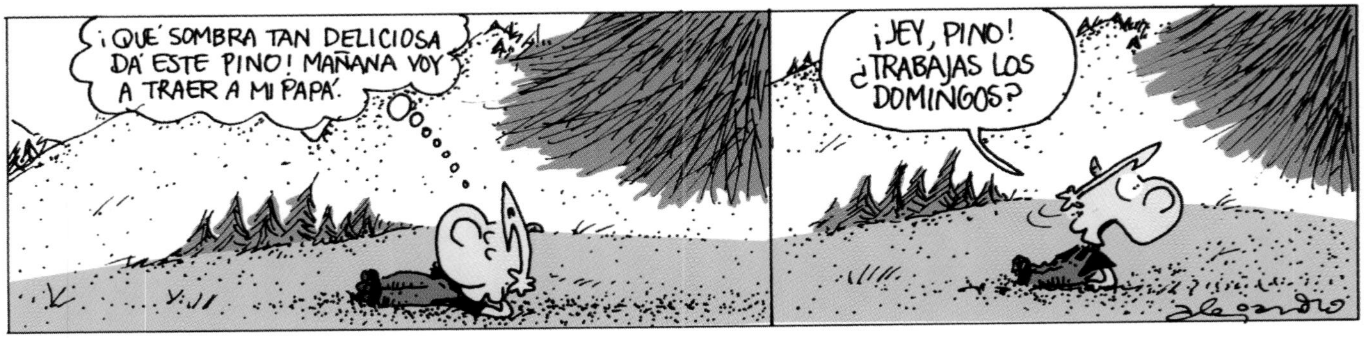

¡QUÉ SOMBRA TAN DELICIOSA DÁ ESTE PINO! MAÑANA VOY A TRAER A MI PAPÁ.
¡JEY, PINO! ¿TRABAJAS LOS DOMINGOS?
alejandro

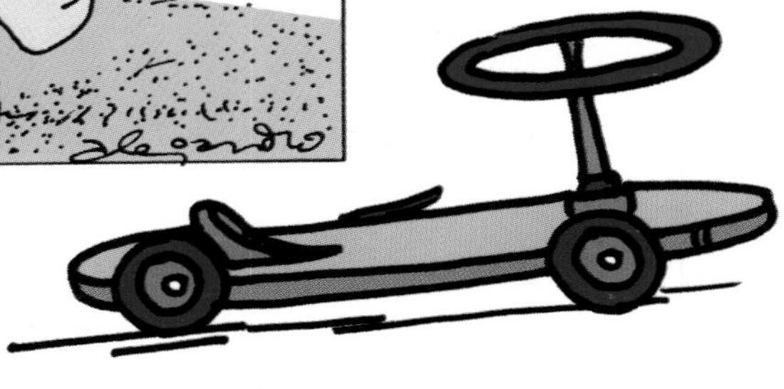

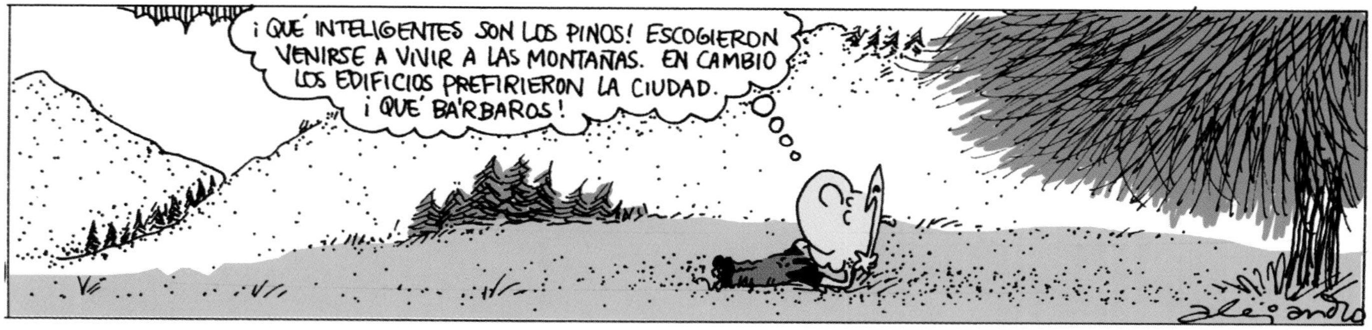
¡QUÉ INTELIGENTES SON LOS PINOS! ESCOGIERON VENIRSE A VIVIR A LAS MONTAÑAS. EN CAMBIO LOS EDIFICIOS PREFIRIERON LA CIUDAD. ¡QUÉ BÁRBAROS!
alejandro

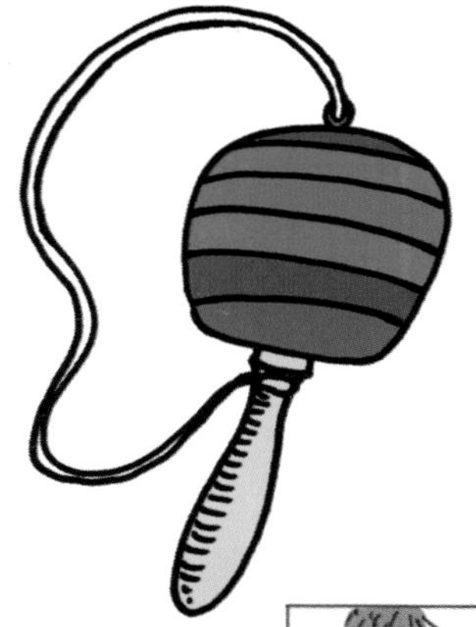

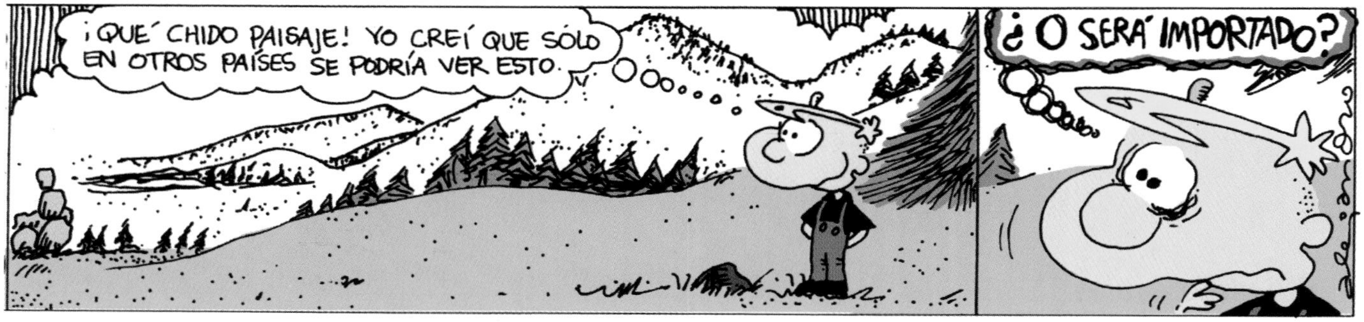
¡QUÉ CHIDO PAISAJE! YO CREÍ QUE SÓLO EN OTROS PAÍSES SE PODRÍA VER ESTO.
¿O SERÁ IMPORTADO?
alejandro

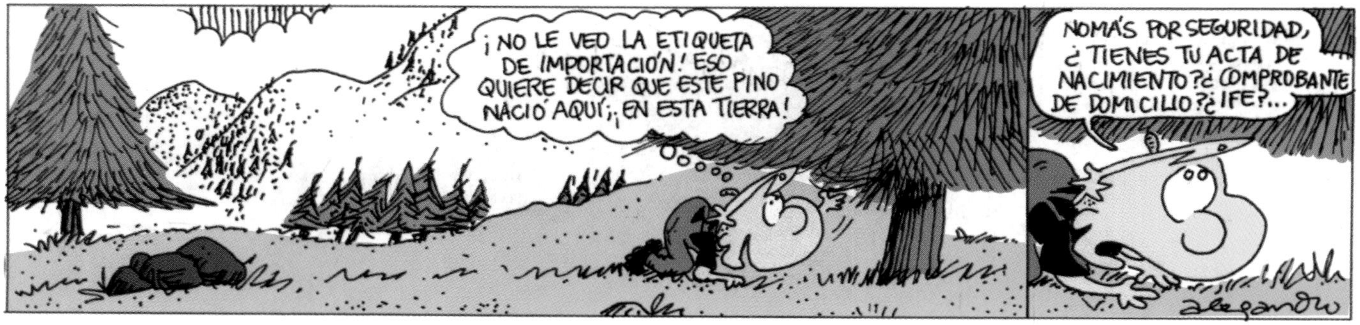
¡NO LE VEO LA ETIQUETA DE IMPORTACIÓN! ESO QUIERE DECIR QUE ESTE PINO NACIÓ AQUÍ; ¡EN ESTA TIERRA!
NOMÁS POR SEGURIDAD, ¿TIENES TU ACTA DE NACIMIENTO? ¿COMPROBANTE DE DOMICILIO? ¿IFE?...
alejandro

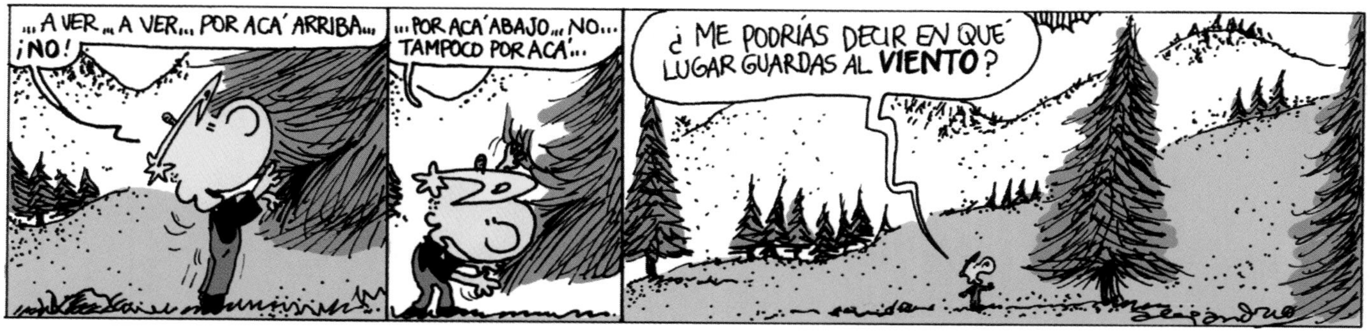
...A VER... A VER... POR ACÁ ARRIBA... ¡NO!
...POR ACÁ ABAJO... NO... TAMPOCO POR ACÁ...
¿ME PODRÍAS DECIR EN QUÉ LUGAR GUARDAS AL **VIENTO**?
alejandro

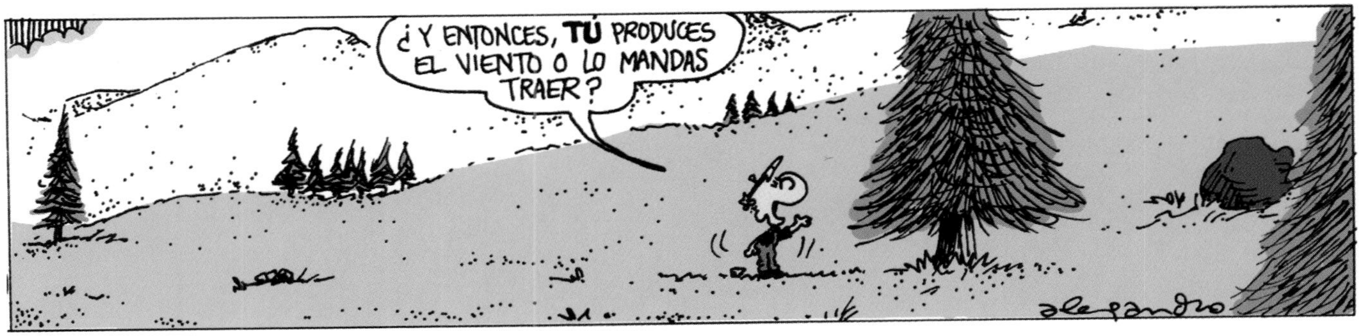
¿Y ENTONCES, **TÚ** PRODUCES EL VIENTO O LO MANDAS TRAER?

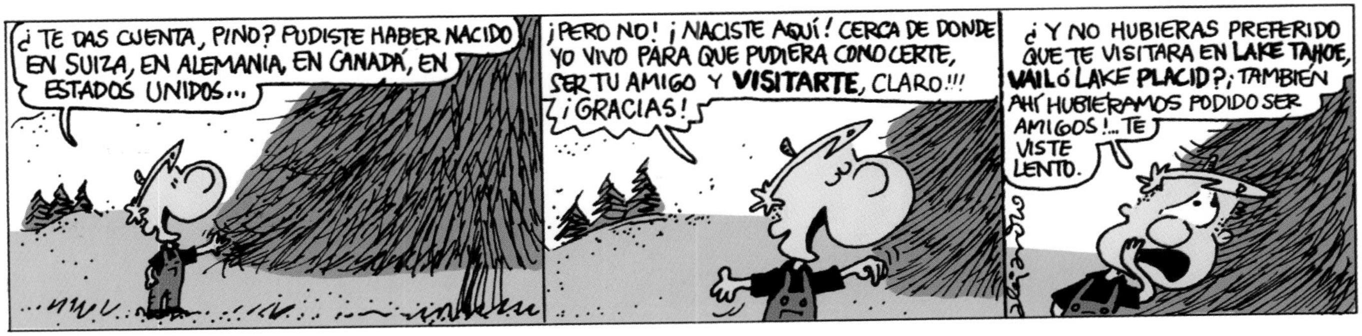
¿TE DAS CUENTA, PINO? PUDISTE HABER NACIDO EN SUIZA, EN ALEMANIA, EN CANADÁ, EN ESTADOS UNIDOS...
¡PERO NO! ¡NACISTE AQUÍ! CERCA DE DONDE YO VIVO PARA QUE PUDIERA CONOCERTE, SER TU AMIGO Y **VISITARTE**, CLARO!!!
¡GRACIAS!
¿Y NO HUBIERAS PREFERIDO QUE TE VISITARA EN **LAKE TAHOE**, **VAIL** Ó LAKE **PLACID**?, TAMBIÉN AHÍ HUBIÉRAMOS PODIDO SER AMIGOS!... TE VISTE LENTO.

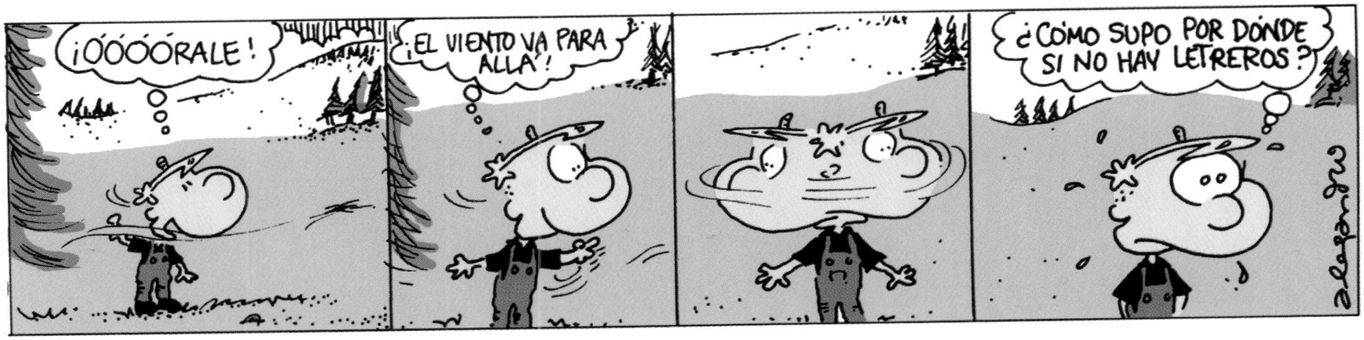
¡ÓÓÓÓRALE!
¡EL VIENTO VA PARA ALLÁ!
¿CÓMO SUPO POR DÓNDE SI NO HAY LETREROS?

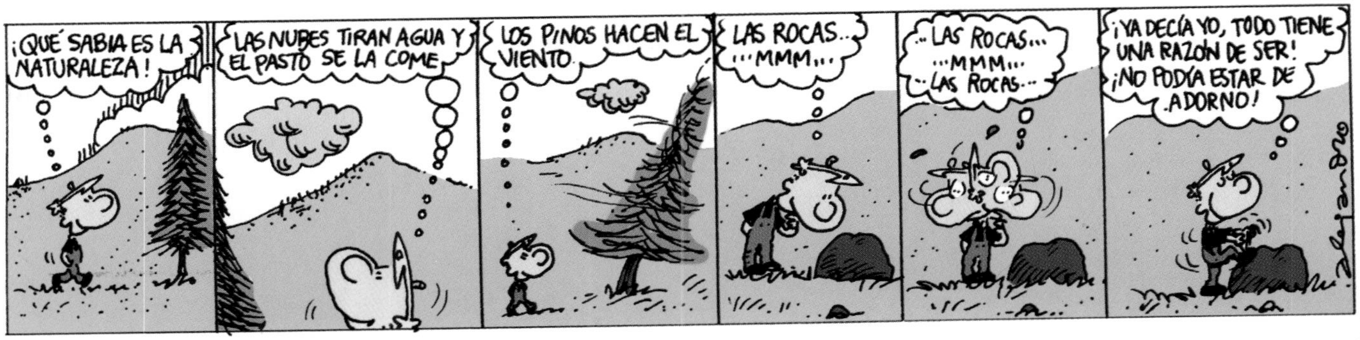
¡QUÉ SABIA ES LA NATURALEZA!
LAS NUBES TIRAN AGUA Y EL PASTO SE LA COME
LOS PINOS HACEN EL VIENTO
LAS ROCAS... ...MMM...
...LAS ROCAS... ...MMM... LAS ROCAS...
¡YA DECÍA YO, TODO TIENE UNA RAZÓN DE SER! ¡NO PODÍA ESTAR DE ADORNO!

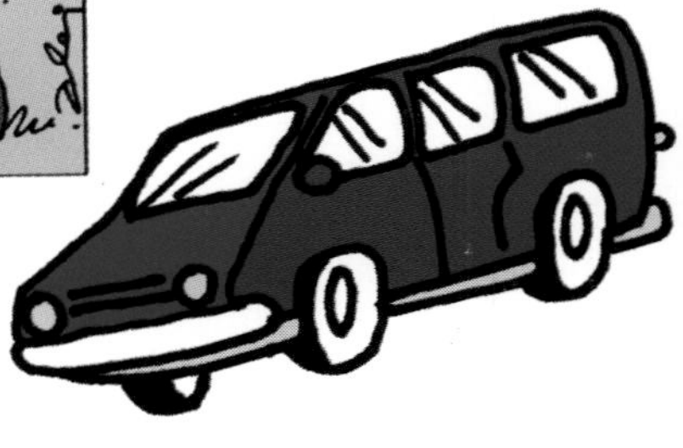

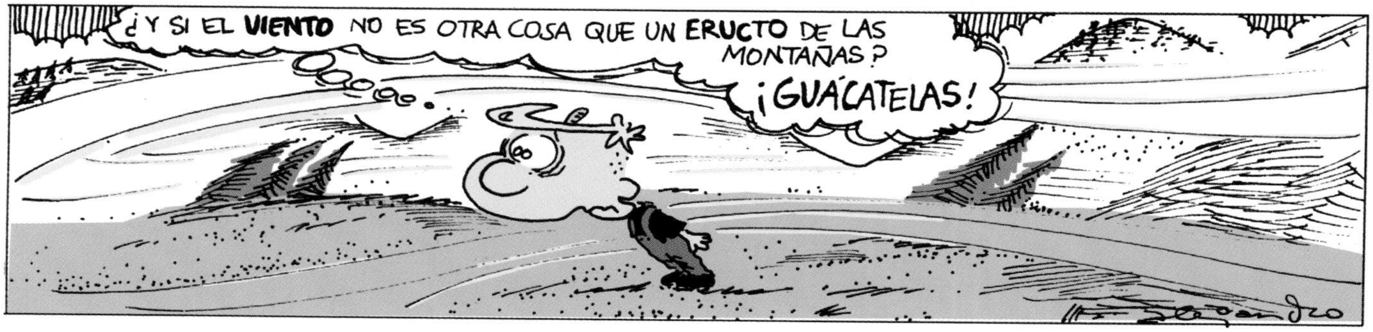
¿Y SI EL **VIENTO** NO ES OTRA COSA QUE UN **ERUCTO** DE LAS MONTAÑAS?
¡GUÁCATELAS!
alejandro

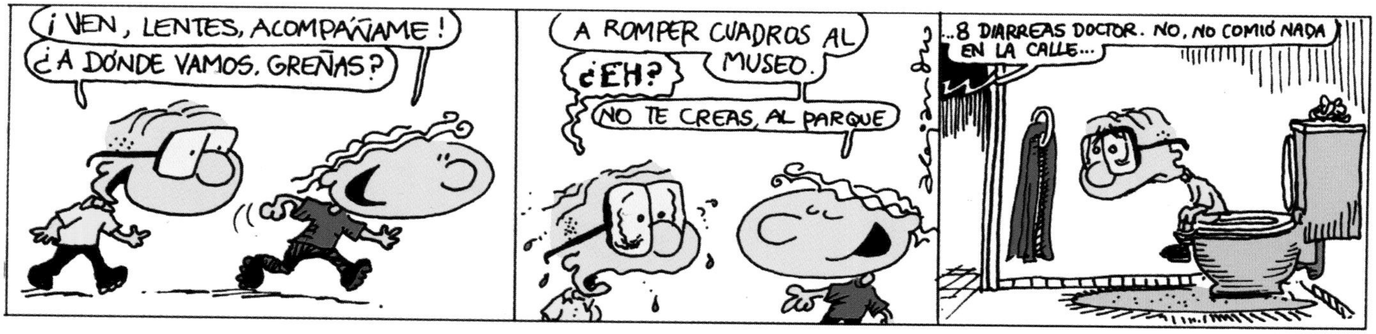
¡VEN, LENTES, ACOMPÁÑAME!
¿A DÓNDE VAMOS, GREÑAS?
A ROMPER CUADROS AL MUSEO.
¿EH?
NO TE CREAS, AL PARQUE
alejandro
...8 DIARREAS DOCTOR. NO, NO COMIÓ NADA EN LA CALLE...

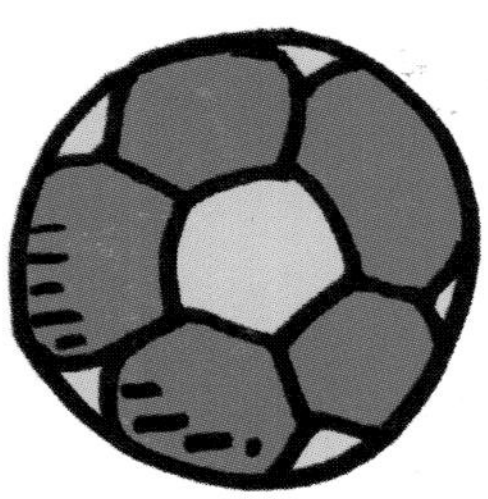

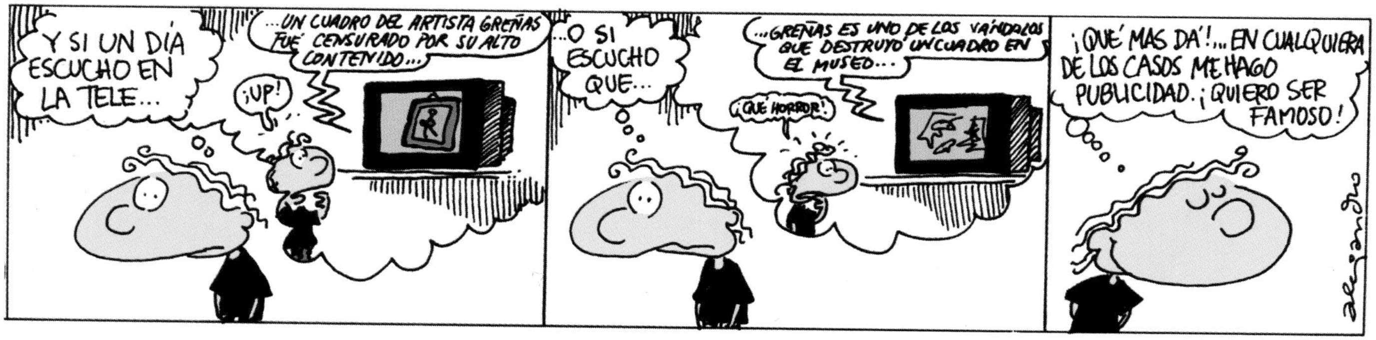
Y SI UN DÍA ESCUCHO EN LA TELE...
...UN CUADRO DEL ARTISTA GREÑAS FUÉ CENSURADO POR SU ALTO CONTENIDO...
¡UP!
...O SI ESCUCHO QUE...
...GREÑAS ES UNO DE LOS VÁNDALOS QUE DESTRUYÓ UN CUADRO EN EL MUSEO...
¡QUÉ HORROR!
¡QUÉ MÁS DÁ!... EN CUALQUIERA DE LOS CASOS ME HAGO PUBLICIDAD. ¡QUIERO SER FAMOSO!
alejandro

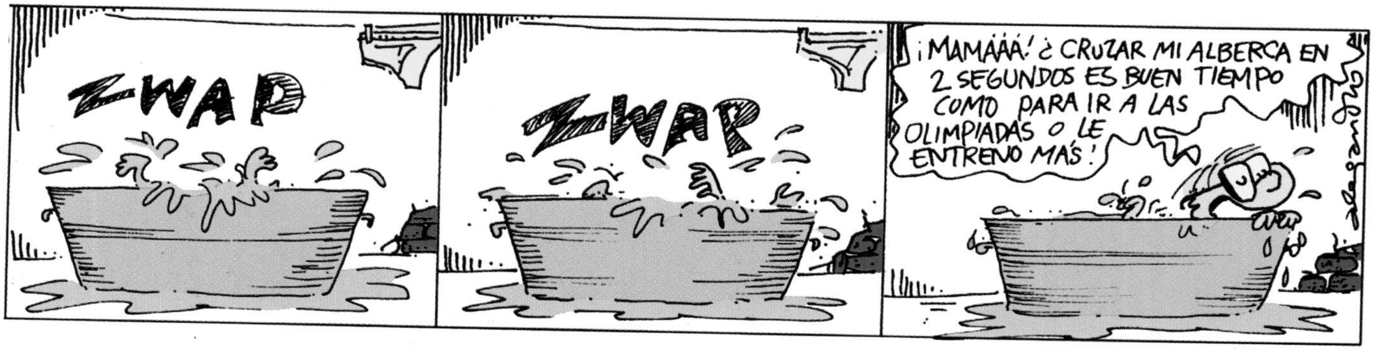
ZWAP
ZWAP
¡MAMÁÁÁ! ¿CRUZAR MI ALBERCA EN 2 SEGUNDOS ES BUEN TIEMPO COMO PARA IR A LAS OLIMPIADAS O LE ENTRENO MÁS!
alejandro

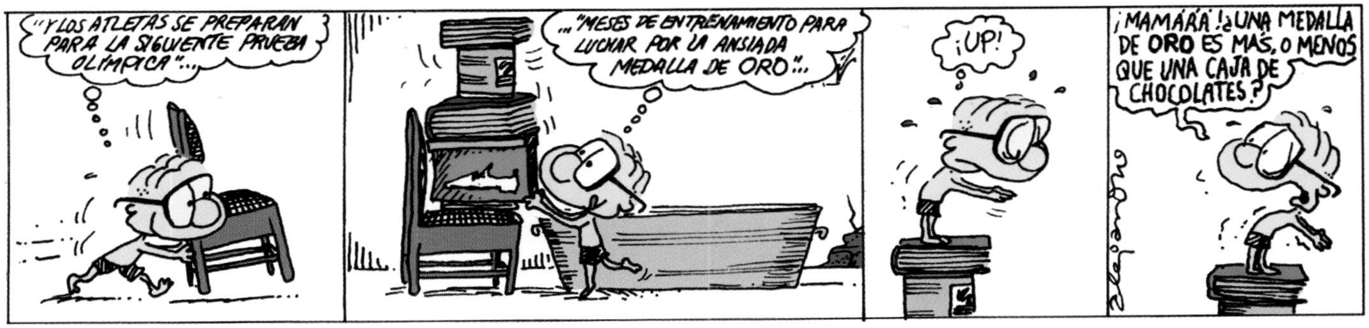
"Y LOS ATLETAS SE PREPARAN PARA LA SIGUIENTE PRUEBA OLÍMPICA"...
..."MESES DE ENTRENAMIENTO PARA LUCHAR POR LA ANSIADA MEDALLA DE ORO"...
¡UP!
¡MAMÁÁÁ! ¿UNA MEDALLA DE ORO ES MÁS, O MENOS QUE UNA CAJA DE CHOCOLATES?

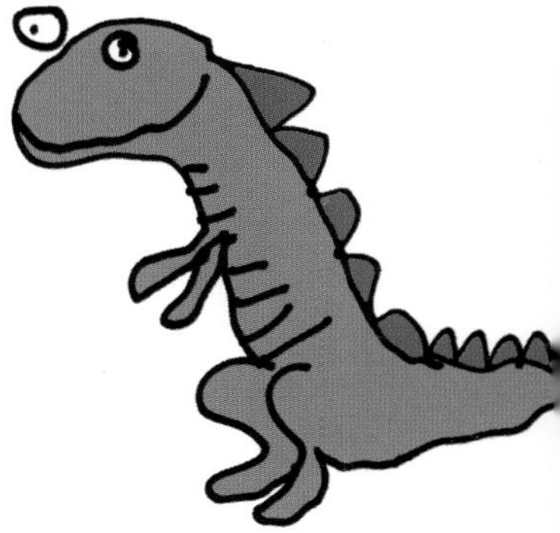

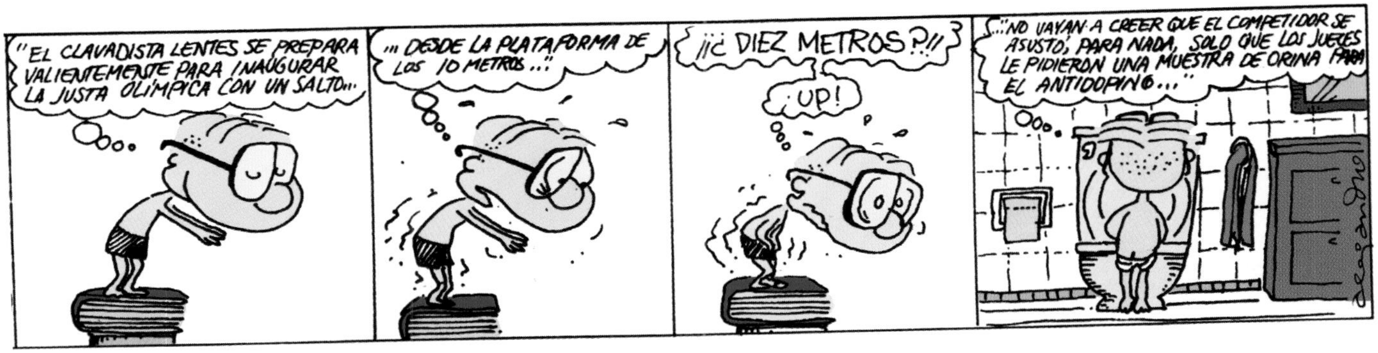
"EL CLAVADISTA LENTES SE PREPARA VALIENTEMENTE PARA INAUGURAR LA JUSTA OLÍMPICA CON UN SALTO...
... DESDE LA PLATAFORMA DE LOS 10 METROS..."
¡¿DIEZ METROS?!!
¡UP!
..."NO VAYAN A CREER QUE EL COMPETIDOR SE ASUSTÓ, PARA NADA, SOLO QUE LOS JUECES LE PIDIERON UNA MUESTRA DE ORINA PARA EL ANTIDOPING..."

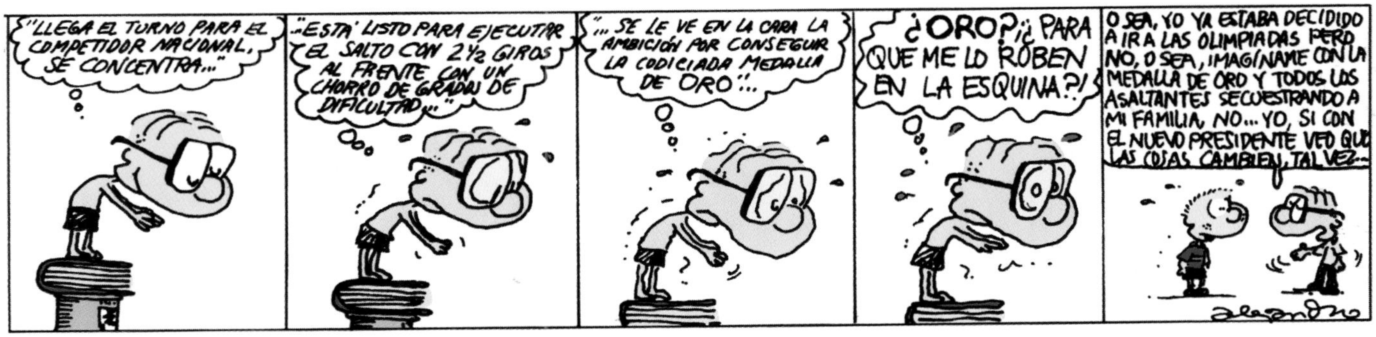
"LLEGA EL TURNO PARA EL COMPETIDOR NACIONAL, SE CONCENTRA..."
..."ESTÁ LISTO PARA EJECUTAR EL SALTO CON 2½ GIROS AL FRENTE CON UN CHORRO DE GRADO DE DIFICULTAD..."
"... SE LE VE EN LA CARA LA AMBICIÓN POR CONSEGUIR LA CODICIADA MEDALLA DE ORO"...
¿ORO? ¿PARA QUE ME LO ROBEN EN LA ESQUINA?!
O SEA, YO YA ESTABA DECIDIDO A IR A LAS OLIMPIADAS PERO NO, O SEA, IMAGÍNAME CON LA MEDALLA DE ORO Y TODOS LOS ASALTANTES SECUESTRANDO A MI FAMILIA, NO... YO, SI CON EL NUEVO PRESIDENTE VEO QUE LAS COSAS CAMBIEN, TAL VEZ...

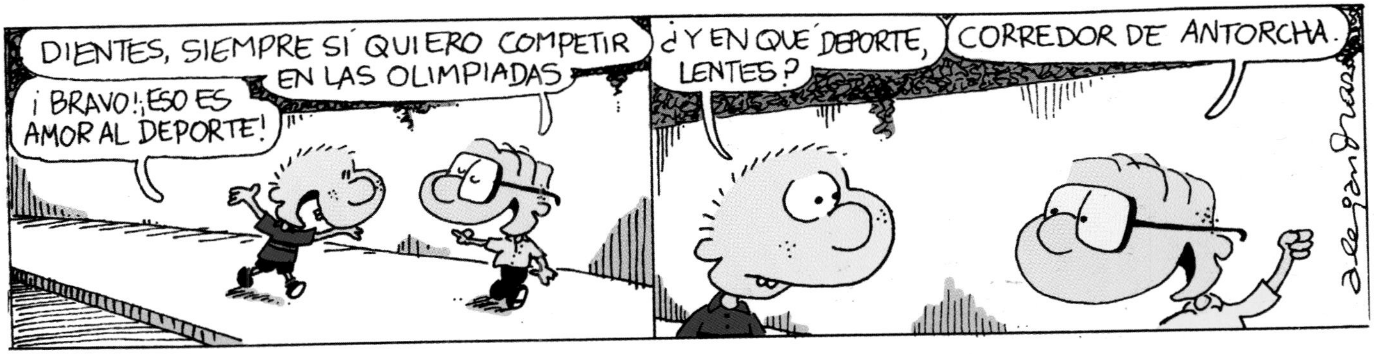
DIENTES, SIEMPRE SÍ QUIERO COMPETIR EN LAS OLIMPIADAS
¡BRAVO! ¡ESO ES AMOR AL DEPORTE!
¿Y EN QUÉ DEPORTE, LENTES?
CORREDOR DE ANTORCHA.

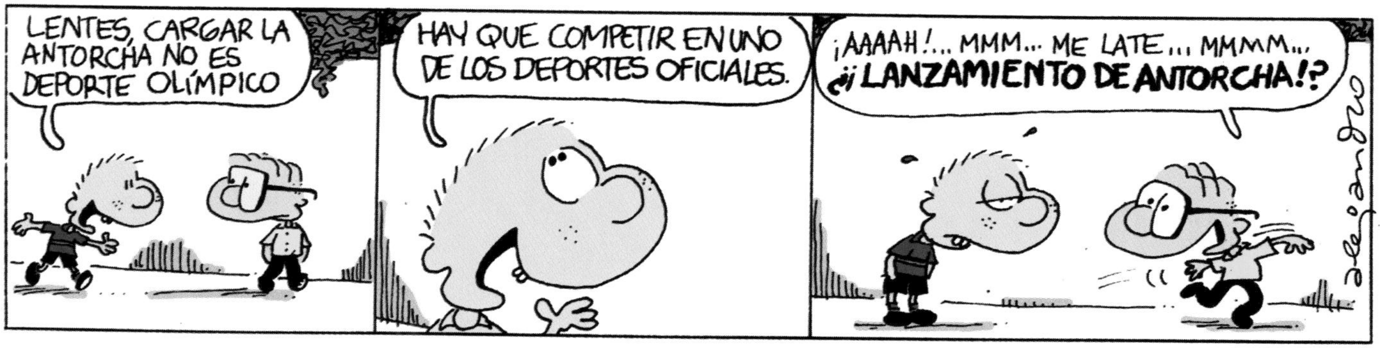
LENTES, CARGAR LA ANTORCHA NO ES DEPORTE OLÍMPICO
HAY QUE COMPETIR EN UNO DE LOS DEPORTES OFICIALES.
¡AAAAH!... MMM... ME LATE... MMMM... ¿¡LANZAMIENTO DE ANTORCHA!?

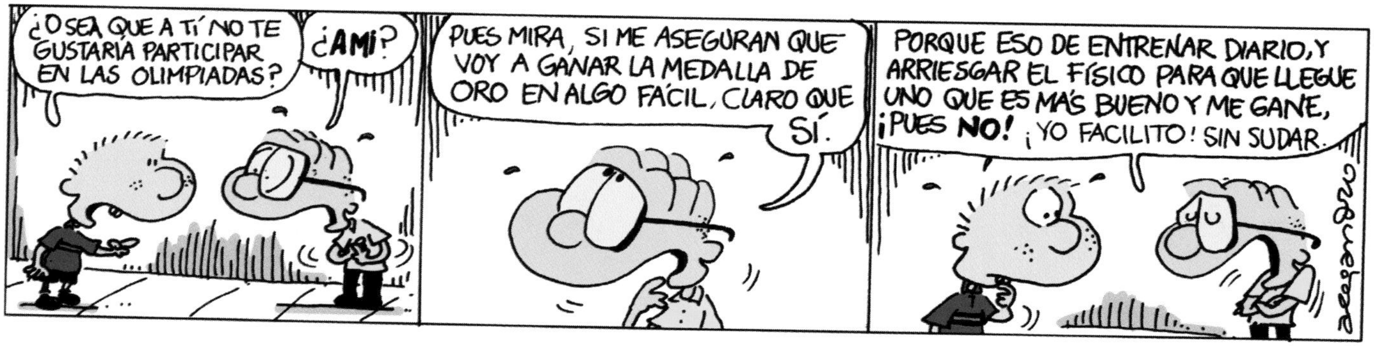
¿O SEA QUE A TÍ NO TE GUSTARÍA PARTICIPAR EN LAS OLIMPIADAS?
¿A MÍ?
PUES MIRA, SI ME ASEGURAN QUE VOY A GANAR LA MEDALLA DE ORO EN ALGO FÁCIL, CLARO QUE SÍ.
PORQUE ESO DE ENTRENAR DIARIO, Y ARRIESGAR EL FÍSICO PARA QUE LLEGUE UNO QUE ES MÁS BUENO Y ME GANE, ¡PUES NO! ¡YO FACILITO! SIN SUDAR.

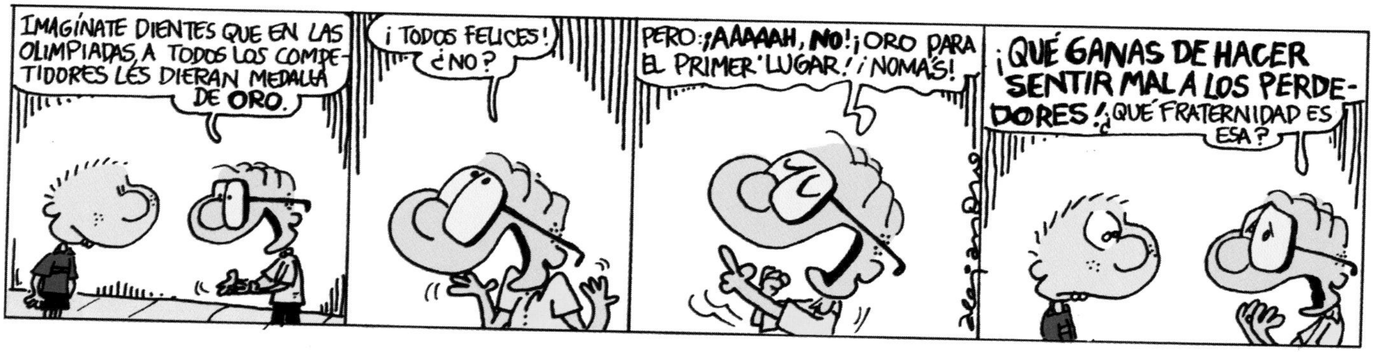
IMAGÍNATE DIENTES QUE EN LAS OLIMPIADAS, A TODOS LOS COMPETIDORES LES DIERAN MEDALLA DE ORO.
¡TODOS FELICES! ¿NO?
PERO: ¡AAAAAH, NO! ¡ORO PARA EL PRIMER LUGAR! ¡NOMÁS!
¡QUÉ GANAS DE HACER SENTIR MAL A LOS PERDEDORES! ¿QUÉ FRATERNIDAD ES ESA?

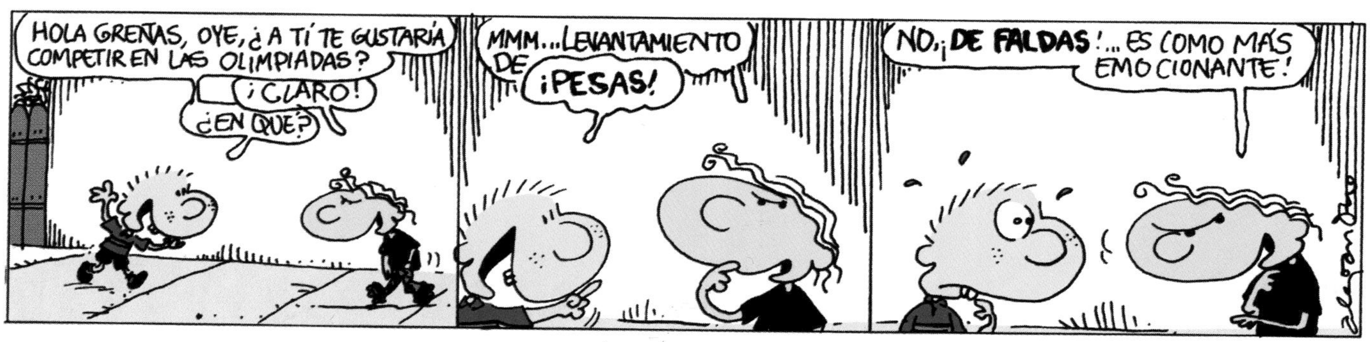
HOLA GREÑAS, OYE, ¿A TÍ TE GUSTARÍA COMPETIR EN LAS OLIMPIADAS?
¡CLARO!
¿EN QUÉ?
MMM... LEVANTAMIENTO DE ¡PESAS!
NO, ¡DE FALDAS!... ES COMO MÁS EMOCIONANTE!

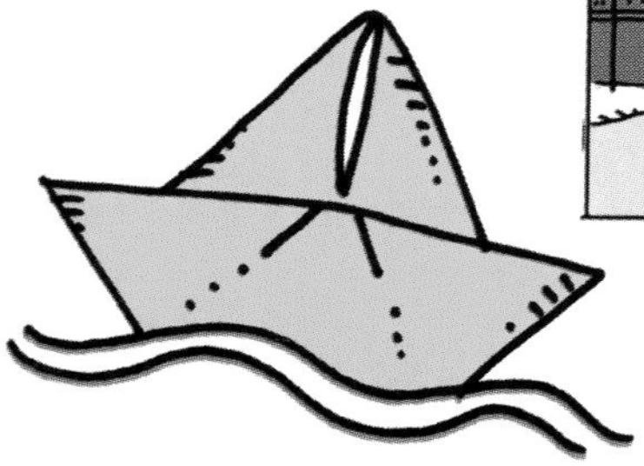

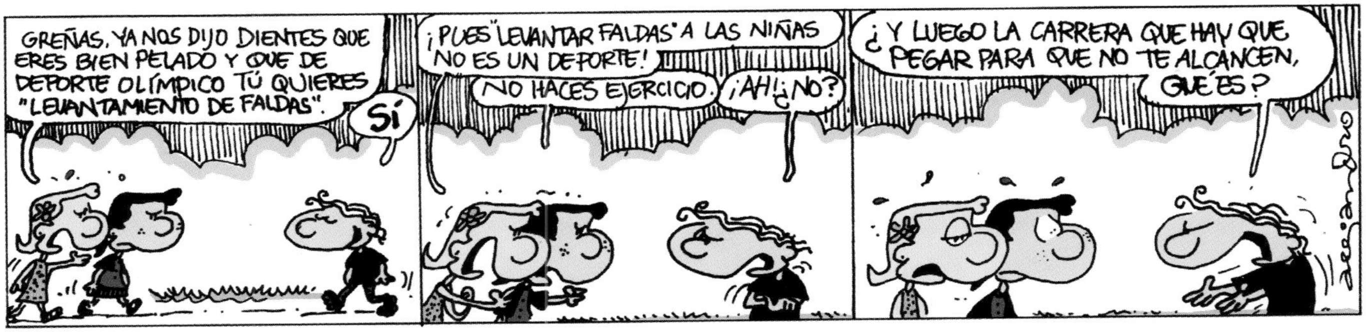
GREÑAS, YA NOS DIJO DIENTES QUE ERES BIEN PELADO Y QUE DE DEPORTE OLÍMPICO TÚ QUIERES "LEVANTAMIENTO DE FALDAS".
SÍ
¡PUES "LEVANTAR FALDAS" A LAS NIÑAS NO ES UN DEPORTE!
NO HACES EJERCICIO.
¡AH! ¿NO?
¿Y LUEGO LA CARRERA QUE HAY QUE PEGAR PARA QUE NO TE ALCANCEN, QUÉ ES?

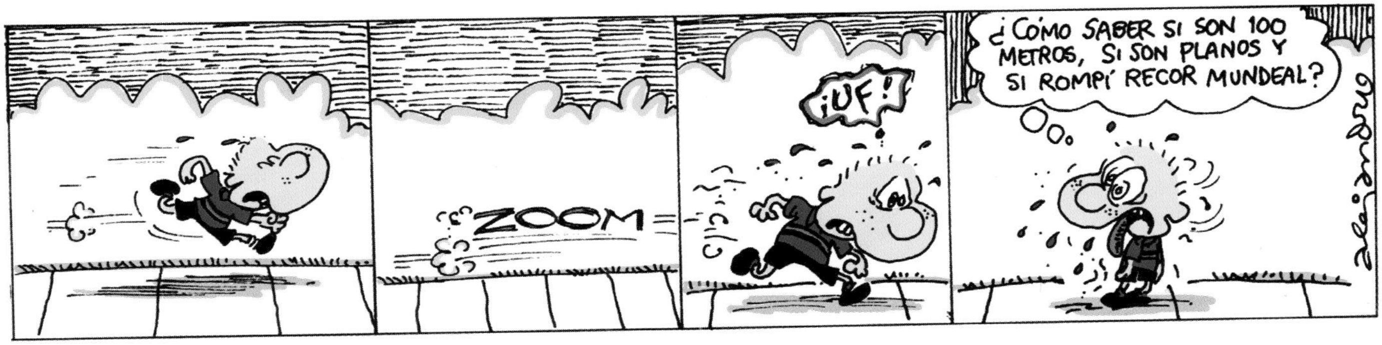
ZOOM
¡UF!
¿CÓMO SABER SI SON 100 METROS, SI SON PLANOS Y SI ROMPÍ RECOR MUNDEAL?

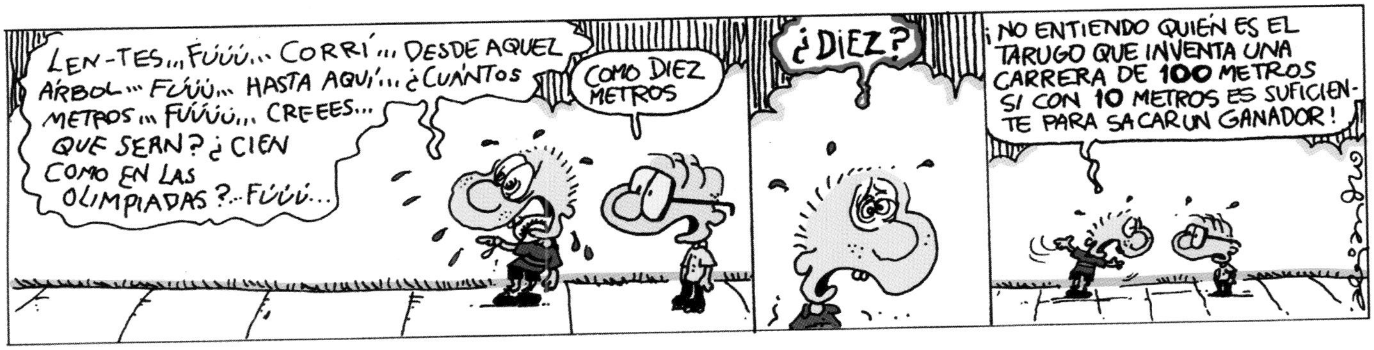
LEN-TES... FÚÚÚ... CORRÍ... DESDE AQUEL ÁRBOL... FÚÚÚ... HASTA AQUÍ... ¿CUÁNTOS METROS... FÚÚÚÚ... CREEES... QUE SEAN? ¿CIEN COMO EN LAS OLIMPIADAS?... FÚÚÚ...
COMO DIEZ METROS
¿DIEZ?
¡NO ENTIENDO QUIÉN ES EL TARUGO QUE INVENTA UNA CARRERA DE 100 METROS SI CON 10 METROS ES SUFICIENTE PARA SACAR UN GANADOR!

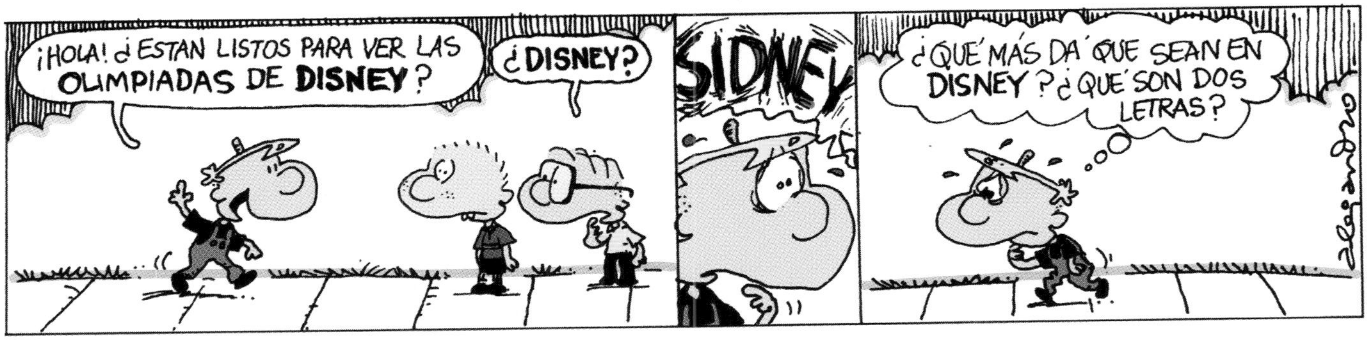
¡HOLA! ¿ESTÁN LISTOS PARA VER LAS OLIMPIADAS DE DISNEY?
¿DISNEY?
SIDNEY
¿QUÉ MÁS DA QUE SEAN EN DISNEY? ¿QUÉ SON DOS LETRAS?

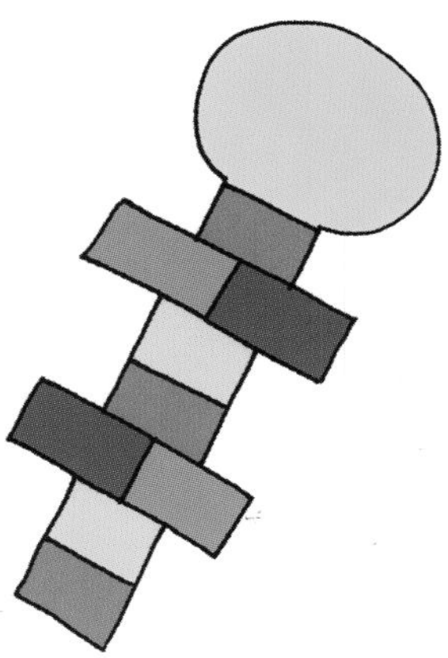

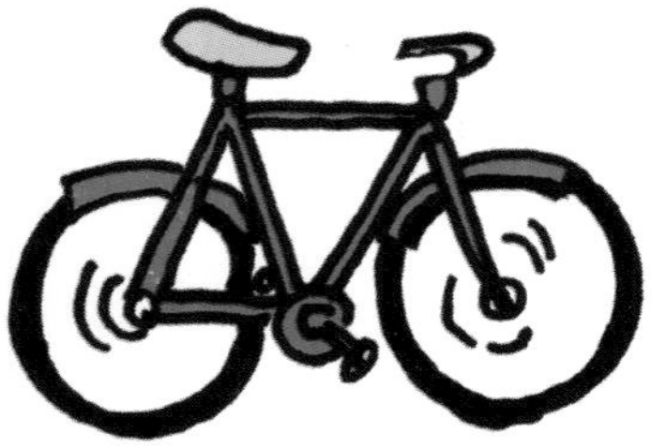

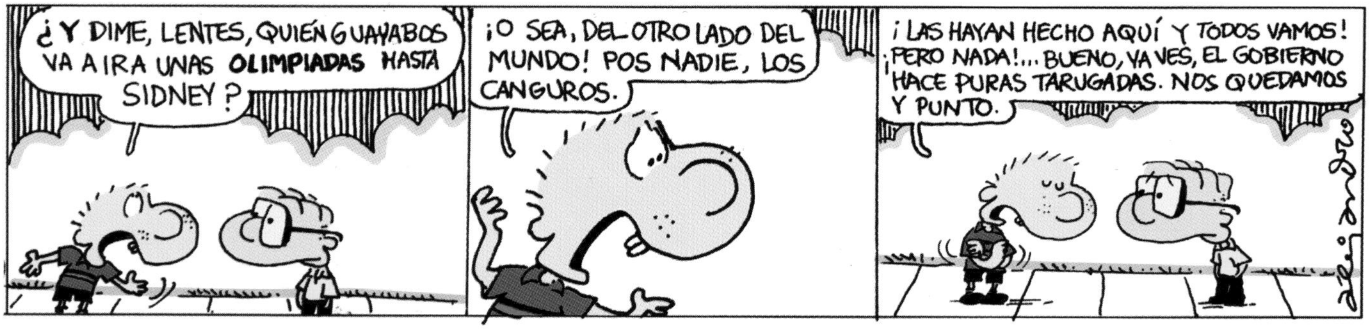
¿Y DIME, LENTES, QUIÉN GUAYABOS VA A IR A UNAS **OLIMPIADAS** HASTA SIDNEY?
¡O SEA, DEL OTRO LADO DEL MUNDO! POS NADIE, LOS CANGUROS.
¡LAS HAYAN HECHO AQUÍ Y TODOS VAMOS! ¡PERO NADA!... BUENO, YA VES, EL GOBIERNO HACE PURAS TARUGADAS. NOS QUEDAMOS Y PUNTO.
alejandro

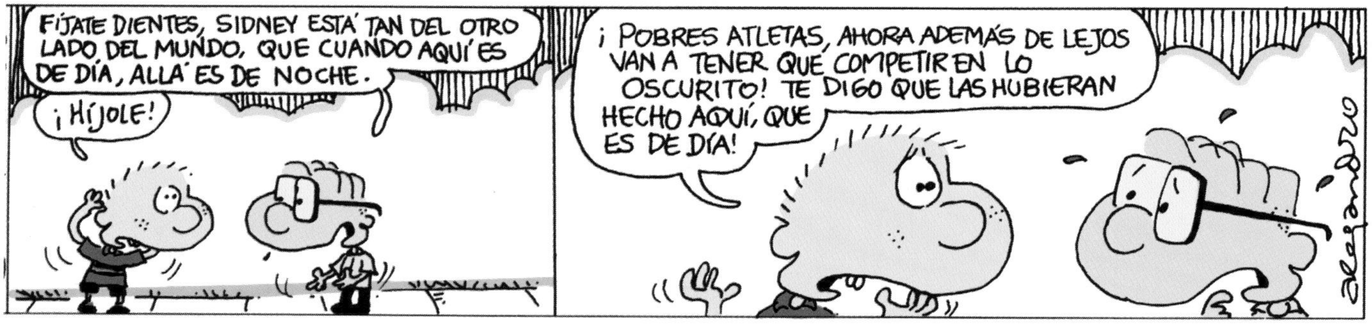
FÍJATE DIENTES, SIDNEY ESTÁ TAN DEL OTRO LADO DEL MUNDO, QUE CUANDO AQUÍ ES DE DÍA, ALLÁ ES DE NOCHE.
¡HÍJOLE!
¡POBRES ATLETAS, AHORA ADEMÁS DE LEJOS VAN A TENER QUE COMPETIR EN LO OSCURITO! TE DIGO QUE LAS HUBIERAN HECHO AQUÍ, QUE ES DE DÍA!
alejandro

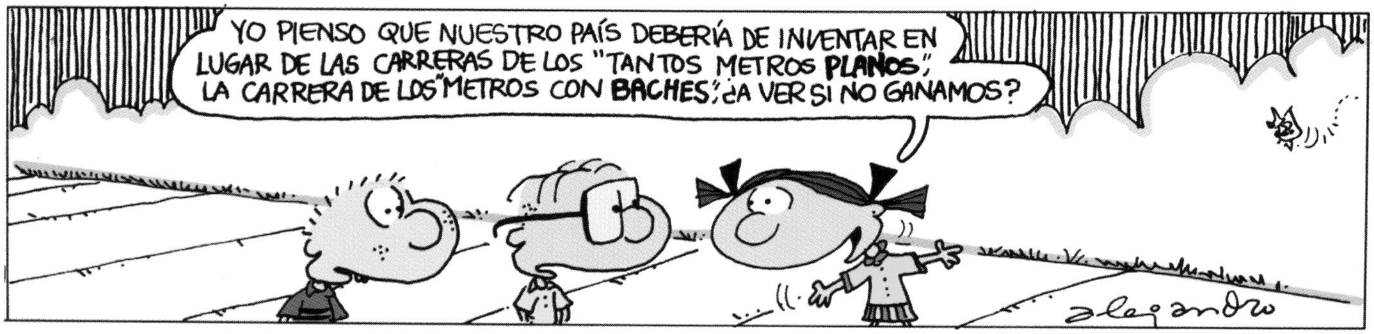
YO PIENSO QUE NUESTRO PAÍS DEBERÍA DE INVENTAR EN LUGAR DE LAS CARRERAS DE LOS "TANTOS METROS **PLANOS**", LA CARRERA DE LOS "METROS CON **BACHES**". ¿A VER SI NO GANAMOS?
alejandro

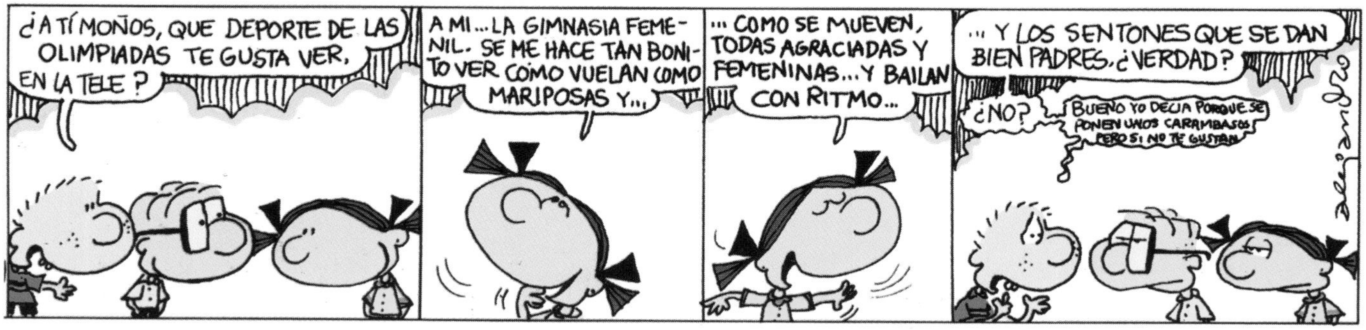
¿A TÍ MOÑOS, QUE DEPORTE DE LAS OLIMPIADAS TE GUSTA VER, EN LA TELE?
A MI... LA GIMNASIA FEMENIL. SE ME HACE TAN BONITO VER COMO VUELAN COMO MARIPOSAS Y...
...COMO SE MUEVEN, TODAS AGRACIADAS Y FEMENINAS... Y BAILAN CON RITMO...
...Y LOS SENTONES QUE SE DAN BIEN PADRES. ¿VERDAD?
¿NO?
BUENO YO DECÍA PORQUE SE PONEN UNOS CARRAMBASOS PERO SI NO TE GUSTAN
alejandro

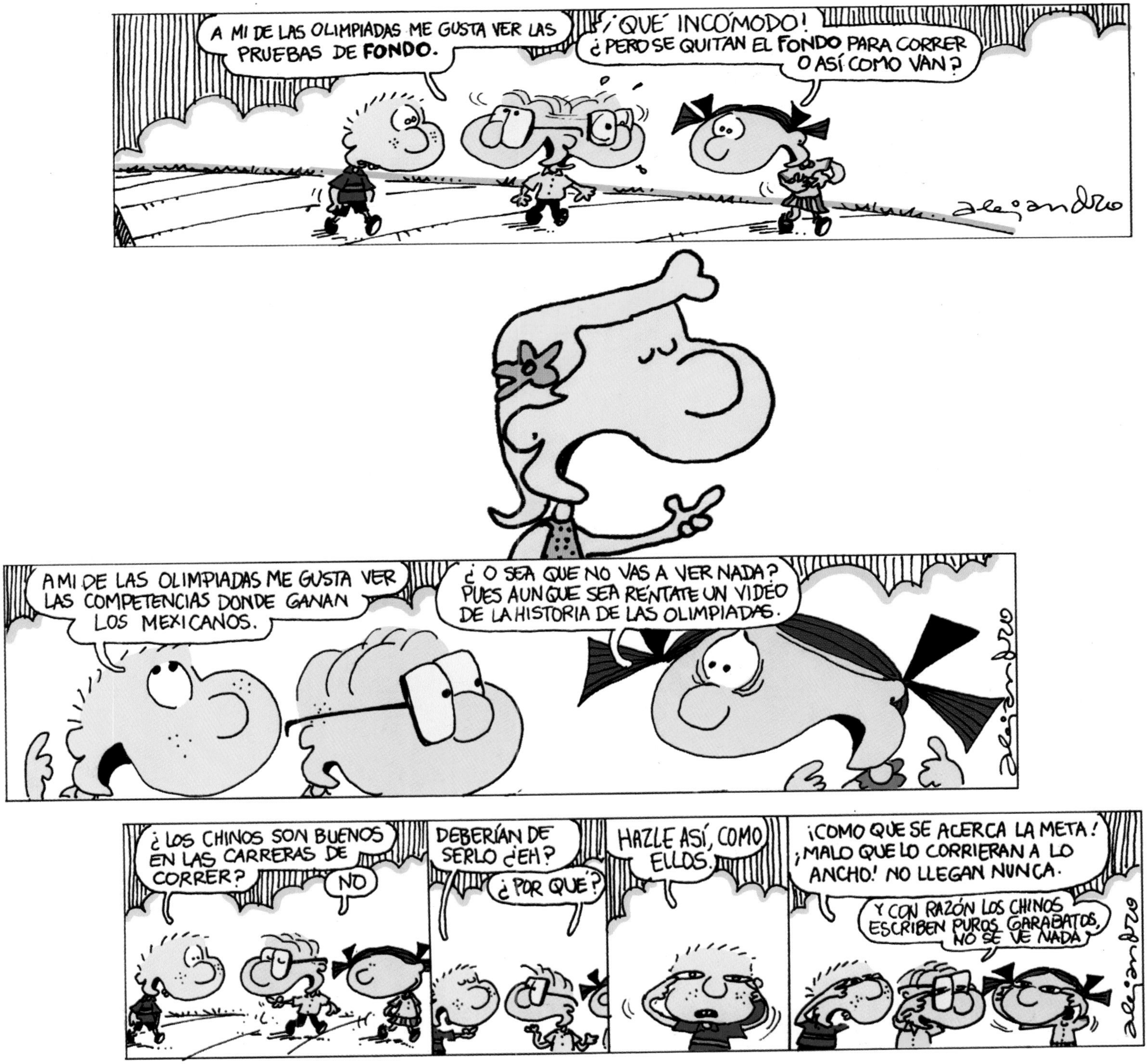
A MI DE LAS OLIMPIADAS ME GUSTA VER LAS PRUEBAS DE **FONDO**.
¡QUÉ INCÓMODO! ¿PERO SE QUITAN EL **FONDO** PARA CORRER O ASÍ COMO VAN?
alejandro
A MI DE LAS OLIMPIADAS ME GUSTA VER LAS COMPETENCIAS DONDE GANAN LOS MEXICANOS.
¿O SEA QUE NO VAS A VER NADA? PUES AUNQUE SEA RÉNTATE UN VIDEO DE LA HISTORIA DE LAS OLIMPIADAS.
alejandro
¿LOS CHINOS SON BUENOS EN LAS CARRERAS DE CORRER?
NO
DEBERÍAN DE SERLO ¿EH?
¿POR QUÉ?
HAZLE ASÍ, COMO ELLOS.
¡COMO QUE SE ACERCA LA META! ¡MALO QUE LO CORRIERAN A LO ANCHO! NO LLEGAN NUNCA.
Y CON RAZÓN LOS CHINOS ESCRIBEN PUROS GARABATOS, NO SE VE NADA.
alejandro

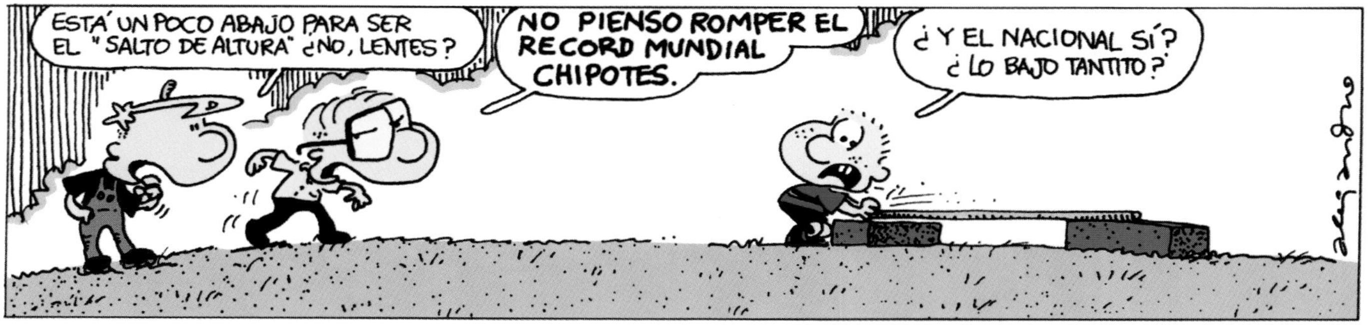
ESTÁ UN POCO ABAJO PARA SER EL "SALTO DE ALTURA" ¿NO, LENTES?
NO PIENSO ROMPER EL RECORD MUNDIAL CHIPOTES.
¿Y EL NACIONAL SÍ? ¿LO BAJO TANTITO?

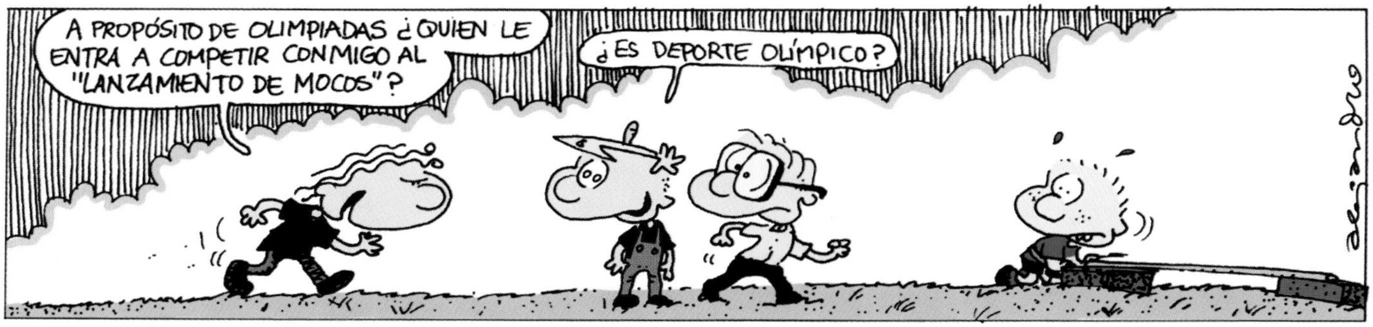
A PROPÓSITO DE OLIMPIADAS ¿QUIEN LE ENTRA A COMPETIR CONMIGO AL "LANZAMIENTO DE MOCOS"?
¿ES DEPORTE OLÍMPICO?

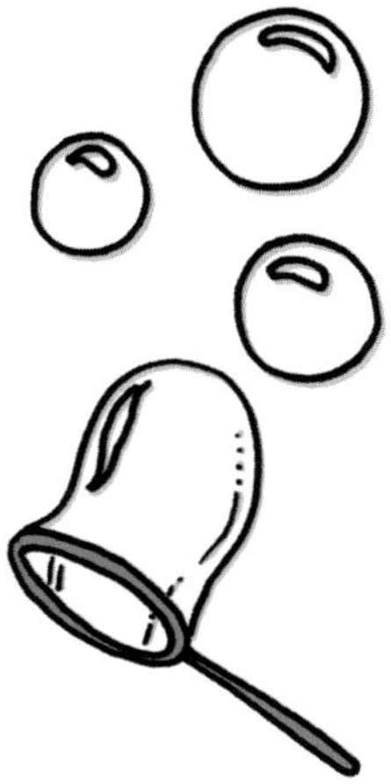

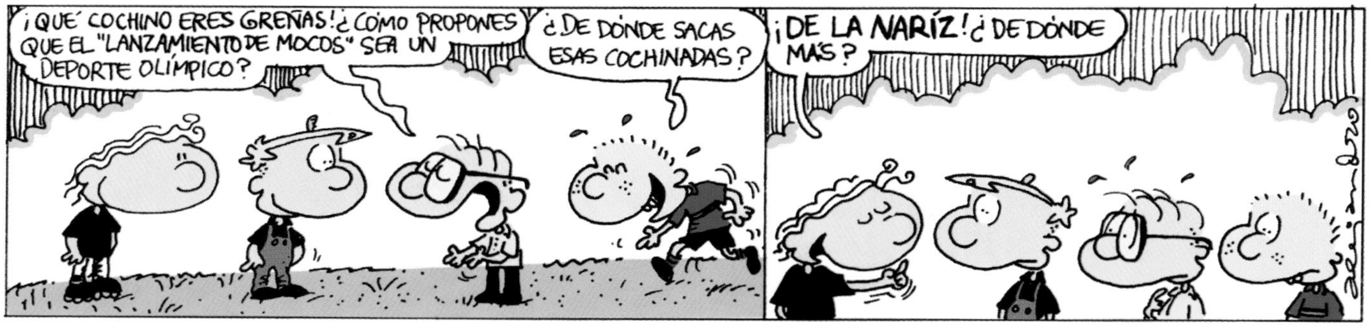
¡QUÉ COCHINO ERES GREÑAS! ¿CÓMO PROPONES QUE EL "LANZAMIENTO DE MOCOS" SEA UN DEPORTE OLÍMPICO?
¿DE DÓNDE SACAS ESAS COCHINADAS?
¡DE LA NARÍZ! ¿DE DÓNDE MÁS?

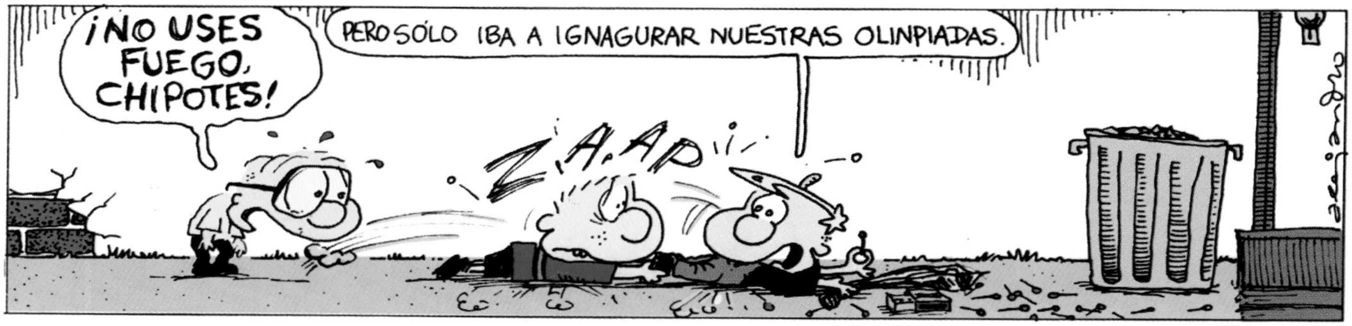
¡NO USES FUEGO, CHIPOTES!
PERO SÓLO IBA A IGNAGURAR NUESTRAS OLINPIADAS.
ZAAP

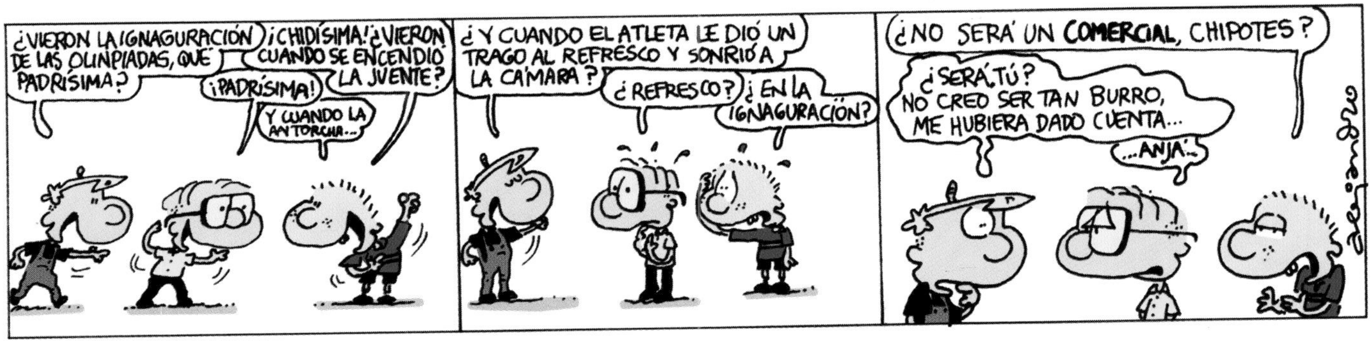
¿VIERON LA IGNAGURACIÓN DE LAS OLINPIADAS, QUÉ PADRÍSIMA?
¡CHIDÍSIMA! ¿VIERON CUANDO SE ENCENDIÓ LA JUENTE?
¡PADRÍSIMA!
Y CUANDO LA ANTORCHA...
¿Y CUANDO EL ATLETA LE DIÓ UN TRAGO AL REFRESCO Y SONRIÓ A LA CÁMARA?
¿REFRESCO?
¡EN LA IGNAGURACIÓN?
¿NO SERÁ UN **COMERCIAL**, CHIPOTES?
¿SERÁ TÚ? NO CREO SER TAN BURRO, ME HUBIERA DADO CUENTA...
...ANJÁ.
alejandro

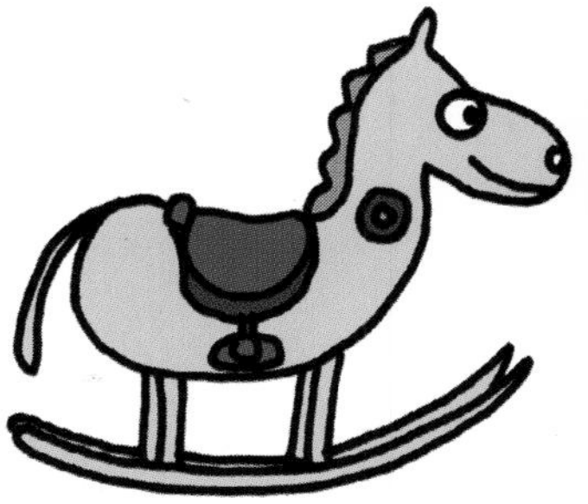

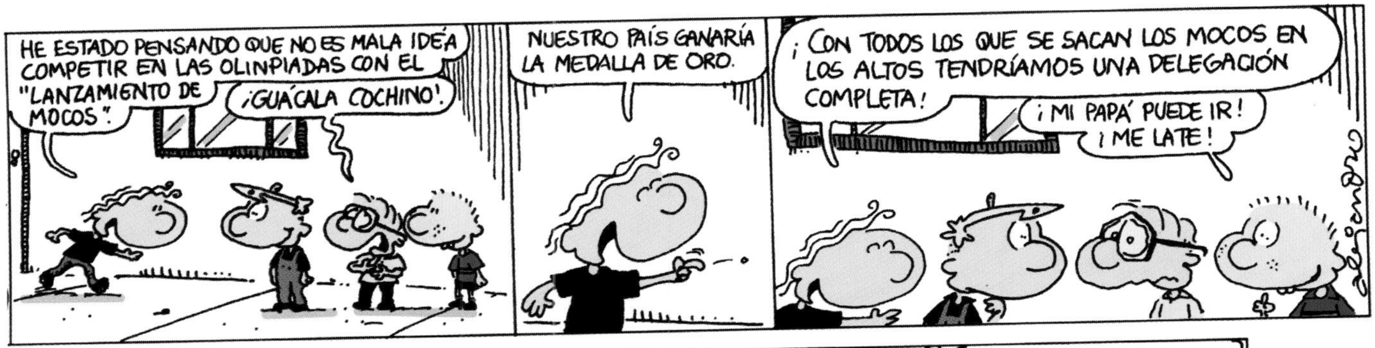
HE ESTADO PENSANDO QUE NO ES MALA IDEA COMPETIR EN LAS OLINPIADAS CON EL "LANZAMIENTO DE MOCOS".
¡GUÁCALA COCHINO!
NUESTRO PAÍS GANARÍA LA MEDALLA DE ORO.
¡CON TODOS LOS QUE SE SACAN LOS MOCOS EN LOS ALTOS TENDRÍAMOS UNA DELEGACIÓN COMPLETA!
¡MI PAPÁ PUEDE IR! ¡ME LATE!
alejandro

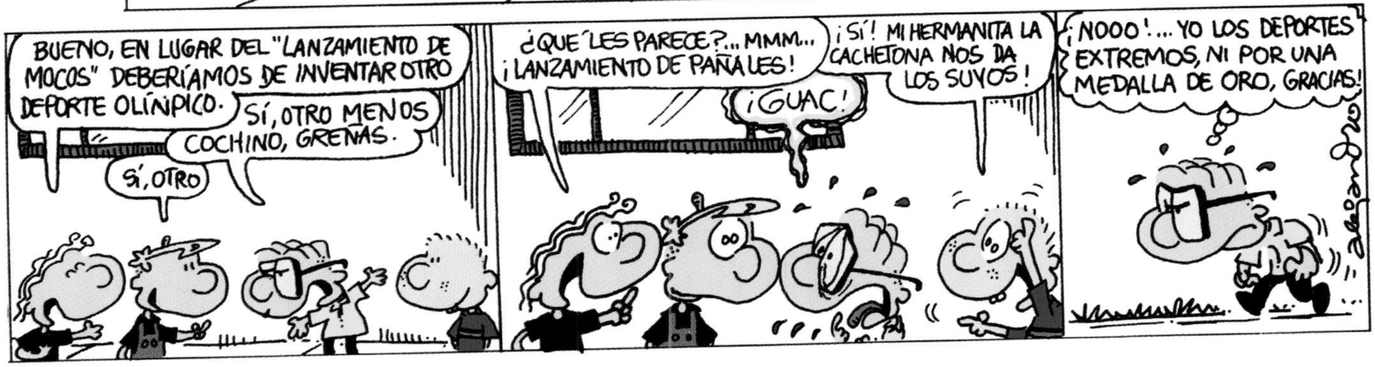
BUENO, EN LUGAR DEL "LANZAMIENTO DE MOCOS" DEBERÍAMOS DE INVENTAR OTRO DEPORTE OLÍNPICO.
SÍ, OTRO MENOS COCHINO, GREÑAS.
SÍ, OTRO
¿QUÉ LES PARECE?... MMM... ¡LANZAMIENTO DE PAÑALES!
¡SÍ! MI HERMANITA LA CACHETONA NOS DA LOS SUYOS!
¡GUAC!
¡NOOO!... YO LOS DEPORTES EXTREMOS, NI POR UNA MEDALLA DE ORO, GRACIAS!
alejandro

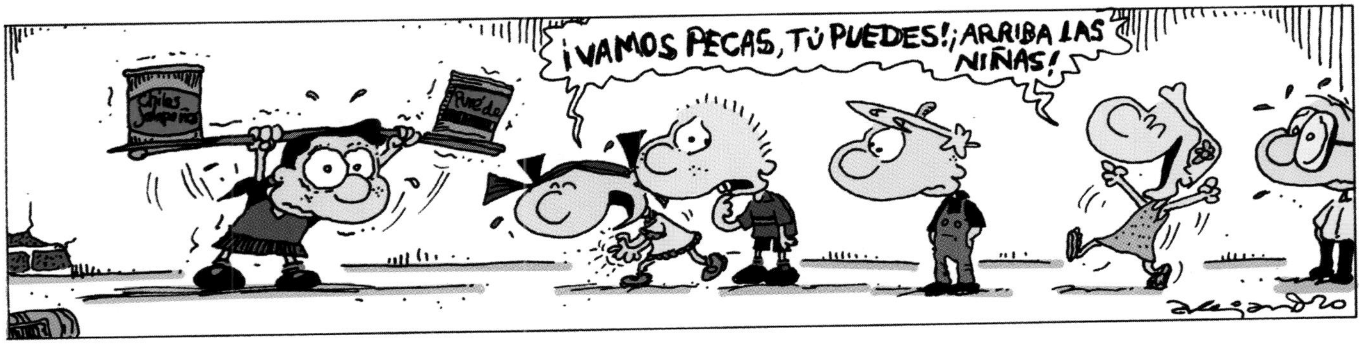
¡VAMOS PECAS, TÚ PUEDES! ¡ARRIBA LAS NIÑAS!
alejandro

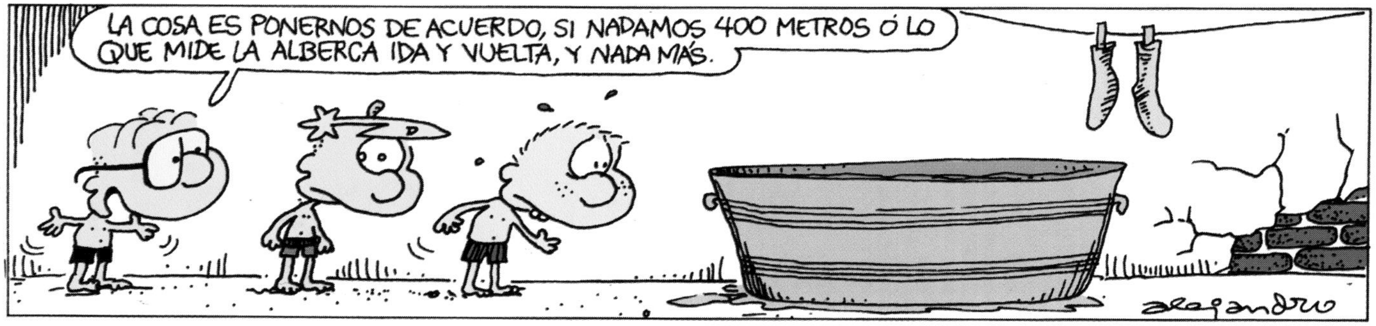
LA COSA ES PONERNOS DE ACUERDO, SI NADAMOS 400 METROS Ó LO QUE MIDE LA ALBERCA IDA Y VUELTA, Y NADA MÁS.

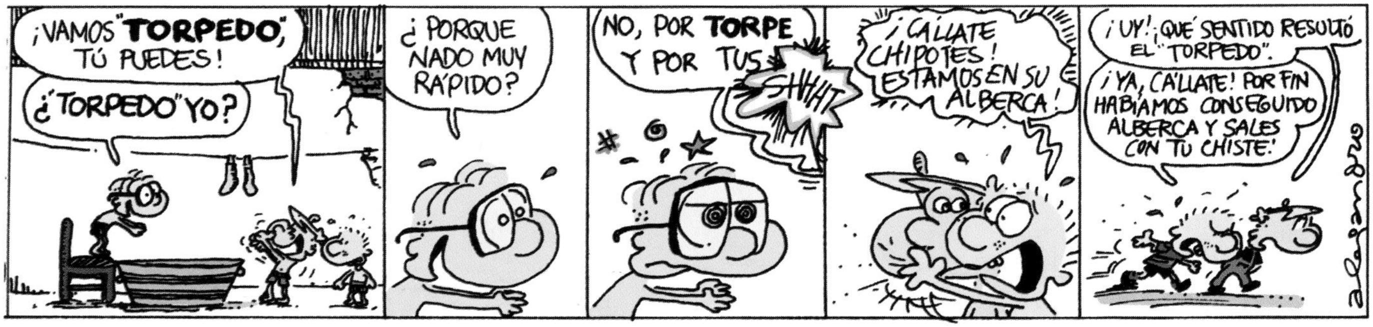
¡VAMOS "TORPEDO", TÚ PUEDES!
¿"TORPEDO" YO?
¿PORQUE NADO MUY RÁPIDO?
NO, POR TORPE Y POR TUS
SHHHT
¡CÁLLATE CHIPOTES! ¡ESTAMOS EN SU ALBERCA!
¡UY! ¡QUÉ SENTIDO RESULTÓ EL "TORPEDO".
¡YA, CÁLLATE! POR FIN HABÍAMOS CONSEGUIDO ALBERCA Y SALES CON TU CHISTE!

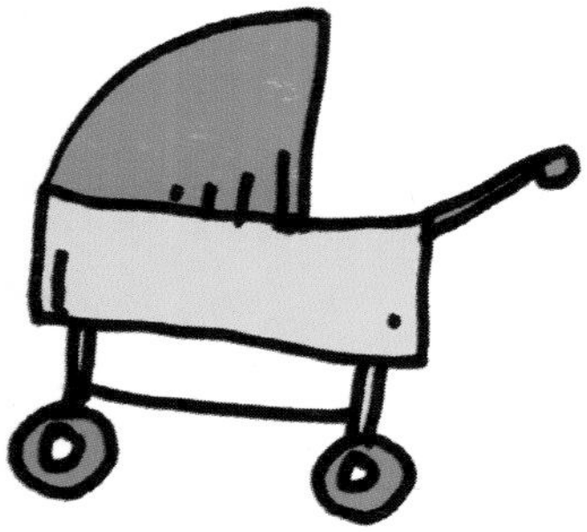

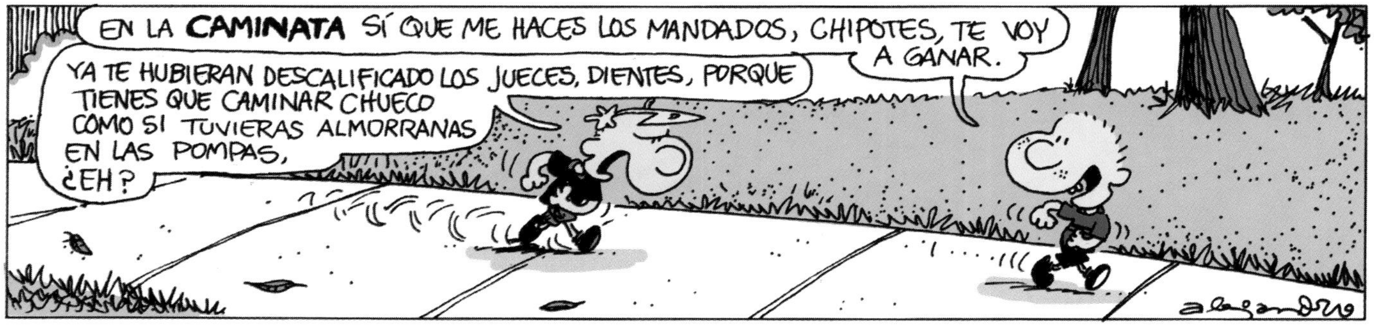
EN LA CAMINATA SÍ QUE ME HACES LOS MANDADOS, CHIPOTES, TE VOY A GANAR.
YA TE HUBIERAN DESCALIFICADO LOS JUECES, DIENTES, PORQUE TIENES QUE CAMINAR CHUECO COMO SI TUVIERAS ALMORRANAS EN LAS POMPAS, ¿EH?

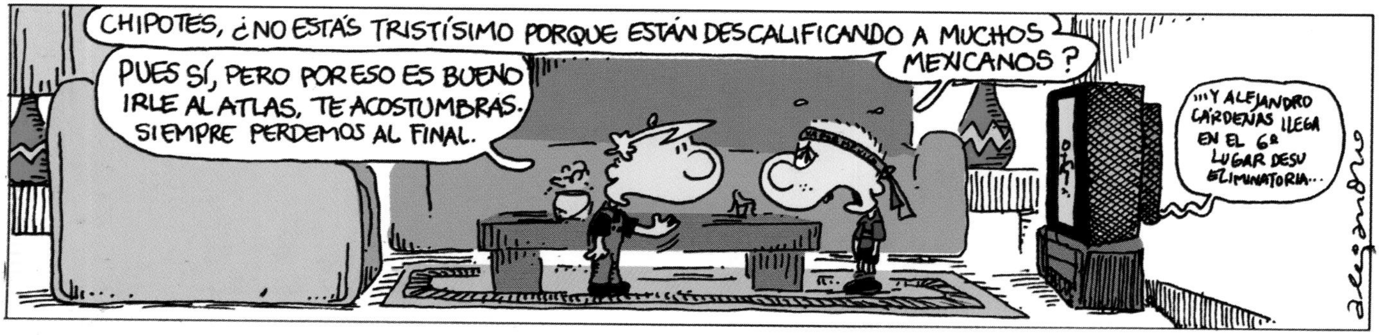
CHIPOTES, ¿NO ESTÁS TRISTÍSIMO PORQUE ESTÁN DESCALIFICANDO A MUCHOS MEXICANOS?
PUES SÍ, PERO POR ESO ES BUENO IRLE AL ATLAS, TE ACOSTUMBRAS. SIEMPRE PERDEMOS AL FINAL.
...Y ALEJANDRO CÁRDENAS LLEGA EN EL 6º LUGAR DE SU ELIMINATORIA...

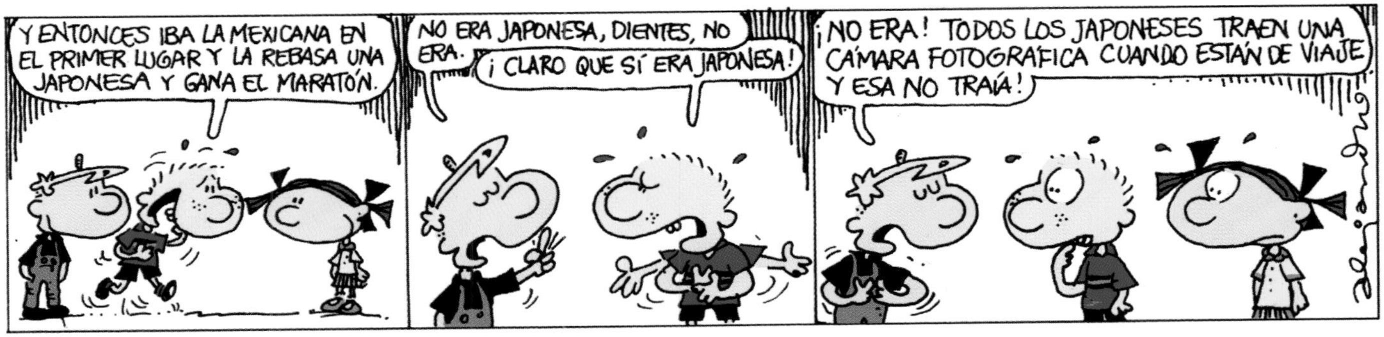
Y ENTONCES IBA LA MEXICANA EN EL PRIMER LUGAR Y LA REBASA UNA JAPONESA Y GANA EL MARATÓN.
NO ERA JAPONESA, DIENTES, NO ERA.
¡CLARO QUE SÍ ERA JAPONESA!
¡NO ERA! TODOS LOS JAPONESES TRAEN UNA CÁMARA FOTOGRÁFICA CUANDO ESTÁN DE VIAJE Y ESA NO TRAÍA!

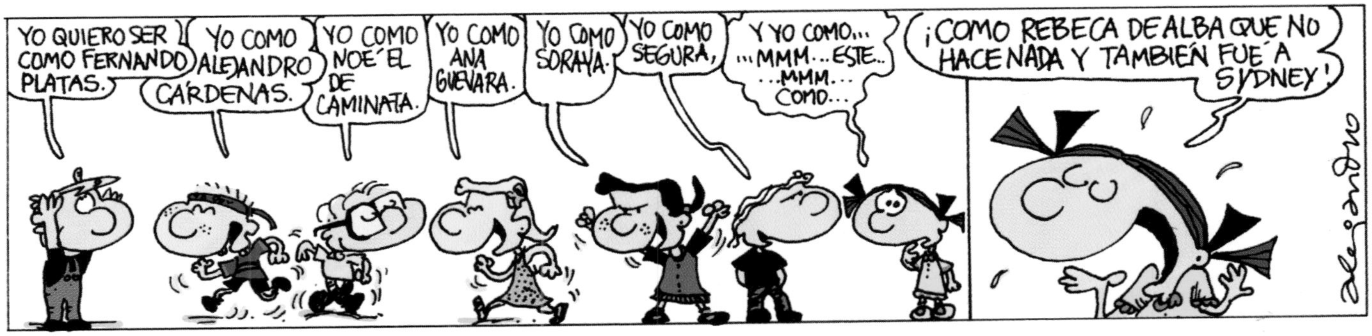
YO QUIERO SER COMO FERNANDO PLATAS.
YO COMO ALEJANDRO CÁRDENAS.
YO COMO NOÉ EL DE CAMINATA.
YO COMO ANA GUEVARA.
YO COMO SORAYA.
YO COMO SEGURA,
Y YO COMO... ...MMM... ESTE... ...MMM... COMO...
¡COMO REBECA DE ALBA QUE NO HACE NADA Y TAMBIÉN FUE A SYDNEY!

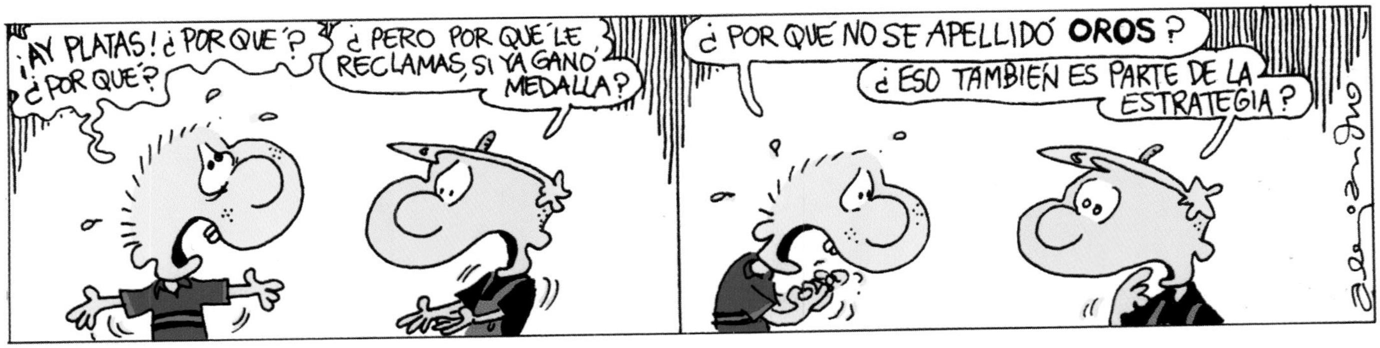
¡AY PLATAS! ¿POR QUÉ? ¿POR QUÉ?
¿PERO POR QUÉ LE RECLAMAS, SI YA GANÓ MEDALLA?
¿POR QUÉ NO SE APELLIDÓ **OROS**?
¿ESO TAMBIÉN ES PARTE DE LA ESTRATEGIA?

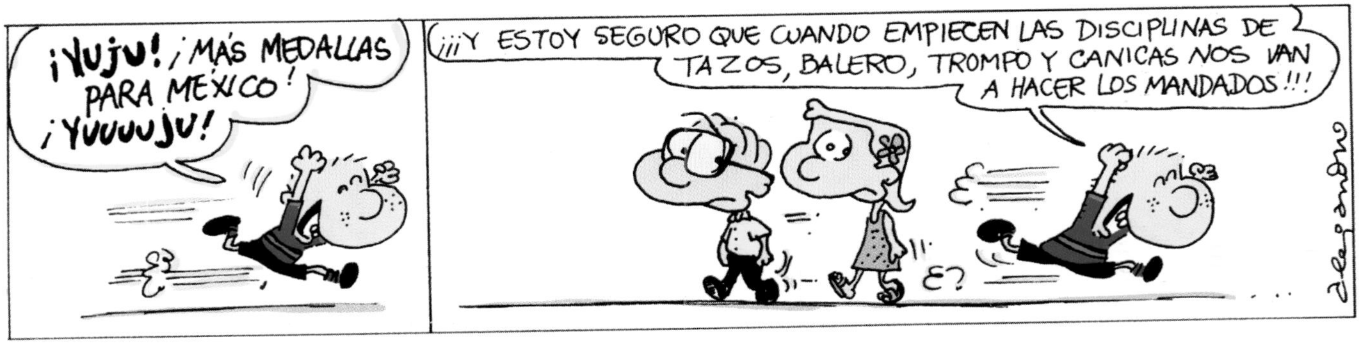
¡YUJU! ¡MÁS MEDALLAS PARA MÉXICO! ¡YUUUUJU!
¡¡¡Y ESTOY SEGURO QUE CUANDO EMPIECEN LAS DISCIPLINAS DE TAZOS, BALERO, TROMPO Y CANICAS NOS VAN A HACER LOS MANDADOS!!!

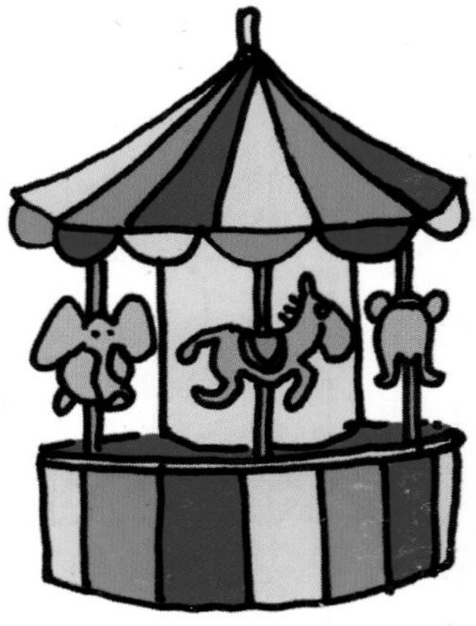

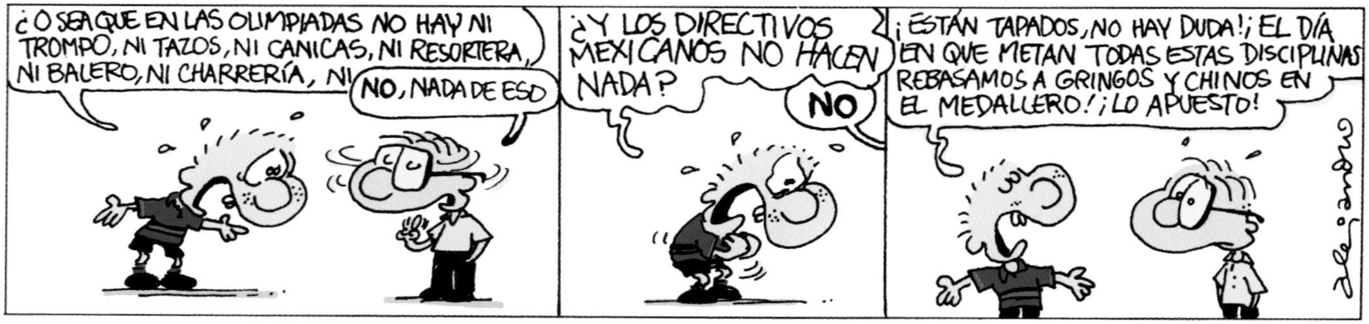
¿O SEA QUE EN LAS OLIMPIADAS NO HAY NI TROMPO, NI TAZOS, NI CANICAS, NI RESORTERA, NI BALERO, NI CHARRERÍA, NI
NO, NADA DE ESO
¿Y LOS DIRECTIVOS MEXICANOS NO HACEN NADA?
NO
¡ESTÁN TAPADOS, NO HAY DUDA! ¡EL DÍA EN QUE METAN TODAS ESTAS DISCIPLINAS REBASAMOS A GRINGOS Y CHINOS EN EL MEDALLERO! ¡LO APUESTO!

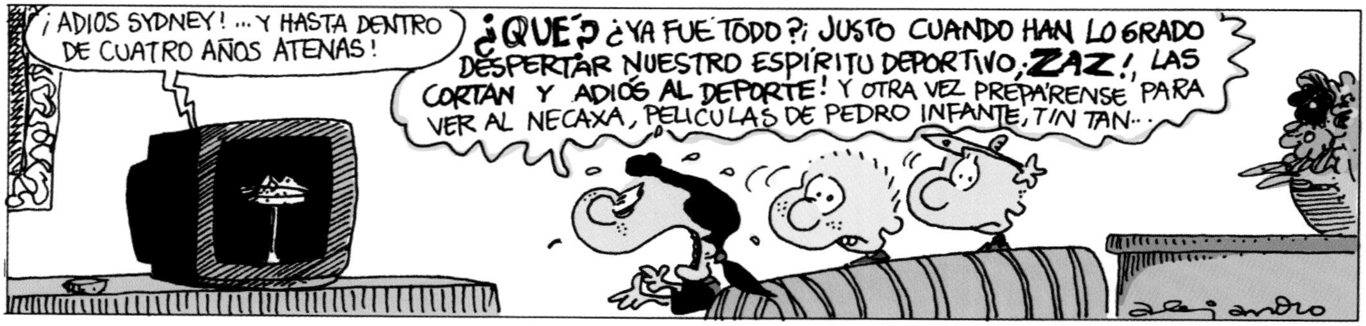
¡ADIOS SYDNEY! ...Y HASTA DENTRO DE CUATRO AÑOS ATENAS!
¿QUÉ? ¿YA FUE TODO? ¡JUSTO CUANDO HAN LOGRADO DESPERTAR NUESTRO ESPÍRITU DEPORTIVO, ZAZ!, LAS CORTAN Y ADIÓS AL DEPORTE! Y OTRA VEZ PREPÁRENSE PARA VER AL NECAXA, PELÍCULAS DE PEDRO INFANTE, TIN TAN...

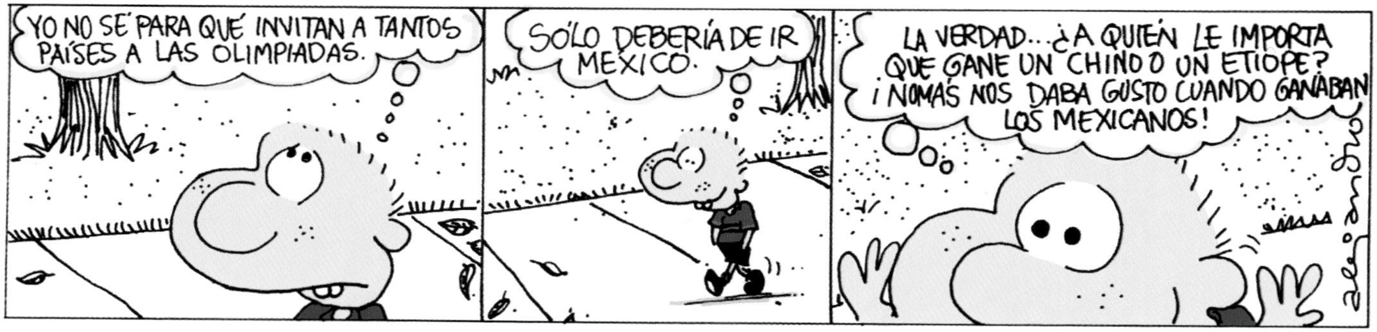
YO NO SÉ PARA QUÉ INVITAN A TANTOS PAÍSES A LAS OLIMPIADAS.
SÓLO DEBERÍA DE IR MÉXICO.
LA VERDAD... ¿A QUIÉN LE IMPORTA QUE GANE UN CHINO O UN ETÍOPE? ¡NOMÁS NOS DABA GUSTO CUANDO GANABAN LOS MEXICANOS!

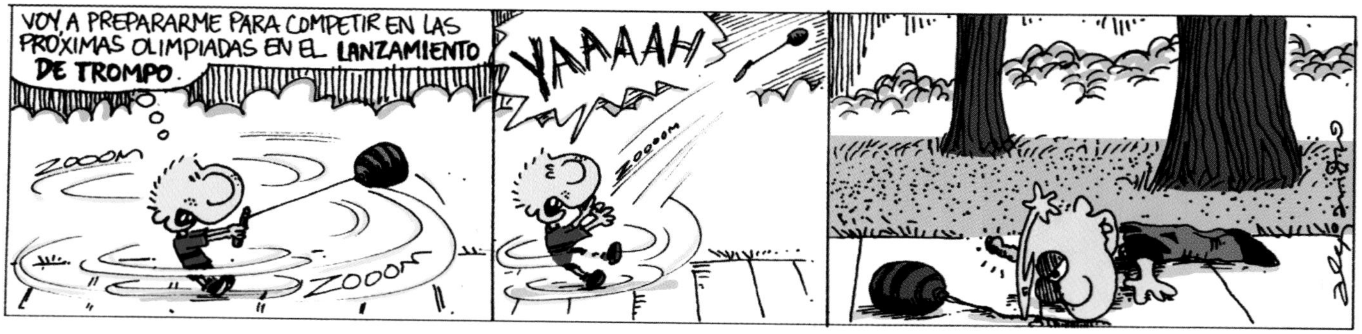
VOY A PREPARARME PARA COMPETIR EN LAS PRÓXIMAS OLIMPIADAS EN EL LANZAMIENTO DE TROMPO.
ZOOOM
ZOOOM
YAAAAH
ZOOOOM

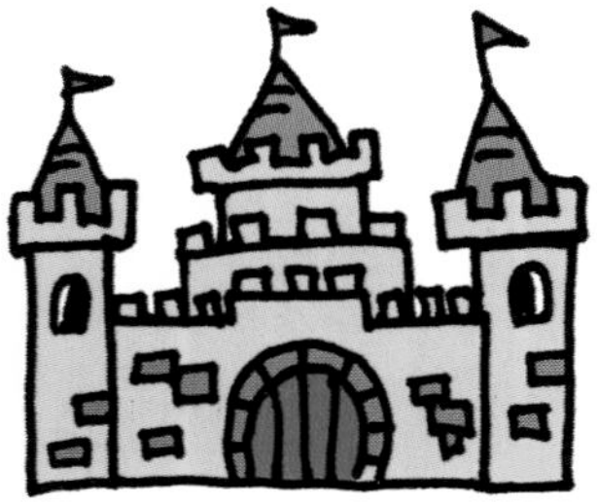

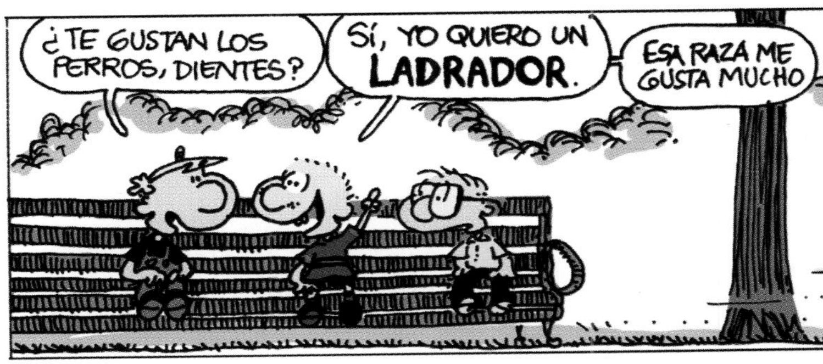
¿TE GUSTAN LOS PERROS, DIENTES?
SÍ, YO QUIERO UN LADRADOR.
ESA RAZA ME GUSTA MUCHO

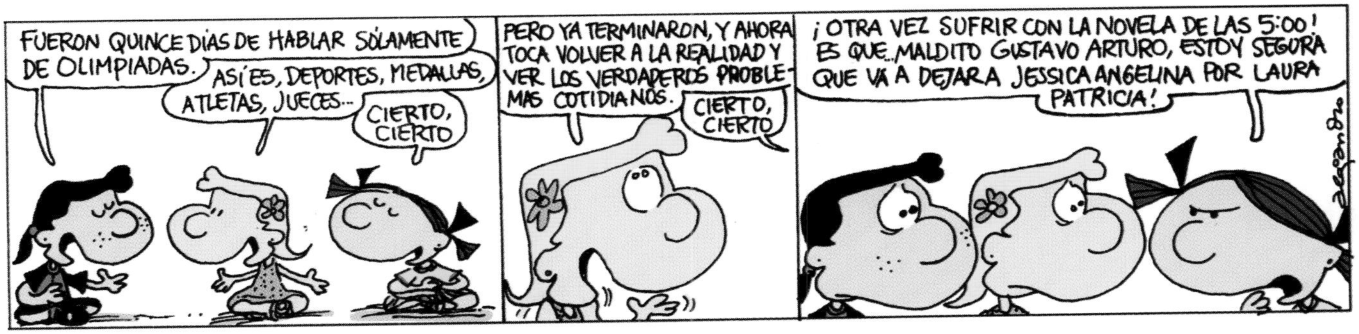
FUERON QUINCE DÍAS DE HABLAR SÓLAMENTE DE OLIMPIADAS.
ASÍ ES, DEPORTES, MEDALLAS, ATLETAS, JUECES...
CIERTO, CIERTO
PERO YA TERMINARON, Y AHORA TOCA VOLVER A LA REALIDAD Y VER LOS VERDADEROS PROBLEMAS COTIDIANOS.
CIERTO, CIERTO
¡OTRA VEZ SUFRIR CON LA NOVELA DE LAS 5:00! ES QUE...MALDITO GUSTAVO ARTURO, ESTOY SEGURA QUE VÁ A DEJAR A JESSICA ANGELINA POR LAURA PATRICIA!

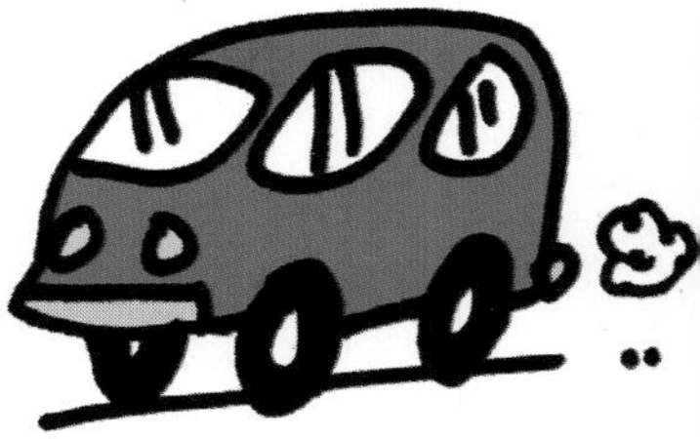

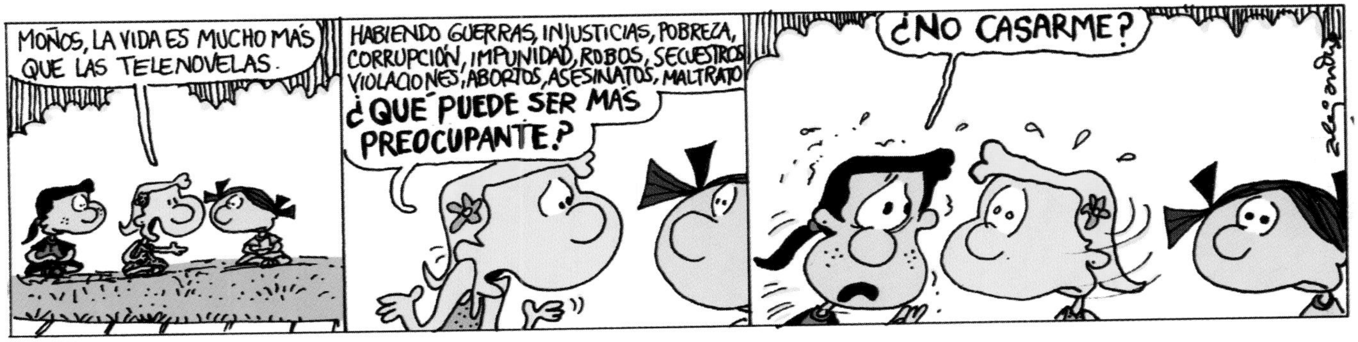
MOÑOS, LA VIDA ES MUCHO MÁS QUE LAS TELENOVELAS.
HABIENDO GUERRAS, INJUSTICIAS, POBREZA, CORRUPCIÓN, IMPUNIDAD, ROBOS, SECUESTROS, VIOLACIONES, ABORTOS, ASESINATOS, MALTRATO
¿QUÉ PUEDE SER MÁS PREOCUPANTE?
¿NO CASARME?

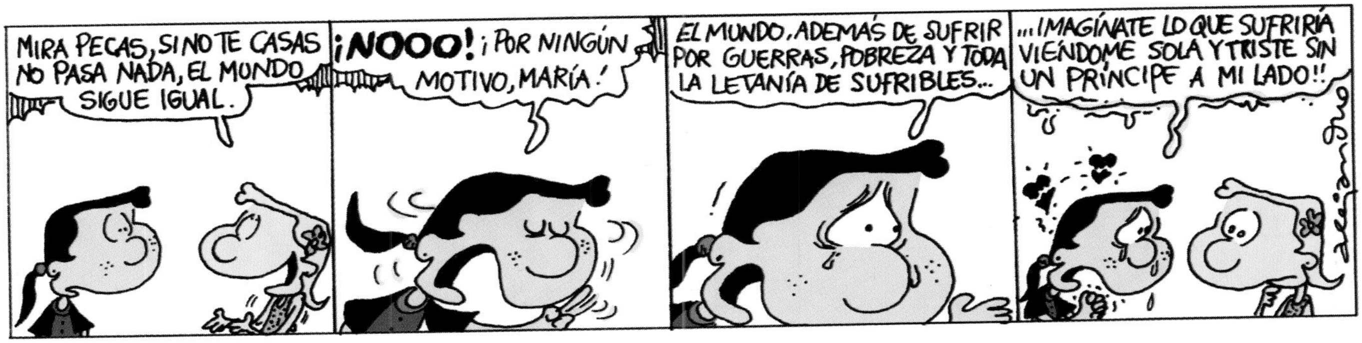
MIRA PECAS, SI NO TE CASAS NO PASA NADA, EL MUNDO SIGUE IGUAL.
¡NOOO! ¡POR NINGÚN MOTIVO, MARÍA!
EL MUNDO, ADEMÁS DE SUFRIR POR GUERRAS, POBREZA Y TODA LA LETANÍA DE SUFRIBLES...
...¡IMAGÍNATE LO QUE SUFRIRÍA VIÉNDOME SOLA Y TRISTE SIN UN PRÍNCIPE A MI LADO!!

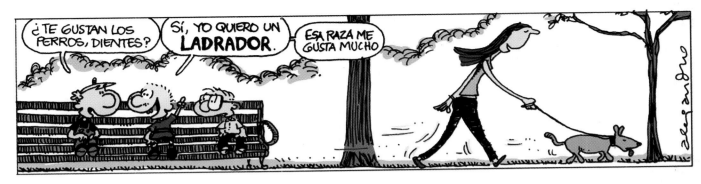

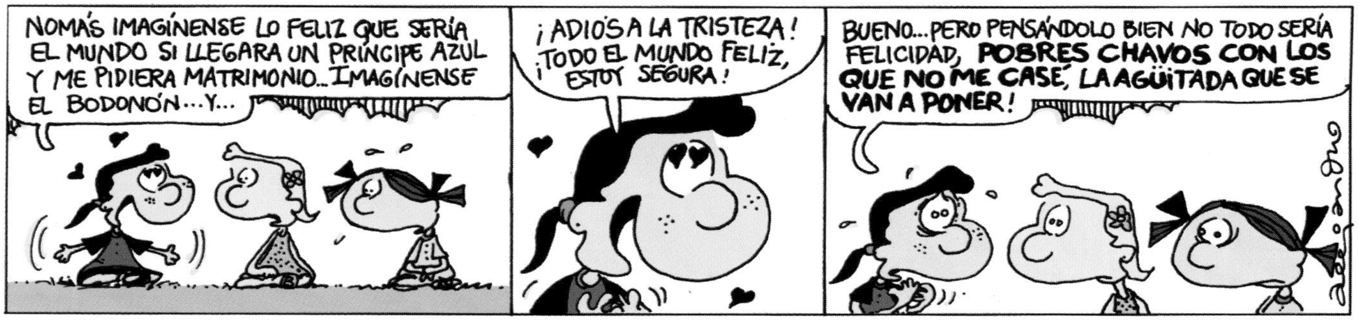
NOMÁS IMAGÍNENSE LO FELIZ QUE SERÍA EL MUNDO SI LLEGARA UN PRINCIPE AZUL Y ME PIDIERA MATRIMONIO... IMAGÍNENSE EL BODONÓN... Y...
¡ADIÓS A LA TRISTEZA! ¡TODO EL MUNDO FELIZ, ESTOY SEGURA!
BUENO... PERO PENSÁNDOLO BIEN NO TODO SERÍA FELICIDAD, **POBRES CHAVOS CON LOS QUE NO ME CASÉ, LA AGÜITADA QUE SE VAN A PONER!**

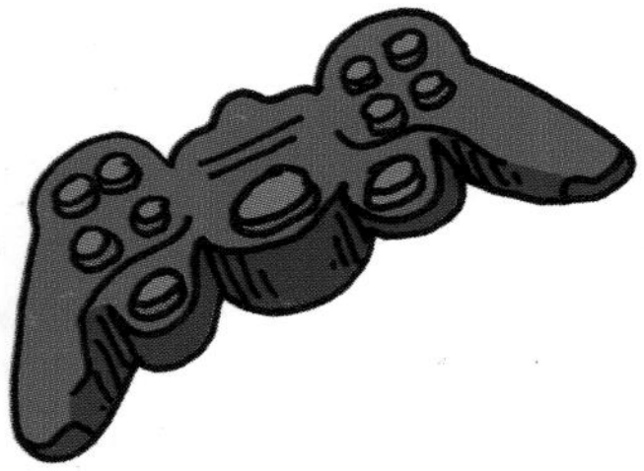

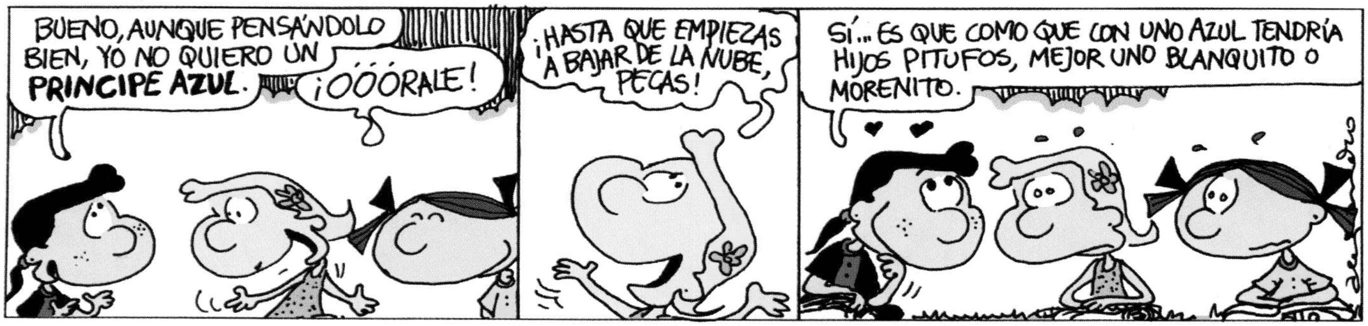
BUENO, AUNQUE PENSÁNDOLO BIEN, YO NO QUIERO UN **PRINCIPE AZUL**.
¡ÓÓÓRALE!
¡HASTA QUE EMPIEZAS A BAJAR DE LA NUBE, PECAS!
SÍ... ES QUE COMO QUE CON UNO AZUL TENDRÍA HIJOS PITUFOS, MEJOR UNO BLANQUITO O MORENITO.

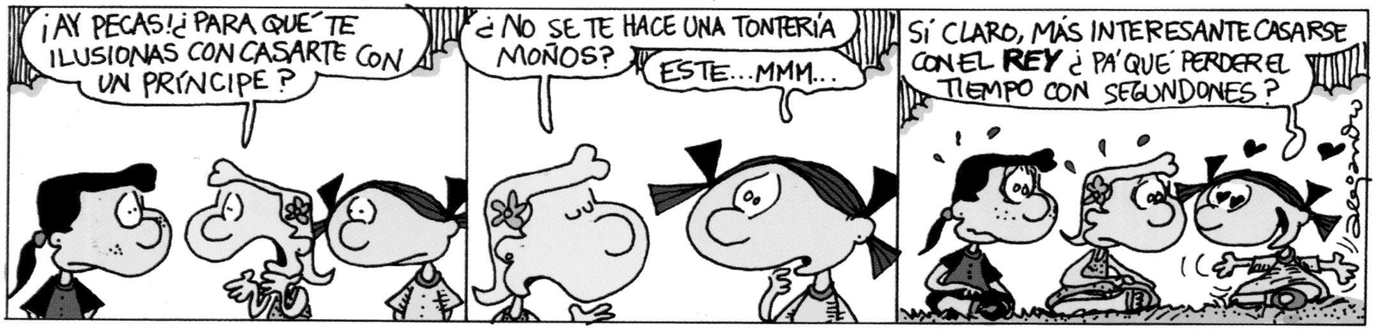
¡AY PECAS! ¿PARA QUÉ TE ILUSIONAS CON CASARTE CON UN PRÍNCIPE?
¿NO SE TE HACE UNA TONTERÍA MOÑOS?
ESTE... MMM...
SÍ CLARO, MÁS INTERESANTE CASARSE CON EL **REY** ¿PA' QUÉ PERDER EL TIEMPO CON SEGUNDONES?

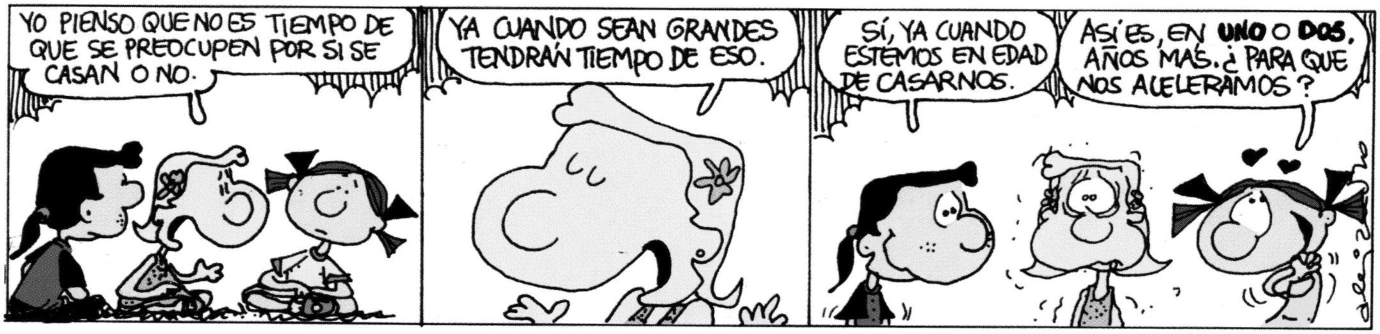
YO PIENSO QUE NO ES TIEMPO DE QUE SE PREOCUPEN POR SI SE CASAN O NO.
YA CUANDO SEAN GRANDES TENDRÁN TIEMPO DE ESO.
SÍ, YA CUANDO ESTEMOS EN EDAD DE CASARNOS.
ASÍ ES, EN **UNO** O **DOS** AÑOS MÁS. ¿PARA QUÉ NOS ACELERAMOS?

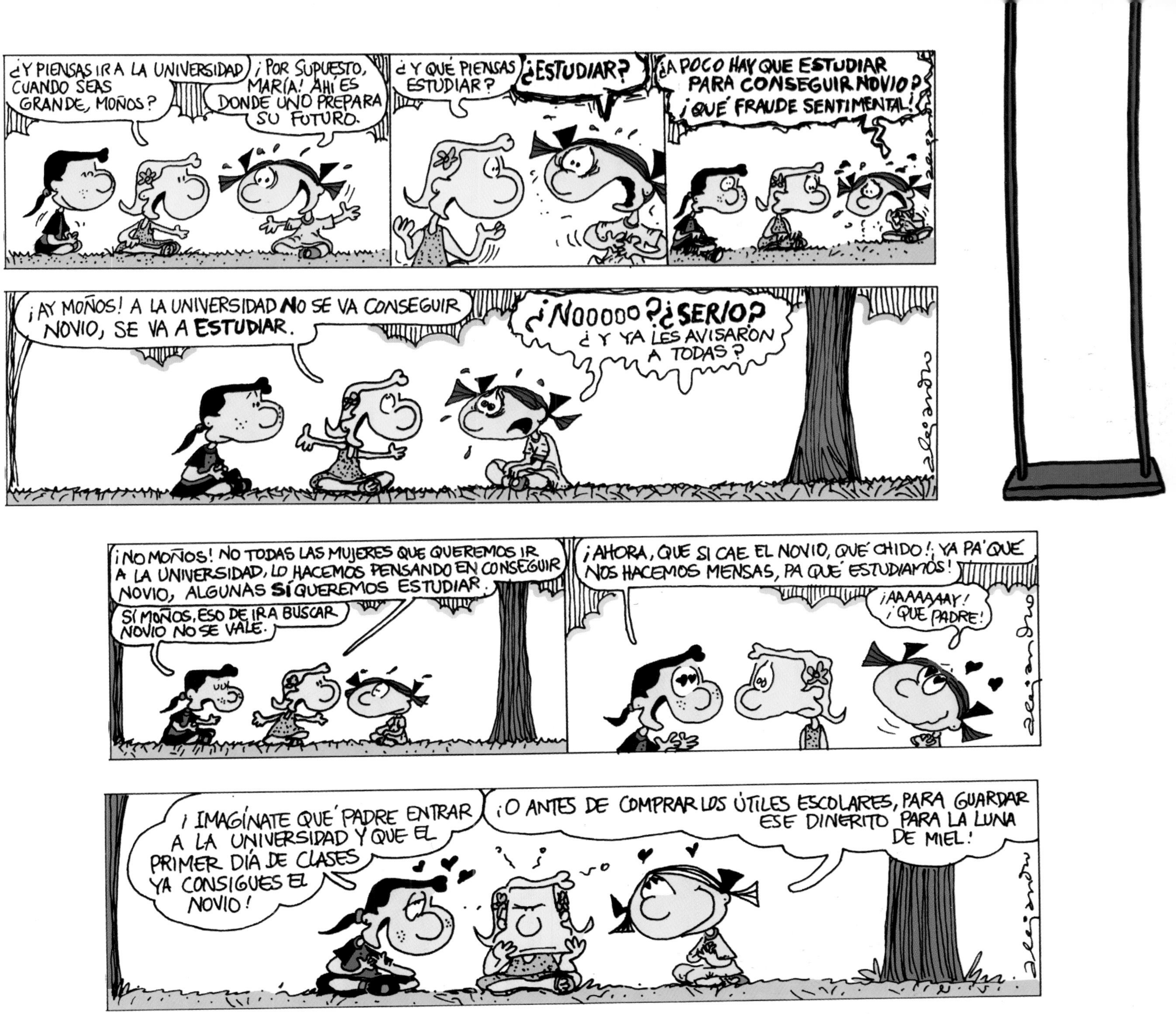
¿Y PIENSAS IR A LA UNIVERSIDAD CUANDO SEAS GRANDE, MOÑOS?
¡POR SUPUESTO, MARÍA! AHÍ ES DONDE UNO PREPARA SU FUTURO.
¿Y QUÉ PIENSAS ESTUDIAR?
¿ESTUDIAR?
¿A POCO HAY QUE ESTUDIAR PARA CONSEGUIR NOVIO? ¡QUÉ FRAUDE SENTIMENTAL!
¡AY MOÑOS! A LA UNIVERSIDAD NO SE VA CONSEGUIR NOVIO, SE VA A ESTUDIAR.
¿NOOOOOO? ¿SERIO? ¿Y YA LES AVISARON A TODAS?
¡NO MOÑOS! NO TODAS LAS MUJERES QUE QUEREMOS IR A LA UNIVERSIDAD, LO HACEMOS PENSANDO EN CONSEGUIR NOVIO, ALGUNAS SÍ QUEREMOS ESTUDIAR.
SÍ MOÑOS, ESO DE IR A BUSCAR NOVIO NO SE VALE.
¡AHORA, QUE SI CAE EL NOVIO, QUÉ CHIDO!, YA PA' QUÉ NOS HACEMOS MENSAS, PA' QUÉ ESTUDIAMOS!
¡AAAAAAAY! ¡QUÉ PADRE!
¡IMAGÍNATE QUÉ PADRE ENTRAR A LA UNIVERSIDAD Y QUE EL PRIMER DÍA DE CLASES YA CONSIGUES EL NOVIO!
¡O ANTES DE COMPRAR LOS ÚTILES ESCOLARES, PARA GUARDAR ESE DINERITO PARA LA LUNA DE MIEL!

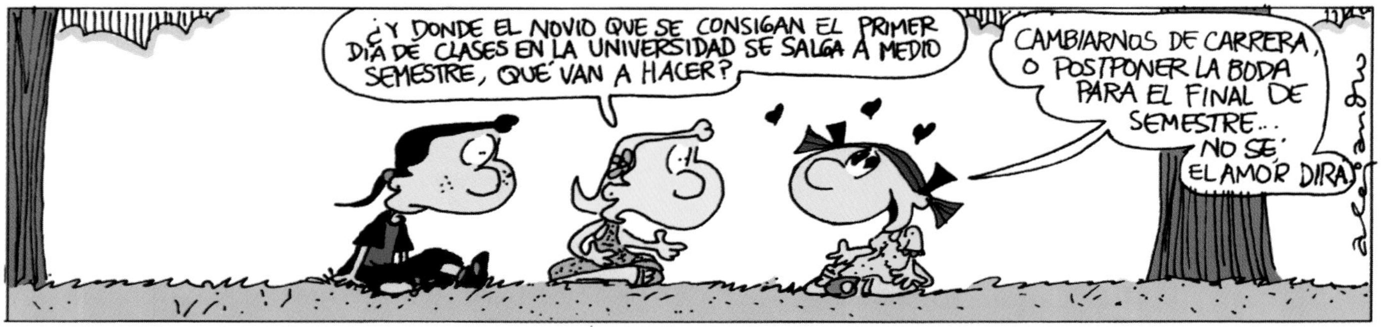
¿Y DONDE EL NOVIO QUE SE CONSIGAN EL PRIMER DÍA DE CLASES EN LA UNIVERSIDAD SE SALGA A MEDIO SEMESTRE, QUÉ VAN A HACER?
CAMBIARNOS DE CARRERA, O POSTPONER LA BODA PARA EL FINAL DE SEMESTRE... NO SÉ EL AMOR DIRÁ

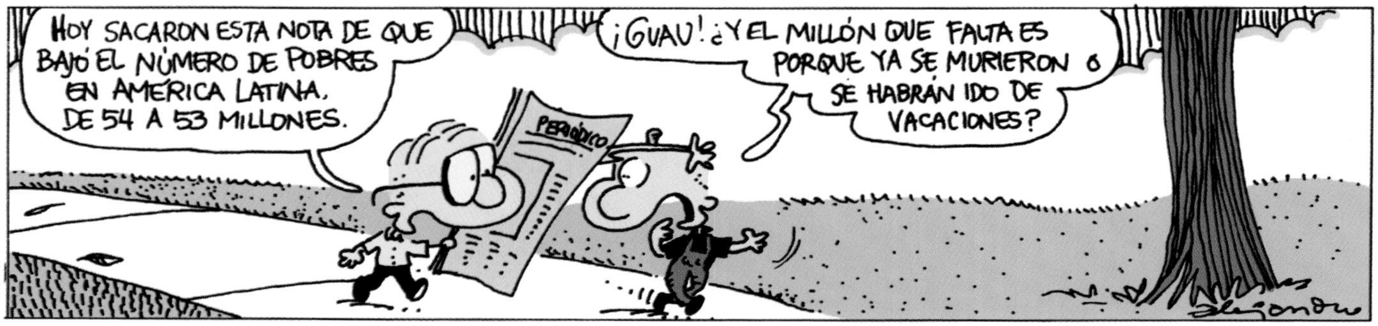
HOY SACARON ESTA NOTA DE QUE BAJÓ EL NÚMERO DE POBRES EN AMÉRICA LATINA. DE 54 A 53 MILLONES.
PERIÓDICO
¡GUAU! ¿Y EL MILLÓN QUE FALTA ES PORQUE YA SE MURIERON O SE HABRÁN IDO DE VACACIONES?

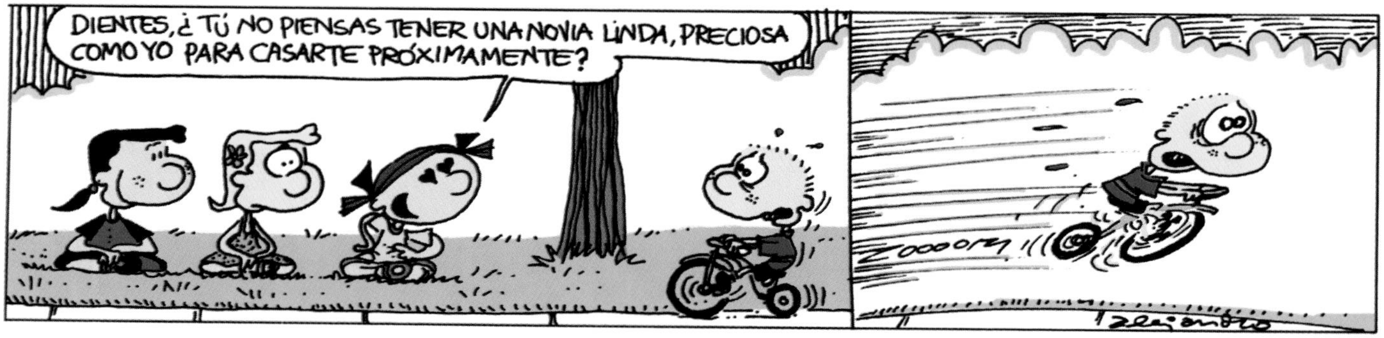
DIENTES, ¿TÚ NO PIENSAS TENER UNA NOVIA LINDA, PRECIOSA COMO YO PARA CASARTE PRÓXIMAMENTE?

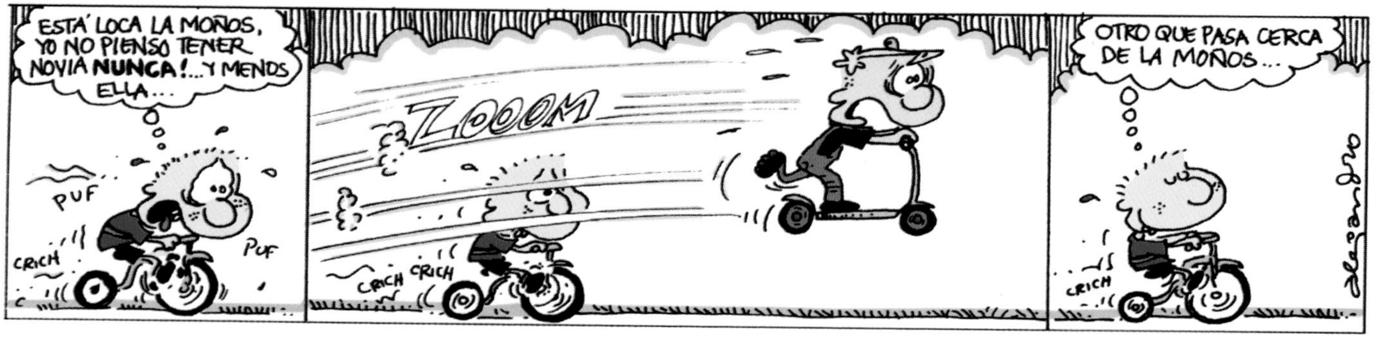
ESTÁ LOCA LA MOÑOS, YO NO PIENSO TENER NOVIA NUNCA!... Y MENOS ELLA...
PUF
PUF
CRICH
ZOOOM
CRICH CRICH
OTRO QUE PASA CERCA DE LA MOÑOS...
CRICH

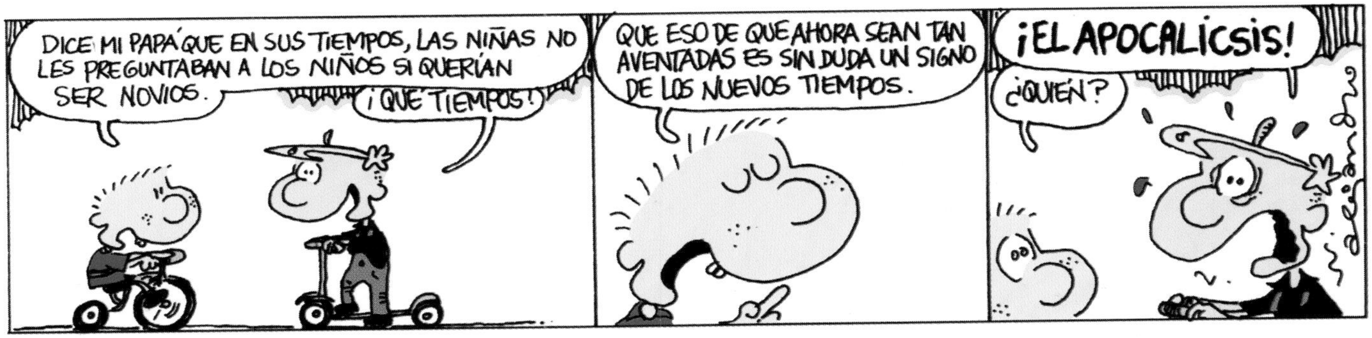
DICE MI PAPÁ QUE EN SUS TIEMPOS, LAS NIÑAS NO LES PREGUNTABAN A LOS NIÑOS SI QUERÍAN SER NOVIOS.
¡QUÉ TIEMPOS!
QUE ESO DE QUE AHORA SEAN TAN AVENTADAS ES SIN DUDA UN SIGNO DE LOS NUEVOS TIEMPOS.
¡EL APOCALICSIS!
¿QUIÉN?

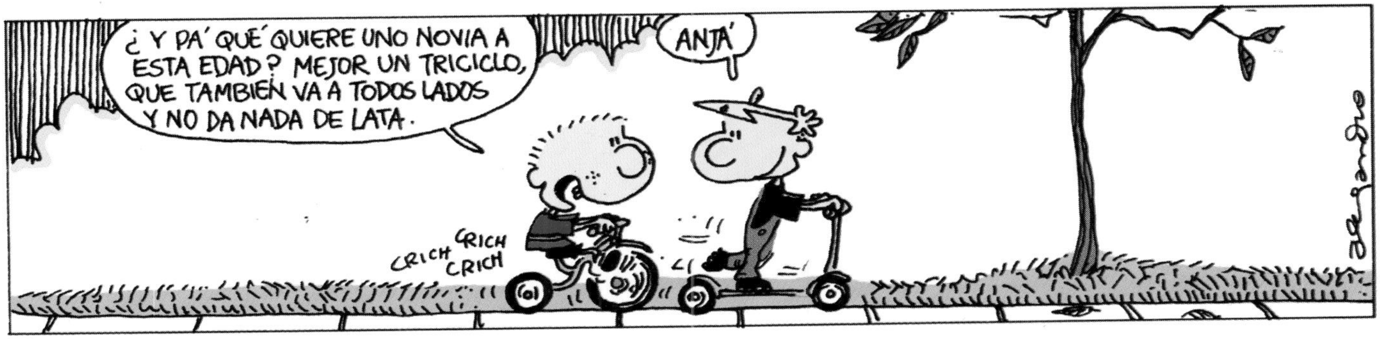
¿Y PA' QUÉ QUIERE UNO NOVIA A ESTA EDAD? MEJOR UN TRICICLO, QUE TAMBIÉN VA A TODOS LADOS Y NO DA NADA DE LATA.
ANJÁ
CRICH CRICH CRICH

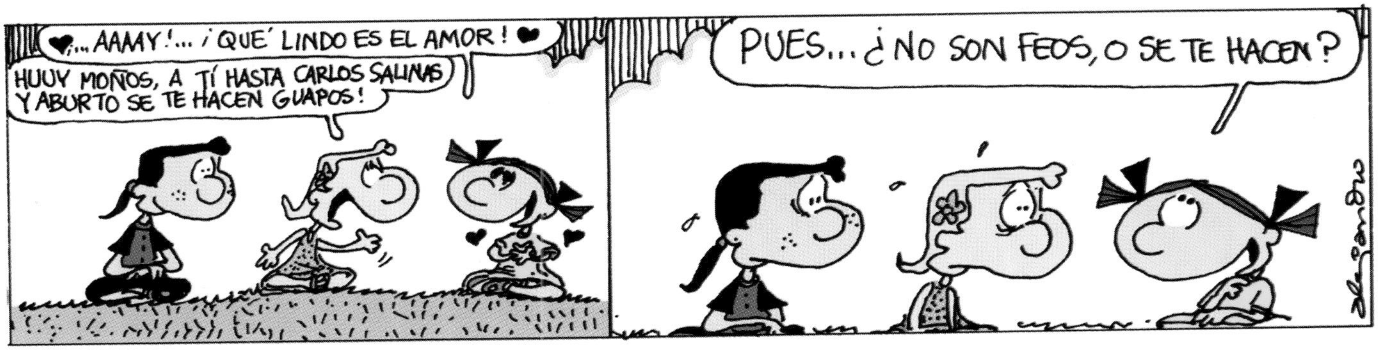
¡...AAAY!... ¡QUÉ LINDO ES EL AMOR!
HUUY MOÑOS, A TÍ HASTA CARLOS SALINAS Y ABURTO SE TE HACEN GUAPOS!
PUES... ¿NO SON FEOS, O SE TE HACEN?

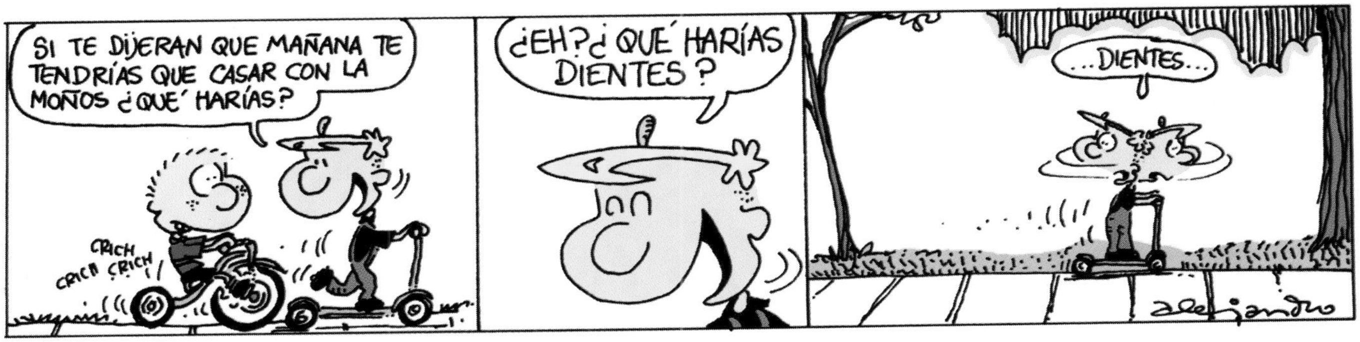
SI TE DIJERAN QUE MAÑANA TE TENDRÍAS QUE CASAR CON LA MOÑOS ¿QUÉ HARÍAS?
CRICH CRICH CRICH
¿EH? ¿QUÉ HARÍAS DIENTES?
...DIENTES...

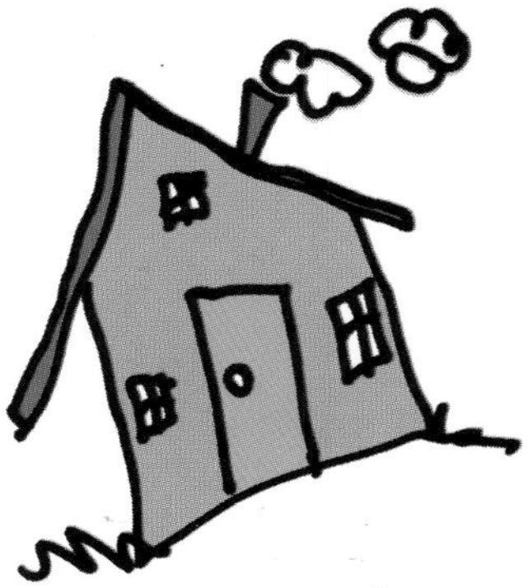

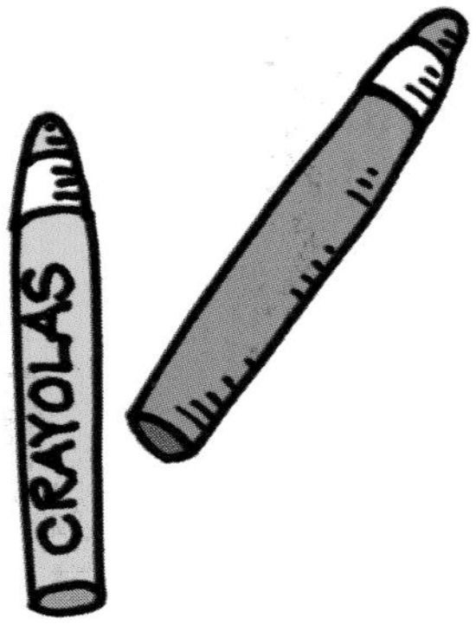
CRAYOLAS

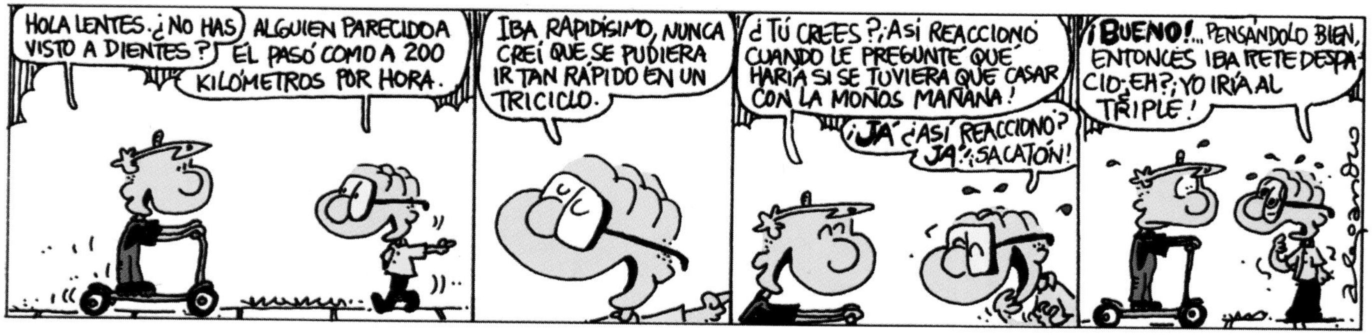
HOLA LENTES. ¿NO HAS VISTO A DIENTES?
ALGUIEN PARECIDO A ÉL PASÓ COMO A 200 KILÓMETROS POR HORA.
IBA RAPIDÍSIMO, NUNCA CREÍ QUE SE PUDIERA IR TAN RÁPIDO EN UN TRICICLO.
¿TÚ CREES? ¡ASÍ REACCIONÓ CUANDO LE PREGUNTÉ QUÉ HARÍA SI SE TUVIERA QUE CASAR CON LA MOÑOS MAÑANA!
¡JA! ¿ASÍ REACCIONÓ? ¡JA! ¡SACATÓN!
¡BUENO!... PENSÁNDOLO BIEN, ENTONCES IBA RETE DESPACIO, ¿EH? ¡YO IRÍA AL TRIPLE!

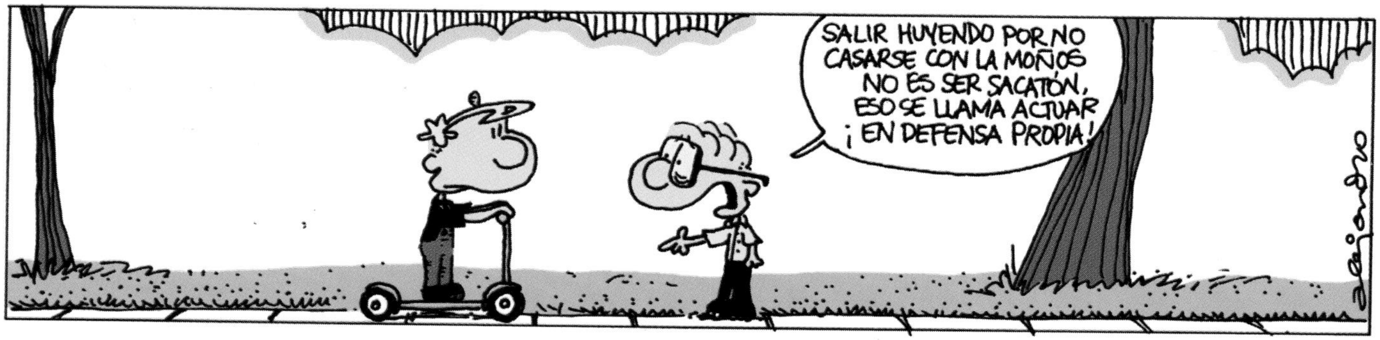
SALIR HUYENDO POR NO CASARSE CON LA MOÑOS NO ES SER SACATÓN, ESO SE LLAMA ACTUAR ¡EN DEFENSA PROPIA!

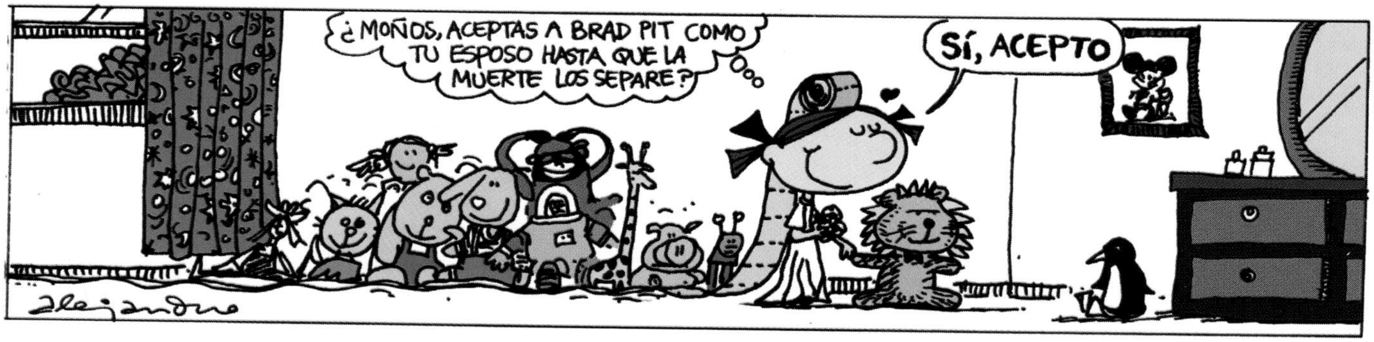
¿MOÑOS, ACEPTAS A BRAD PIT COMO TU ESPOSO HASTA QUE LA MUERTE LOS SEPARE?
SÍ, ACEPTO

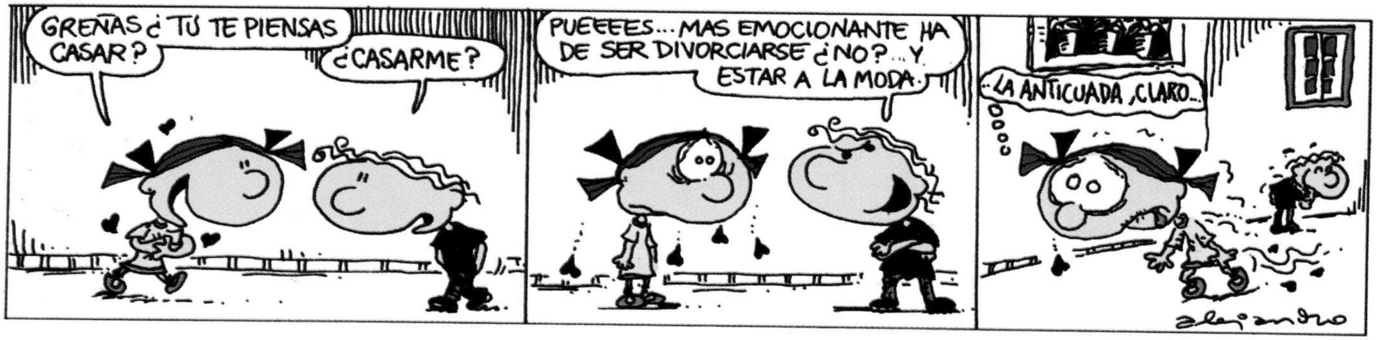
GREÑAS ¿TÚ TE PIENSAS CASAR?
¿CASARME?
PUEEEEES... MAS EMOCIONANTE HA DE SER DIVORCIARSE ¿NO?... Y ESTAR A LA MODA.
...LA ANTICUADA, CLARO...

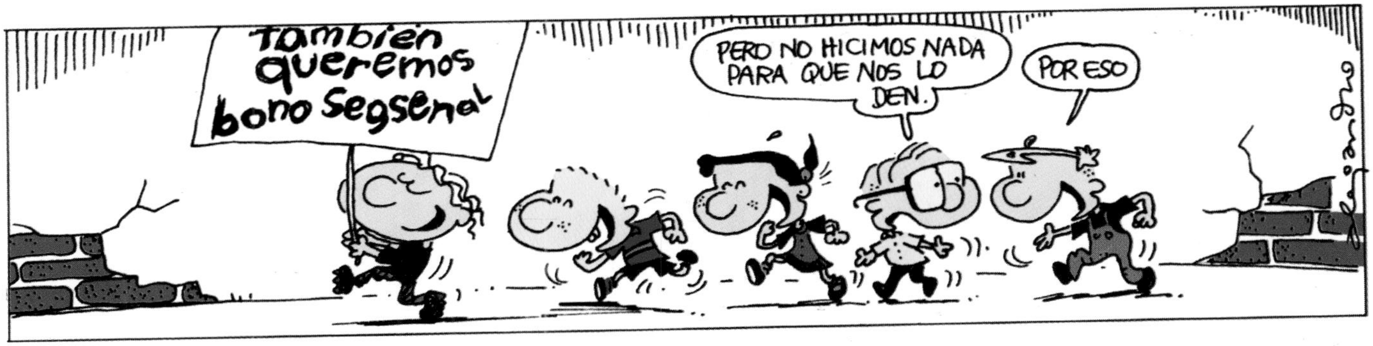
Tambien queremos bono Segsenal
PERO NO HICIMOS NADA PARA QUE NOS LO DEN.
POR ESO

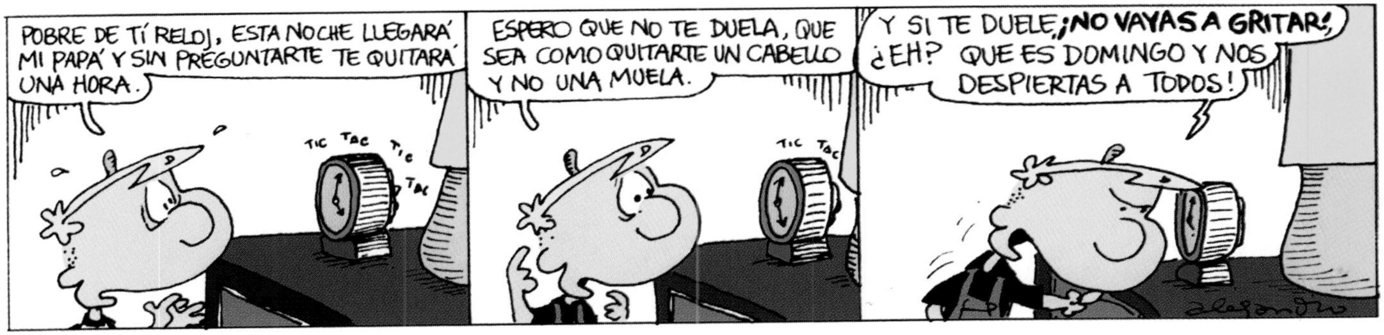
POBRE DE TÍ RELOJ, ESTA NOCHE LLEGARÁ MI PAPÁ Y SIN PREGUNTARTE TE QUITARÁ UNA HORA.
TIC TAC TIC TAC
ESPERO QUE NO TE DUELA, QUE SEA COMO QUITARTE UN CABELLO Y NO UNA MUELA.
TIC TAC
Y SI TE DUELE, ¡NO VAYAS A GRITAR! ¿EH? QUE ES DOMINGO Y NOS DESPIERTAS A TODOS!

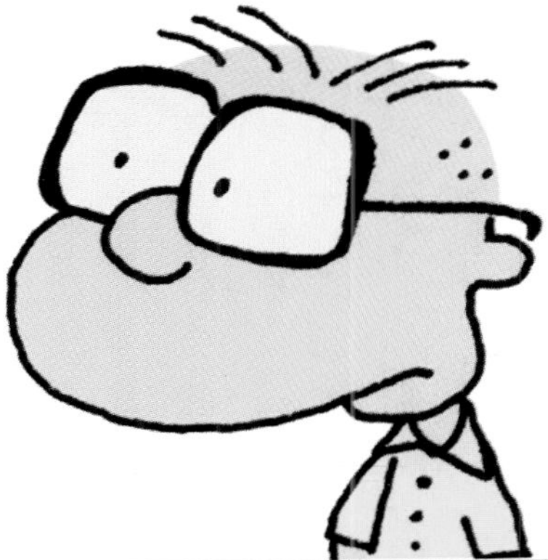

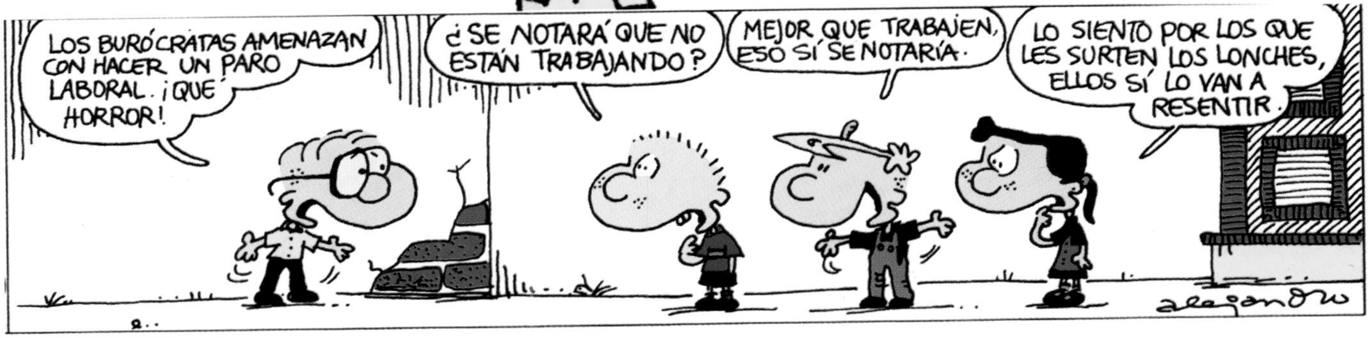
LOS BURÓCRATAS AMENAZAN CON HACER UN PARO LABORAL. ¡QUÉ HORROR!
¿SE NOTARÁ QUE NO ESTÁN TRABAJANDO?
MEJOR QUE TRABAJEN, ESO SÍ SE NOTARÍA.
LO SIENTO POR LOS QUE LES SURTEN LOS LONCHES, ELLOS SÍ LO VAN A RESENTIR.

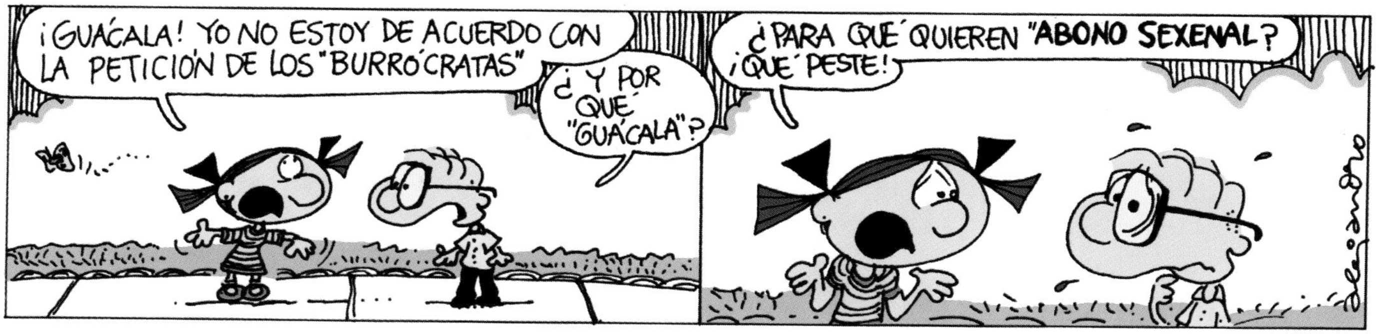
¡GUÁCALA! YO NO ESTOY DE ACUERDO CON LA PETICIÓN DE LOS "BURRÓCRATAS"
¿Y POR QUÉ "GUÁCALA"?
¿PARA QUÉ QUIEREN "ABONO SEXENAL"? ¡QUÉ PESTE!

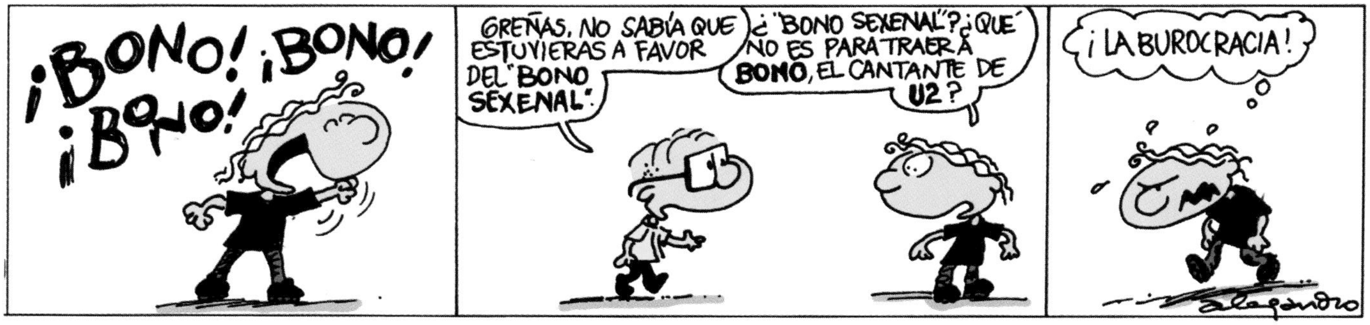
¡BONO! ¡BONO! ¡BONO!
GREÑAS, NO SABÍA QUE ESTUVIERAS A FAVOR DEL "BONO SEXENAL".
¿"BONO SEXENAL"? ¿QUÉ NO ES PARA TRAER A BONO, EL CANTANTE DE U2?
¡LA BUROCRACIA!

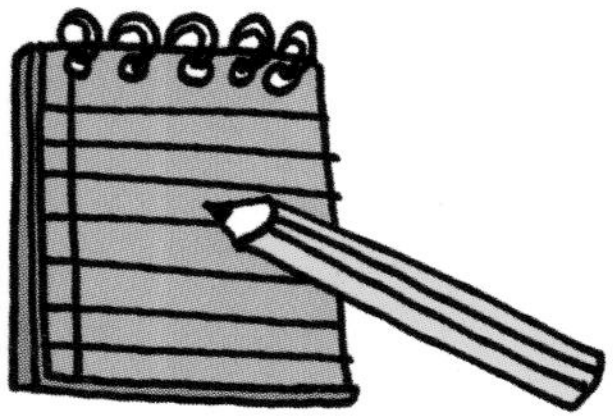

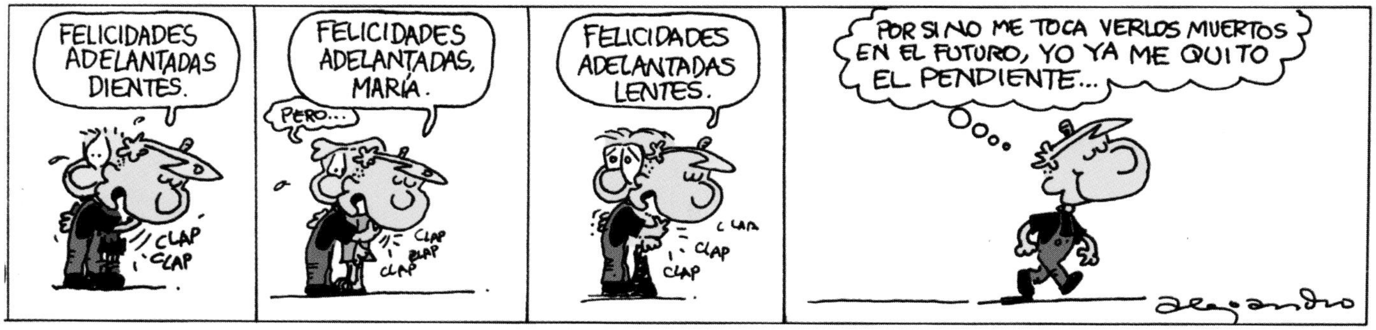
FELICIDADES ADELANTADAS DIENTES.
CLAP CLAP
FELICIDADES ADELANTADAS, MARÍA.
PERO...
CLAP CLAP CLAP
FELICIDADES ADELANTADAS LENTES.
CLAP CLAP CLAP
POR SI NO ME TOCA VERLOS MUERTOS EN EL FUTURO, YO YA ME QUITO EL PENDIENTE...

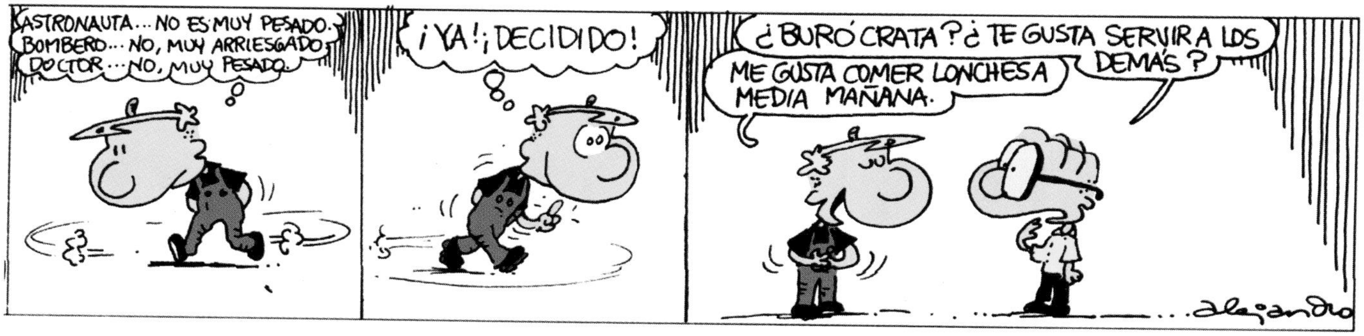
ASTRONAUTA... NO ES MUY PESADO. BOMBERO... NO, MUY ARRIESGADO. DOCTOR... NO, MUY PESADO.
¡YA! ¡DECIDIDO!
¿BURÓCRATA? ¿TE GUSTA SERVIR A LOS DEMÁS?
ME GUSTA COMER LONCHES A MEDIA MAÑANA.

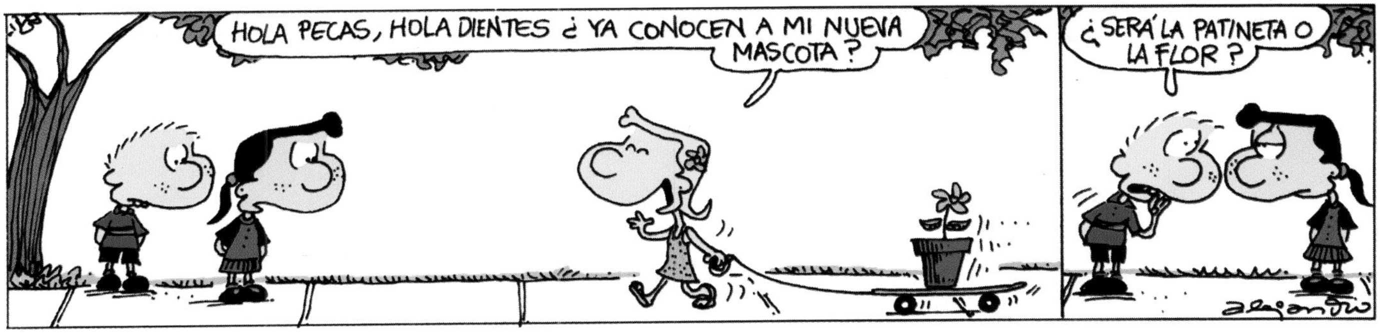
HOLA PECAS, HOLA DIENTES ¿YA CONOCEN A MI NUEVA MASCOTA?
¿SERÁ LA PATINETA O LA FLOR?
alejandro

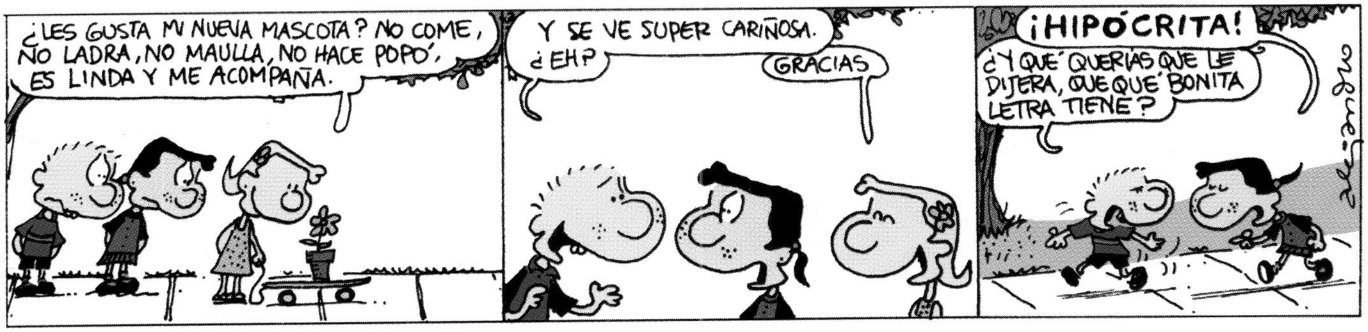
¿LES GUSTA MI NUEVA MASCOTA? NO COME, NO LADRA, NO MAULLA, NO HACE POPÓ, ES LINDA Y ME ACOMPAÑA.
Y SE VE SUPER CARIÑOSA. ¿EH?
GRACIAS
¡HIPÓCRITA!
¿Y QUÉ QUERÍAS QUE LE DIJERA, QUE QUÉ BONITA LETRA TIENE?
alejandro

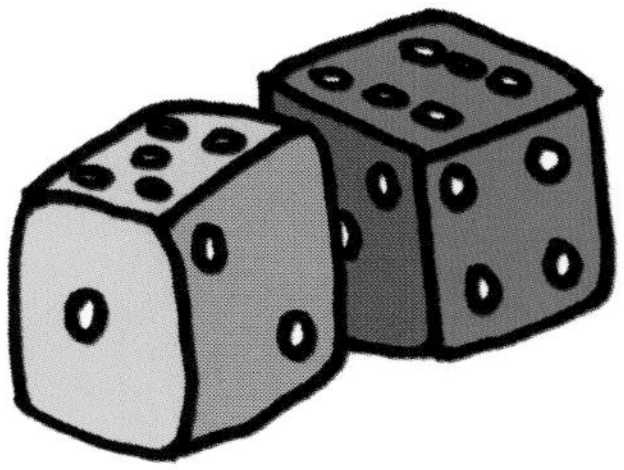

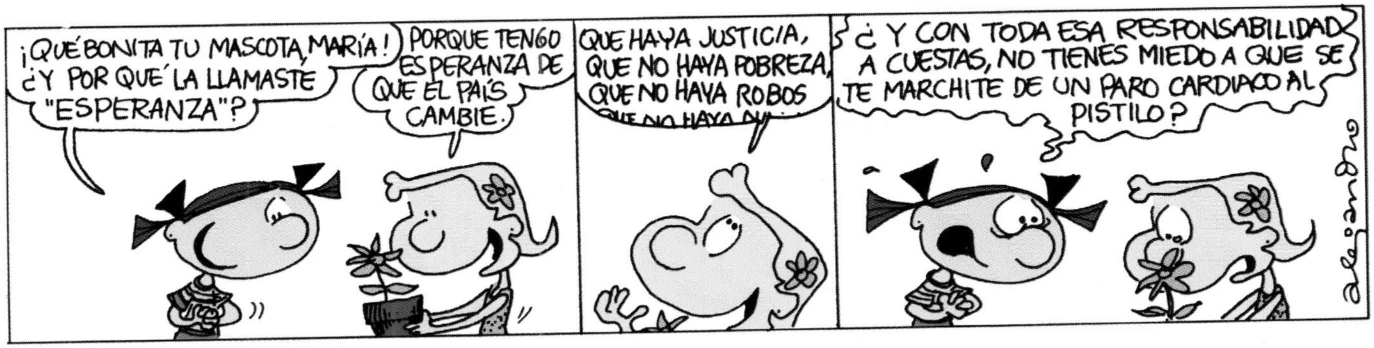
¡QUÉ BONITA TU MASCOTA, MARÍA! ¿Y POR QUÉ LA LLAMASTE "ESPERANZA"?
PORQUE TENGO ESPERANZA DE QUE EL PAÍS CAMBIE.
QUE HAYA JUSTICIA, QUE NO HAYA POBREZA, QUE NO HAYA ROBOS
¿Y CON TODA ESA RESPONSABILIDAD A CUESTAS, NO TIENES MIEDO A QUE SE TE MARCHITE DE UN PARO CARDIACO AL PISTILO?
alejandro

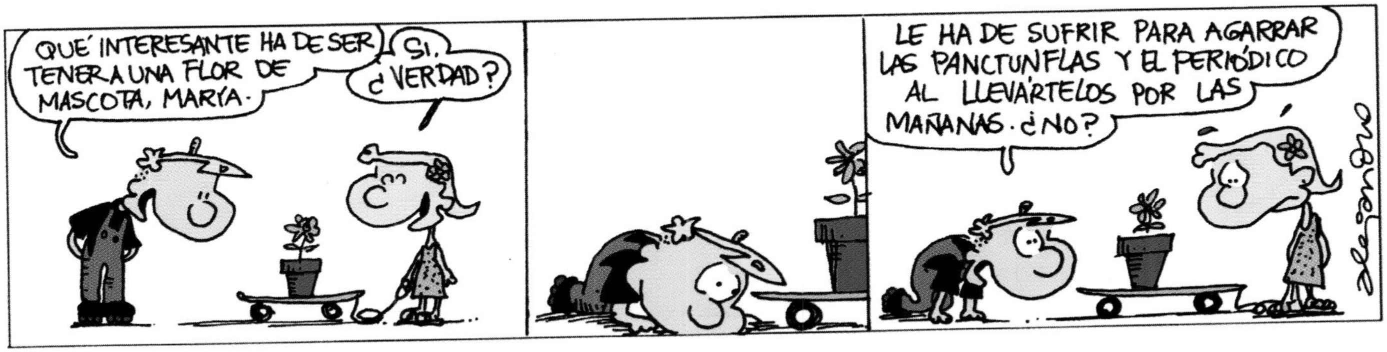
QUÉ INTERESANTE HA DE SER TENER A UNA FLOR DE MASCOTA, MARÍA.
SI. ¿VERDAD?
LE HA DE SUFRIR PARA AGARRAR LAS PANCTUNFLAS Y EL PERIÓDICO AL LLEVÁRTELOS POR LAS MAÑANAS. ¿NO?
alejandro

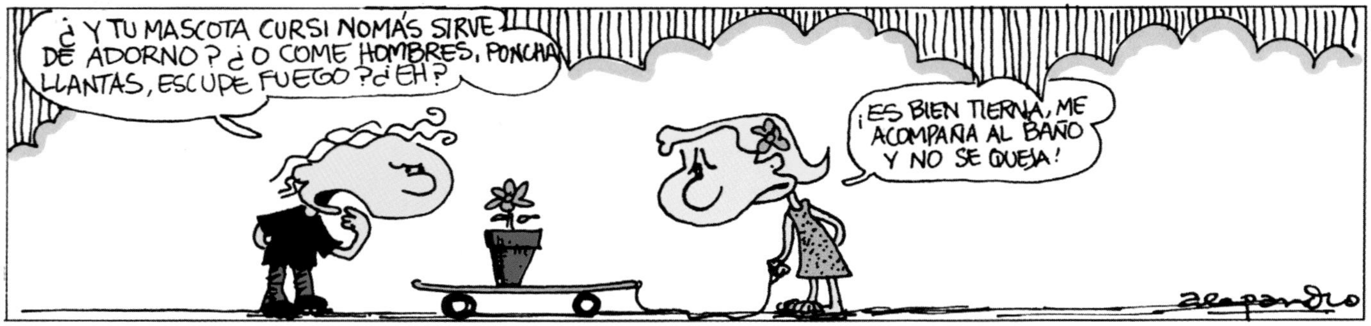
¿Y TU MASCOTA CURSI NOMÁS SIRVE DE ADORNO? ¿O COME HOMBRES, PONCHA LLANTAS, ESCUPE FUEGO? ¿EH?
¡ES BIEN TIERNA, ME ACOMPAÑA AL BAÑO Y NO SE QUEJA!

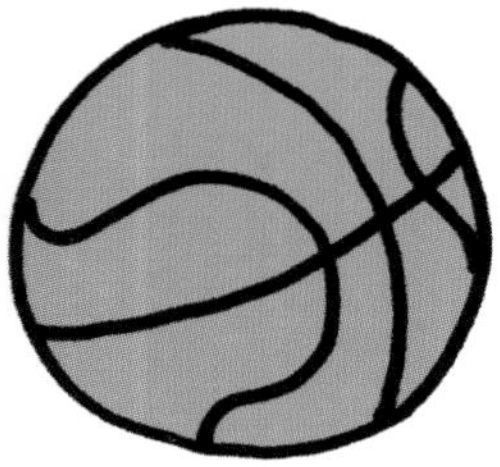

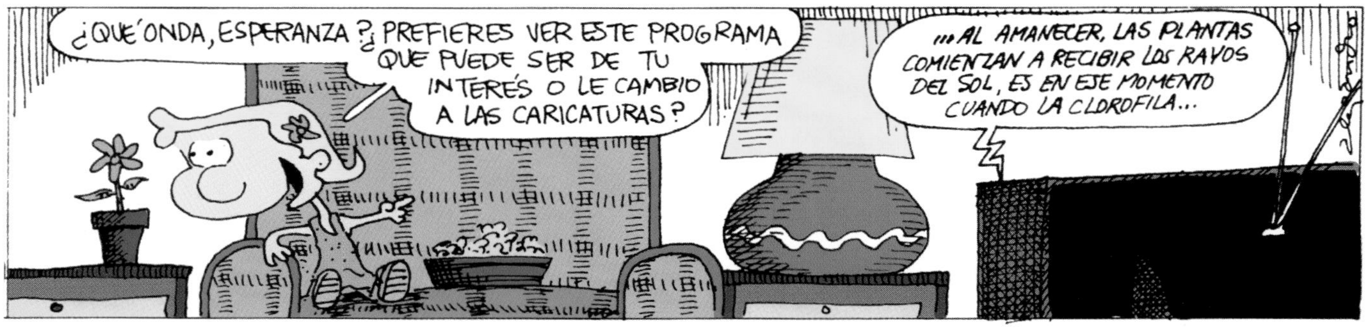
¿QUÉ ONDA, ESPERANZA? ¿PREFIERES VER ESTE PROGRAMA QUE PUEDE SER DE TU INTERÉS O LE CAMBIO A LAS CARICATURAS?
...AL AMANECER, LAS PLANTAS COMIENZAN A RECIBIR LOS RAYOS DEL SOL, ES EN ESE MOMENTO CUANDO LA CLOROFILA...

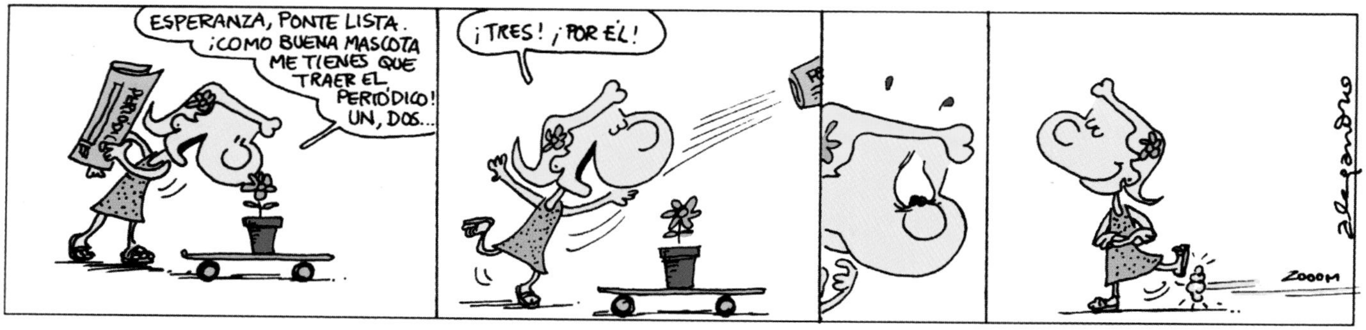
ESPERANZA, PONTE LISTA. ¡COMO BUENA MASCOTA ME TIENES QUE TRAER EL PERIÓDICO! UN, DOS...
¡TRES! ¡POR ÉL!
ZOOOM

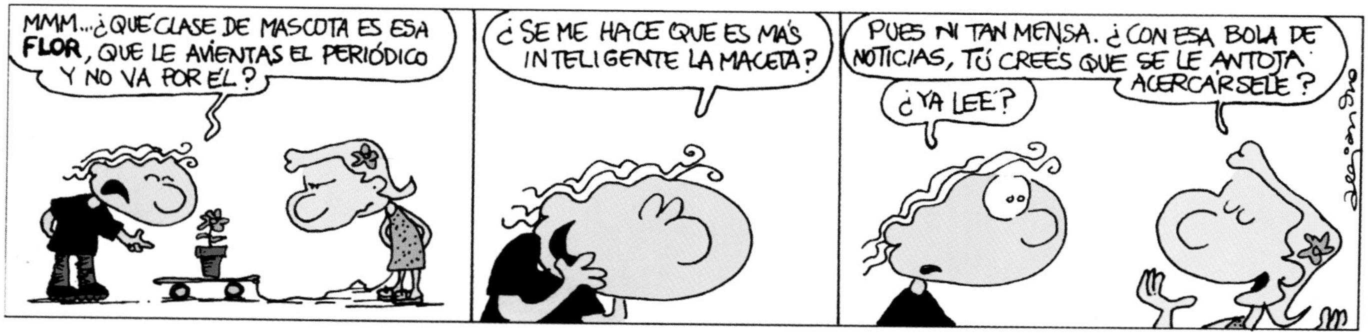
MMM... ¿QUÉ CLASE DE MASCOTA ES ESA FLOR, QUE LE AVIENTAS EL PERIÓDICO Y NO VA POR ÉL?
¿SE ME HACE QUE ES MÁS INTELIGENTE LA MACETA?
PUES NI TAN MENSA. ¿CON ESA BOLA DE NOTICIAS, TÚ CREES QUE SE LE ANTOJA ACERCÁRSELE?
¿YA LEE?

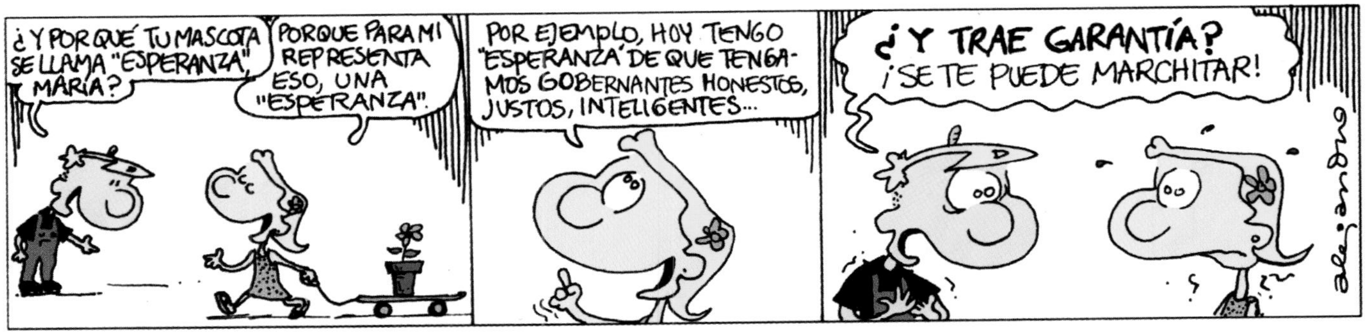
¿Y POR QUÉ TU MASCOTA SE LLAMA "ESPERANZA", MARÍA?
PORQUE PARA MI REPRESENTA ESO, UNA "ESPERANZA".
POR EJEMPLO, HOY TENGO "ESPERANZA" DE QUE TENGAMOS GOBERNANTES HONESTOS, JUSTOS, INTELIGENTES...
¿Y TRAE GARANTÍA?
¡SE TE PUEDE MARCHITAR!

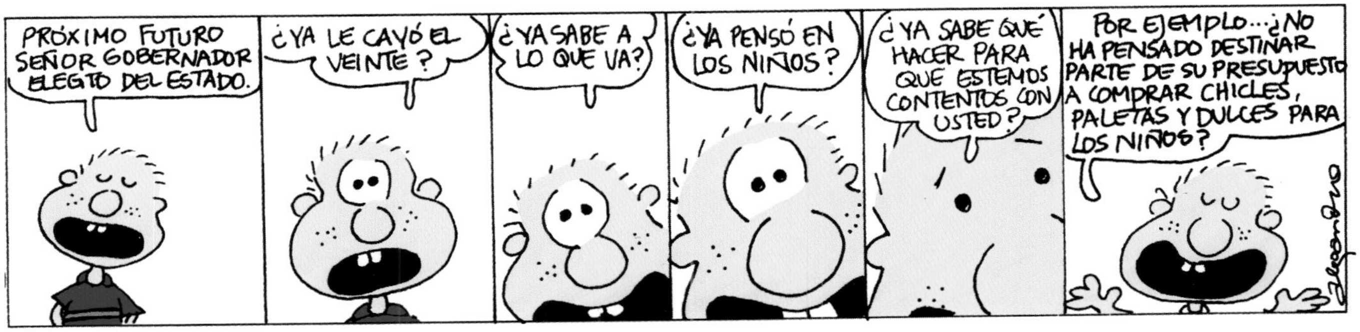
PRÓXIMO FUTURO SEÑOR GOBERNADOR ELEGITO DEL ESTADO.
¿YA LE CAYÓ EL VEINTE?
¿YA SABE A LO QUE VA?
¿YA PENSÓ EN LOS NIÑOS?
¿YA SABE QUÉ HACER PARA QUE ESTEMOS CONTENTOS CON USTED?
POR EJEMPLO... ¿NO HA PENSADO DESTINAR PARTE DE SU PRESUPUESTO A COMPRAR CHICLES, PALETAS Y DULCES PARA LOS NIÑOS?

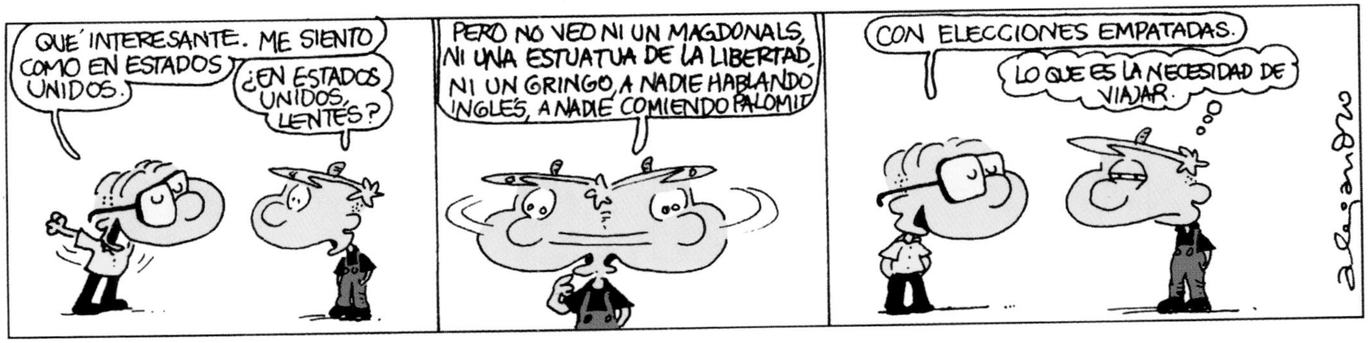
QUÉ INTERESANTE. ME SIENTO COMO EN ESTADOS UNIDOS.
¿EN ESTADOS UNIDOS, LENTES?
PERO NO VEO NI UN MAGDONALS, NI UNA ESTUATUA DE LA LIBERTAD, NI UN GRINGO, A NADIE HABLANDO INGLES, A NADIE COMIENDO PALOMIT
CON ELECCIONES EMPATADAS.
LO QUE ES LA NECESIDAD DE VIAJAR.

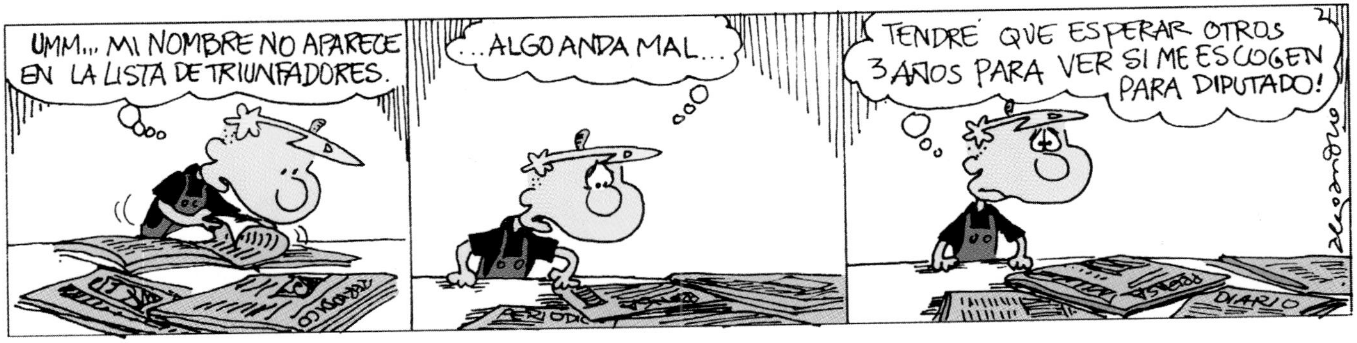
UMM... MI NOMBRE NO APARECE EN LA LISTA DE TRIUNFADORES.
...ALGO ANDA MAL...
TENDRÉ QUE ESPERAR OTROS 3 AÑOS PARA VER SI ME ESCOGEN PARA DIPUTADO!
DIARIO

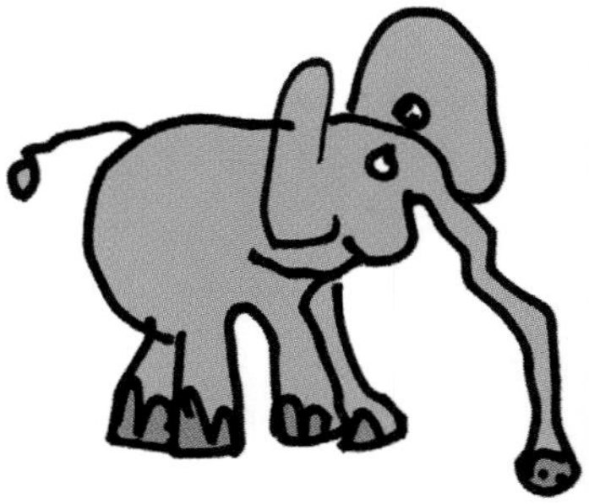

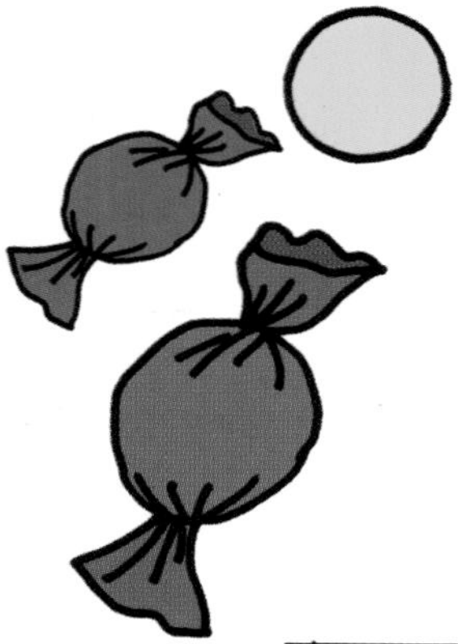

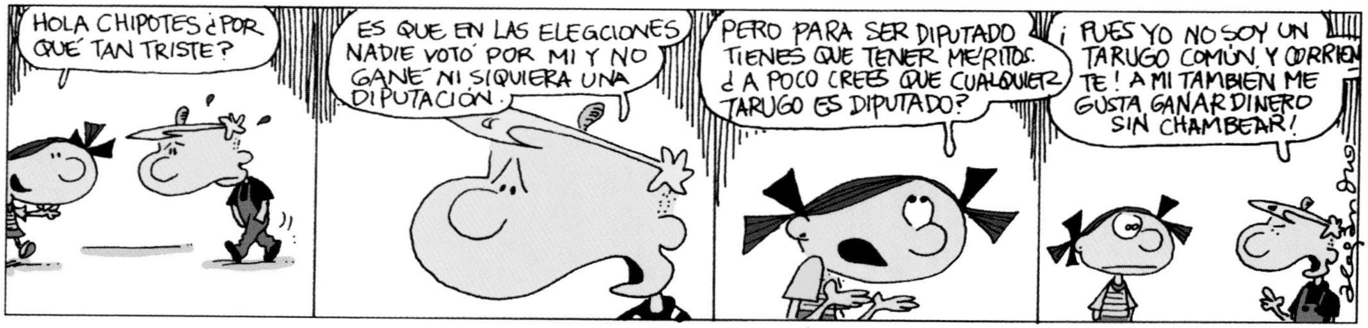
HOLA CHIPOTES ¿POR QUÉ TAN TRISTE?
ES QUE EN LAS ELECCIONES NADIE VOTÓ POR MÍ Y NO GANÉ NI SIQUIERA UNA DIPUTACIÓN.
PERO PARA SER DIPUTADO TIENES QUE TENER MÉRITOS. ¿A POCO CREES QUE CUALQUIER TARUGO ES DIPUTADO?
¡PUES YO NO SOY UN TARUGO COMÚN Y CORRIENTE! ¡A MÍ TAMBIÉN ME GUSTA GANAR DINERO SIN CHAMBEAR!
alejandro

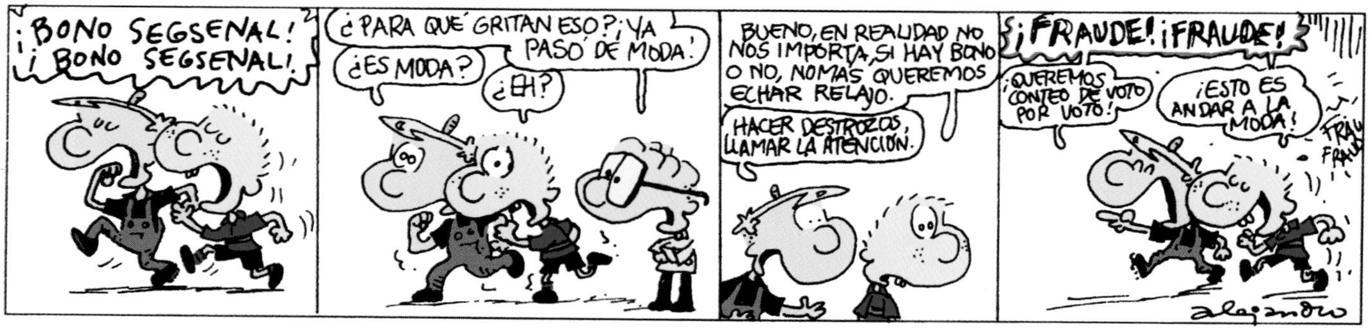
¡BONO SEGSENAL! ¡BONO SEGSENAL!
¿PARA QUÉ GRITAN ESO? ¡YA PASÓ DE MODA!
¿ES MODA?
¿EH?
BUENO, EN REALIDAD NO NOS IMPORTA, SI HAY BONO O NO, NOMÁS QUEREMOS ECHAR RELAJO.
HACER DESTROZOS, LLAMAR LA ATENCIÓN.
¡FRAUDE! ¡FRAUDE!
¡QUEREMOS CONTEO DE VOTO POR VOTO!
¡ESTO ES ANDAR A LA MODA!
FRAU
FRAUD
alejandro

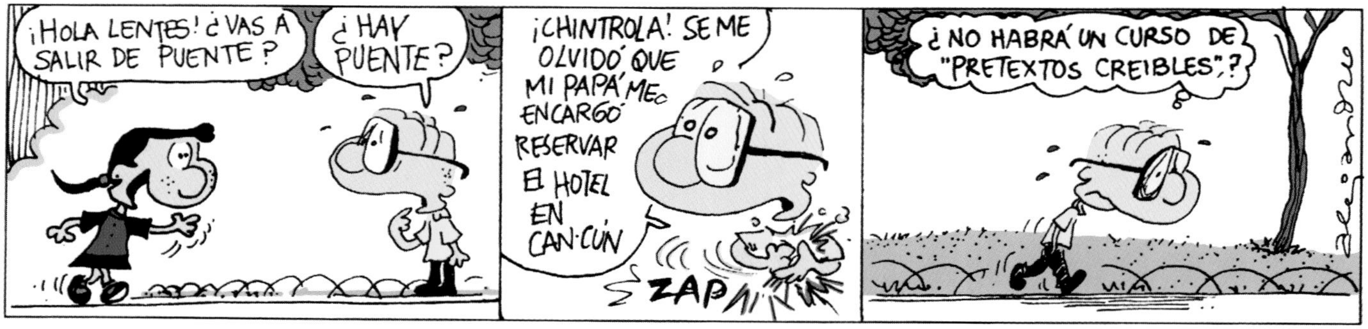
¡HOLA LENTES! ¿VAS A SALIR DE PUENTE?
¿HAY PUENTE?
¡CHINTROLA! SE ME OLVIDÓ QUE MI PAPÁ ME ENCARGÓ RESERVAR EL HOTEL EN CAN·CÚN
ZAP
¿NO HABRÁ UN CURSO DE "PRETEXTOS CREÍBLES"?
alejandro

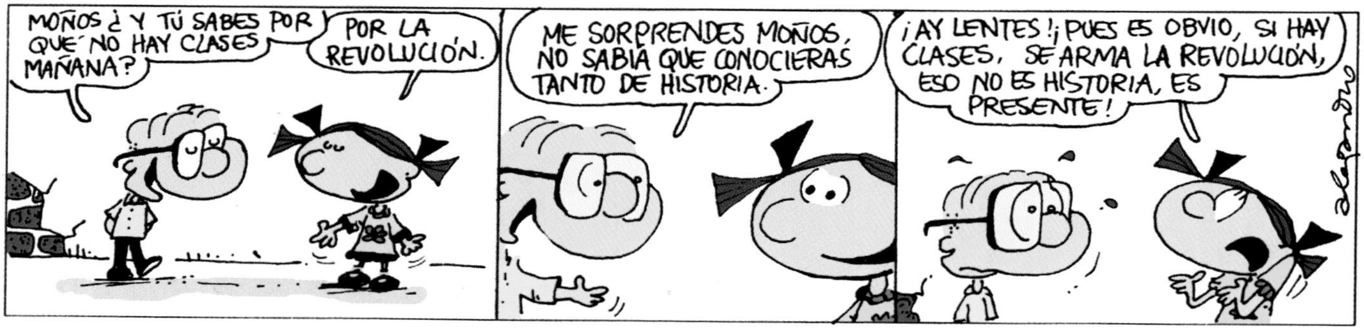
MOÑOS ¿Y TÚ SABES POR QUÉ NO HAY CLASES MAÑANA?
POR LA REVOLUCIÓN.
ME SORPRENDES MOÑOS, NO SABÍA QUE CONOCIERAS TANTO DE HISTORIA.
¡AY LENTES! ¡PUES ES OBVIO, SI HAY CLASES, SE ARMA LA REVOLUCIÓN, ESO NO ES HISTORIA, ES PRESENTE!
alejandro

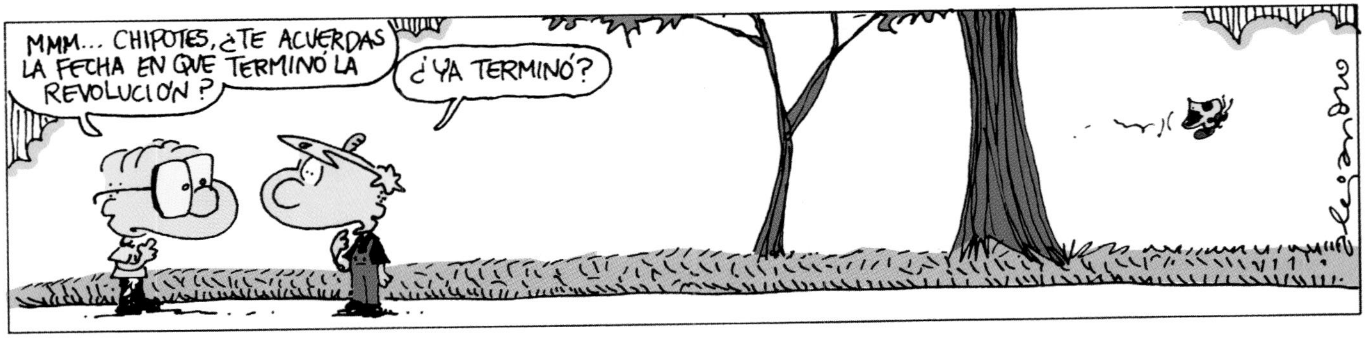
MMM... CHIPOTES, ¿TE ACUERDAS LA FECHA EN QUE TERMINÓ LA REVOLUCIÓN?
¿YA TERMINÓ?
alejandro

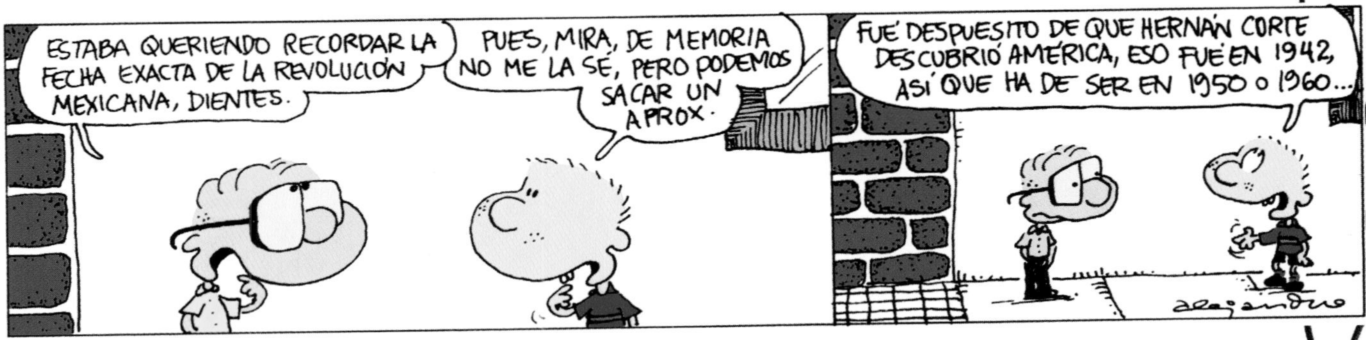
ESTABA QUERIENDO RECORDAR LA FECHA EXACTA DE LA REVOLUCIÓN MEXICANA, DIENTES.
PUES, MIRA, DE MEMORIA NO ME LA SÉ, PERO PODEMOS SACAR UN APROX.
FUÉ DESPUESITO DE QUE HERNÁN CORTE DESCUBRIÓ AMÉRICA, ESO FUÉ EN 1942, ASÍ QUE HA DE SER EN 1950 O 1960...
alejandro

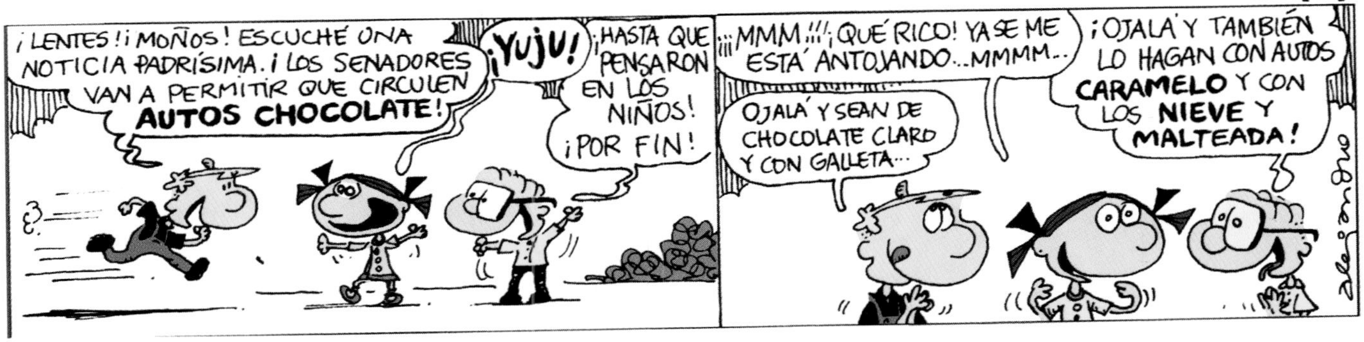
¡LENTES! ¡MOÑOS! ESCUCHÉ UNA NOTICIA PADRÍSIMA. ¡LOS SENADORES VAN A PERMITIR QUE CIRCULEN **AUTOS CHOCOLATE**!
¡YUJU!
¡HASTA QUE PENSARON EN LOS NIÑOS! ¡POR FIN!
¡¡¡MMM!!! ¡QUÉ RICO! YA SE ME ESTÁ ANTOJANDO...MMMM...
OJALÁ Y SEAN DE CHOCOLATE CLARO Y CON GALLETA...
¡OJALÁ Y TAMBIÉN LO HAGAN CON AUTOS **CARAMELO** Y CON LOS **NIEVE** Y **MALTEADA**!
alejandro

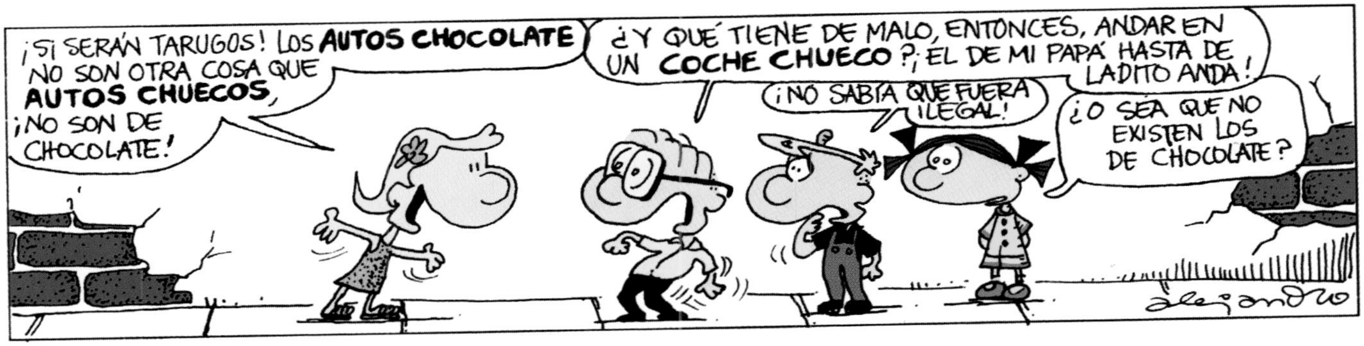
¡SI SERÁN TARUGOS! LOS **AUTOS CHOCOLATE** NO SON OTRA COSA QUE **AUTOS CHUECOS**, ¡NO SON DE CHOCOLATE!
¿Y QUÉ TIENE DE MALO, ENTONCES, ANDAR EN UN **COCHE CHUECO**?, ¡EL DE MI PAPÁ HASTA DE LADITO ANDA!
¡NO SABÍA QUE FUERA ILEGAL!
¿O SEA QUE NO EXISTEN LOS DE CHOCOLATE?
alejandro

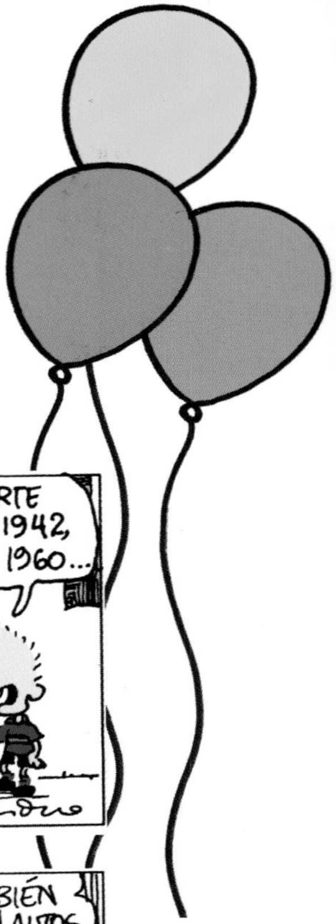

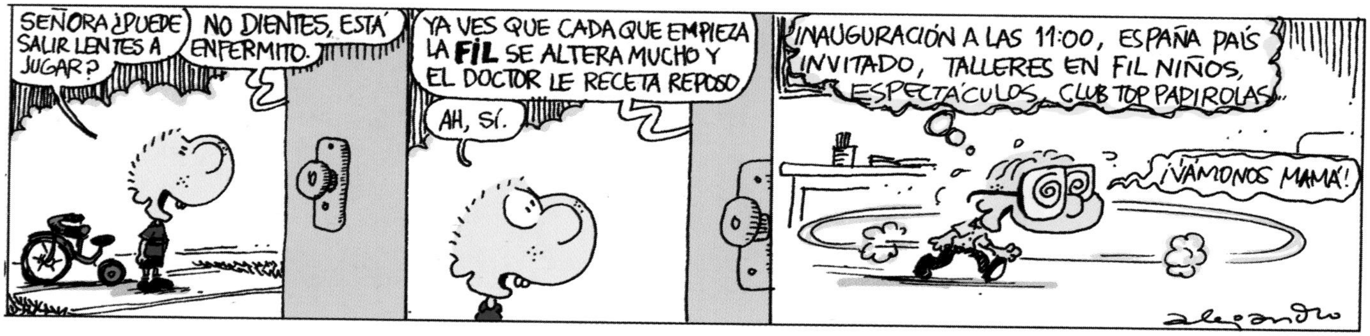
SEÑORA ¿PUEDE SALIR LENTES A JUGAR?
NO DIENTES, ESTÁ ENFERMITO.
YA VES QUE CADA QUE EMPIEZA LA FIL SE ALTERA MUCHO Y EL DOCTOR LE RECETA REPOSO
AH, SÍ.
INAUGURACIÓN A LAS 11:00, ESPAÑA PAÍS INVITADO, TALLERES EN FIL NIÑOS, ESPECTÁCULOS, CLUB TOP PAPIROLAS...
¡VÁMONOS MAMÁ!
alejandro

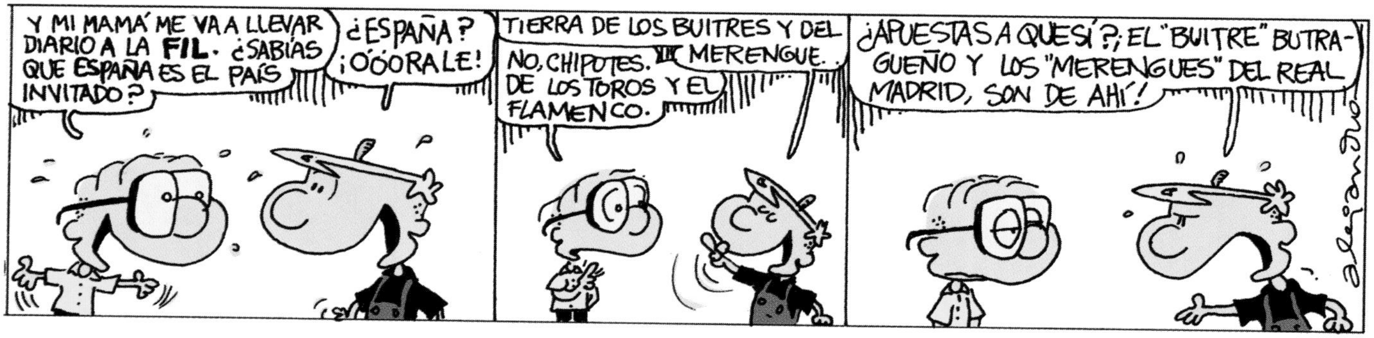
Y MI MAMÁ ME VA A LLEVAR DIARIO A LA FIL. ¿SABÍAS QUE ESPAÑA ES EL PAÍS INVITADO?
¿ESPAÑA? ¡ÓÓORALE!
TIERRA DE LOS BUITRES Y DEL MERENGUE.
NO, CHIPOTES. DE LOS TOROS Y EL FLAMENCO.
¿APUESTAS A QUE SÍ?; EL "BUITRE" BUTRAGUEÑO Y LOS "MERENGUES" DEL REAL MADRID, SON DE AHÍ!
alejandro

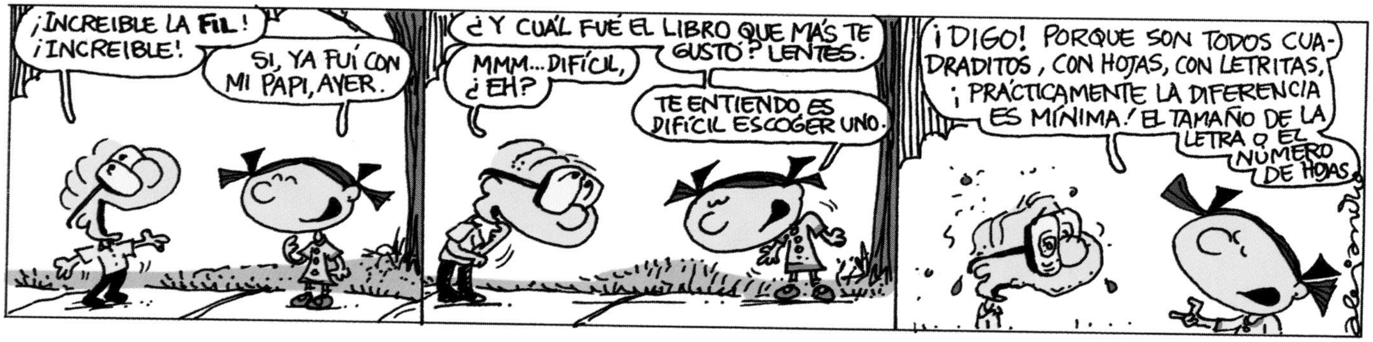
¡INCREIBLE LA FIL! ¡INCREIBLE!
SI, YA FUÍ CON MI PAPI, AYER.
¿Y CUÁL FUÉ EL LIBRO QUE MÁS TE GUSTÓ? LENTES.
MMM... DIFÍCIL, ¿EH?
TE ENTIENDO ES DIFÍCIL ESCOGER UNO.
¡DIGO! PORQUE SON TODOS CUADRADITOS, CON HOJAS, CON LETRITAS, ¡PRÁCTICAMENTE LA DIFERENCIA ES MÍNIMA! EL TAMAÑO DE LA LETRA O EL NÚMERO DE HOJAS
alejandro

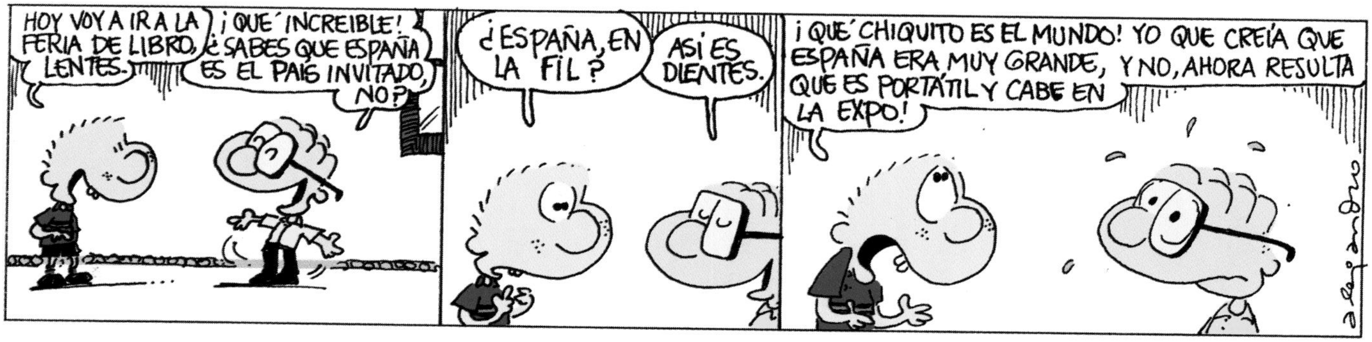
HOY VOY A IR A LA FERIA DE LIBRO, LENTES.
¡QUÉ INCREIBLE! ¿SABES QUE ESPAÑA ES EL PAÍS INVITADO, NO?
¿ESPAÑA, EN LA FIL?
ASÍ ES DIENTES.
¡QUÉ CHIQUITO ES EL MUNDO! YO QUE CREÍA QUE ESPAÑA ERA MUY GRANDE, Y NO, AHORA RESULTA QUE ES PORTÁTIL Y CABE EN LA EXPO!
alejandro

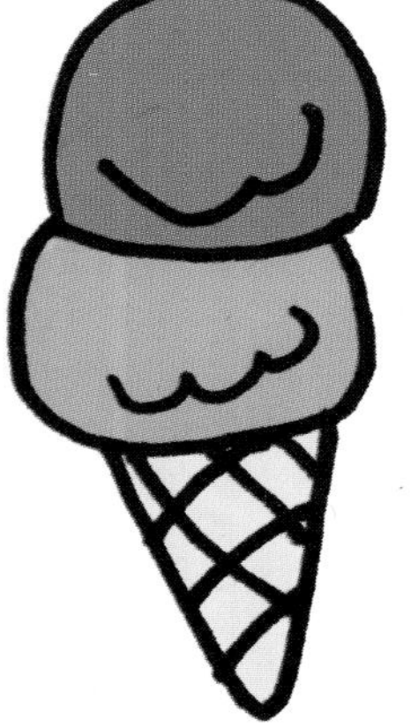

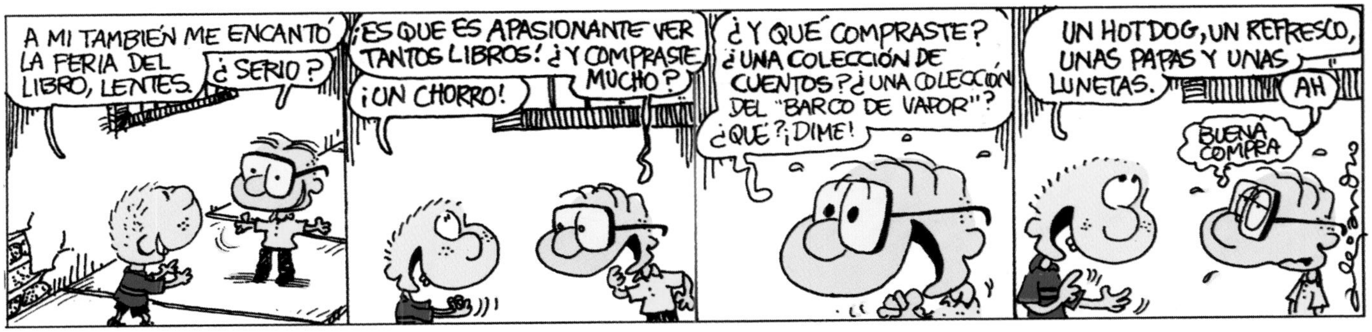
A MI TAMBIÉN ME ENCANTÓ LA FERIA DEL LIBRO, LENTES.
¿SERIO?
¡ES QUE ES APASIONANTE VER TANTOS LIBROS! ¿Y COMPRASTE MUCHO?
¡UN CHORRO!
¿Y QUÉ COMPRASTE? ¿UNA COLECCIÓN DE CUENTOS? ¿UNA COLECCIÓN DEL "BARCO DE VAPOR"? ¿QUÉ? ¡DIME!
UN HOTDOG, UN REFRESCO, UNAS PAPAS Y UNAS LUNETAS.
AH
BUENA COMPRA

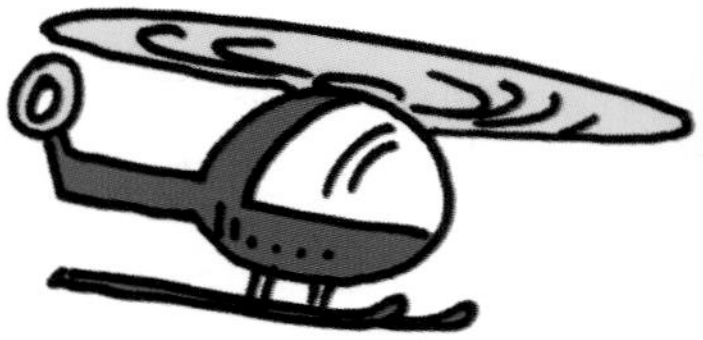

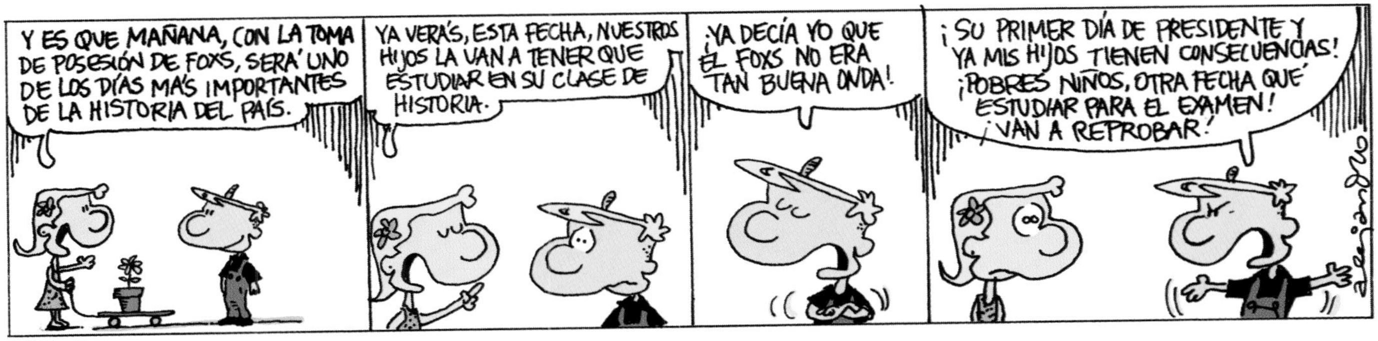
Y ES QUE MAÑANA, CON LA TOMA DE POSESIÓN DE FOXS, SERÁ UNO DE LOS DÍAS MÁS IMPORTANTES DE LA HISTORIA DEL PAÍS.
YA VERÁS, ESTA FECHA, NUESTROS HIJOS LA VAN A TENER QUE ESTUDIAR EN SU CLASE DE HISTORIA.
¡YA DECÍA YO QUE EL FOXS NO ERA TAN BUENA ONDA!
¡SU PRIMER DÍA DE PRESIDENTE Y YA MIS HIJOS TIENEN CONSECUENCIAS! ¡POBRES NIÑOS, OTRA FECHA QUE ESTUDIAR PARA EL EXAMEN! ¡VAN A REPROBAR!

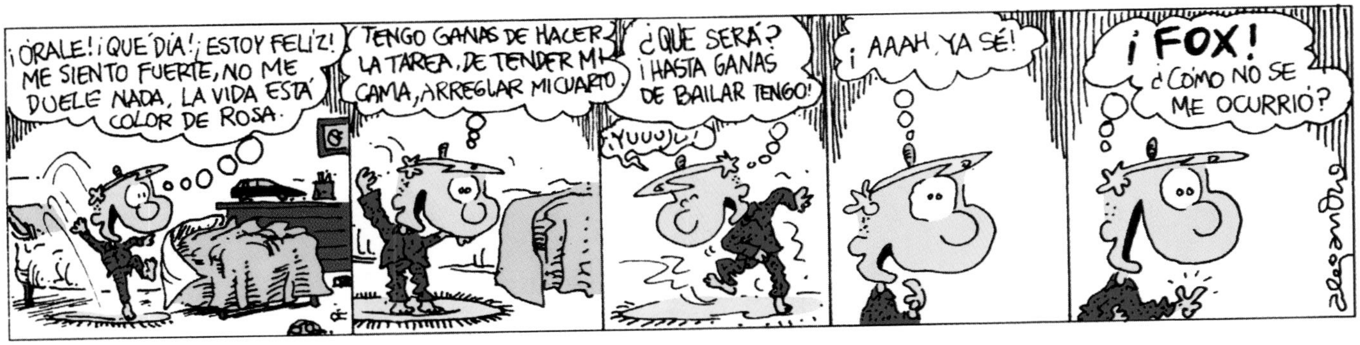
¡ÓRALE! ¡QUÉ DÍA! ¡ESTOY FELIZ! ME SIENTO FUERTE, NO ME DUELE NADA, LA VIDA ESTÁ COLOR DE ROSA.
TENGO GANAS DE HACER LA TAREA, DE TENDER MI CAMA, ARREGLAR MI CUARTO.
¿QUÉ SERÁ? ¡HASTA GANAS DE BAILAR TENGO!
¡YUUUJU!
¡AAAH, YA SÉ!
¡FOX!
¿CÓMO NO SE ME OCURRIÓ?

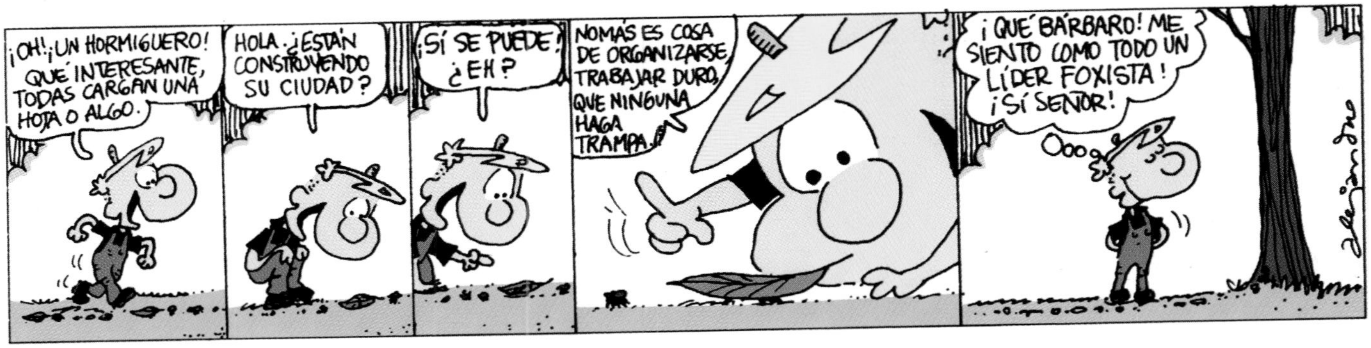
¡OH! ¡UN HORMIGUERO! QUÉ INTERESANTE, TODAS CARGAN UNA HOJA O ALGO.
HOLA. ¿ESTÁN CONSTRUYENDO SU CIUDAD?
¡SÍ SE PUEDE! ¿EH?
NOMÁS ES COSA DE ORGANIZARSE, TRABAJAR DURO, QUE NINGUNA HAGA TRAMPA...
¡QUÉ BÁRBARO! ME SIENTO COMO TODO UN LÍDER FOXISTA! ¡SÍ SEÑOR!
Oooo

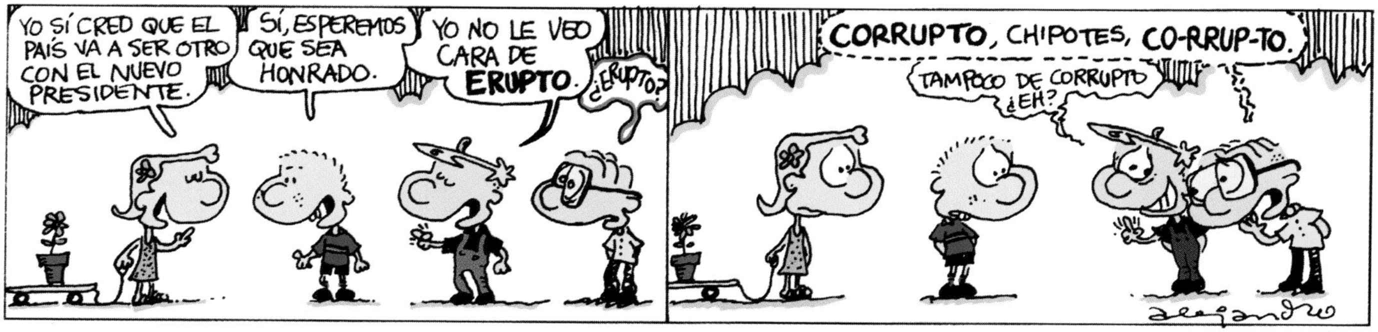
YO SÍ CREO QUE EL PAÍS VA A SER OTRO CON EL NUEVO PRESIDENTE.
SÍ, ESPEREMOS QUE SEA HONRADO.
YO NO LE VEO CARA DE **ERUPTO**.
¿ERUPTO?
CORRUPTO, CHIPOTES, **CO-RRUP-TO**.
TAMPOCO DE CORRUPTO ¿EH?
alejandro

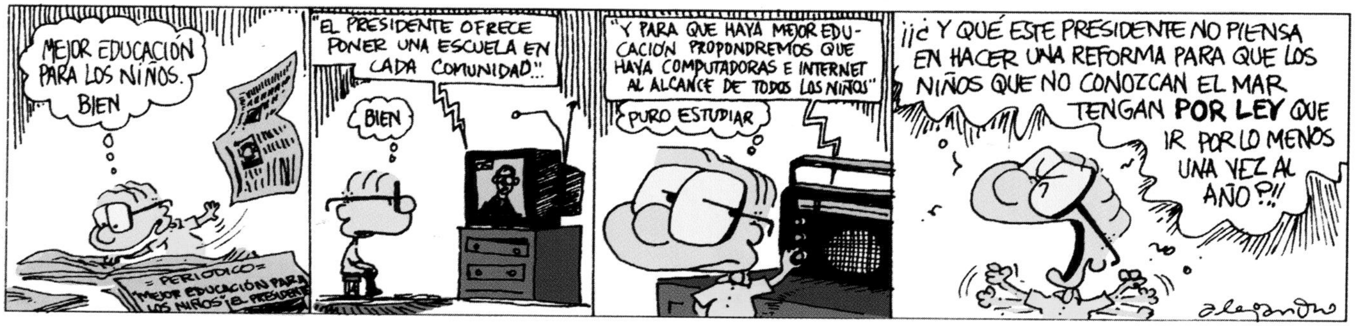
MEJOR EDUCACIÓN PARA LOS NIÑOS. BIEN
= PERIODICO =
"MEJOR EDUCACIÓN PARA LOS NIÑOS" EL PRESIDENTE
"EL PRESIDENTE OFRECE PONER UNA ESCUELA EN CADA COMUNIDAD"
BIEN
"Y PARA QUE HAYA MEJOR EDUCACIÓN PROPONDREMOS QUE HAYA COMPUTADORAS E INTERNET AL ALCANCE DE TODOS LOS NIÑOS"
PURO ESTUDIAR
¡¡¿ Y QUÉ ESTE PRESIDENTE NO PIENSA EN HACER UNA REFORMA PARA QUE LOS NIÑOS QUE NO CONOZCAN EL MAR TENGAN **POR LEY** QUE IR POR LO MENOS UNA VEZ AL AÑO ?!!
alejandro

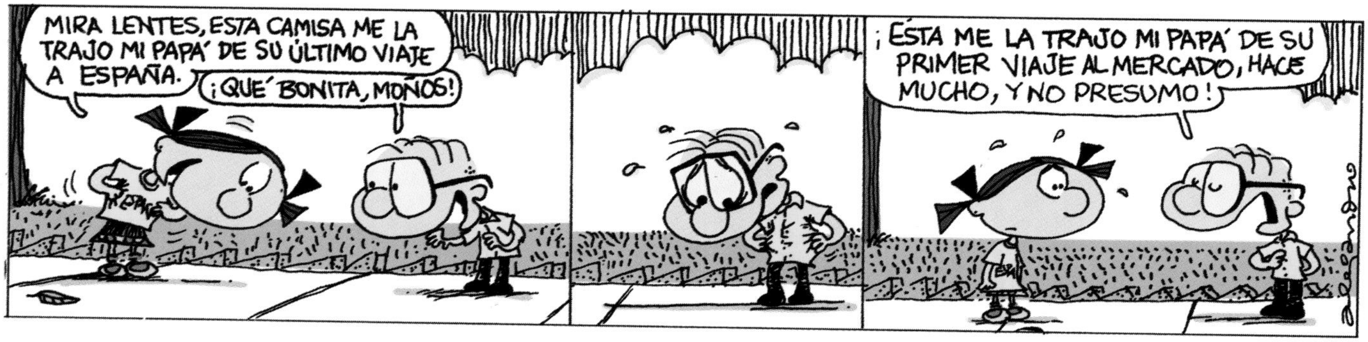
MIRA LENTES, ESTA CAMISA ME LA TRAJO MI PAPÁ DE SU ÚLTIMO VIAJE A ESPAÑA.
¡QUÉ BONITA, MOÑOS!
¡ÉSTA ME LA TRAJO MI PAPÁ DE SU PRIMER VIAJE AL MERCADO, HACE MUCHO, Y NO PRESUMO!

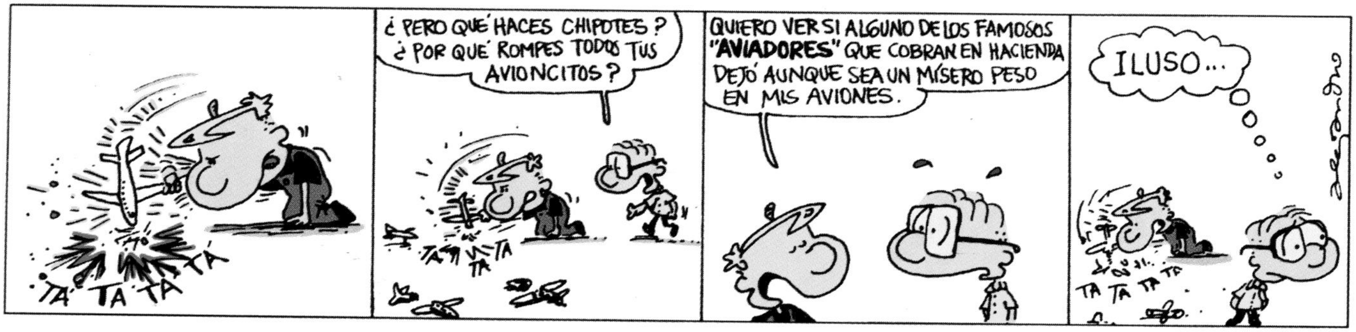
TA TA TA TA
¿PERO QUÉ HACES CHIPOTES? ¿POR QUÉ ROMPES TODOS TUS AVIONCITOS?
TA TA TA TA
QUIERO VER SI ALGUNO DE LOS FAMOSOS **"AVIADORES"** QUE COBRAN EN HACIENDA DEJÓ AUNQUE SEA UN MÍSERO PESO EN MIS AVIONES.
ILUSO...
TA TA TA TA
alejandro

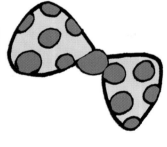

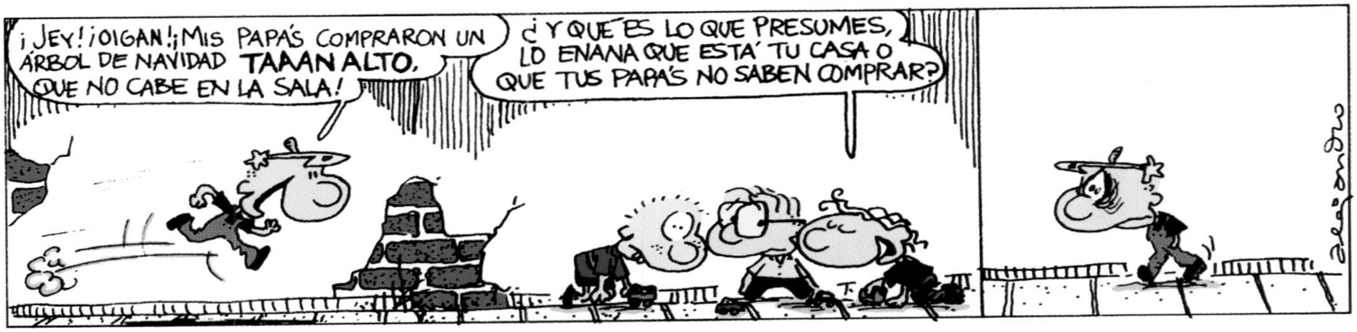
¡JEY! ¡OIGAN! ¡MIS PAPÁS COMPRARON UN ÁRBOL DE NAVIDAD TAAAN ALTO, QUE NO CABE EN LA SALA!
¿Y QUÉ ES LO QUE PRESUMES, LO ENANA QUE ESTÁ TU CASA O QUE TUS PAPÁS NO SABEN COMPRAR?

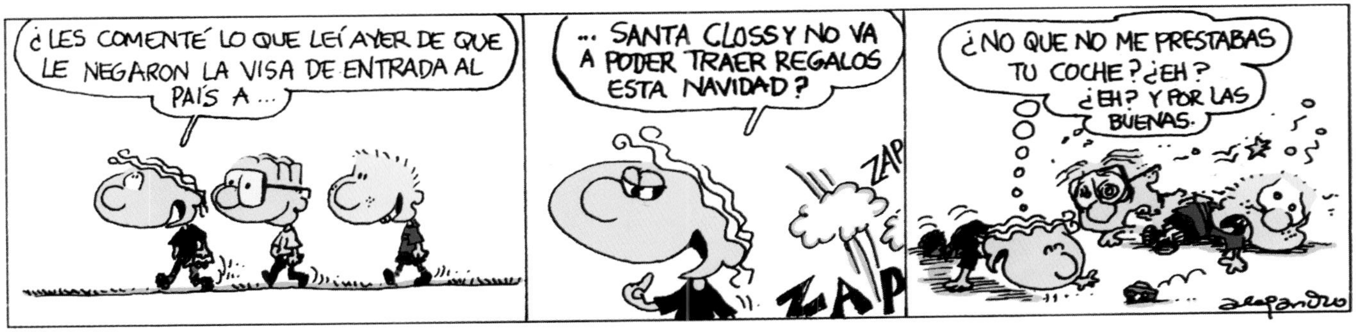
¿LES COMENTÉ LO QUE LEÍ AYER DE QUE LE NEGARON LA VISA DE ENTRADA AL PAÍS A...
... SANTA CLOSS Y NO VA A PODER TRAER REGALOS ESTA NAVIDAD?
ZAP
ZAP
¿NO QUE NO ME PRESTABAS TU COCHE? ¿EH? ¿EH? Y POR LAS BUENAS.

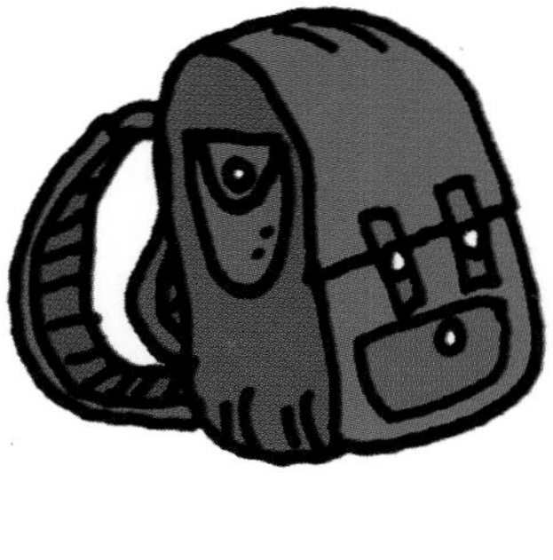

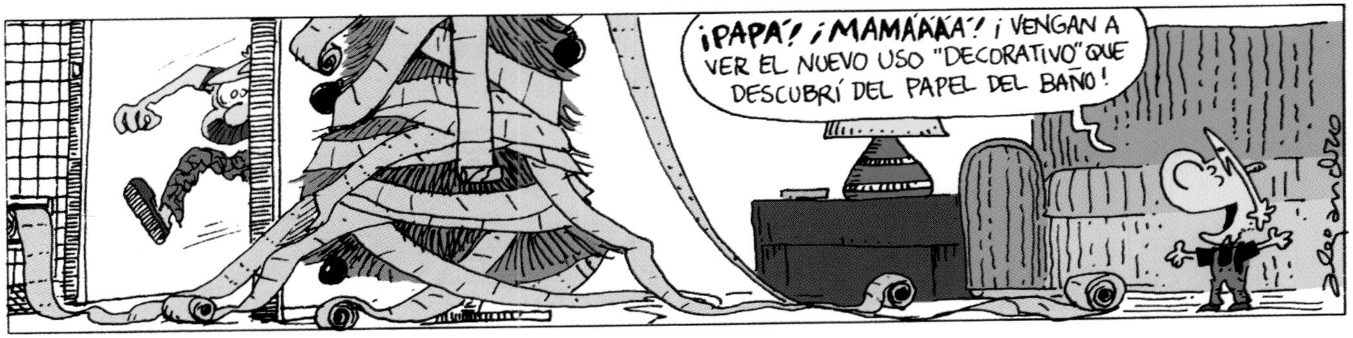
¡PAPÁ! ¡MAMÁÁÁÁ! ¡VENGAN A VER EL NUEVO USO "DECORATIVO" QUE DESCUBRÍ DEL PAPEL DEL BAÑO!

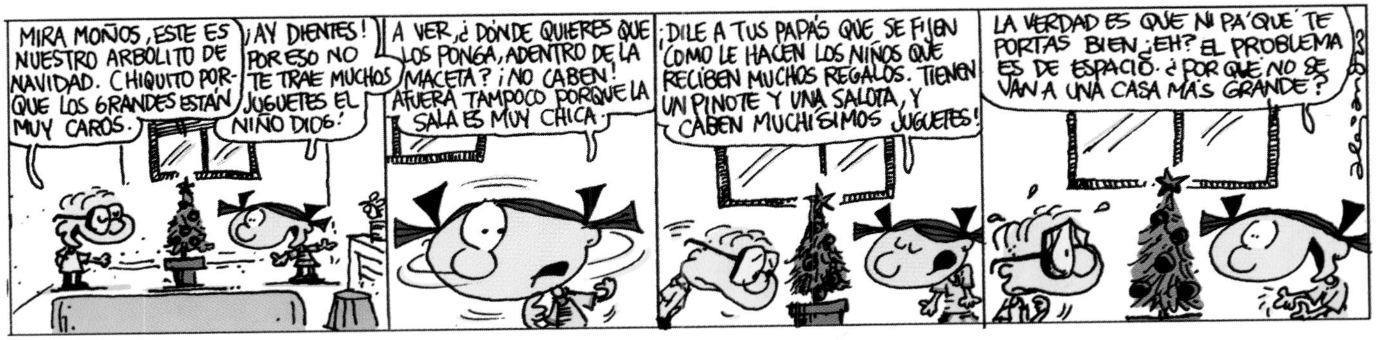
MIRA MOÑOS, ESTE ES NUESTRO ARBOLITO DE NAVIDAD. CHIQUITO PORQUE LOS GRANDES ESTÁN MUY CAROS.
¡AY DIENTES! POR ESO NO TE TRAE MUCHOS JUGUETES EL NIÑO DIOS!
A VER, ¿DÓNDE QUIERES QUE LOS PONGA, ADENTRO DE LA MACETA? ¡NO CABEN! AFUERA TAMPOCO PORQUE LA SALA ES MUY CHICA.
¡DILE A TUS PAPÁS QUE SE FIJEN CÓMO LE HACEN LOS NIÑOS QUE RECIBEN MUCHOS REGALOS. TIENEN UN PINOTE Y UNA SALOTA, Y CABEN MUCHÍSIMOS JUGUETES!
LA VERDAD ES QUE NI PA'QUE TE PORTAS BIEN, ¿EH? EL PROBLEMA ES DE ESPACIO. ¿POR QUÉ NO SE VAN A UNA CASA MÁS GRANDE?

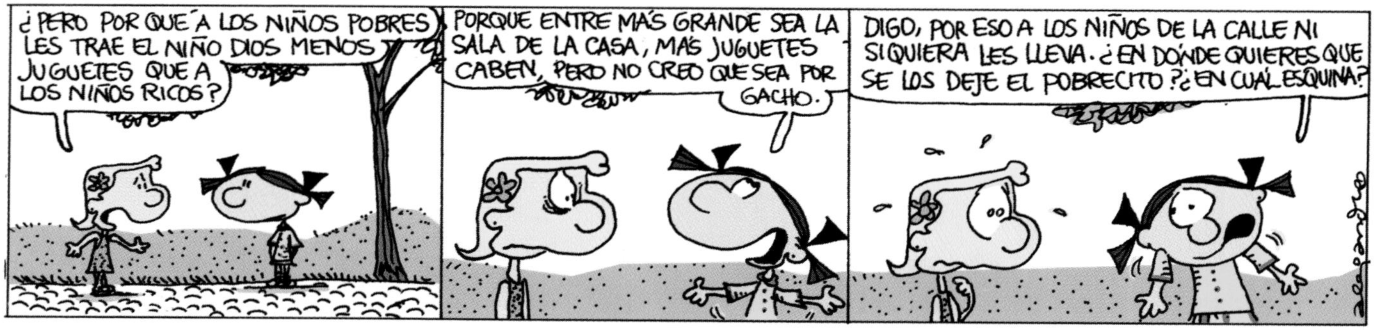
¿PERO POR QUÉ A LOS NIÑOS POBRES LES TRAE EL NIÑO DIOS MENOS JUGUETES QUE A LOS NIÑOS RICOS?
PORQUE ENTRE MÁS GRANDE SEA LA SALA DE LA CASA, MÁS JUGUETES CABEN, PERO NO CREO QUE SEA POR GACHO.
DIGO, POR ESO A LOS NIÑOS DE LA CALLE NI SIQUIERA LES LLEVA. ¿EN DÓNDE QUIERES QUE SE LOS DEJE EL POBRECITO? ¿EN CUÁL ESQUINA?

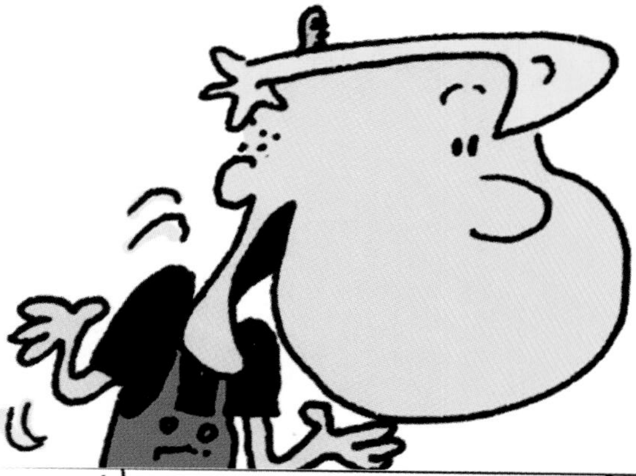

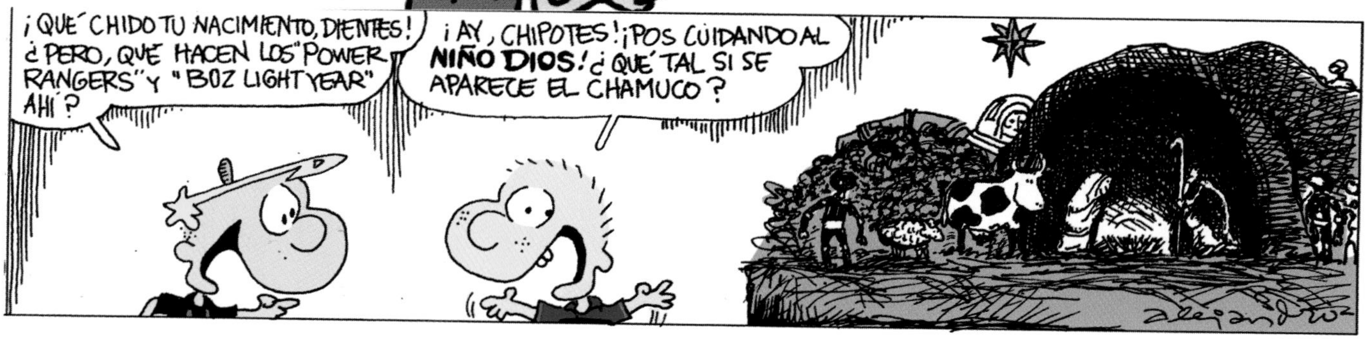
¡QUÉ CHIDO TU NACIMIENTO, DIENTES! ¿PERO, QUÉ HACEN LOS "POWER RANGERS" Y "BOZ LIGHTYEAR" AHÍ?
¡AY, CHIPOTES! ¡POS CUIDANDO AL NIÑO DIOS! ¿QUÉ TAL SI SE APARECE EL CHAMUCO?

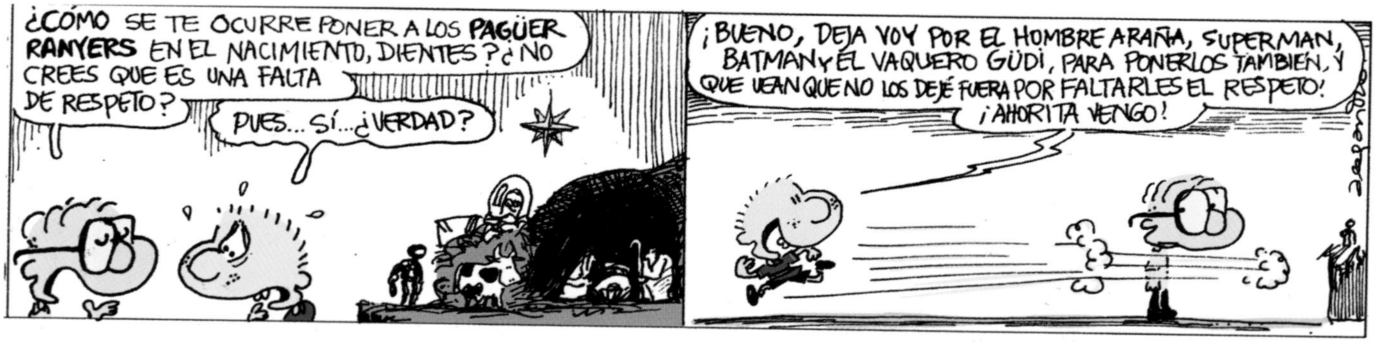
¿CÓMO SE TE OCURRE PONER A LOS PAGÜER RANYERS EN EL NACIMIENTO, DIENTES? ¿NO CREES QUE ES UNA FALTA DE RESPETO?
PUES... SÍ... ¿VERDAD?
¡BUENO, DEJA VOY POR EL HOMBRE ARAÑA, SUPERMAN, BATMAN Y EL VAQUERO GÜDI, PARA PONERLOS TAMBIÉN, Y QUE VEAN QUE NO LOS DEJÉ FUERA POR FALTARLES EL RESPETO!
¡AHORITA VENGO!

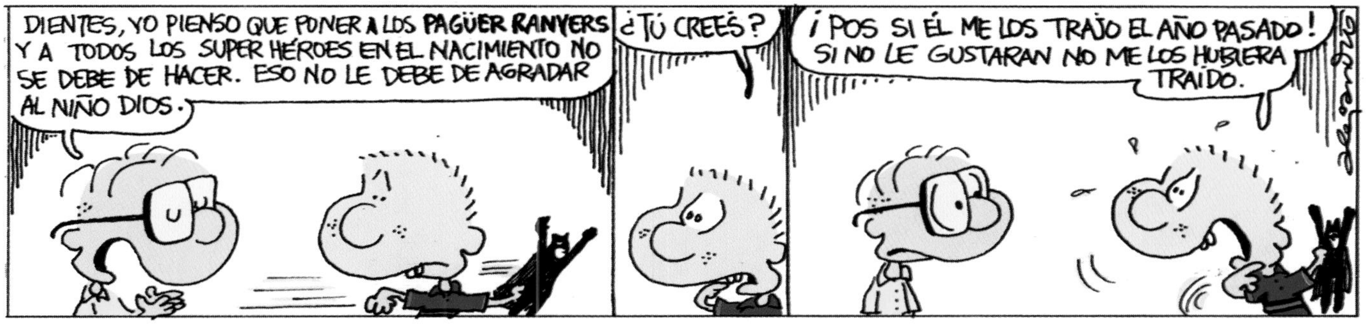
DIENTES, YO PIENSO QUE PONER A LOS PAGÜER RANYERS Y A TODOS LOS SUPER HÉROES EN EL NACIMIENTO NO SE DEBE DE HACER. ESO NO LE DEBE DE AGRADAR AL NIÑO DIOS.
¿TÚ CREES?
¡POS SI ÉL ME LOS TRAJO EL AÑO PASADO! SI NO LE GUSTARAN NO ME LOS HUBIERA TRAÍDO.
alejandro

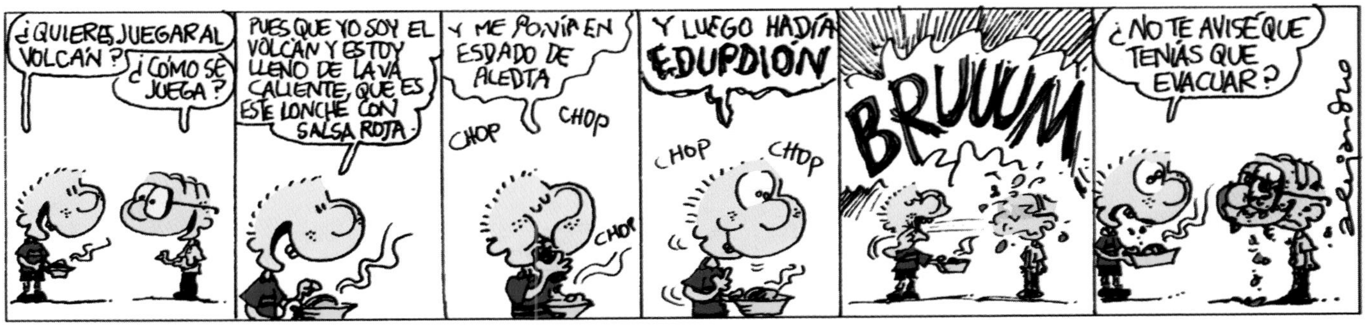
¿QUIERES JUEGAR AL VOLCÁN?
¿CÓMO SE JUEGA?
PUES QUE YO SOY EL VOLCÁN Y ESTOY LLENO DE LAVA CALIENTE, QUE ES ESTE LONCHE CON SALSA ROJA.
Y ME PONÍA EN ESDADO DE ALEDTA
CHOP
CHOP
CHOP
Y LUEGO HADÍA EDUPDIÓN
CHOP
CHOP
BRUUUM
¿NO TE AVISÉ QUE TENÍAS QUE EVACUAR?
alejandro

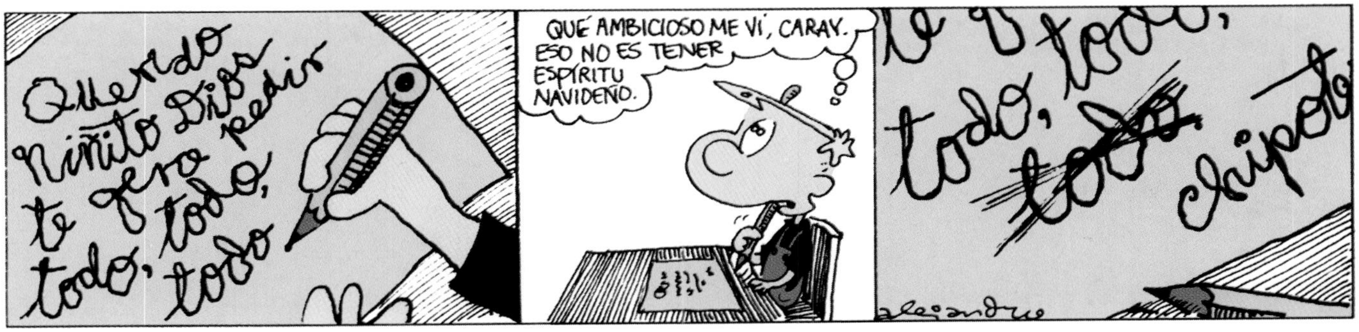
Querido
niñito Dios
te qero pedir
todo, todo,
todo
QUÉ AMBICIOSO ME VÍ, CARAY. ESO NO ES TENER ESPÍRITU NAVIDEÑO.
todo, todo, todo
chipote
alejandro

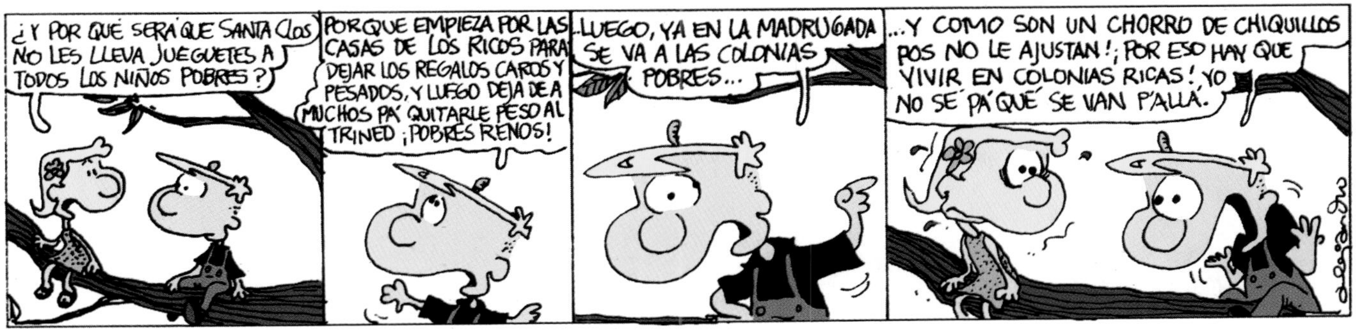
¿Y POR QUÉ SERÁ QUE SANTA CLOS NO LES LLEVA JUGUETES A TODOS LOS NIÑOS POBRES?
PORQUE EMPIEZA POR LAS CASAS DE LOS RICOS PARA DEJAR LOS REGALOS CAROS Y PESADOS, Y LUEGO DEJA DE A MUCHOS PA' QUITARLE PESO AL TRINED ¡POBRES RENOS!
...LUEGO, YA EN LA MADRUGADA SE VA A LAS COLONIAS POBRES...
...Y COMO SON UN CHORRO DE CHIQUILLOS POS NO LE AJUSTAN! ¡POR ESO HAY QUE VIVIR EN COLONIAS RICAS! YO NO SÉ PA' QUÉ SE VAN P'ALLÁ.
alejandro

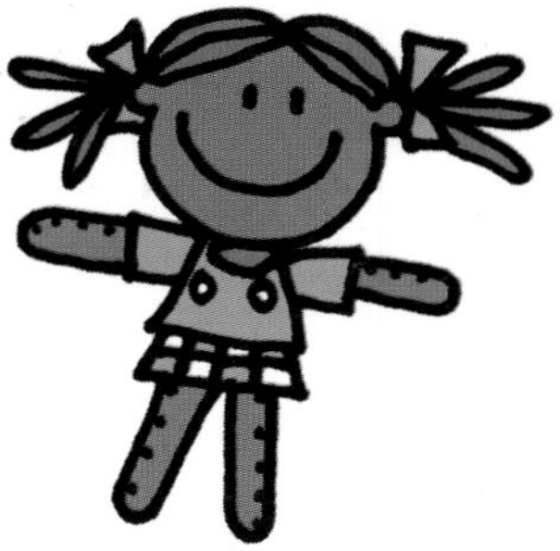

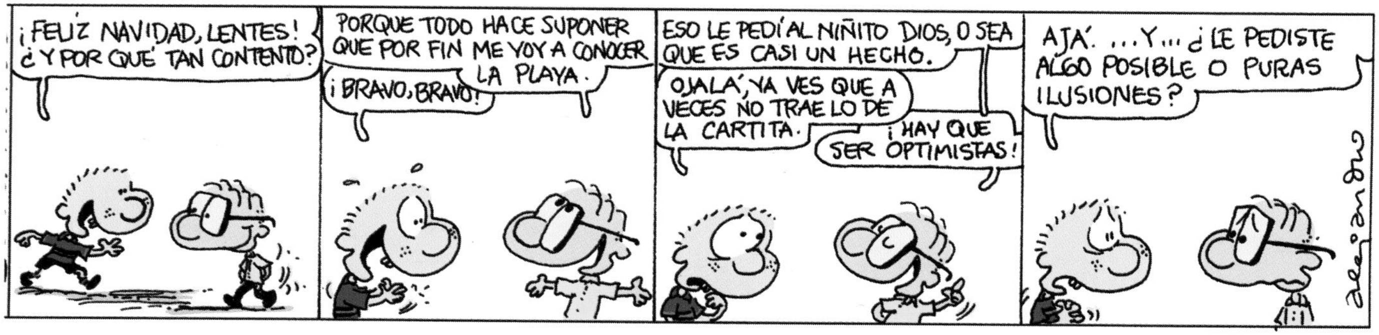
¡FELIZ NAVIDAD, LENTES! ¿Y POR QUÉ TAN CONTENTO?
PORQUE TODO HACE SUPONER QUE POR FIN ME VOY A CONOCER LA PLAYA.
¡BRAVO, BRAVO!
ESO LE PEDÍ AL NIÑITO DIOS, O SEA QUE ES CASI UN HECHO.
OJALÁ, YA VES QUE A VECES NO TRAE LO DE LA CARTITA.
¡HAY QUE SER OPTIMISTAS!
AJÁ... Y... ¿LE PEDISTE ALGO POSIBLE O PURAS ILUSIONES?

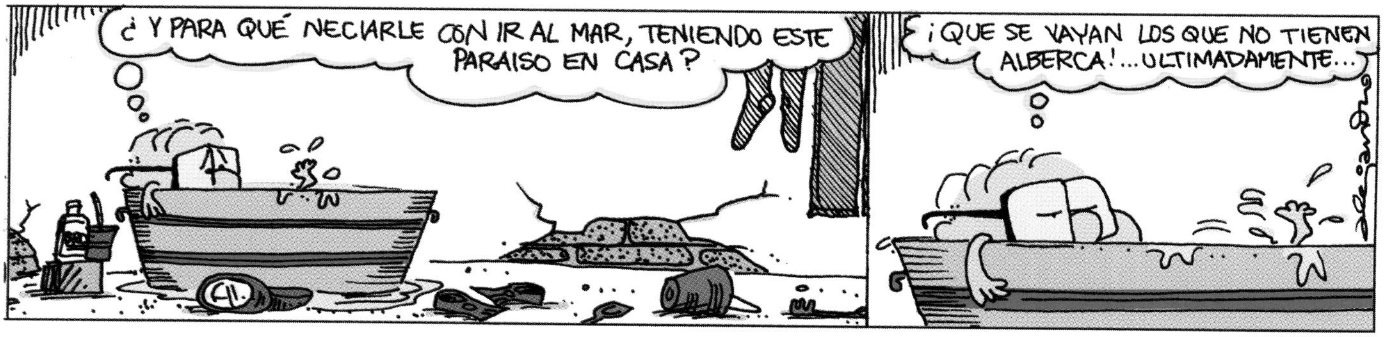
¿Y PARA QUÉ NECIARLE CON IR AL MAR, TENIENDO ESTE PARAISO EN CASA?
¡QUE SE VAYAN LOS QUE NO TIENEN ALBERCA!... ULTIMADAMENTE...

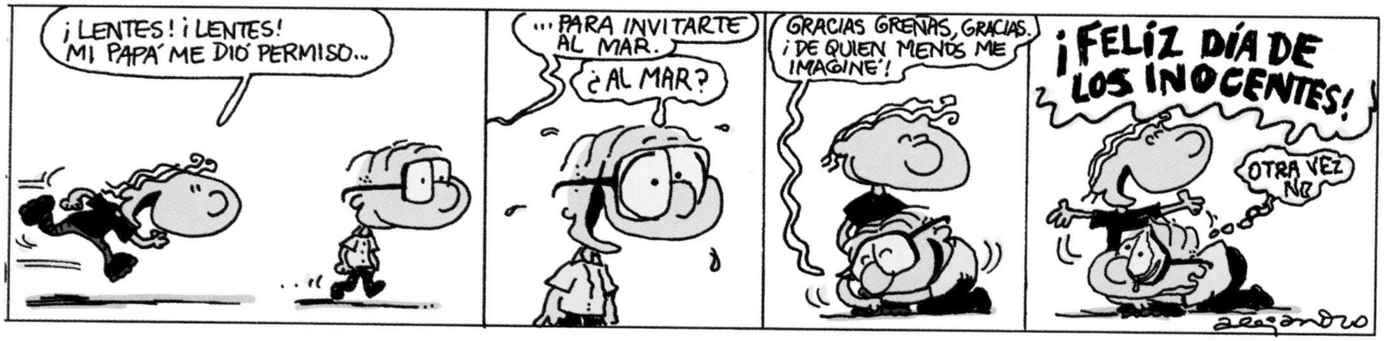
¡LENTES! ¡LENTES! MI PAPÁ ME DIÓ PERMISO...
...PARA INVITARTE AL MAR.
¿AL MAR?
GRACIAS GREÑAS, GRACIAS. ¡DE QUIEN MENOS ME IMAGINÉ!
¡FELIZ DÍA DE LOS INOCENTES!
OTRA VEZ NO

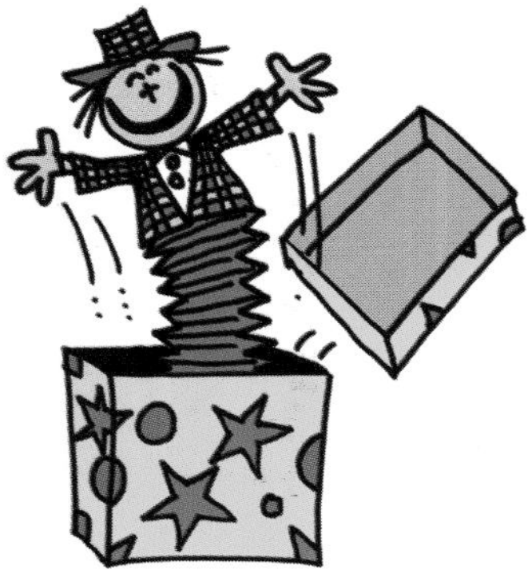

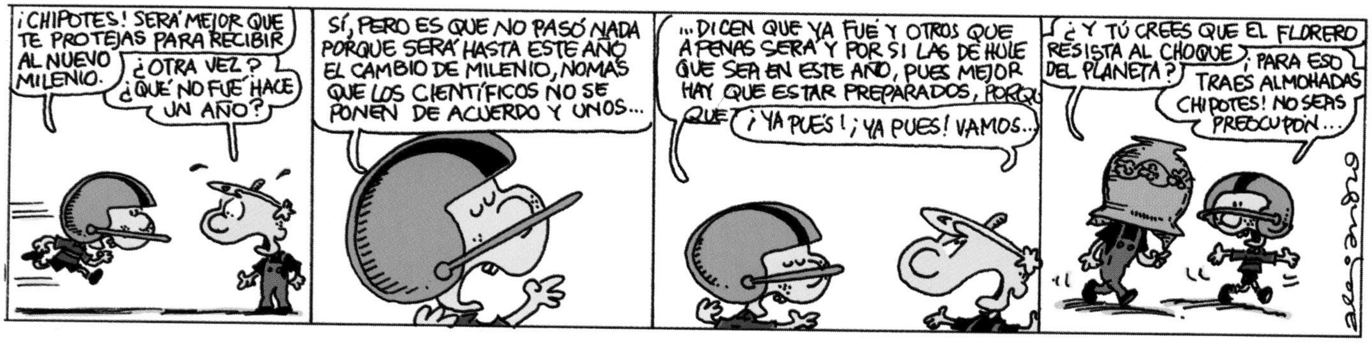
¡CHIPOTES! SERÁ MEJOR QUE TE PROTEJAS PARA RECIBIR AL NUEVO MILENIO.
¿OTRA VEZ? ¿QUÉ NO FUÉ HACE UN AÑO?
SÍ, PERO ES QUE NO PASÓ NADA PORQUE SERÁ HASTA ESTE AÑO EL CAMBIO DE MILENIO, NOMÁS QUE LOS CIENTÍFICOS NO SE PONEN DE ACUERDO Y UNOS...
...DICEN QUE YA FUÉ Y OTROS QUE APENAS SERÁ Y POR SI LAS DE HULE QUE SEA EN ESTE AÑO, PUES MEJOR HAY QUE ESTAR PREPARADOS, PORQUE
¡YA PUÉS! ¡YA PUES! VAMOS...
¿Y TÚ CREES QUE EL FLORERO RESISTA AL CHOQUE DEL PLANETA?
¡PARA ESO TRAES ALMOHADAS CHIPOTES! NO SEAS PREOCUPÓN...

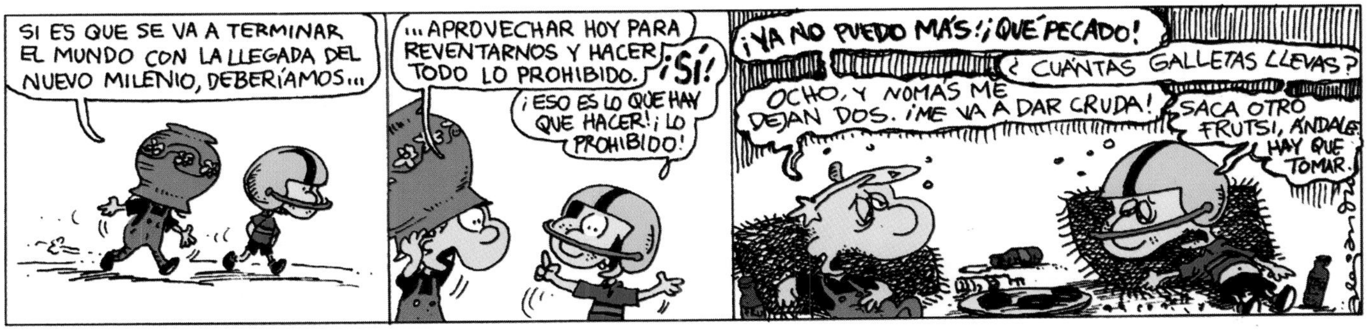
SI ES QUE SE VA A TERMINAR EL MUNDO CON LA LLEGADA DEL NUEVO MILENIO, DEBERÍAMOS...
...APROVECHAR HOY PARA REVENTARNOS Y HACER TODO LO PROHIBIDO.
¡SÍ! ¡ESO ES LO QUE HAY QUE HACER! ¡LO PROHIBIDO!
¡YA NO PUEDO MÁS! ¡QUÉ PECADO!
¿CUÁNTAS GALLETAS LLEVAS?
OCHO, Y NOMÁS ME DEJAN DOS. ¡ME VA A DAR CRUDA!
SACA OTRO FRUTSI, ÁNDALE. HAY QUE TOMAR.

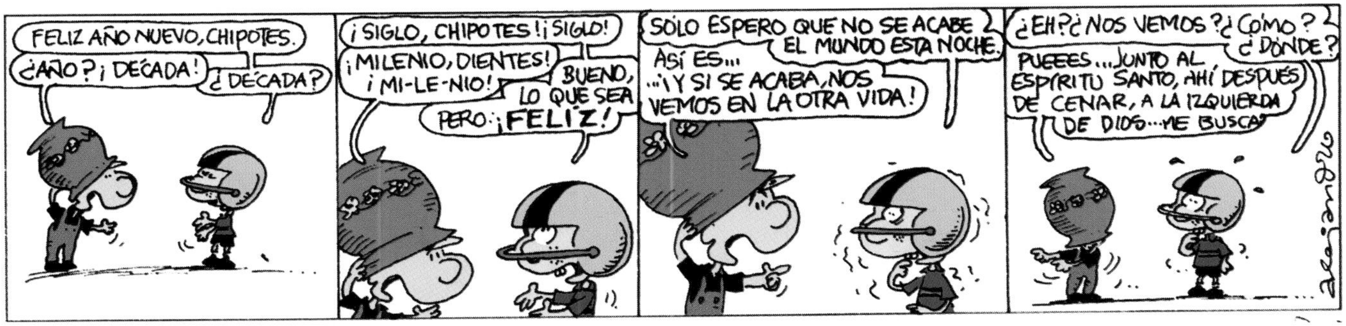
FELIZ AÑO NUEVO, CHIPOTES.
¿AÑO? ¡DÉCADA!
¿DÉCADA?
¡SIGLO, CHIPOTES! ¡SIGLO!
¡MILENIO, DIENTES! ¡MI-LE-NIO!
BUENO, LO QUE SEA PERO: ¡FELIZ!
SÓLO ESPERO QUE NO SE ACABE EL MUNDO ESTA NOCHE.
ASÍ ES... ...¡Y SI SE ACABA, NOS VEMOS EN LA OTRA VIDA!
¿EH? ¿NOS VEMOS? ¿CÓMO? ¿DÓNDE?
PUEEES... JUNTO AL ESPÍRITU SANTO, AHÍ DESPUÉS DE CENAR, A LA IZQUIERDA DE DIOS... ME BUSCAS

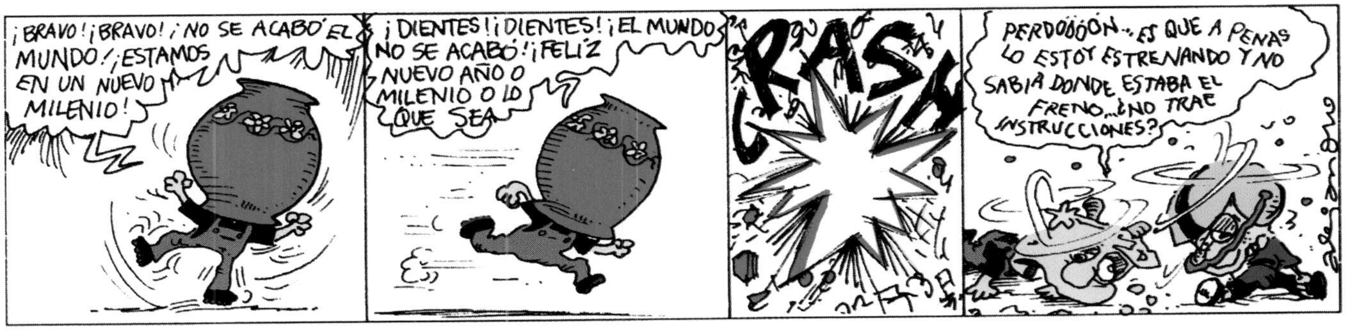
¡BRAVO! ¡BRAVO! ¡NO SE ACABÓ EL MUNDO! ¡ESTAMOS EN UN NUEVO MILENIO!
¡DIENTES! ¡DIENTES! ¡EL MUNDO NO SE ACABÓ! ¡FELIZ NUEVO AÑO O MILENIO O LO QUE SEA
CRASH
PERDÓÓÓÓN... ES QUE A PENAS LO ESTOY ESTRENANDO Y NO SABÍA DÓNDE ESTABA EL FRENO... ¿NO TRAE INSTRUCCIONES?

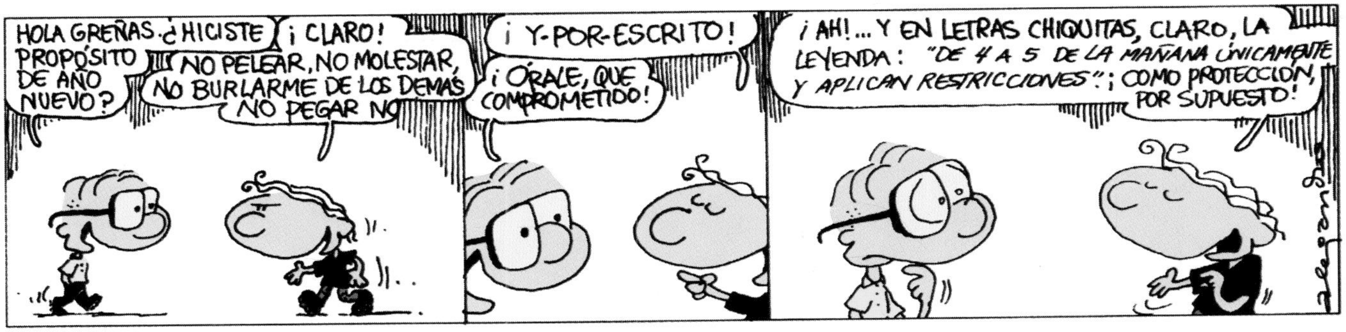
HOLA GREÑAS. ¿HICISTE PROPÓSITO DE AÑO NUEVO?
¡CLARO!
NO PELEAR, NO MOLESTAR, NO BURLARME DE LOS DEMÁS NO PEGAR NO
¡Y-POR-ESCRITO!
¡ÓRALE, QUE COMPROMETIDO!
¡AH!... Y EN LETRAS CHIQUITAS, CLARO, LA LEYENDA: "DE 4 A 5 DE LA MAÑANA ÚNICAMENTE Y APLICAN RESTRICCIONES"; ¡COMO PROTECCIÓN, POR SUPUESTO!

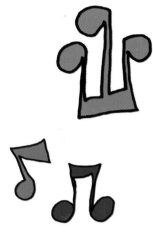

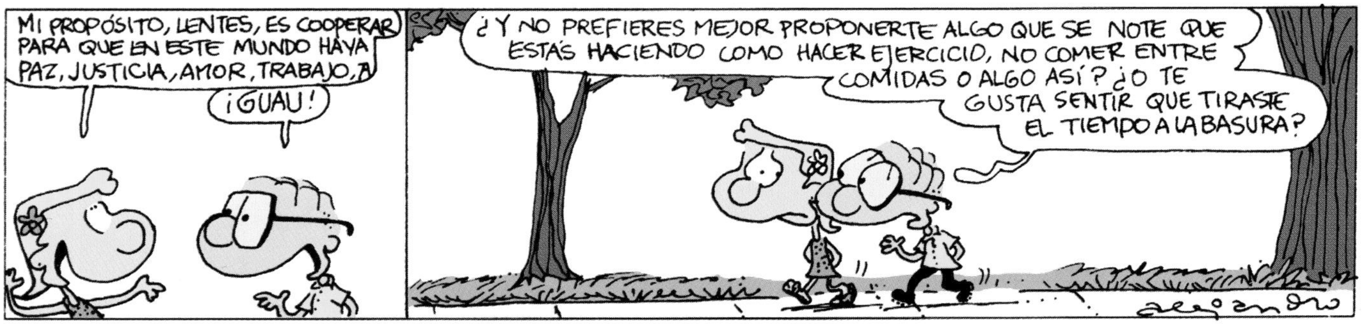
MI PROPÓSITO, LENTES, ES COOPERAR PARA QUE EN ESTE MUNDO HAYA PAZ, JUSTICIA, AMOR, TRABAJO,
¡GUAU!
¿Y NO PREFIERES MEJOR PROPONERTE ALGO QUE SE NOTE QUE ESTÁS HACIENDO COMO HACER EJERCICIO, NO COMER ENTRE COMIDAS O ALGO ASÍ? ¿O TE GUSTA SENTIR QUE TIRASTE EL TIEMPO A LA BASURA?

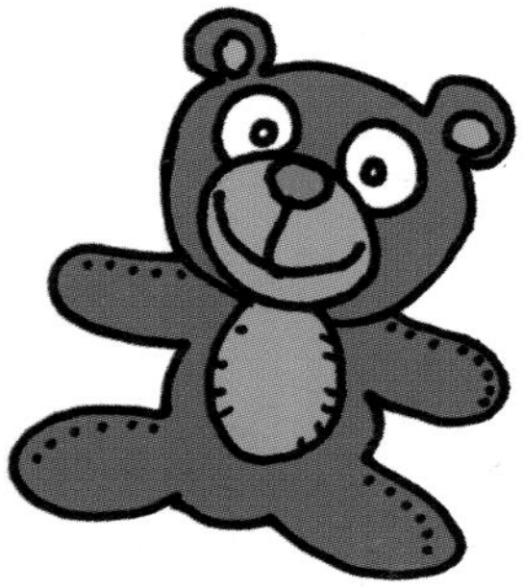

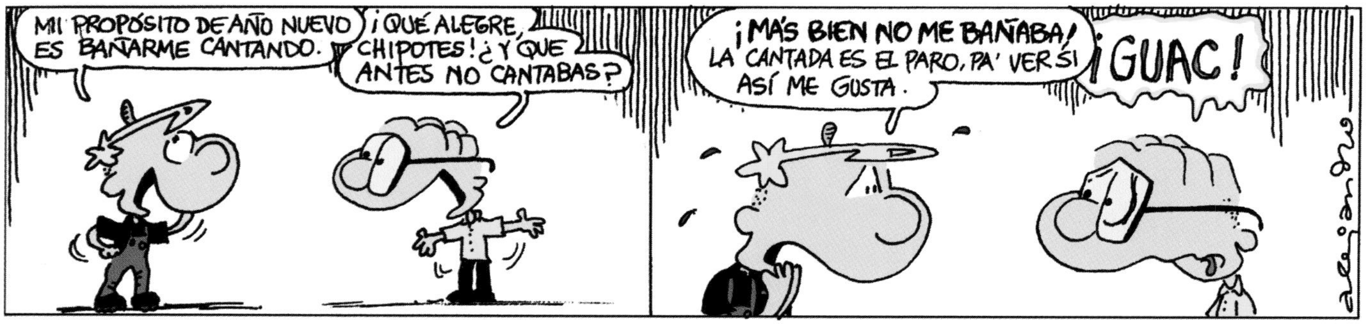
MI PROPÓSITO DE AÑO NUEVO ES BAÑARME CANTANDO.
¡QUÉ ALEGRE, CHIPOTES! ¿Y QUE ANTES NO CANTABAS?
¡MÁS BIEN NO ME BAÑABA! LA CANTADA ES EL PARO, PA' VER SI ASÍ ME GUSTA.
¡GUAC!

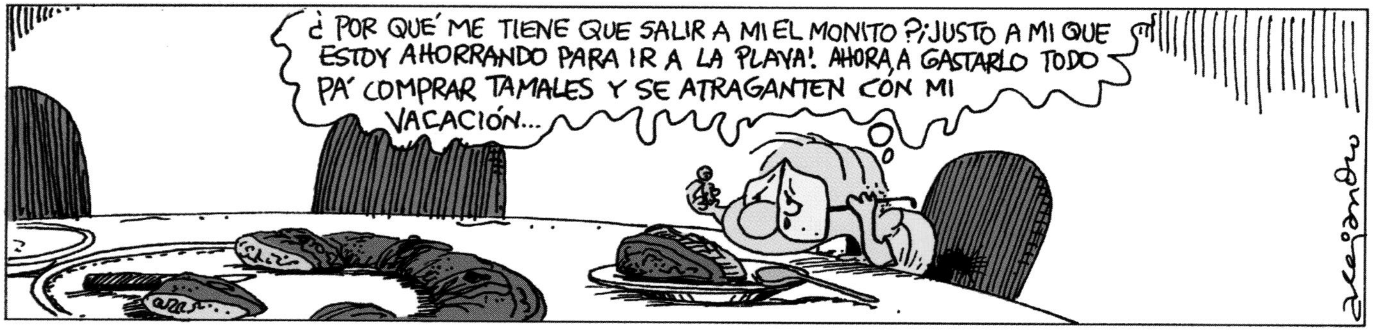
¿POR QUÉ ME TIENE QUE SALIR A MI EL MONITO? ¡JUSTO A MI QUE ESTOY AHORRANDO PARA IR A LA PLAYA! AHORA, A GASTARLO TODO PA' COMPRAR TAMALES Y SE ATRAGANTEN CON MI VACACIÓN...

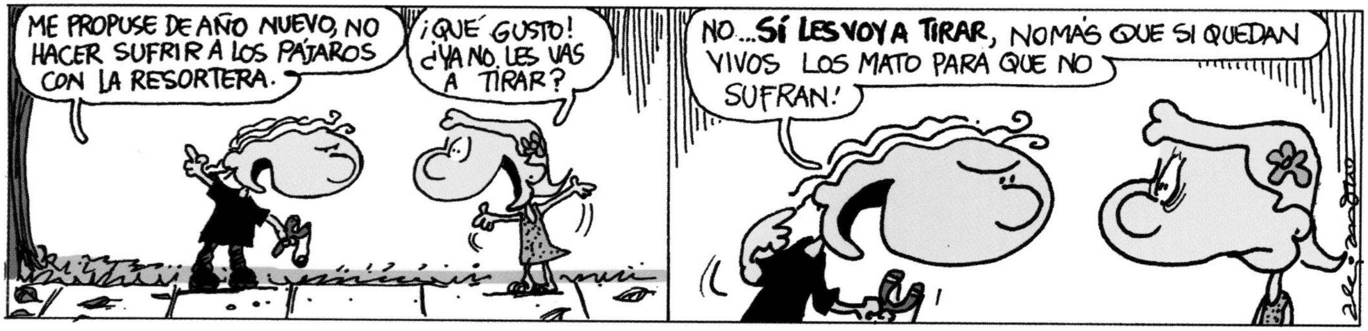
ME PROPUSE DE AÑO NUEVO, NO HACER SUFRIR A LOS PÁJAROS CON LA RESORTERA.
¡QUÉ GUSTO! ¿YA NO LES VAS A TIRAR?
NO... SÍ LES VOY A TIRAR, NOMÁS QUE SI QUEDAN VIVOS LOS MATO PARA QUE NO SUFRAN!

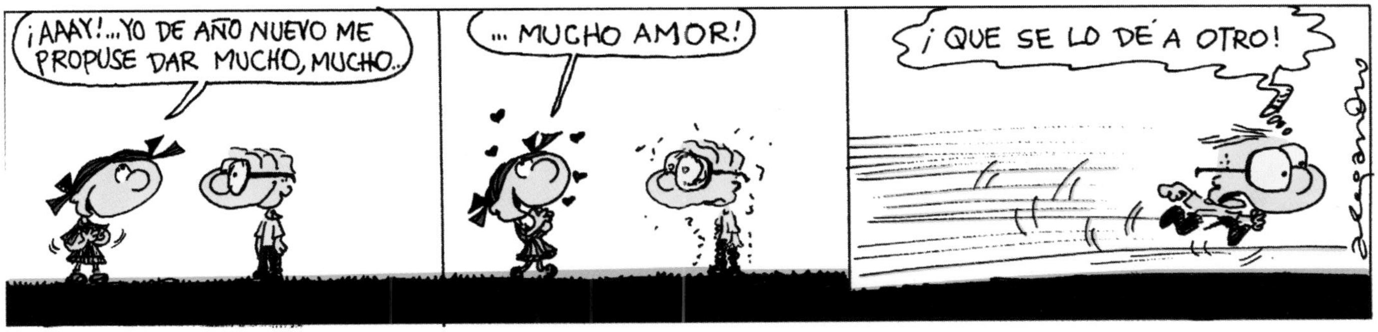
¡AAAY!... YO DE AÑO NUEVO ME PROPUSE DAR MUCHO, MUCHO...
... MUCHO AMOR!
¡QUE SE LO DÉ A OTRO!
alejandro

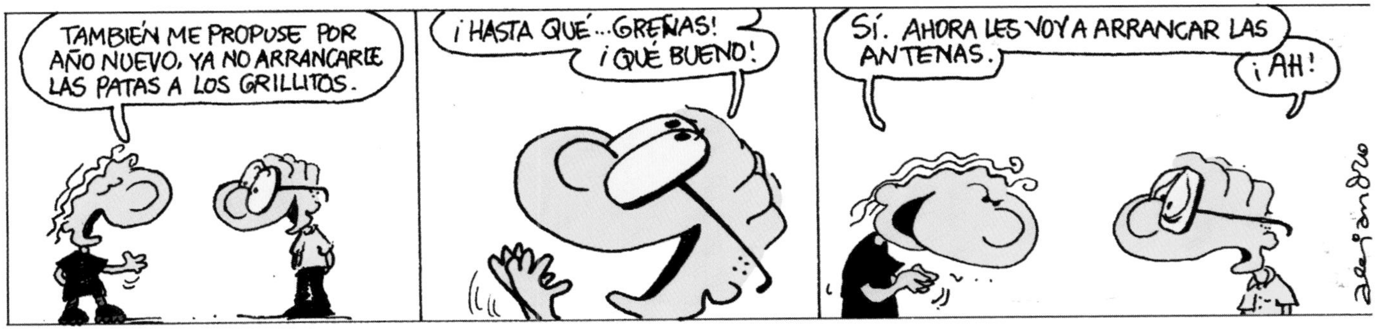
TAMBIÉN ME PROPUSE POR AÑO NUEVO, YA NO ARRANCARLE LAS PATAS A LOS GRILLITOS.
¡HASTA QUÉ... GREÑAS!
¡QUÉ BUENO!
SÍ. AHORA LES VOY A ARRANCAR LAS ANTENAS.
¡AH!
alejandro

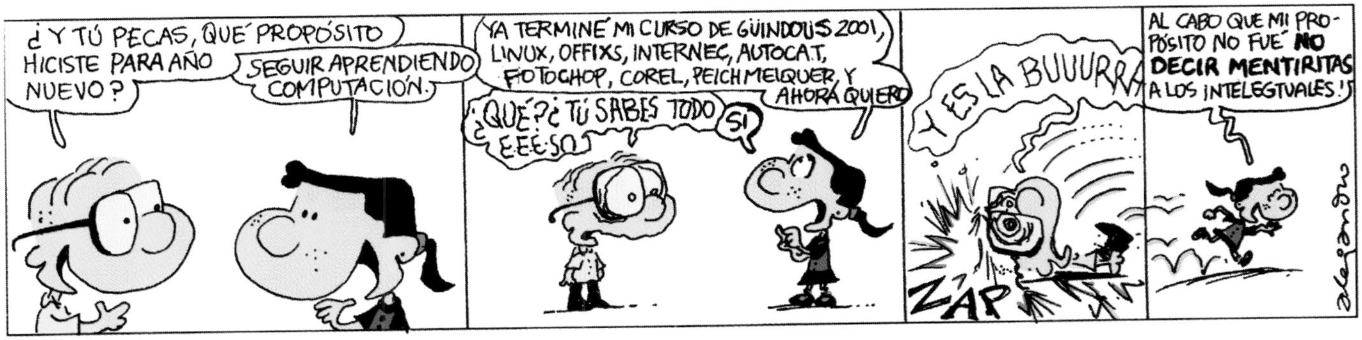
¿Y TÚ PECAS, QUÉ PROPÓSITO HICISTE PARA AÑO NUEVO?
SEGUIR APRENDIENDO COMPUTACIÓN.
YA TERMINÉ MI CURSO DE GÜINDOUS 2001, LINUX, OFFIXS, INTERNEC, AUTOCAT, FOTOCHOP, COREL, PEICHMEIQUER, Y AHORA QUIERO
¿QUÉ? ¿TÚ SABES TODO EEESO?
SÍ
Y ES LA BUUURRA
ZAP
AL CABO QUE MI PROPÓSITO NO FUÉ **NO DECIR MENTIRITAS** A LOS INTELEGTUALES!
alejandro

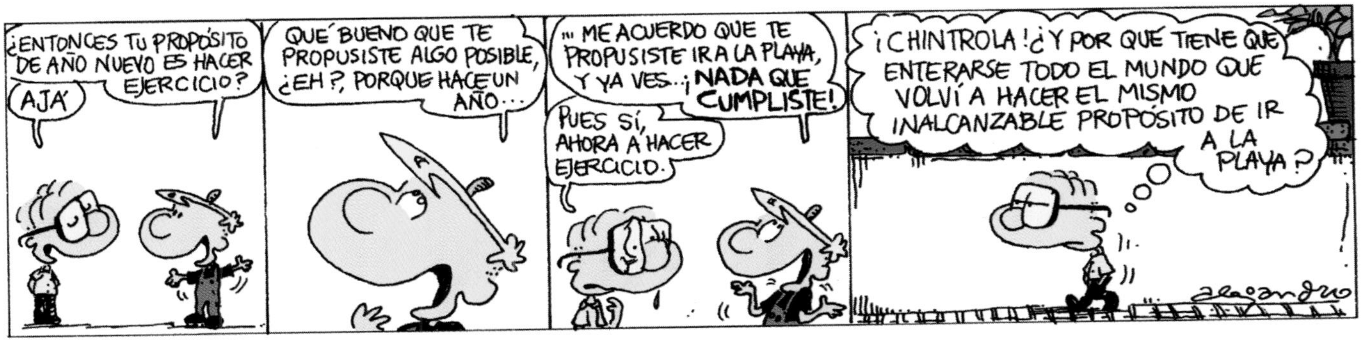
¿ENTONCES TU PROPÓSITO DE AÑO NUEVO ES HACER EJERCICIO?
AJÁ
QUÉ BUENO QUE TE PROPUSISTE ALGO POSIBLE, ¿EH?, PORQUE HACE UN AÑO...
... ME ACUERDO QUE TE PROPUSISTE IR A LA PLAYA, Y YA VES... ¡**NADA QUE CUMPLISTE!**
PUES SÍ, AHORA A HACER EJERCICIO.
¡CHINTROLA! ¿Y POR QUÉ TIENE QUE ENTERARSE TODO EL MUNDO QUE VOLVÍ A HACER EL MISMO INALCANZABLE PROPÓSITO DE IR A LA PLAYA?
alejandro

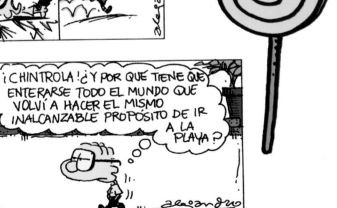

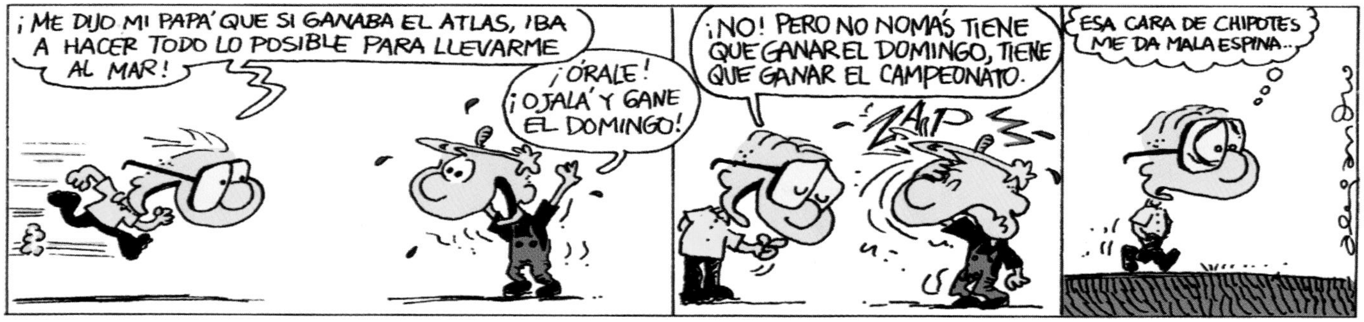
¡ME DIJO MI PAPÁ QUE SI GANABA EL ATLAS, IBA A HACER TODO LO POSIBLE PARA LLEVARME AL MAR!
¡ÓRALE! ¡OJALÁ Y GANE EL DOMINGO!
¡NO! PERO NO NOMÁS TIENE QUE GANAR EL DOMINGO, TIENE QUE GANAR EL CAMPEONATO.
ZAP
ESA CARA DE CHIPOTES ME DA MALA ESPINA...

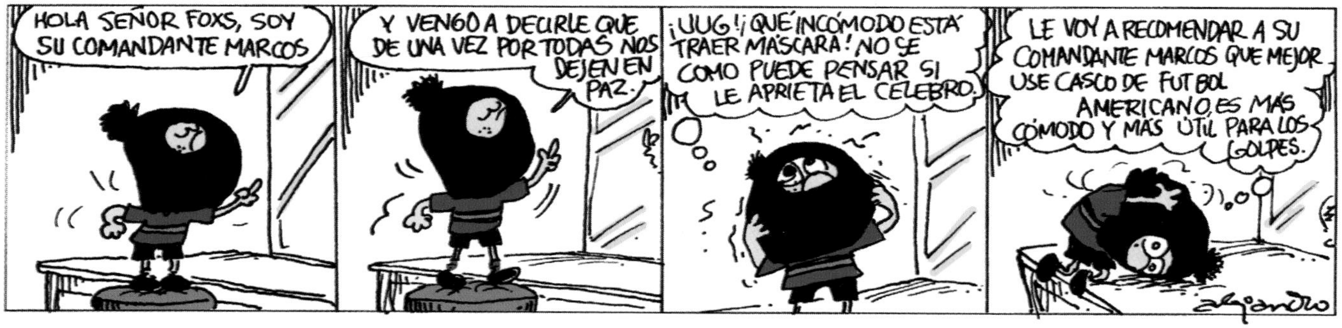
HOLA SEÑOR FOXS, SOY SU COMANDANTE MARCOS
Y VENGO A DECIRLE QUE DE UNA VEZ POR TODAS NOS DEJEN EN PAZ.
¡UUG! ¡QUÉ INCÓMODO ESTÁ TRAER MÁSCARA! NO SÉ CÓMO PUEDE PENSAR SI LE APRIETA EL CELEBRO.
LE VOY A RECOMENDAR A SU COMANDANTE MARCOS QUE MEJOR USE CASCO DE FUTBOL AMERICANO, ES MÁS CÓMODO Y MÁS ÚTIL PARA LOS GOLPES.

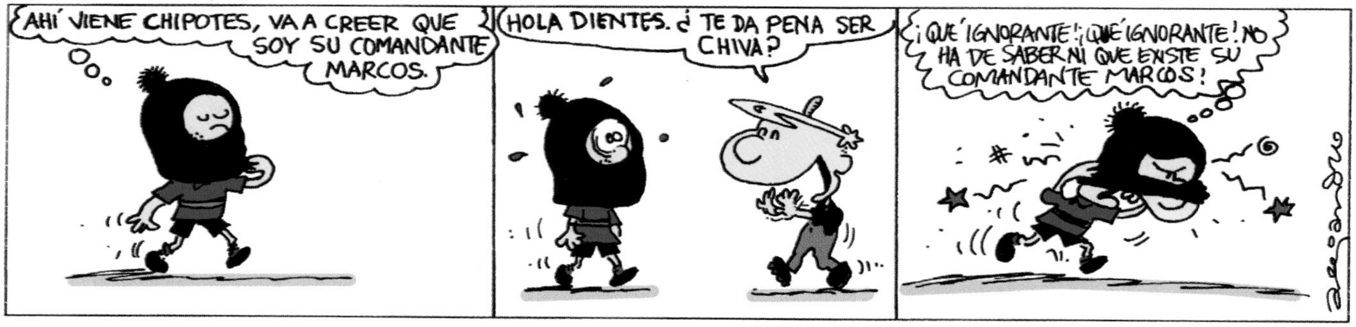
AHÍ VIENE CHIPOTES, VA A CREER QUE SOY SU COMANDANTE MARCOS.
HOLA DIENTES. ¿TE DA PENA SER CHIVA?
¡QUÉ IGNORANTE! ¡QUÉ IGNORANTE! NO HA DE SABER NI QUE EXISTE SU COMANDANTE MARCOS!

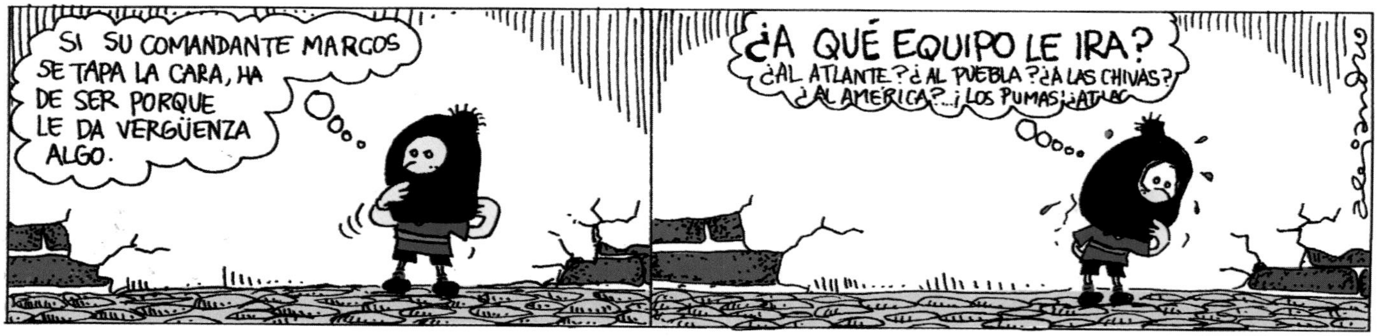
SI SU COMANDANTE MARCOS SE TAPA LA CARA, HA DE SER PORQUE LE DA VERGÜENZA ALGO.
¿A QUÉ EQUIPO LE IRA?
¿AL ATLANTE? ¿AL PUEBLA? ¿A LAS CHIVAS? ¿AL AMERICA?... ¡LOS PUMAS! ¡ATLA

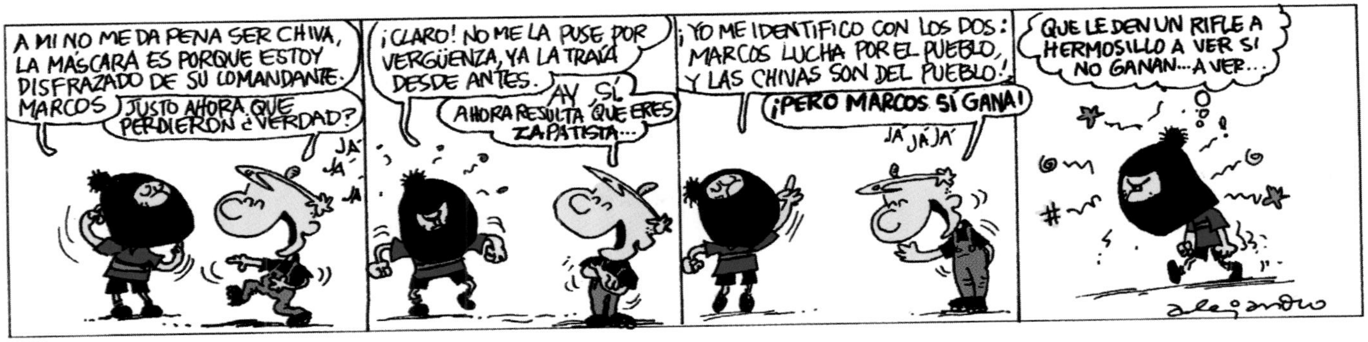
A MI NO ME DA PENA SER CHIVA, LA MÁSCARA ES PORQUE ESTOY DISFRAZADO DE SU COMANDANTE MARCOS
JUSTO AHORA QUE PERDIERON ¿VERDAD?
JA JA JA
¡CLARO! NO ME LA PUSE POR VERGÜENZA, YA LA TRAÍA DESDE ANTES.
AY SÍ AHORA RESULTA QUE ERES ZAPATISTA...
¡YO ME IDENTIFICO CON LOS DOS: MARCOS LUCHA POR EL PUEBLO, Y LAS CHIVAS SON DEL PUEBLO!
¡PERO MARCOS SÍ GANA!
JA JÁ JÁ
QUE LE DEN UN RIFLE A HERMOSILLO A VER SI NO GANAN... A VER...

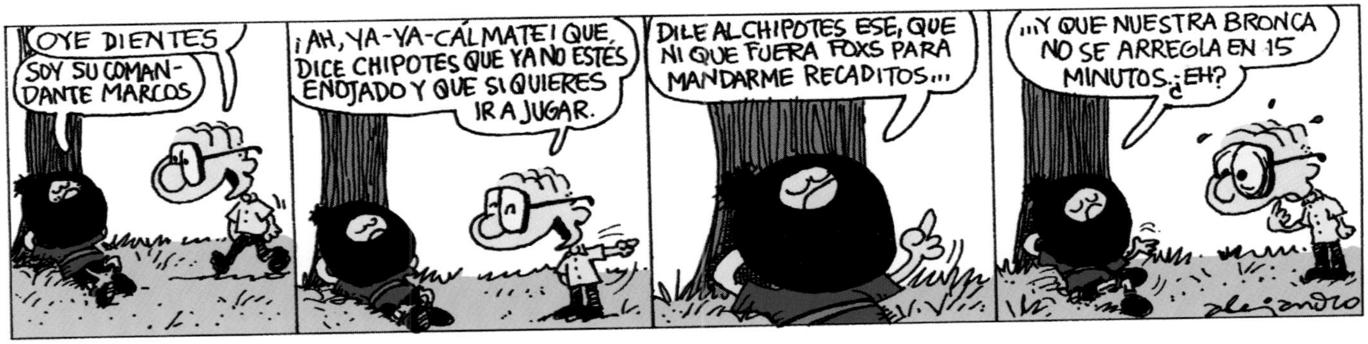
OYE DIENTES SOY SU COMANDANTE MARCOS
¡AH, YA-YA-CÁLMATE! QUE, DICE CHIPOTES QUE YA NO ESTÉS ENOJADO Y QUE SI QUIERES IR A JUGAR.
DILE AL CHIPOTES ESE, QUE NI QUE FUERA FOXS PARA MANDARME RECADITOS...
...Y QUE NUESTRA BRONCA NO SE ARREGLA EN 15 MINUTOS. ¿EH?

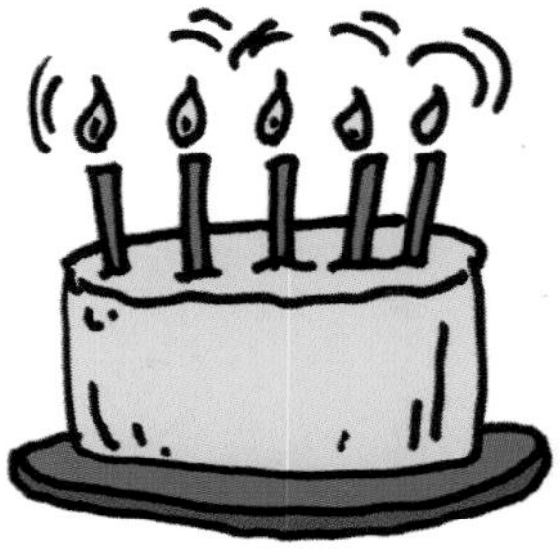

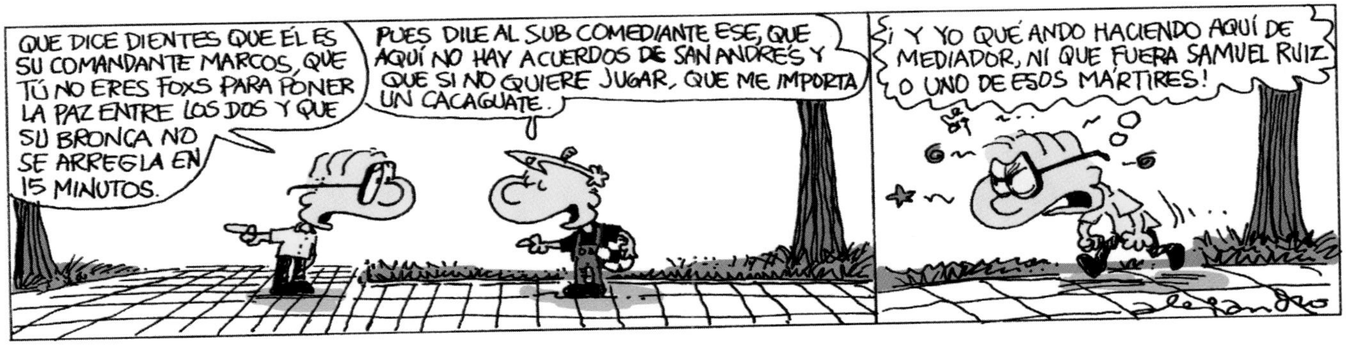
QUE DICE DIENTES QUE ÉL ES SU COMANDANTE MARCOS, QUE TÚ NO ERES FOXS PARA PONER LA PAZ ENTRE LOS DOS Y QUE SU BRONCA NO SE ARREGLA EN 15 MINUTOS.
PUES DILE AL SUB COMEDIANTE ESE, QUE AQUÍ NO HAY ACUERDOS DE SAN ANDRÉS Y QUE SI NO QUIERE JUGAR, QUE ME IMPORTA UN CACAGUATE.
¡Y YO QUÉ ANDO HACIENDO AQUÍ DE MEDIADOR, NI QUE FUERA SAMUEL RUIZ O UNO DE ESOS MÁRTIRES!

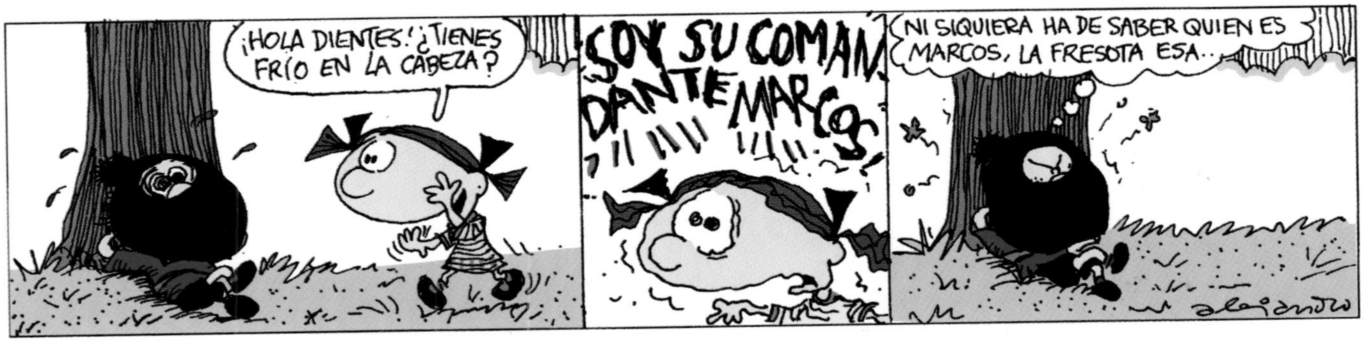
¡HOLA DIENTES! ¿TIENES FRÍO EN LA CABEZA?
¡SOY SU COMANDANTE MARCOS!
NI SIQUIERA HA DE SABER QUIEN ES MARCOS, LA FRESOTA ESA...

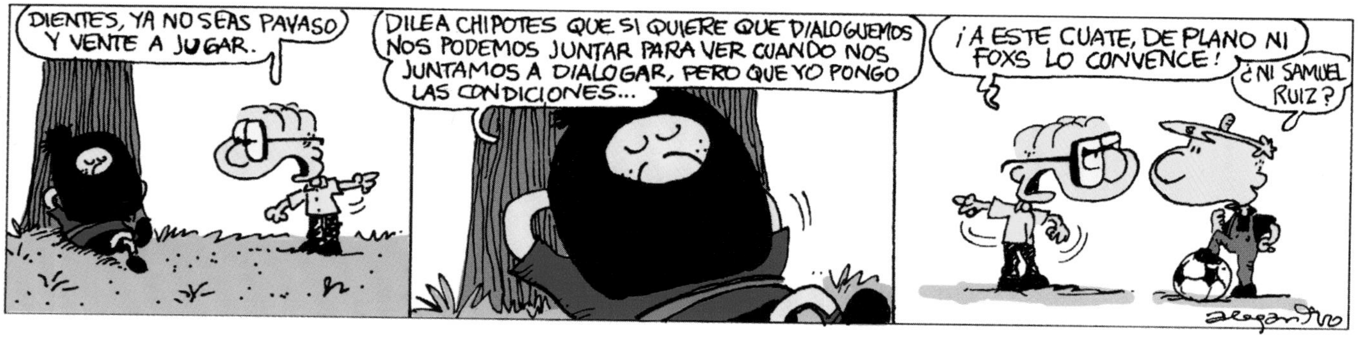
DIENTES, YA NO SEAS PAYASO Y VENTE A JUGAR.
DILE A CHIPOTES QUE SI QUIERE QUE DIALOGUEMOS NOS PODEMOS JUNTAR PARA VER CUANDO NOS JUNTAMOS A DIALOGAR, PERO QUE YO PONGO LAS CONDICIONES...
¡A ESTE CUATE, DE PLANO NI FOXS LO CONVENCE!
¿NI SAMUEL RUIZ?

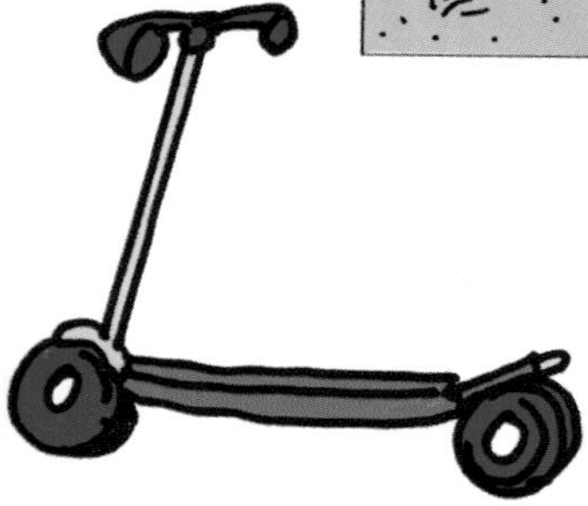

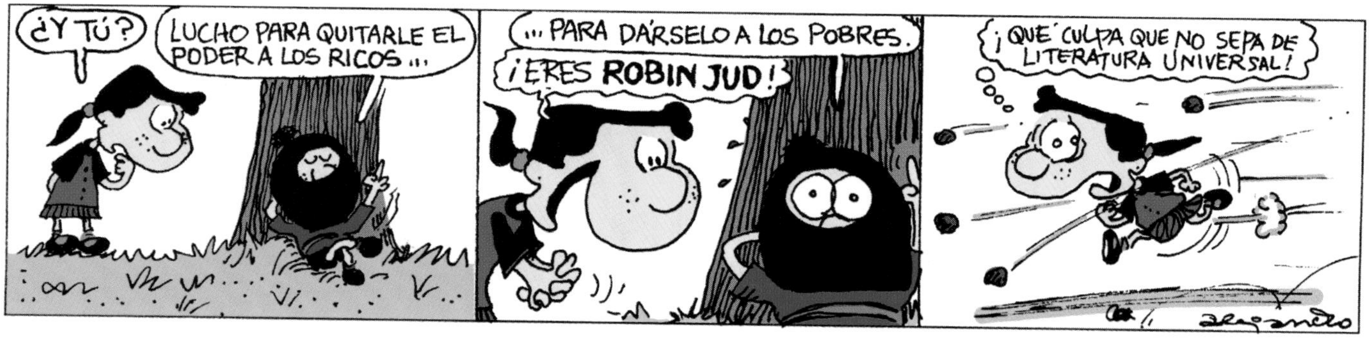
¿Y TÚ?
LUCHO PARA QUITARLE EL PODER A LOS RICOS...
...PARA DÁRSELO A LOS POBRES.
¡ERES ROBIN JUD!
¡QUÉ CULPA QUE NO SEPA DE LITERATURA UNIVERSAL!

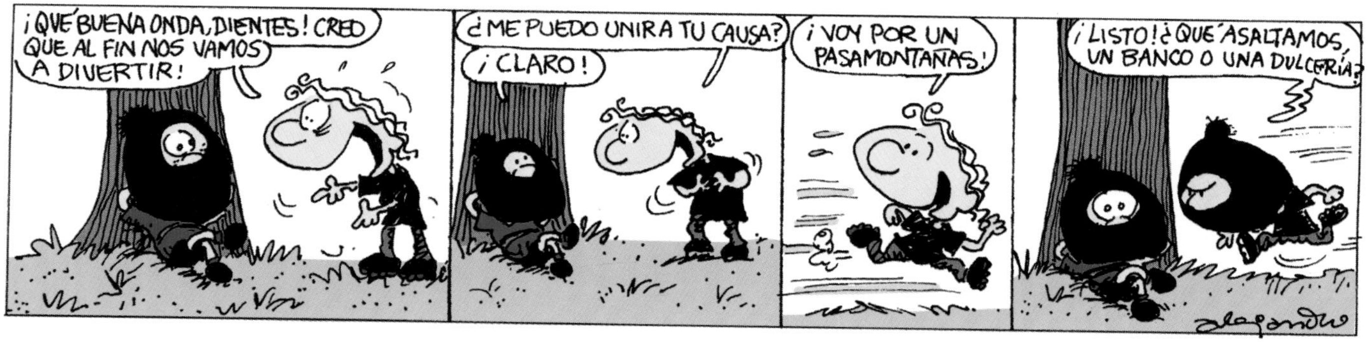
¡QUÉ BUENA ONDA, DIENTES! CREO QUE AL FIN NOS VAMOS A DIVERTIR!
¿ME PUEDO UNIR A TU CAUSA?
¡CLARO!
¡VOY POR UN PASAMONTAÑAS!
¡LISTO! ¿QUÉ ASALTAMOS, UN BANCO O UNA DULCERÍA?

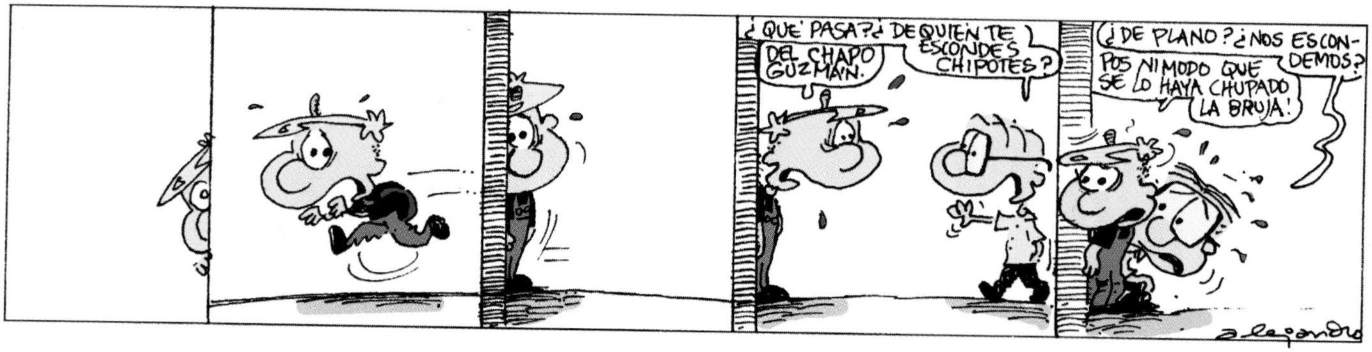
¿QUÉ PASA? ¿DE QUIÉN TE ESCONDES CHIPOTES?
DEL CHAPO GUZMÁN.
¿DE PLANO? ¿NOS ESCONDEMOS?
POS NI MODO QUE SE LO HAYA CHUPADO LA BRUJA!

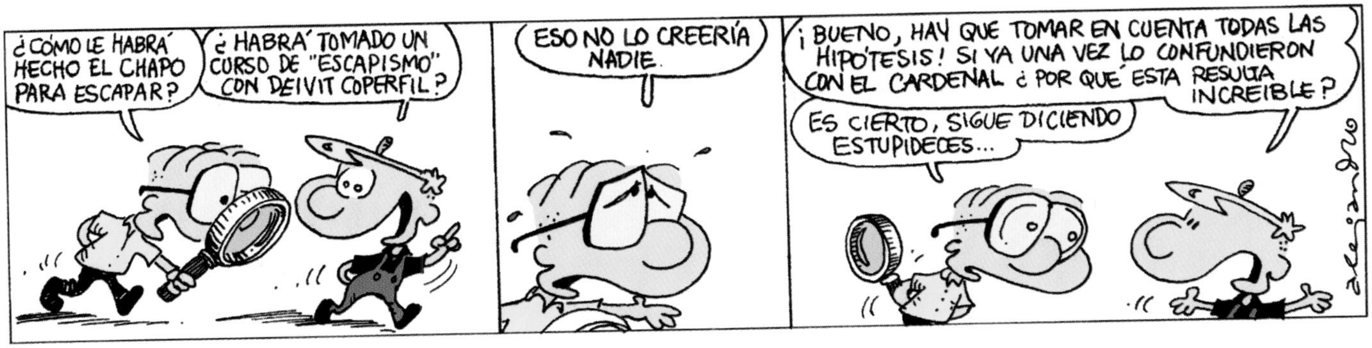
¿CÓMO LE HABRÁ HECHO EL CHAPO PARA ESCAPAR?
¿HABRÁ TOMADO UN CURSO DE "ESCAPISMO" CON DEIVIT COPERFIL?
ESO NO LO CREERÍA NADIE.
¡BUENO, HAY QUE TOMAR EN CUENTA TODAS LAS HIPÓTESIS! SI YA UNA VEZ LO CONFUNDIERON CON EL CARDENAL ¿POR QUÉ ESTA RESULTA INCREIBLE?
ES CIERTO, SIGUE DICIENDO ESTUPIDECES...
alejandro

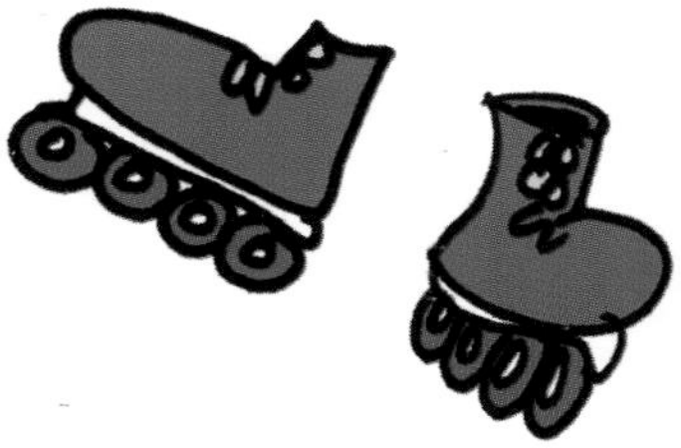

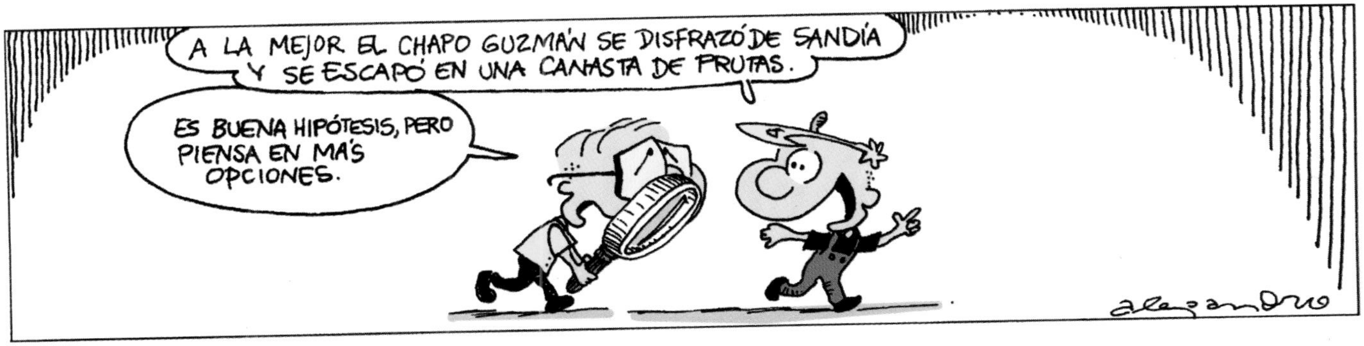
A LA MEJOR EL CHAPO GUZMÁN SE DISFRAZÓ DE SANDÍA Y SE ESCAPÓ EN UNA CANASTA DE FRUTAS.
ES BUENA HIPÓTESIS, PERO PIENSA EN MÁS OPCIONES.
alejandro

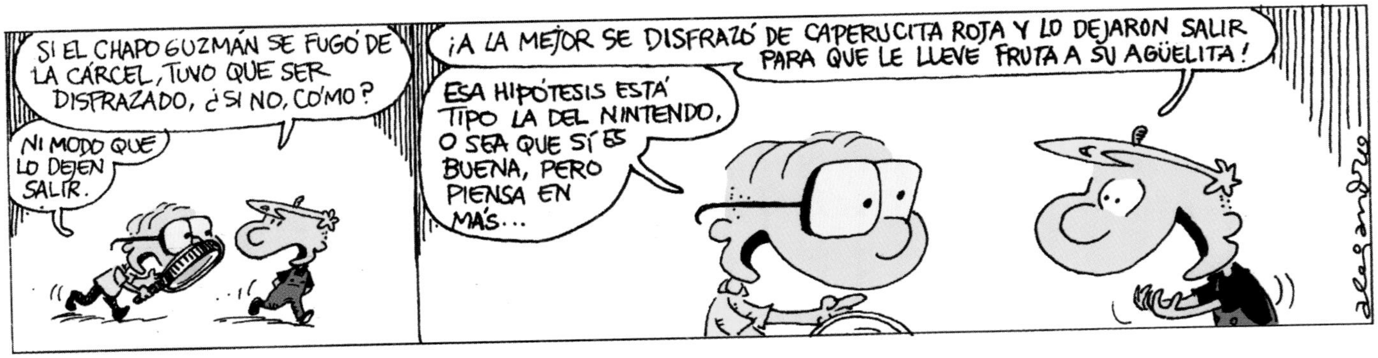
SI EL CHAPO GUZMÁN SE FUGÓ DE LA CÁRCEL, TUVO QUE SER DISFRAZADO, ¿SI NO, CÓMO?
NI MODO QUE LO DEJEN SALIR.
¡A LA MEJOR SE DISFRAZÓ DE CAPERUCITA ROJA Y LO DEJARON SALIR PARA QUE LE LLEVE FRUTA A SU AGÜELITA!
ESA HIPÓTESIS ESTÁ TIPO LA DEL NINTENDO, O SEA QUE SÍ ES BUENA, PERO PIENSA EN MÁS...
alejandro

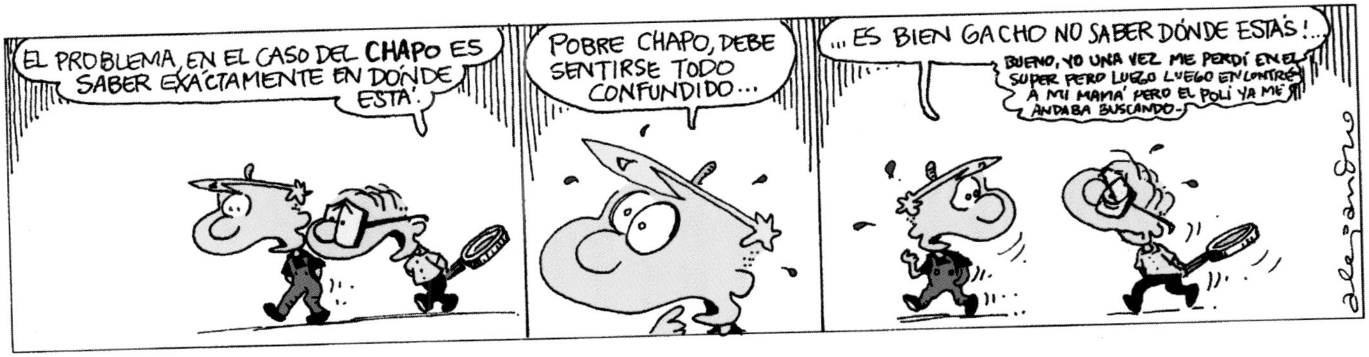
EL PROBLEMA, EN EL CASO DEL CHAPO ES SABER EXACTAMENTE EN DÓNDE ESTÁ.
POBRE CHAPO, DEBE SENTIRSE TODO CONFUNDIDO...
...ES BIEN GACHO NO SABER DÓNDE ESTÁS!...
BUENO, YO UNA VEZ ME PERDÍ EN EL SUPER PERO LUEGO LUEGO ENCONTRÉ A MI MAMÁ PERO EL POLI YA ME ANDABA BUSCANDO.
alejandro

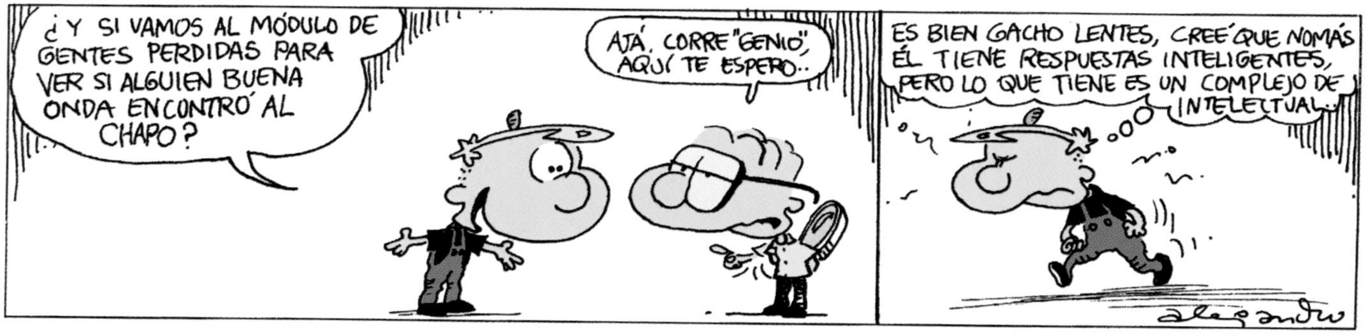
¿Y SI VAMOS AL MÓDULO DE GENTES PERDIDAS PARA VER SI ALGUIEN BUENA ONDA ENCONTRÓ AL CHAPO?
AJÁ, CORRE "GENIO", AQUÍ TE ESPERO...
ES BIEN GACHO LENTES, CREÉ QUE NOMÁS ÉL TIENE RESPUESTAS INTELIGENTES, PERO LO QUE TIENE ES UN COMPLEJO DE INTELECTUAL.

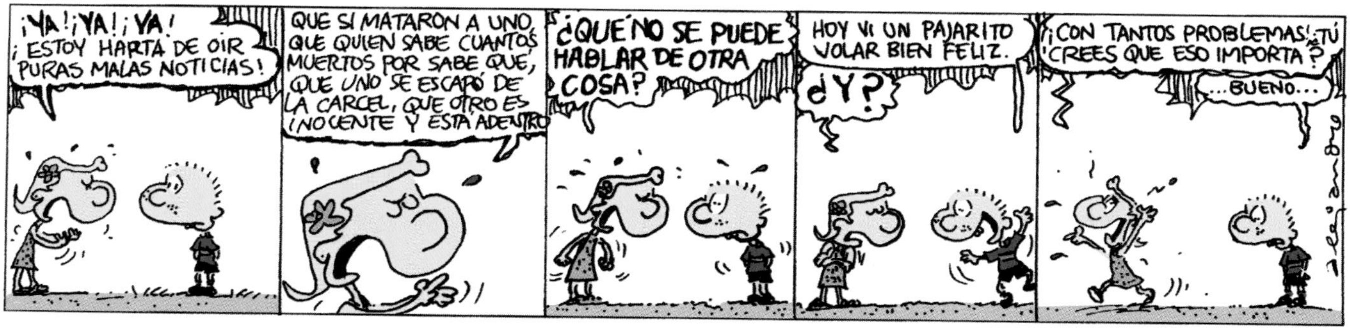
¡YA! ¡YA! ¡YA! ¡ESTOY HARTA DE OIR PURAS MALAS NOTICIAS!
QUE SI MATARON A UNO, QUE QUIEN SABE CUANTOS MUERTOS POR SABE QUE, QUE UNO SE ESCAPÓ DE LA CARCEL, QUE OTRO ES INOCENTE Y ESTA ADENTRO
¿QUÉ NO SE PUEDE HABLAR DE OTRA COSA?
HOY VI UN PAJARITO VOLAR BIEN FELIZ.
¿Y?
¡CON TANTOS PROBLEMAS! ¿TÚ CREES QUE ESO IMPORTA?
...BUENO...

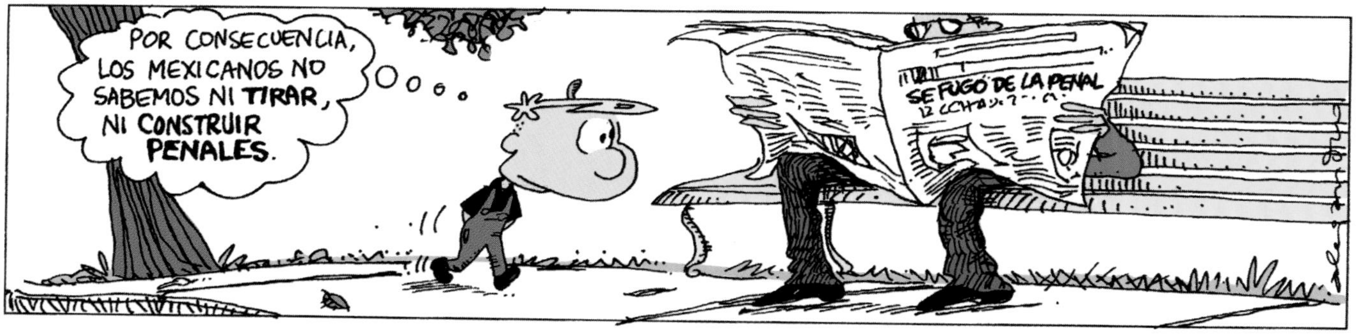
POR CONSECUENCIA, LOS MEXICANOS NO SABEMOS NI TIRAR, NI CONSTRUIR PENALES.
SE FUGÓ DE LA PENAL

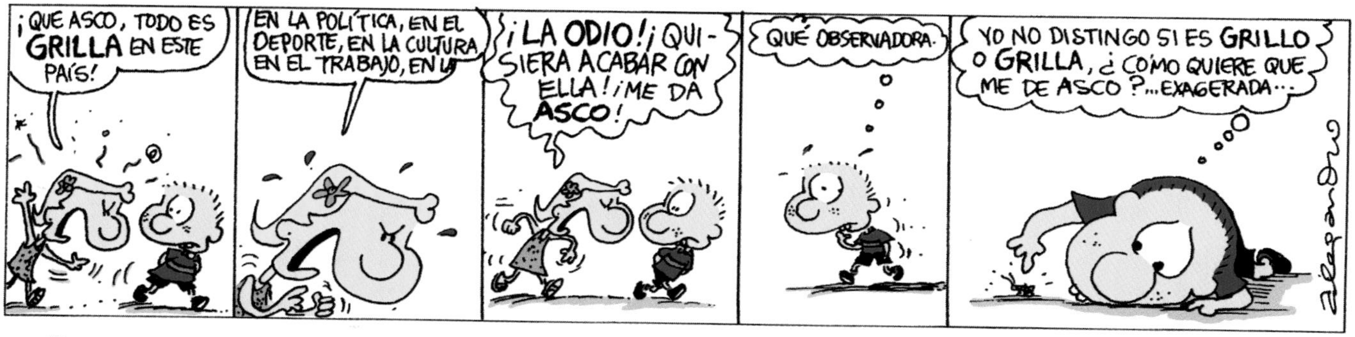
¡QUE ASCO, TODO ES GRILLA EN ESTE PAÍS!
EN LA POLÍTICA, EN EL DEPORTE, EN LA CULTURA EN EL TRABAJO, EN LA
¡LA ODIO! ¡QUISIERA ACABAR CON ELLA! ¡ME DA ASCO!
QUÉ OBSERVADORA.
YO NO DISTINGO SI ES GRILLO O GRILLA, ¿CÓMO QUIERE QUE ME DE ASCO?... EXAGERADA...

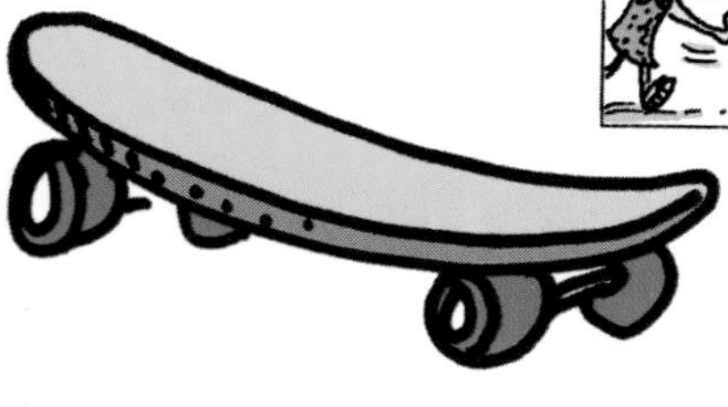

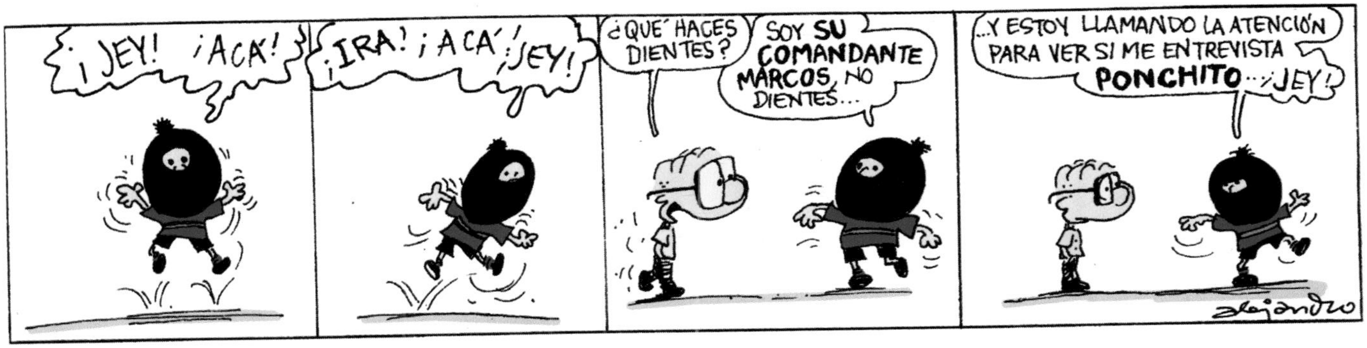
¡JEY! ¡ACÁ!
¡IRA! ¡ACÁ! ¡JEY!
¿QUÉ HACES DIENTES?
SOY SU COMANDANTE MARCOS, NO DIENTES...
...Y ESTOY LLAMANDO LA ATENCIÓN PARA VER SI ME ENTREVISTA PONCHITO... ¡JEY!
alejandro

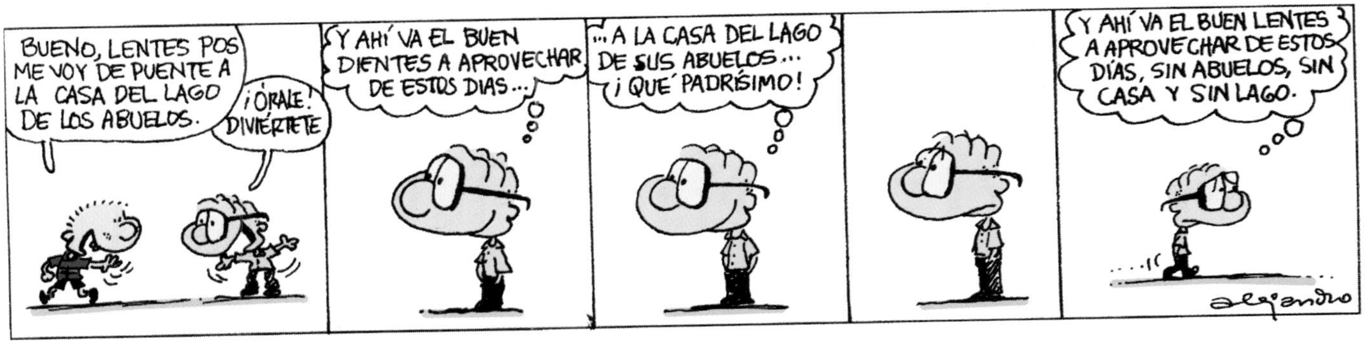
BUENO, LENTES POS ME VOY DE PUENTE A LA CASA DEL LAGO DE LOS ABUELOS.
¡ÓRALE! DIVIÉRTETE
Y AHÍ VA EL BUEN DIENTES A APROVECHAR DE ESTOS DÍAS...
...A LA CASA DEL LAGO DE SUS ABUELOS... ¡QUÉ PADRÍSIMO!
Y AHÍ VA EL BUEN LENTES A APROVECHAR DE ESTOS DÍAS, SIN ABUELOS, SIN CASA Y SIN LAGO.
alejandro

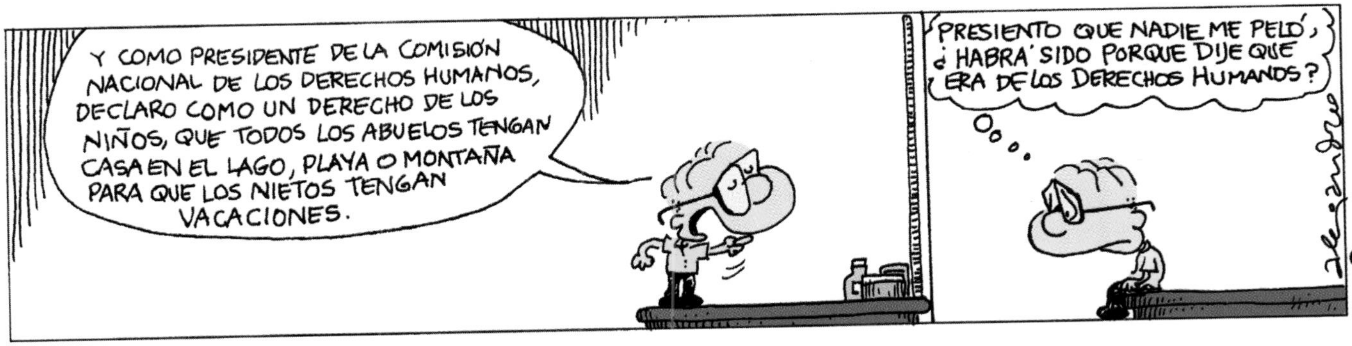
Y COMO PRESIDENTE DE LA COMISIÓN NACIONAL DE LOS DERECHOS HUMANOS, DECLARO COMO UN DERECHO DE LOS NIÑOS, QUE TODOS LOS ABUELOS TENGAN CASA EN EL LAGO, PLAYA O MONTAÑA PARA QUE LOS NIETOS TENGAN VACACIONES.
PRESIENTO QUE NADIE ME PELÓ, ¿HABRÁ SIDO PORQUE DIJE QUE ERA DE LOS DERECHOS HUMANOS?
alejandro

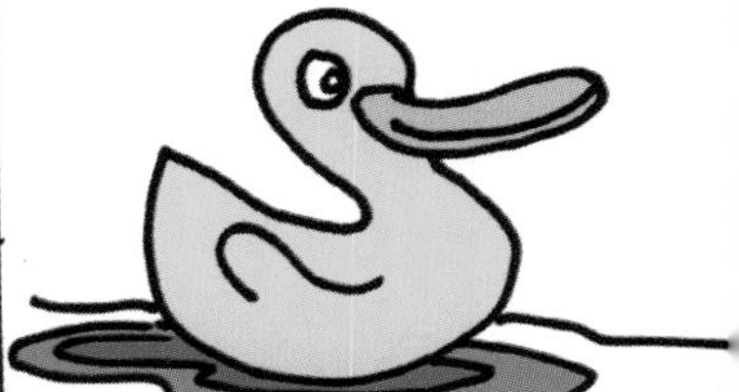

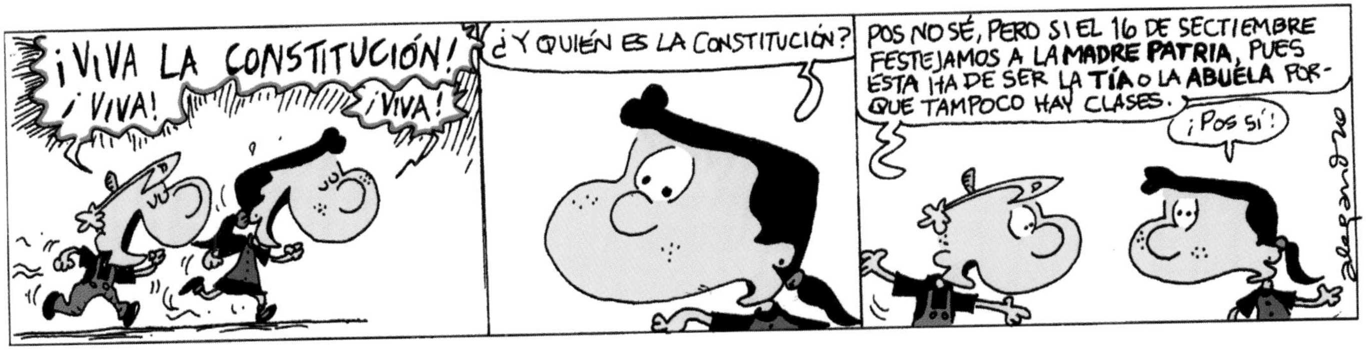
¡VIVA LA CONSTITUCIÓN!
¡VIVA!
¡VIVA!
¿Y QUIÉN ES LA CONSTITUCIÓN?
POS NO SÉ, PERO SI EL 16 DE SECTIEMBRE FESTEJAMOS A LA MADRE PATRIA, PUES ÉSTA HA DE SER LA TÍA O LA ABUELA PORQUE TAMPOCO HAY CLASES.
¡POS SÍ!
alejandro

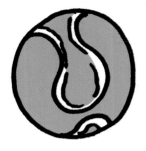

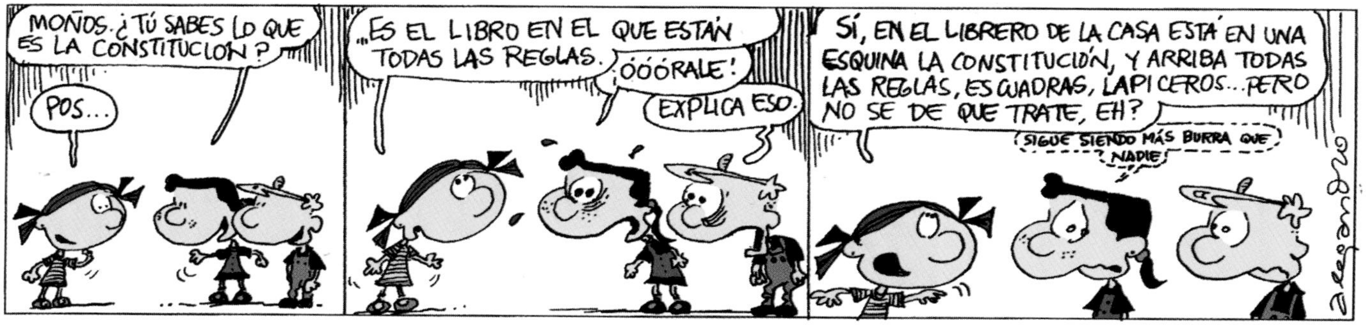
MOÑOS. ¿TÚ SABES LO QUE ES LA CONSTITUCION?
POS...
...ES EL LIBRO EN EL QUE ESTÁN TODAS LAS REGLAS.
¡ÓÓÓRALE!
EXPLICA ESO.
SÍ, EN EL LIBRERO DE LA CASA ESTÁ EN UNA ESQUINA LA CONSTITUCIÓN, Y ARRIBA TODAS LAS REGLAS, ESCUADRAS, LAPICEROS... PERO NO SE DE QUE TRATE, EH?
SIGUE SIENDO MÁS BURRA QUE NADIE!

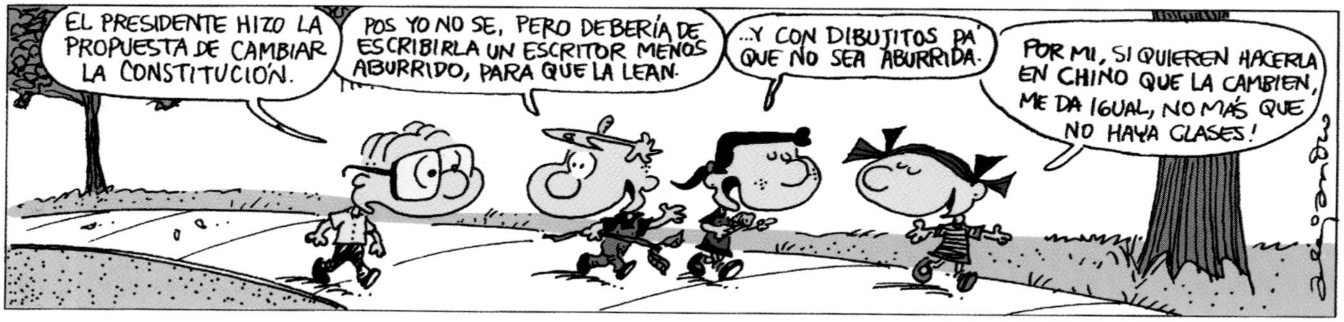
EL PRESIDENTE HIZO LA PROPUESTA DE CAMBIAR LA CONSTITUCIÓN.
POS YO NO SE, PERO DEBERÍA DE ESCRIBIRLA UN ESCRITOR MENOS ABURRIDO, PARA QUE LA LEAN.
...Y CON DIBUJITOS PA' QUE NO SEA ABURRIDA.
POR MI, SI QUIEREN HACERLA EN CHINO QUE LA CAMBIEN, ME DA IGUAL, NO MÁS QUE NO HAYA CLASES!

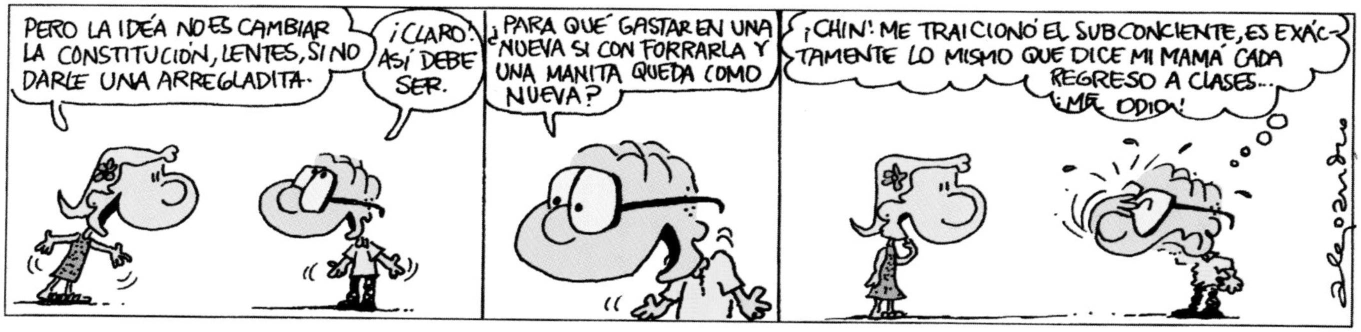
PERO LA IDEA NO ES CAMBIAR LA CONSTITUCIÓN, LENTES, SINO DARLE UNA ARREGLADITA.
¡CLARO! ASÍ DEBE SER.
¿PARA QUÉ GASTAR EN UNA NUEVA SI CON FORRARLA Y UNA MANITA QUEDA COMO NUEVA?
¡CHIN! ME TRAICIONÓ EL SUBCONCIENTE, ES EXÁCTAMENTE LO MISMO QUE DICE MI MAMÁ CADA REGRESO A CLASES... ¡ME ODIO!

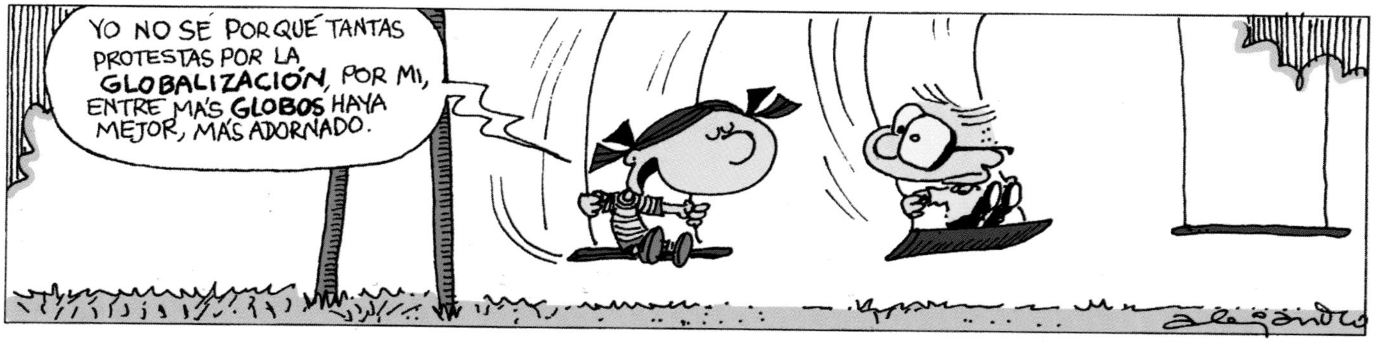
YO NO SÉ PORQUÉ TANTAS PROTESTAS POR LA GLOBALIZACIÓN, POR MI, ENTRE MÁS GLOBOS HAYA MEJOR, MÁS ADORNADO.

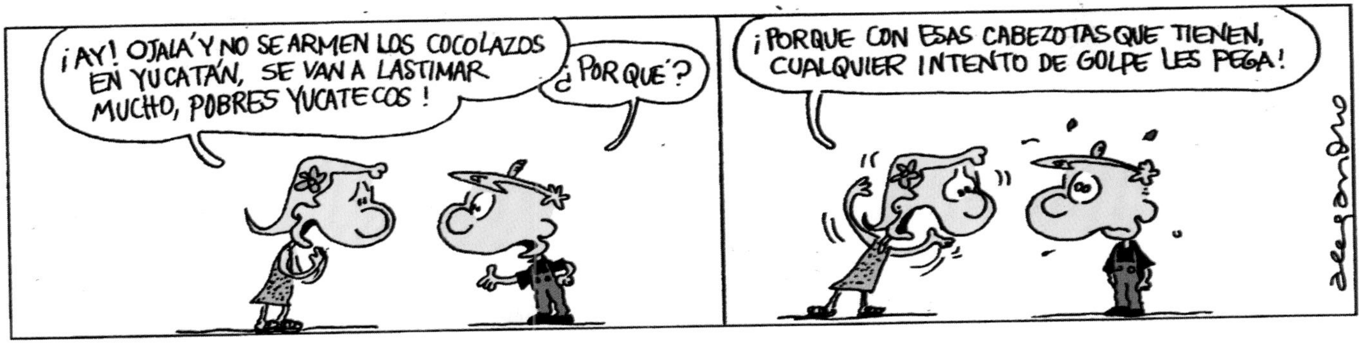
¡AY! OJALÁ Y NO SE ARMEN LOS COCOLAZOS EN YUCATÁN, SE VAN A LASTIMAR MUCHO, POBRES YUCATECOS!
¿POR QUÉ?
¡PORQUE CON ESAS CABEZOTAS QUE TIENEN, CUALQUIER INTENTO DE GOLPE LES PEGA!
alejandro

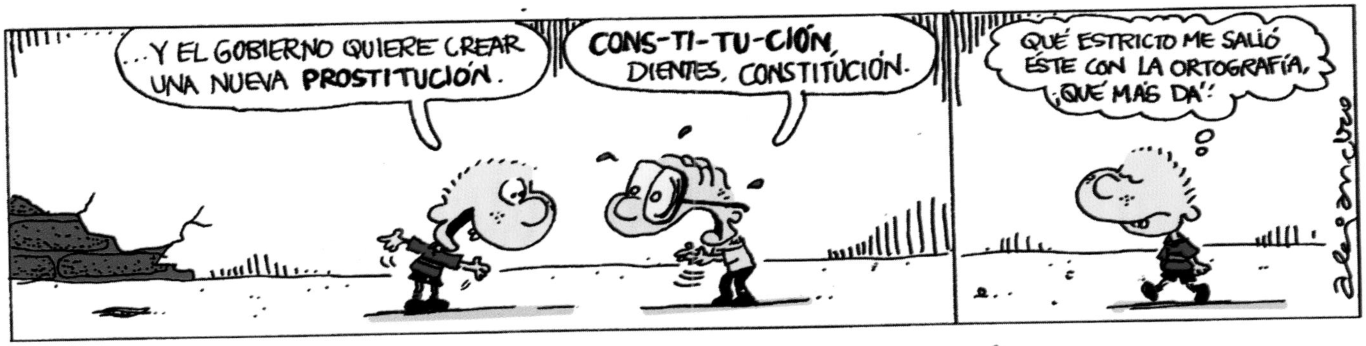
...Y EL GOBIERNO QUIERE CREAR UNA NUEVA **PROSTITUCIÓN**.
CONS-TI-TU-CIÓN, DIENTES, CONSTITUCIÓN.
QUÉ ESTRICTO ME SALIÓ ÉSTE CON LA ORTOGRAFÍA, ¡QUÉ MÁS DA!
alejandro

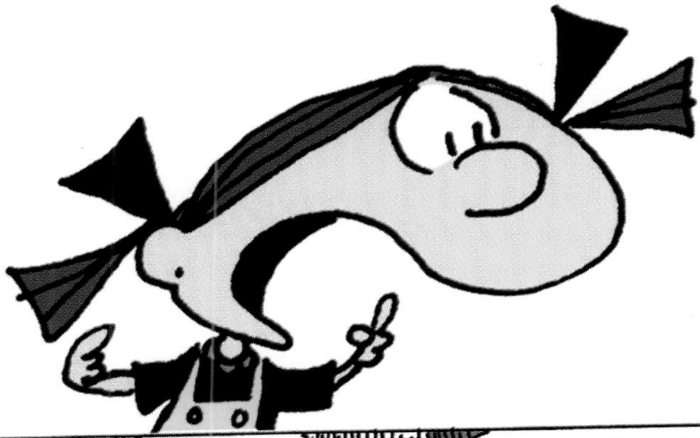

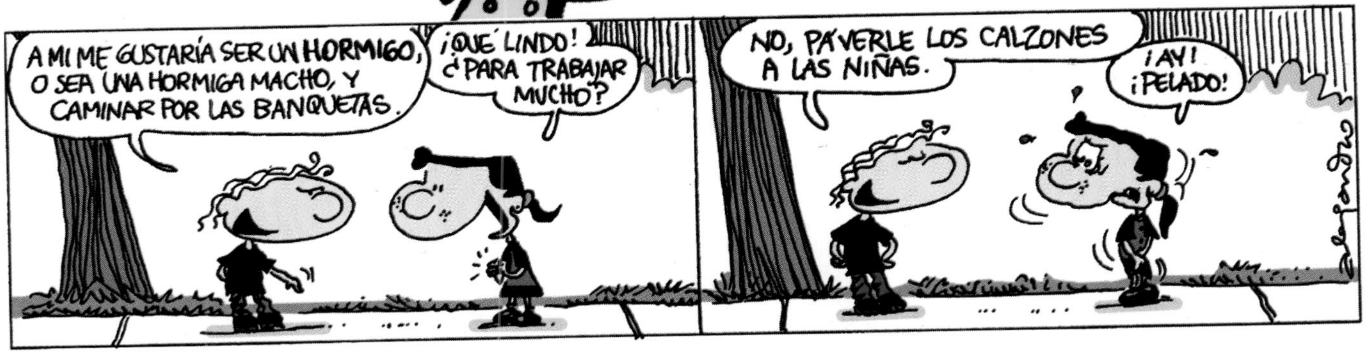
A MI ME GUSTARÍA SER UN **HORMIGO**, O SEA UNA HORMIGA MACHO, Y CAMINAR POR LAS BANQUETAS.
¡QUÉ LINDO! ¿PARA TRABAJAR MUCHO?
NO, PA' VERLE LOS CALZONES A LAS NIÑAS.
¡AY! ¡PELADO!
alejandro

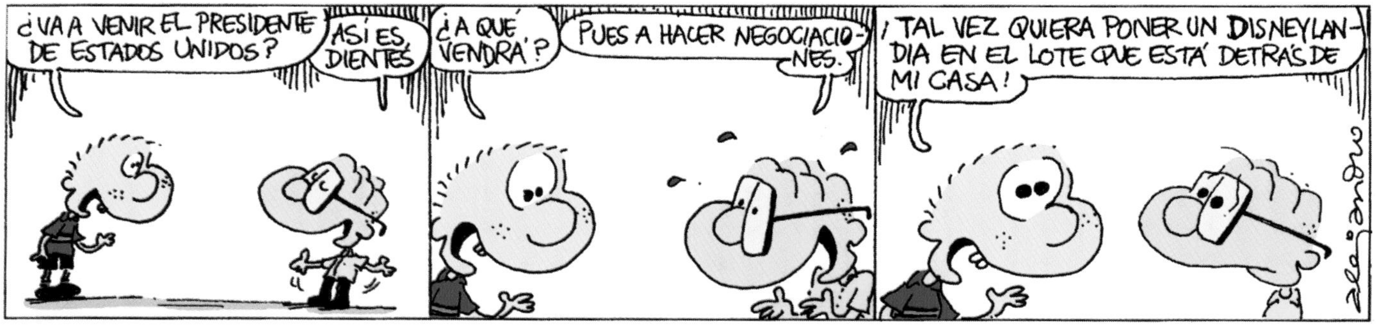
¿VA A VENIR EL PRESIDENTE DE ESTADOS UNIDOS?
ASÍ ES, DIENTES
¿A QUÉ VENDRÁ?
PUES A HACER NEGOCIACIONES.
¡TAL VEZ QUIERA PONER UN DISNEYLANDIA EN EL LOTE QUE ESTÁ DETRÁS DE MI CASA!
alejandro

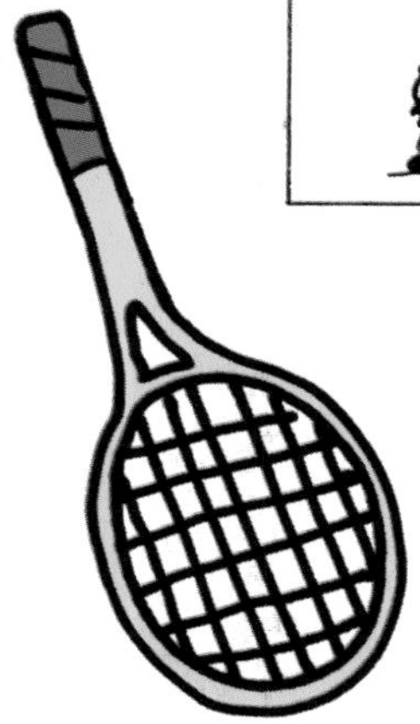

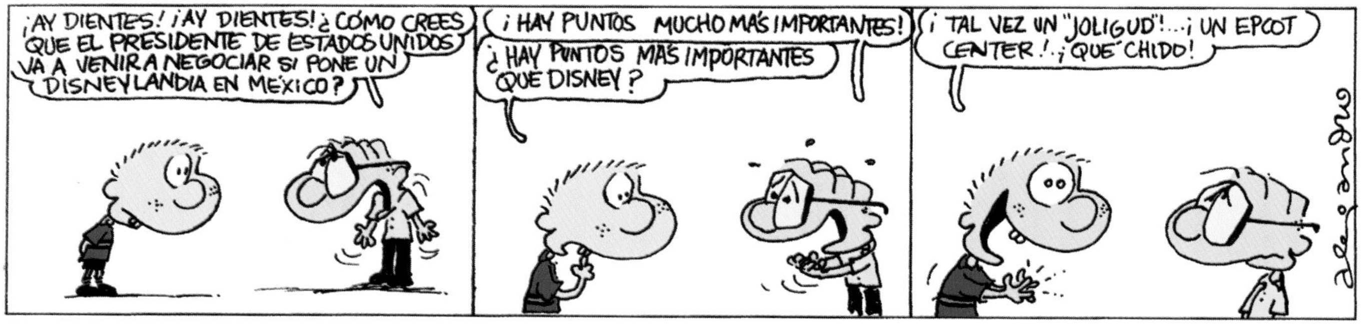
¡AY DIENTES! ¡AY DIENTES! ¿CÓMO CREES QUE EL PRESIDENTE DE ESTADOS UNIDOS VA A VENIR A NEGOCIAR SI PONE UN DISNEYLANDIA EN MÉXICO?
¡HAY PUNTOS MUCHO MÁS IMPORTANTES!
¿HAY PUNTOS MÁS IMPORTANTES QUE DISNEY?
¡TAL VEZ UN "JOLIGUD"!... ¡UN EPCOT CENTER!... ¡QUÉ CHIDO!
alejandro

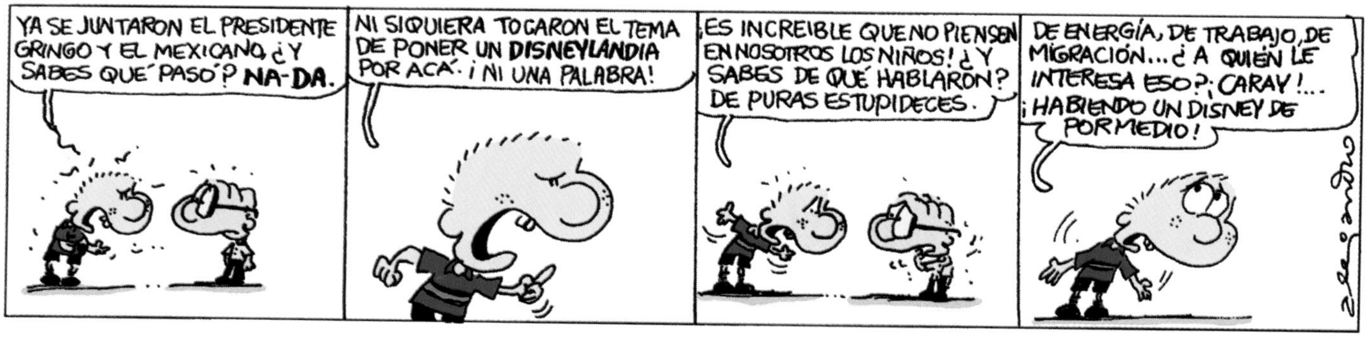
YA SE JUNTARON EL PRESIDENTE GRINGO Y EL MEXICANO, ¿Y SABES QUÉ PASÓ? NA-DA.
NI SIQUIERA TOCARON EL TEMA DE PONER UN DISNEYLANDIA POR ACÁ. ¡NI UNA PALABRA!
¡ES INCREÍBLE QUE NO PIENSEN EN NOSOTROS LOS NIÑOS! ¿Y SABES DE QUÉ HABLARON? DE PURAS ESTUPIDECES.
DE ENERGÍA, DE TRABAJO, DE MIGRACIÓN... ¿A QUIÉN LE INTERESA ESO? ¡CARAY!... ¡HABIENDO UN DISNEY DE POR MEDIO!
alejandro

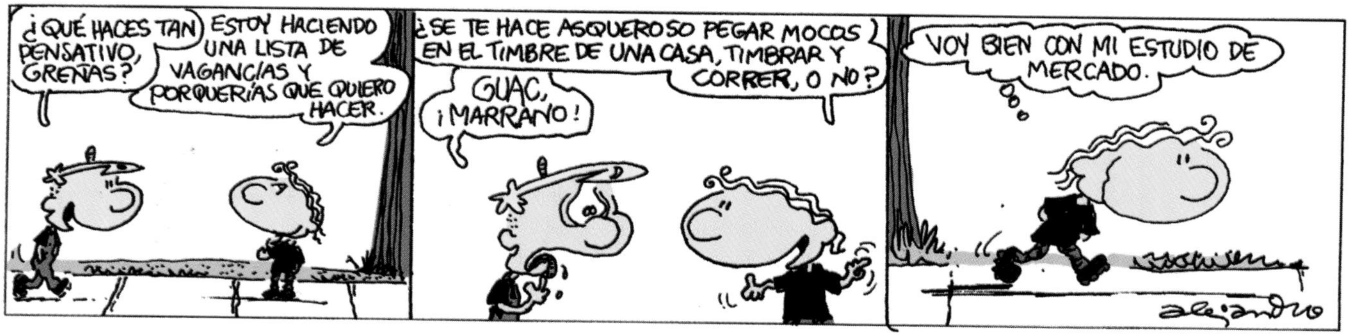
¿QUÉ HACES TAN PENSATIVO, GREÑAS?
ESTOY HACIENDO UNA LISTA DE VAGANCIAS Y PORQUERÍAS QUE QUIERO HACER.
¿SE TE HACE ASQUEROSO PEGAR MOCOS EN EL TIMBRE DE UNA CASA, TIMBRAR Y CORRER, O NO?
GUAC, ¡MARRANO!
VOY BIEN CON MI ESTUDIO DE MERCADO.
alejandro

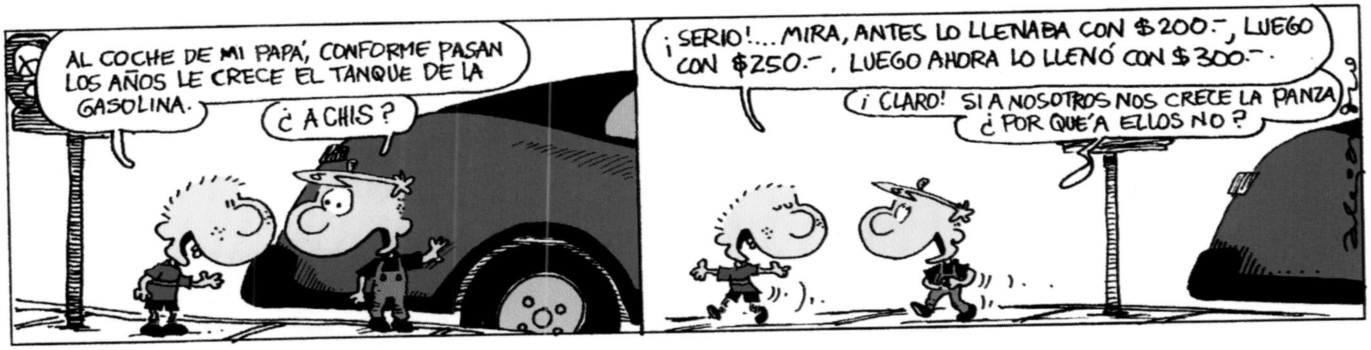
AL COCHE DE MI PAPÁ, CONFORME PASAN LOS AÑOS LE CRECE EL TANQUE DE LA GASOLINA.
¿A CHIS?
¡SERIO!... MIRA, ANTES LO LLENABA CON $200.-, LUEGO CON $250.-, LUEGO AHORA LO LLENÓ CON $300.-.
¡CLARO! SI A NOSOTROS NOS CRECE LA PANZA ¿POR QUÉ A ELLOS NO?

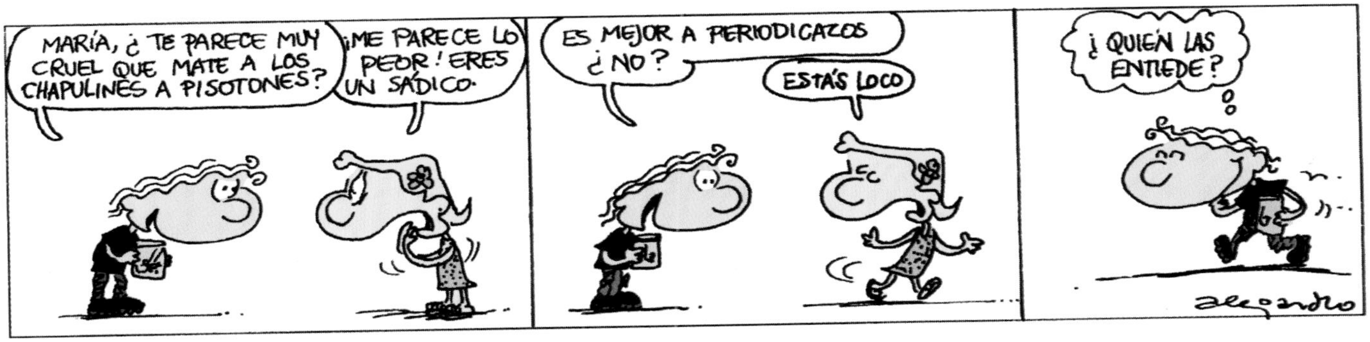
MARÍA, ¿TE PARECE MUY CRUEL QUE MATE A LOS CHAPULINES A PISOTONES?
¡ME PARECE LO PEOR! ERES UN SÁDICO.
ES MEJOR A PERIODICAZOS ¿NO?
ESTÁS LOCO
¿QUIÉN LAS ENTIEDE?

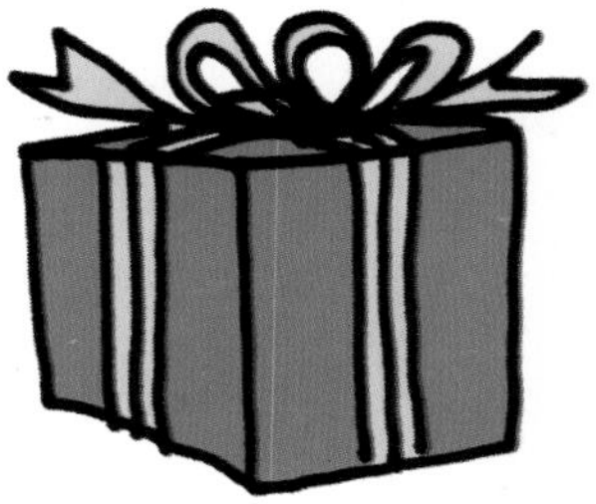

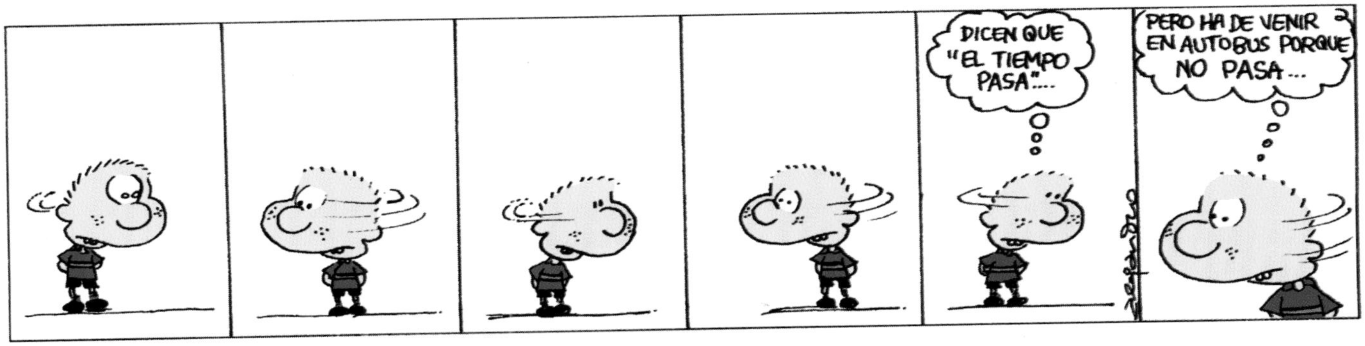
DICEN QUE "EL TIEMPO PASA"....
PERO HA DE VENIR EN AUTOBUS PORQUE NO PASA...

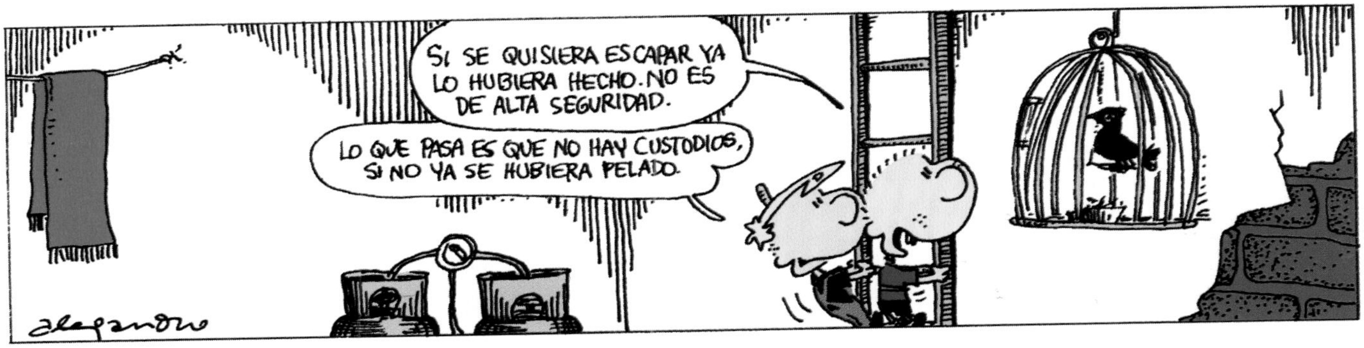
SI SE QUISIERA ESCAPAR YA LO HUBIERA HECHO. NO ES DE ALTA SEGURIDAD.
LO QUE PASA ES QUE NO HAY CUSTODIOS, SI NO YA SE HUBIERA PELADO.

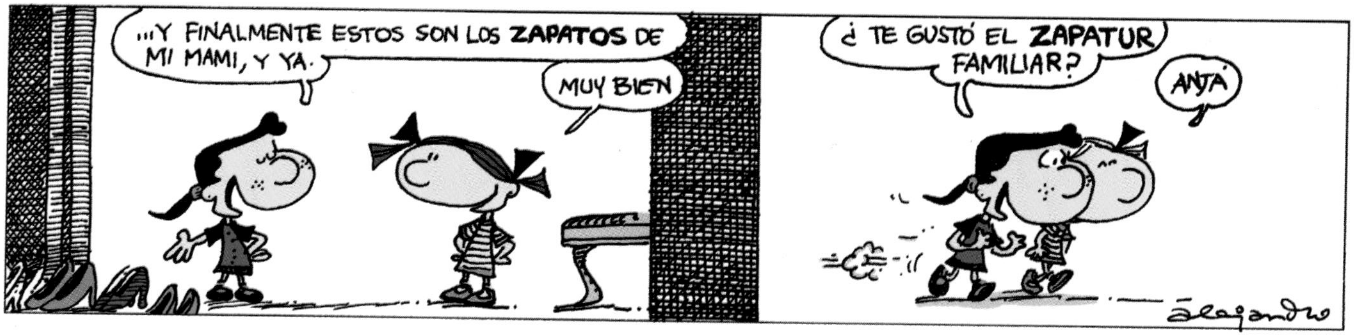
¡¡¡Y FINALMENTE ESTOS SON LOS ZAPATOS DE MI MAMI, Y YA.
MUY BIEN
¿TE GUSTÓ EL ZAPATUR FAMILIAR?
AAJÁ

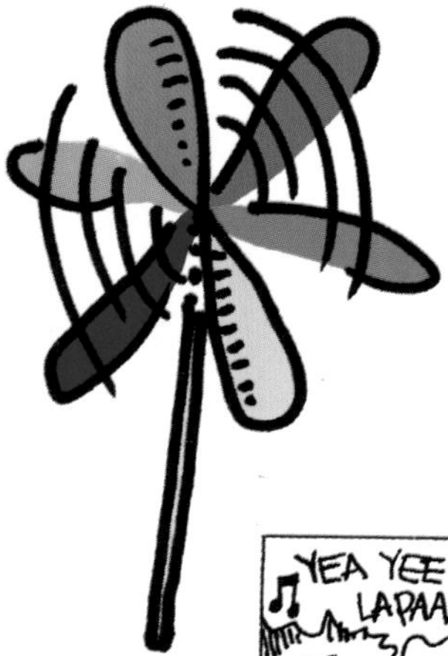

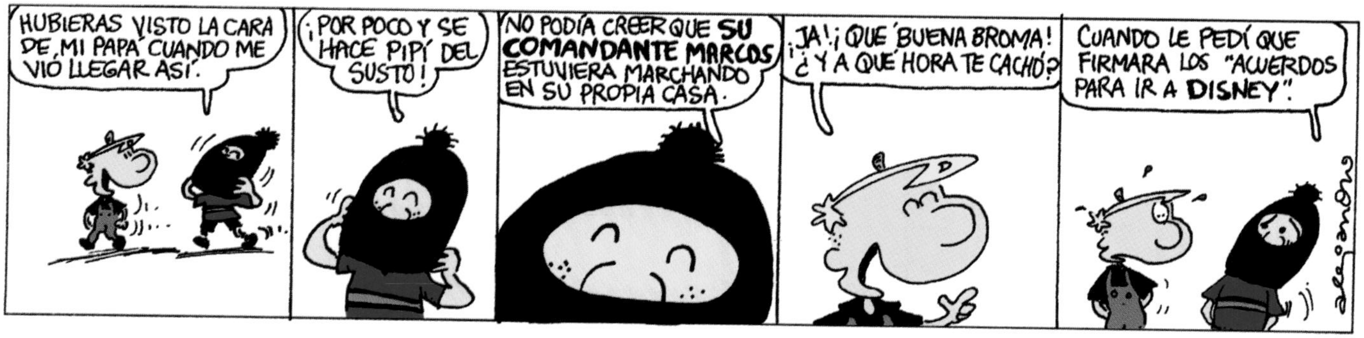
HUBIERAS VISTO LA CARA DE MI PAPÁ CUANDO ME VIÓ LLEGAR ASÍ.
¡POR POCO Y SE HACE PIPÍ DEL SUSTO!
NO PODÍA CREER QUE SU COMANDANTE MARCOS ESTUVIERA MARCHANDO EN SU PROPIA CASA.
¡JA! ¡QUÉ BUENA BROMA! ¿Y A QUÉ HORA TE CACHÓ?
CUANDO LE PEDÍ QUE FIRMARA LOS "ACUERDOS PARA IR A DISNEY".

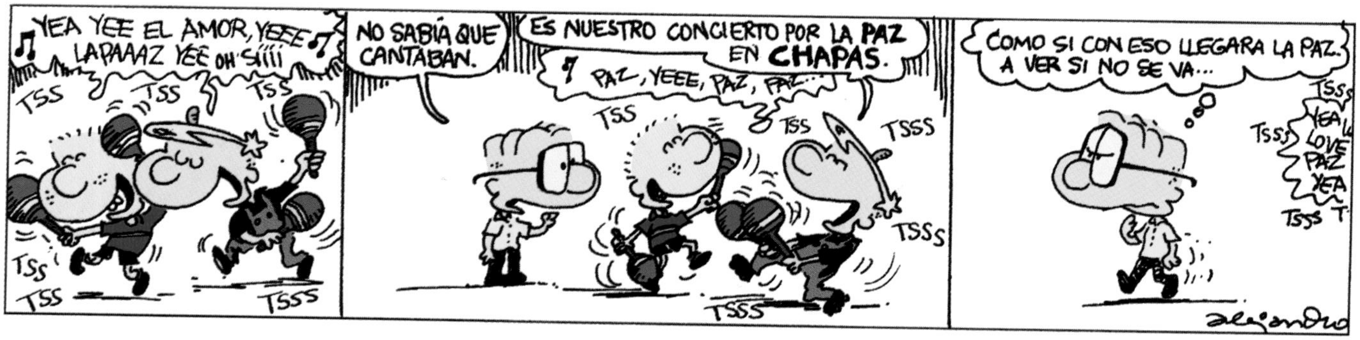
YEA YEE EL AMOR, YEEE LAPAAAZ YEE OH SÍÍÍÍ
TSS TSS TSS TSS TSS TSSS
NO SABÍA QUE CANTABAN.
ES NUESTRO CONCIERTO POR LA PAZ EN CHAPAS.
PAZ, YEEE, PAZ, PAZ...
TSS TSS TSSS TSSS TSSS
COMO SI CON ESO LLEGARA LA PAZ. A VER SI NO SE VA...
TSS TSS YEA LOVE PAZ YEA TSSS

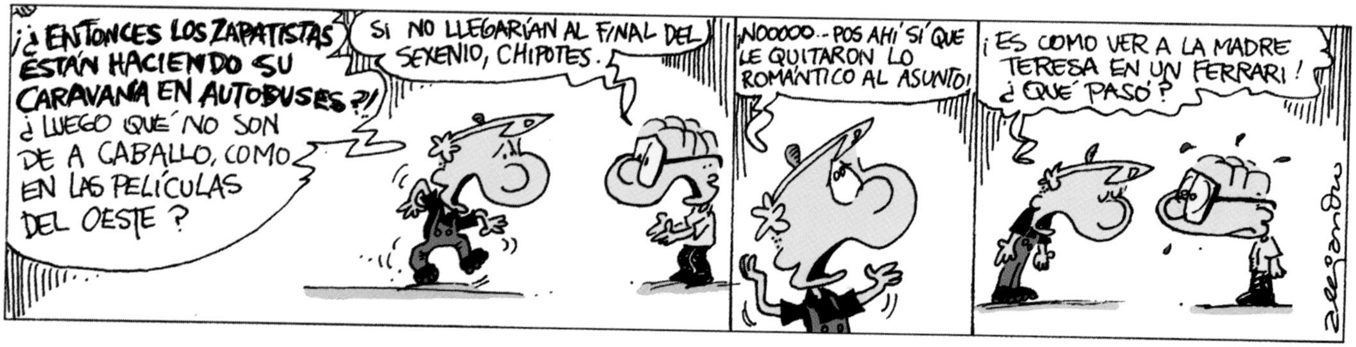
¿¿ENTONCES LOS ZAPATISTAS ESTÁN HACIENDO SU CARAVANA EN AUTOBUSES?! ¿LUEGO QUÉ NO SON DE A CABALLO, COMO EN LAS PELÍCULAS DEL OESTE?
SI NO LLEGARÍAN AL FINAL DEL SEXENIO, CHIPOTES.
NOOOOO... POS AHÍ SÍ QUE LE QUITARON LO ROMÁNTICO AL ASUNTO!
¡ES COMO VER A LA MADRE TERESA EN UN FERRARI! ¿QUÉ PASÓ?

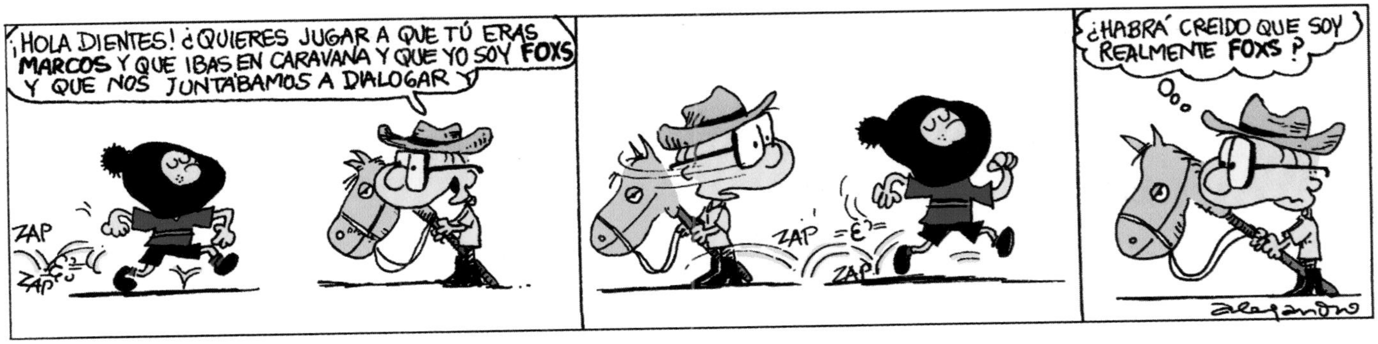
¡HOLA DIENTES! ¿QUIERES JUGAR A QUE TÚ ERAS MARCOS Y QUE IBAS EN CARAVANA Y QUE YO SOY FOXS Y QUE NOS JUNTÁBAMOS A DIALOGAR
ZAP
ZAP
ZAP
ZAP
¿HABRÁ CREIDO QUE SOY REALMENTE FOXS?

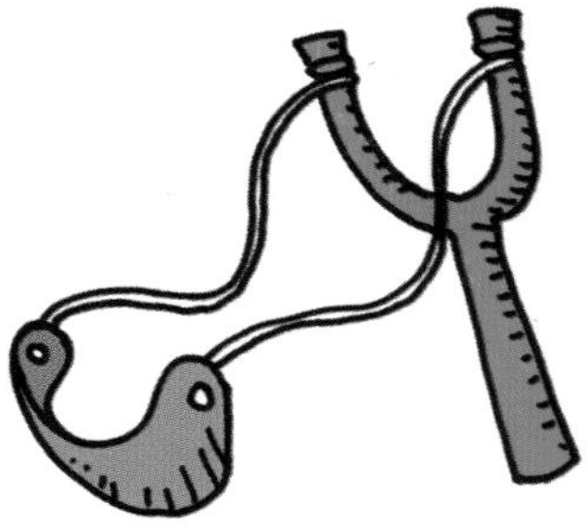

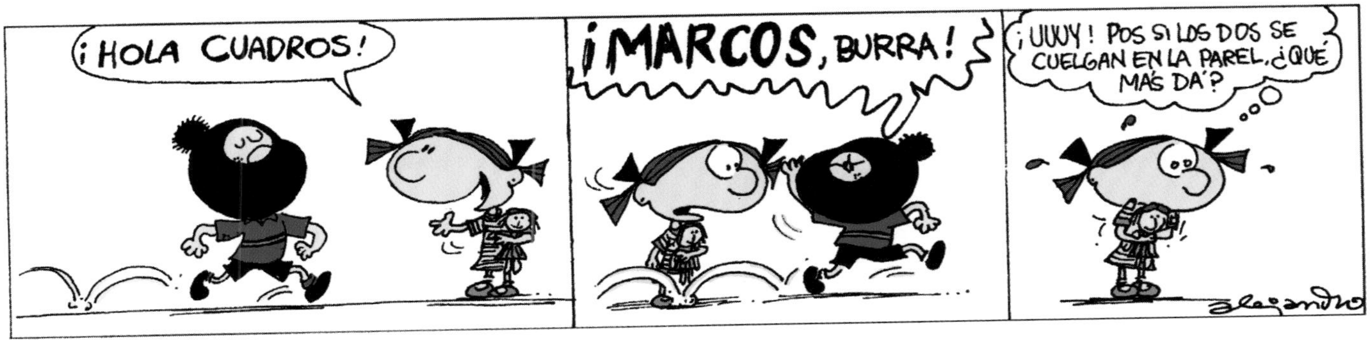
¡HOLA CUADROS!
¡MARCOS, BURRA!
¡UUUY! POS SI LOS DOS SE CUELGAN EN LA PAREL, ¿QUÉ MÁS DA?

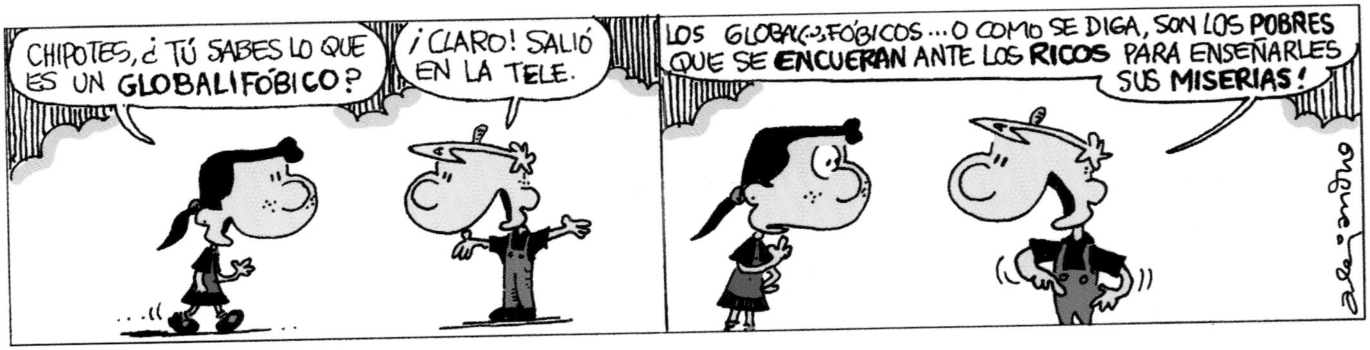
CHIPOTES, ¿TÚ SABES LO QUE ES UN GLOBALIFÓBICO?
¡CLARO! SALIÓ EN LA TELE.
LOS GLOBAL...FÓBICOS... O COMO SE DIGA, SON LOS POBRES QUE SE ENCUERAN ANTE LOS RICOS PARA ENSEÑARLES SUS MISERIAS!

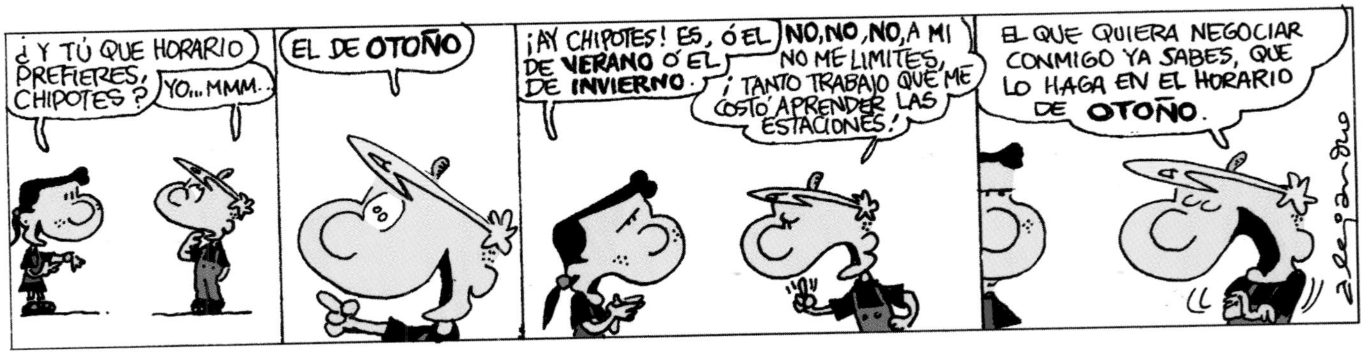
¿Y TÚ QUE HORARIO PREFIERES, CHIPOTES?
YO... MMM..
EL DE OTOÑO
¡AY CHIPOTES! ES, Ó EL DE VERANO Ó EL DE INVIERNO.
NO, NO, NO, A MI NO ME LIMITES, ¡TANTO TRABAJO QUE ME COSTÓ APRENDER LAS ESTACIONES!
EL QUE QUIERA NEGOCIAR CONMIGO YA SABES, QUE LO HAGA EN EL HORARIO DE OTOÑO.

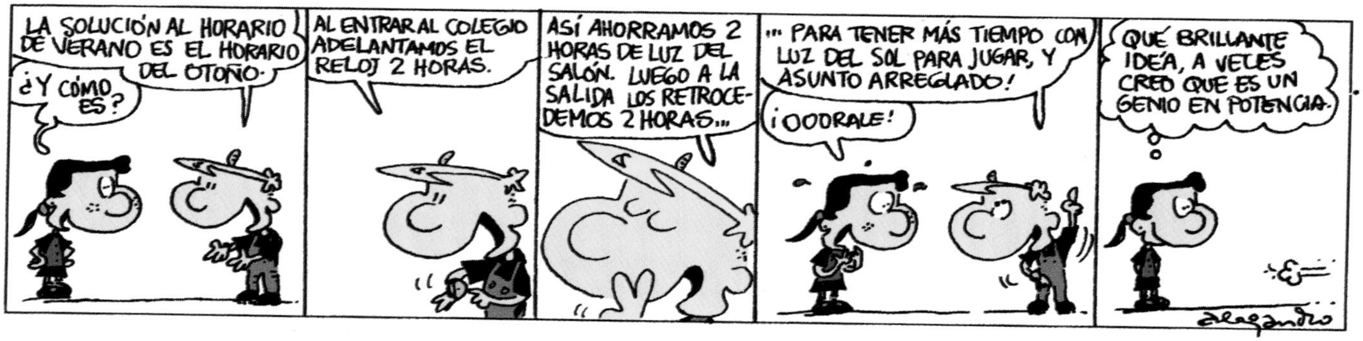
LA SOLUCIÓN AL HORARIO DE VERANO ES EL HORARIO DEL OTOÑO.
¿Y CÓMO ES?
AL ENTRAR AL COLEGIO ADELANTAMOS EL RELOJ 2 HORAS.
ASÍ AHORRAMOS 2 HORAS DE LUZ DEL SALÓN. LUEGO A LA SALIDA LOS RETROCEDEMOS 2 HORAS...
... PARA TENER MÁS TIEMPO CON LUZ DEL SOL PARA JUGAR, Y ASUNTO ARREGLADO!
¡OOORALE!
QUÉ BRILLANTE IDEA, A VECES CREO QUE ES UN GENIO EN POTENCIA.
alejandro

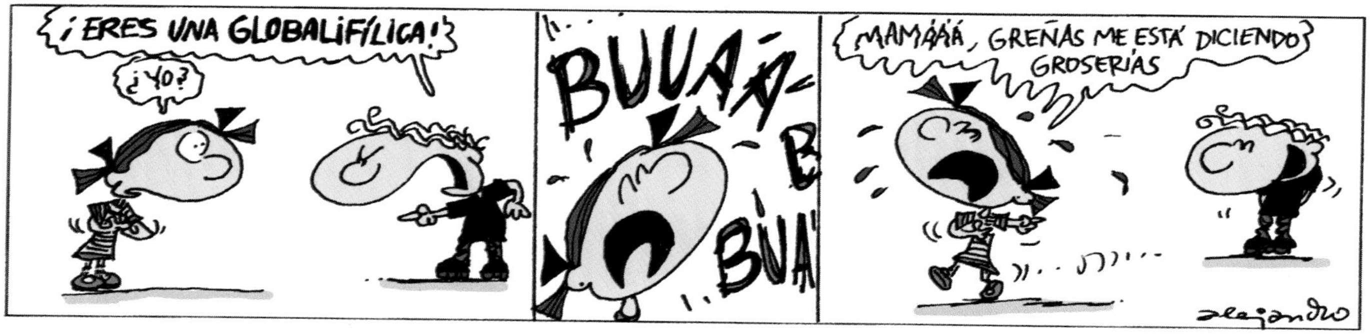
¡ERES UNA GLOBALIFÍLICA!
¿YO?
BUUAA
B
BUA
MAMÁÁÁ, GREÑAS ME ESTÁ DICIENDO GROSERÍAS
alejandro

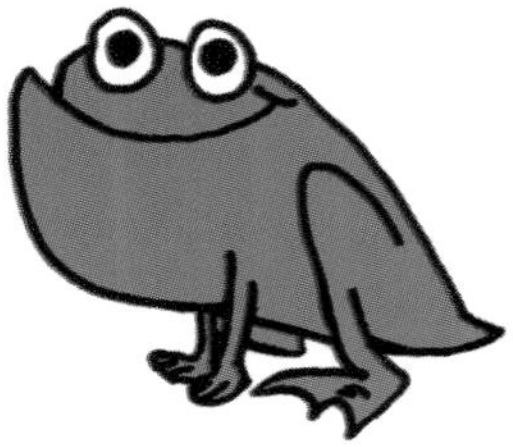

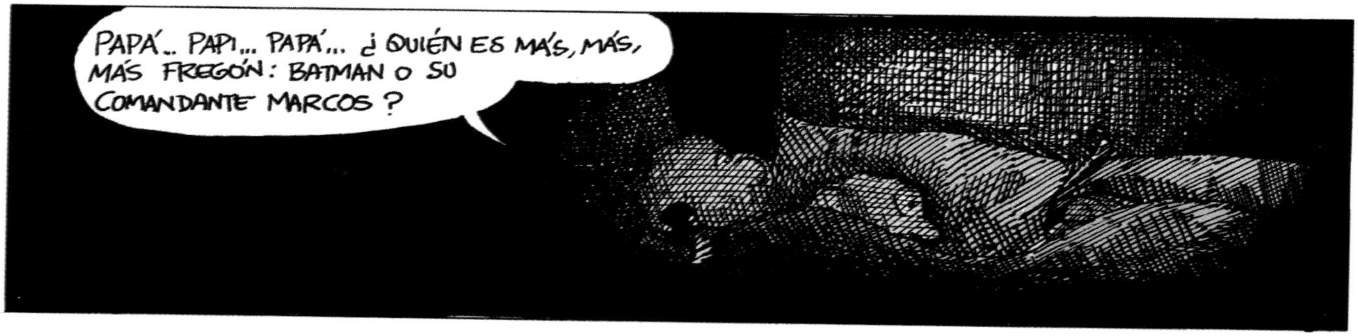
PAPÁ.. PAPI... PAPÁ... ¿QUIÉN ES MÁS, MÁS, MÁS FREGÓN: BATMAN O SU COMANDANTE MARCOS?

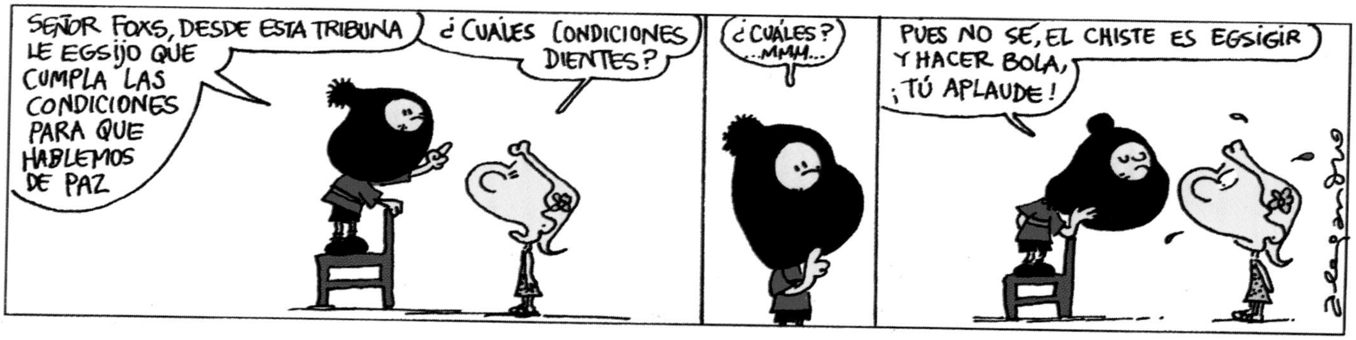
SEÑOR FOXS, DESDE ESTA TRIBUNA LE EGSIJO QUE CUMPLA LAS CONDICIONES PARA QUE HABLEMOS DE PAZ
¿CUÁLES CONDICIONES DIENTES?
¿CUÁLES? ...MMM...
PUES NO SÉ, EL CHISTE ES EGSIGIR Y HACER BOLA, ¡TÚ APLAUDE!
alejandro

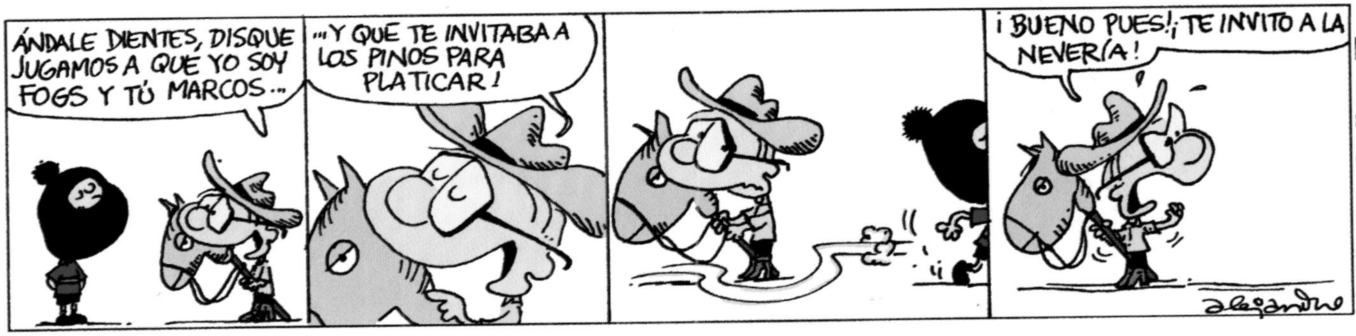
ÁNDALE DIENTES, DISQUE JUGAMOS A QUE YO SOY FOGS Y TÚ MARCOS...
...Y QUE TE INVITABA A LOS PINOS PARA PLATICAR!
¡BUENO PUES! ¡TE INVITO A LA NEVERÍA!

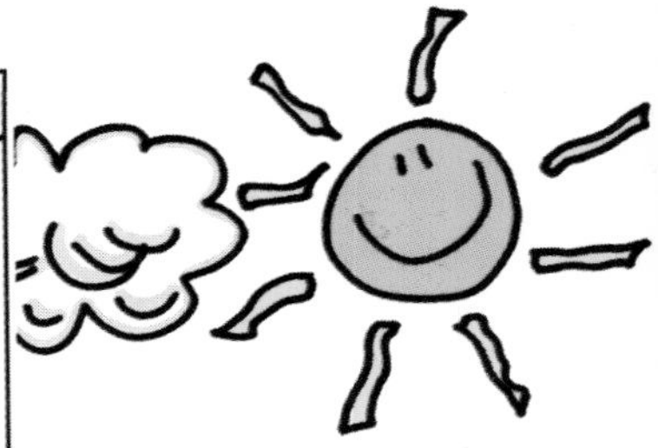

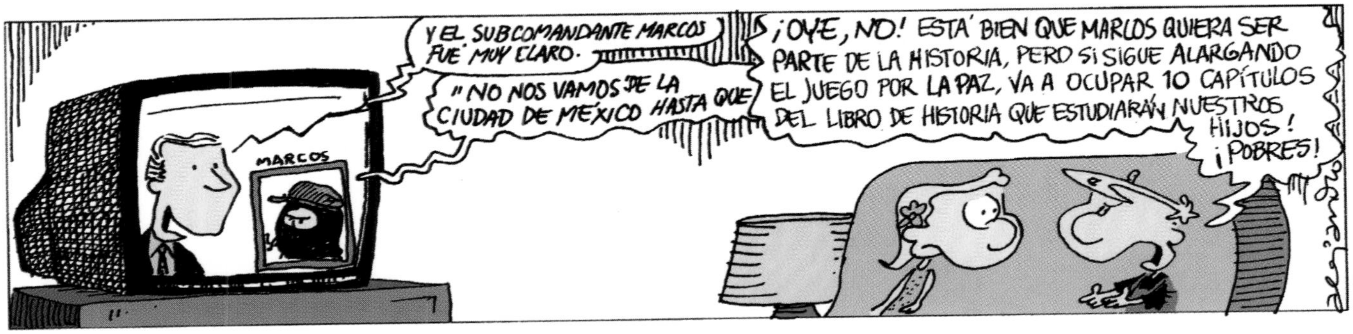
Y EL SUBCOMANDANTE MARCOS FUE MUY CLARO.
"NO NOS VAMOS DE LA CIUDAD DE MÉXICO HASTA QUE
MARCOS
¡OYE, NO! ESTÁ BIEN QUE MARCOS QUIERA SER PARTE DE LA HISTORIA, PERO SI SIGUE ALARGANDO EL JUEGO POR LA PAZ, VA A OCUPAR 10 CAPÍTULOS DEL LIBRO DE HISTORIA QUE ESTUDIARÁN NUESTROS HIJOS! ¡POBRES!

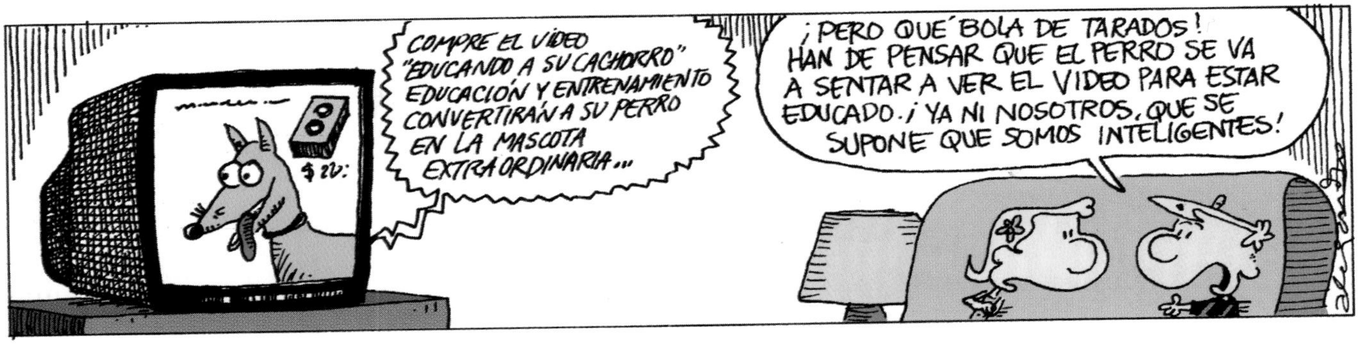
COMPRE EL VIDEO "EDUCANDO A SU CACHORRO" EDUCACIÓN Y ENTRENAMIENTO CONVERTIRÁN A SU PERRO EN LA MASCOTA EXTRAORDINARIA...
¡PERO QUÉ BOLA DE TARADOS! HAN DE PENSAR QUE EL PERRO SE VA A SENTAR A VER EL VIDEO PARA ESTAR EDUCADO. ¡YA NI NOSOTROS, QUE SE SUPONE QUE SOMOS INTELIGENTES!

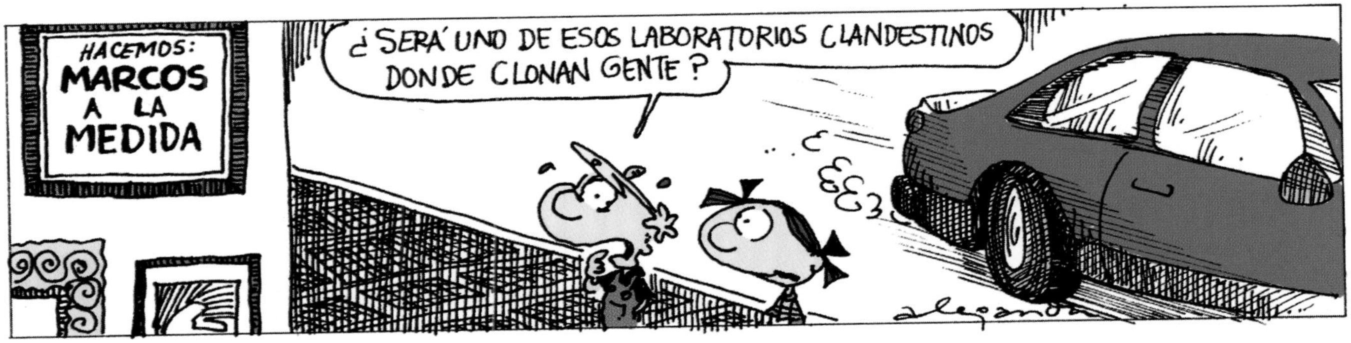
HACEMOS: MARCOS A LA MEDIDA
¿SERÁ UNO DE ESOS LABORATORIOS CLANDESTINOS DONDE CLONAN GENTE?

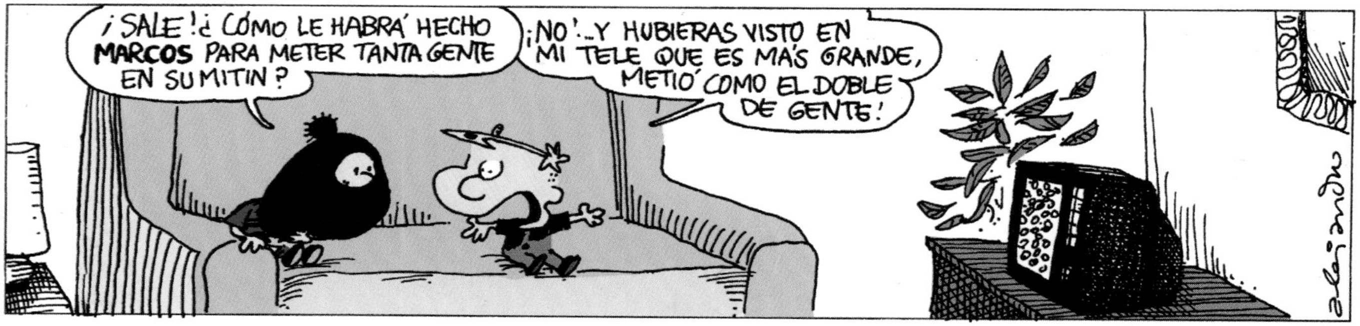
¡SALE! ¿CÓMO LE HABRÁ HECHO **MARCOS** PARA METER TANTA GENTE EN SU MITIN?
¡NO!... Y HUBIERAS VISTO EN MI TELE QUE ES MÁS GRANDE, METIÓ COMO EL DOBLE DE GENTE!

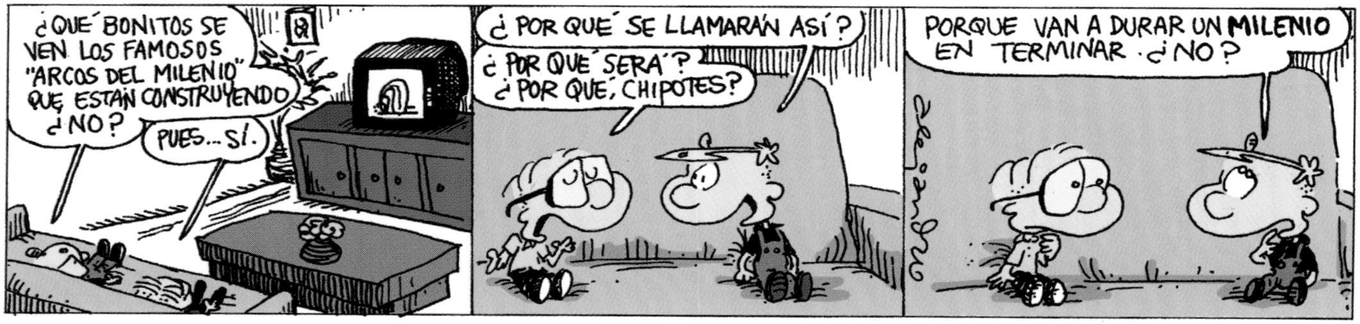
¿QUÉ BONITOS SE VEN LOS FAMOSOS "ARCOS DEL MILENIO" QUE ESTÁN CONSTRUYENDO ¿NO?
PUES... SÍ.
¿POR QUÉ SE LLAMARÁN ASÍ?
¿POR QUÉ SERÁ? ¿POR QUÉ, CHIPOTES?
PORQUE VAN A DURAR UN **MILENIO** EN TERMINAR ¿NO?

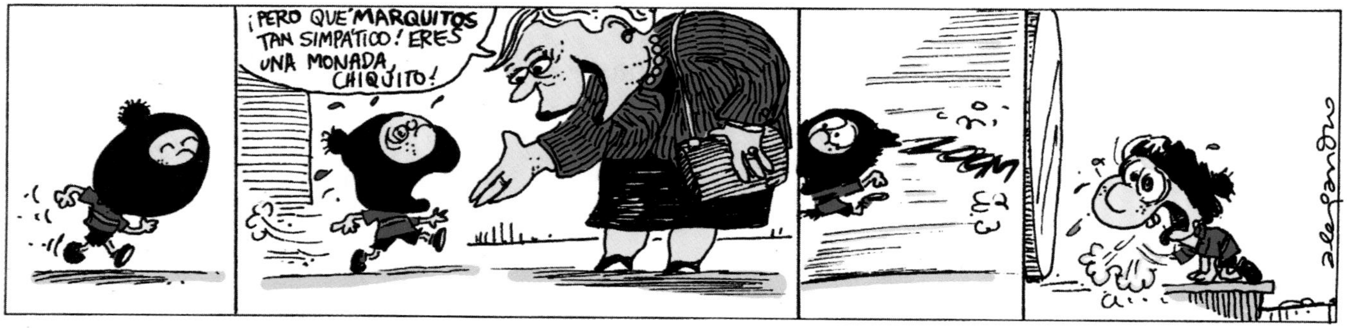
¡PERO QUÉ **MARQUITOS** TAN SIMPÁTICO! ERES UNA MONADA, CHIQUITO!

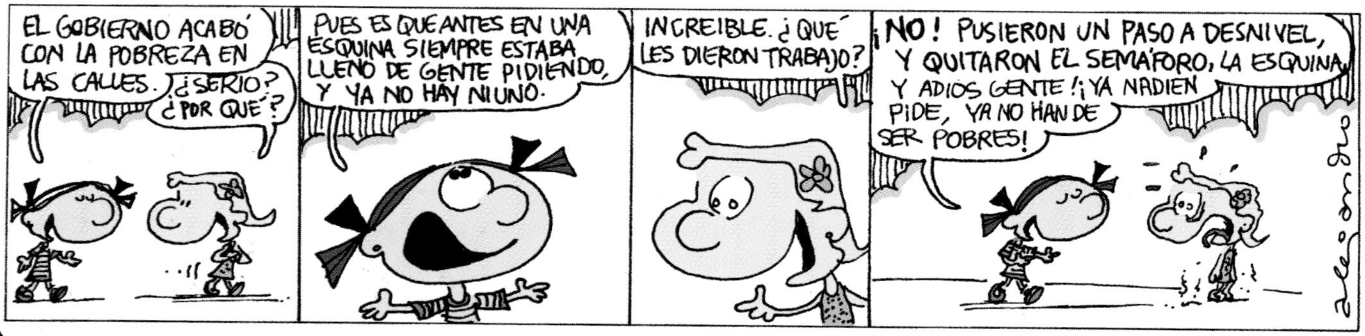
EL GOBIERNO ACABÓ CON LA POBREZA EN LAS CALLES.
¿SERIO? ¿POR QUÉ?
PUES ES QUE ANTES EN UNA ESQUINA SIEMPRE ESTABA LLENO DE GENTE PIDIENDO, Y YA NO HAY NI UNO.
INCREIBLE. ¿QUÉ LES DIERON TRABAJO?
¡**NO**! PUSIERON UN PASO A DESNIVEL, Y QUITARON EL SEMÁFORO, LA ESQUINA Y ADIÓS GENTE! ¡YA NADIEN PIDE, YA NO HAN DE SER POBRES!

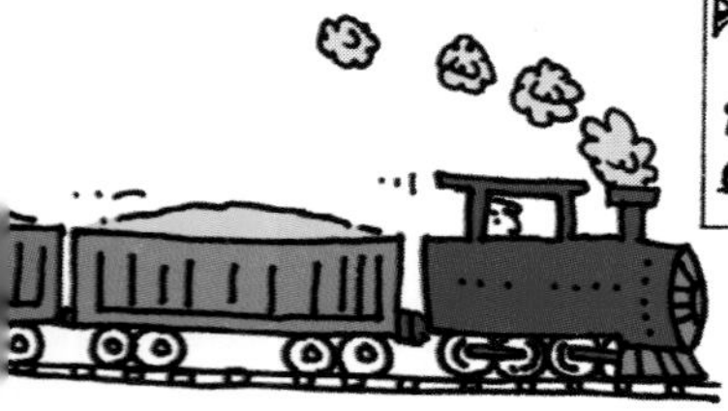

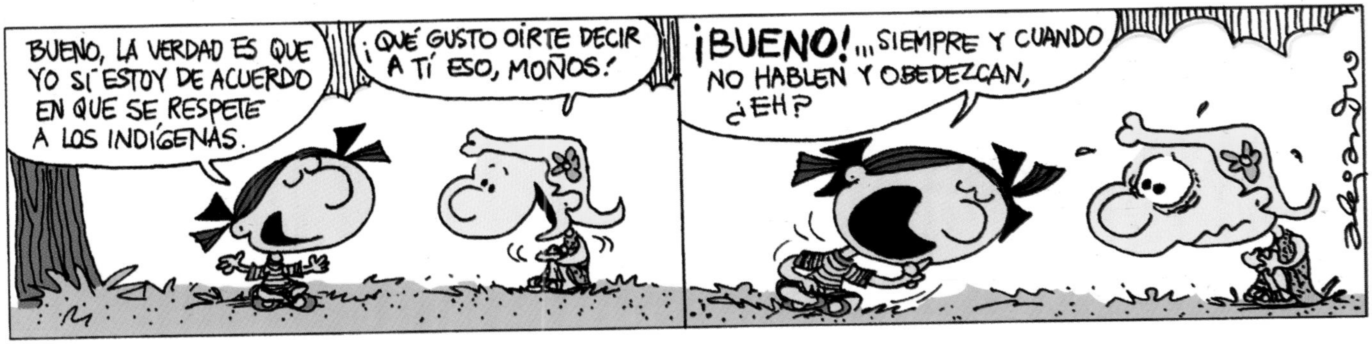
BUENO, LA VERDAD ES QUE YO SÍ ESTOY DE ACUERDO EN QUE SE RESPETE A LOS INDÍGENAS.
¡QUÉ GUSTO OÍRTE DECIR A TÍ ESO, MOÑOS!
¡BUENO!... SIEMPRE Y CUANDO NO HABLEN Y OBEDEZCAN, ¿EH?

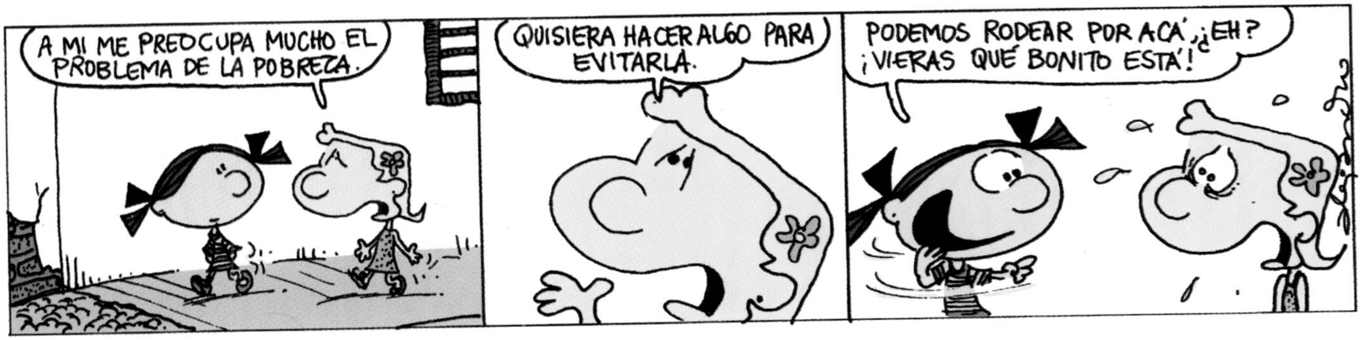
A MI ME PREOCUPA MUCHO EL PROBLEMA DE LA POBREZA.
QUISIERA HACER ALGO PARA EVITARLA.
PODEMOS RODEAR POR ACÁ, ¿EH? ¡VIERAS QUÉ BONITO ESTÁ!

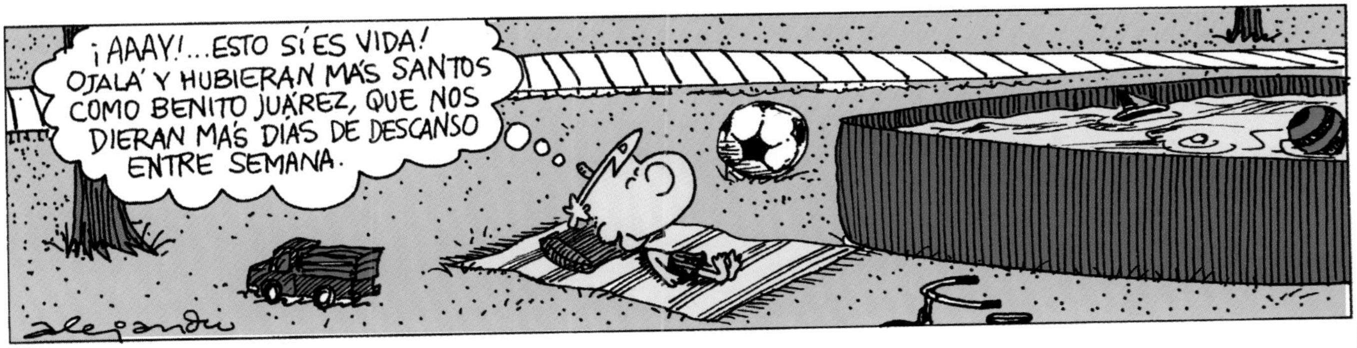
¡AAAY!... ESTO SÍ ES VIDA! OJALÁ Y HUBIERAN MÁS SANTOS COMO BENITO JUÁREZ, QUE NOS DIERAN MÁS DÍAS DE DESCANSO ENTRE SEMANA.

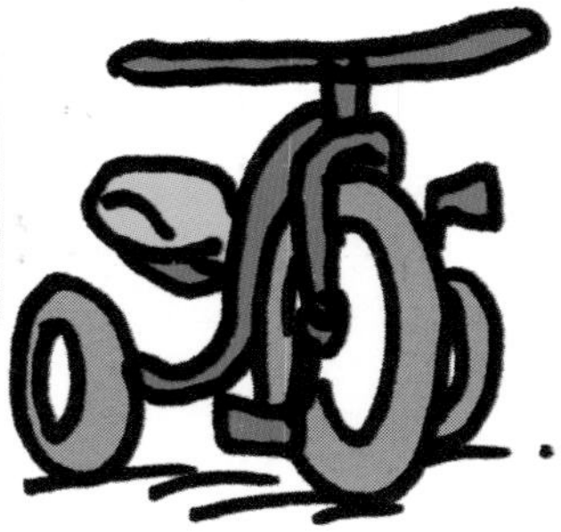

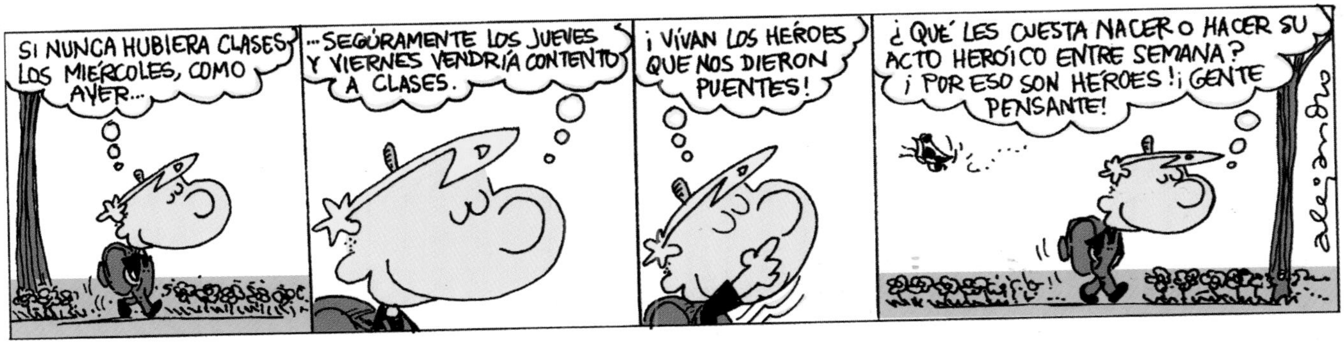
SI NUNCA HUBIERA CLASES LOS MIÉRCOLES, COMO AYER...
...SEGURAMENTE LOS JUEVES Y VIERNES VENDRÍA CONTENTO A CLASES.
¡VIVAN LOS HÉROES QUE NOS DIERON PUENTES!
¿QUÉ LES CUESTA NACER O HACER SU ACTO HEROÍCO ENTRE SEMANA? ¡POR ESO SON HÉROES! ¡GENTE PENSANTE!

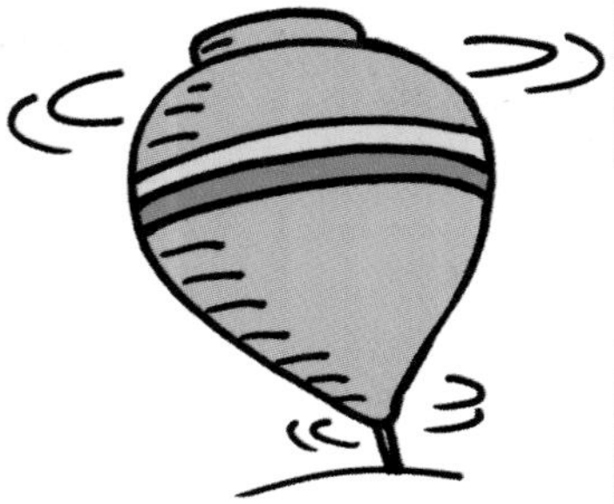

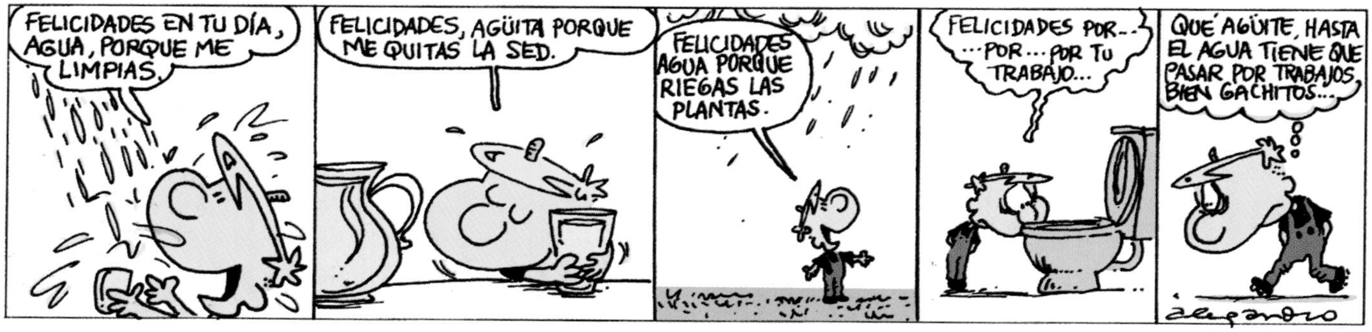
FELICIDADES EN TU DÍA, AGUA, PORQUE ME LIMPIAS.
FELICIDADES, AGÜITA PORQUE ME QUITAS LA SED.
FELICIDADES AGUA PORQUE RIEGAS LAS PLANTAS.
FELICIDADES POR... ...POR... POR TU TRABAJO...
QUÉ AGÜITE, HASTA EL AGUA TIENE QUE PASAR POR TRABAJOS BIEN GACHITOS...

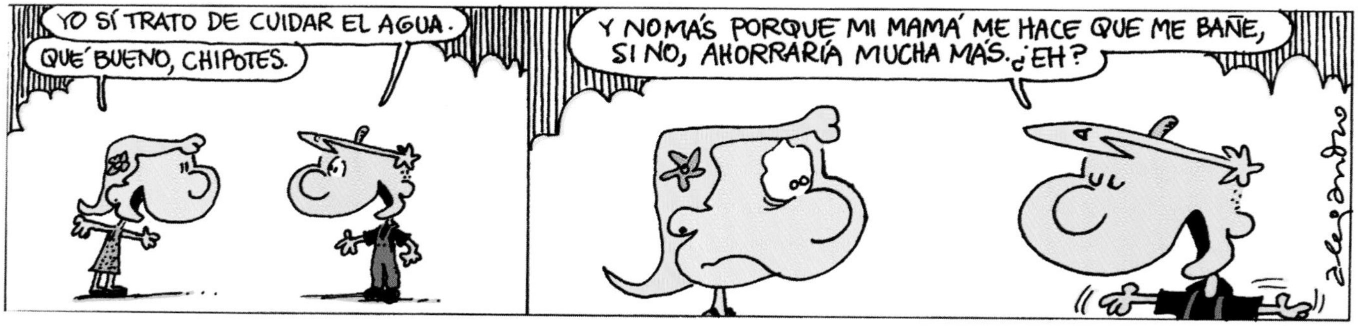
YO SÍ TRATO DE CUIDAR EL AGUA.
QUÉ BUENO, CHIPOTES.
Y NOMÁS PORQUE MI MAMÁ ME HACE QUE ME BAÑE, SI NO, AHORRARÍA MUCHA MÁS. ¿EH?

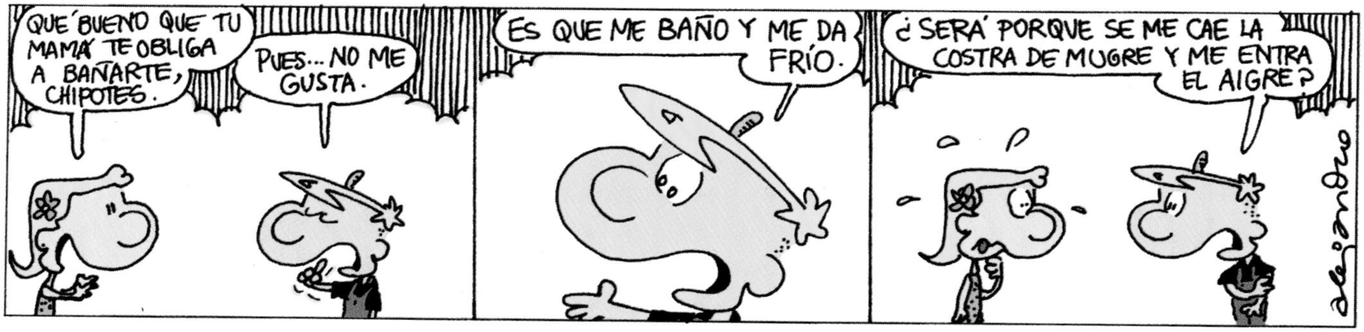
QUÉ BUENO QUE TU MAMÁ TE OBLIGA A BAÑARTE, CHIPOTES.
PUES... NO ME GUSTA.
ES QUE ME BAÑO Y ME DA FRÍO.
¿SERÁ PORQUE SE ME CAE LA COSTRA DE MUGRE Y ME ENTRA EL AIGRE?

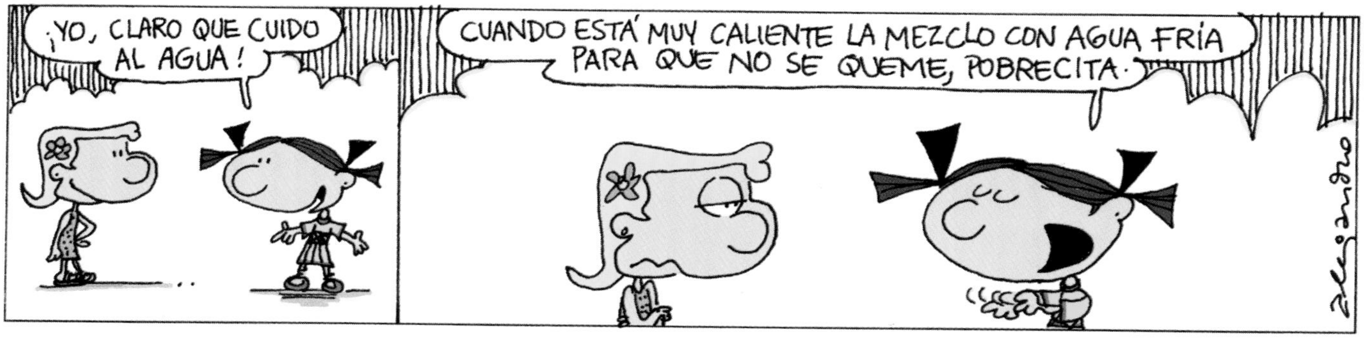
¡YO, CLARO QUE CUIDO AL AGUA!
CUANDO ESTÁ MUY CALIENTE LA MEZCLO CON AGUA FRÍA PARA QUE NO SE QUEME, POBRECITA.

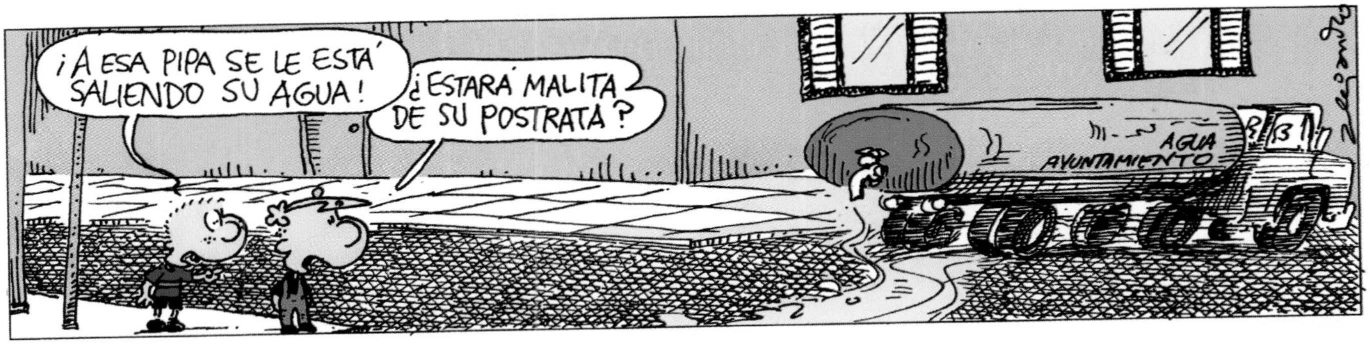
¡A ESA PIPA SE LE ESTÁ SALIENDO SU AGUA!
¿ESTARÁ MALITA DE SU POSTRATA?
AGUA AYUNTAMIENTO
alejandro

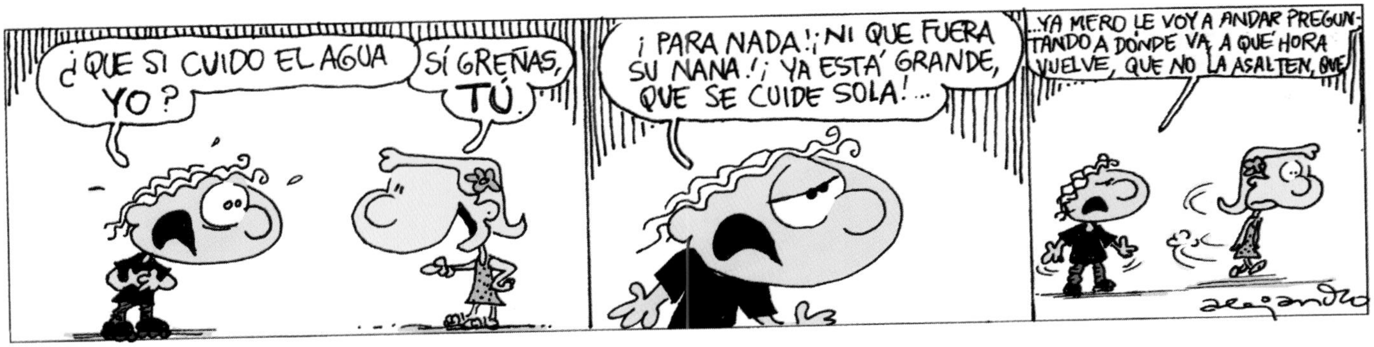
¿QUE SI CUIDO EL AGUA YO?
SÍ GREÑAS, TÚ.
¡PARA NADA! ¡NI QUE FUERA SU NANA! ¡YA ESTÁ GRANDE, QUE SE CUIDE SOLA!...
...YA MERO LE VOY A ANDAR PREGUNTANDO A DÓNDE VA, A QUÉ HORA VUELVE, QUE NO LA ASALTEN, OYE
alejandro

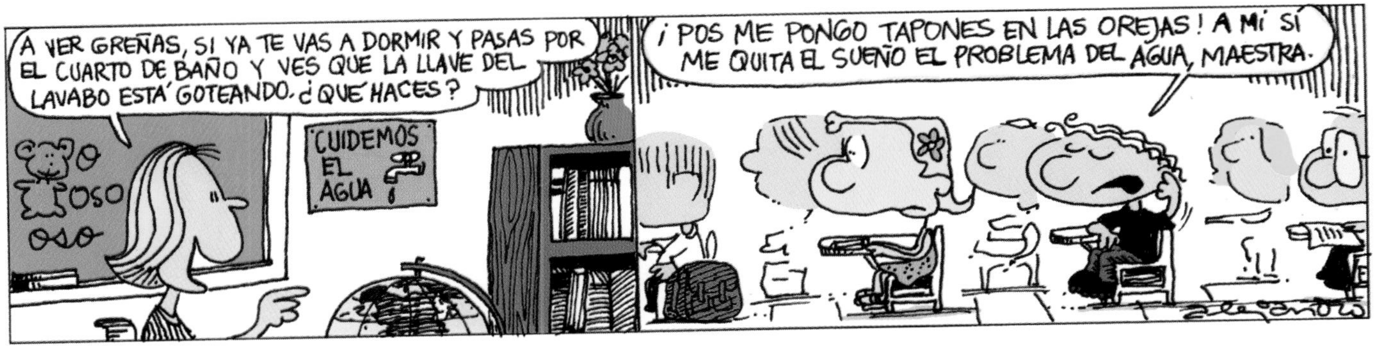
A VER GREÑAS, SI YA TE VAS A DORMIR Y PASAS POR EL CUARTO DE BAÑO Y VES QUE LA LLAVE DEL LAVABO ESTÁ GOTEANDO. ¿QUÉ HACES?
OSO
OSO
OSO
CUIDEMOS EL AGUA
¡POS ME PONGO TAPONES EN LAS OREJAS! A MÍ SÍ ME QUITA EL SUEÑO EL PROBLEMA DEL AGUA, MAESTRA.
alejandro

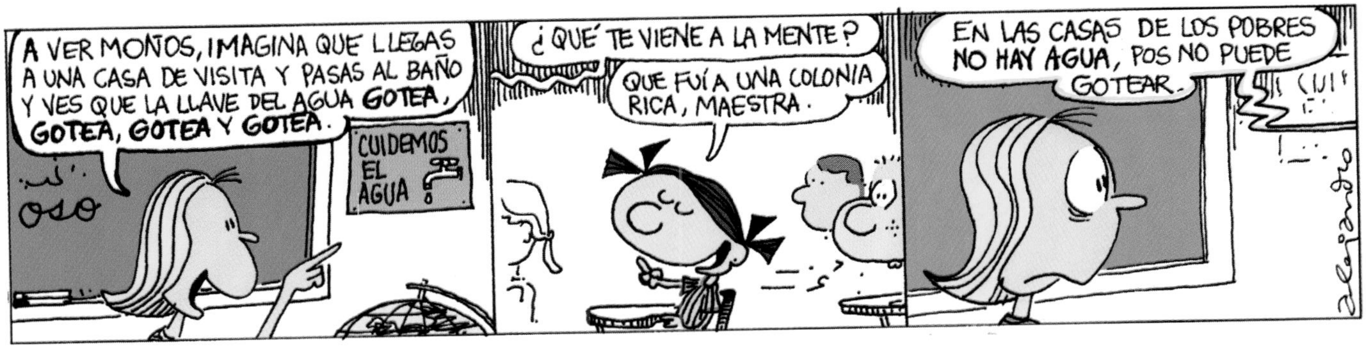
A VER MOÑOS, IMAGINA QUE LLEGAS A UNA CASA DE VISITA Y PASAS AL BAÑO Y VES QUE LA LLAVE DEL AGUA GOTEA, GOTEA, GOTEA Y GOTEA.
OSO
CUIDEMOS EL AGUA
¿QUÉ TE VIENE A LA MENTE?
QUE FUI A UNA COLONIA RICA, MAESTRA.
alejandro
EN LAS CASAS DE LOS POBRES NO HAY AGUA, POS NO PUEDE GOTEAR.
alejandro

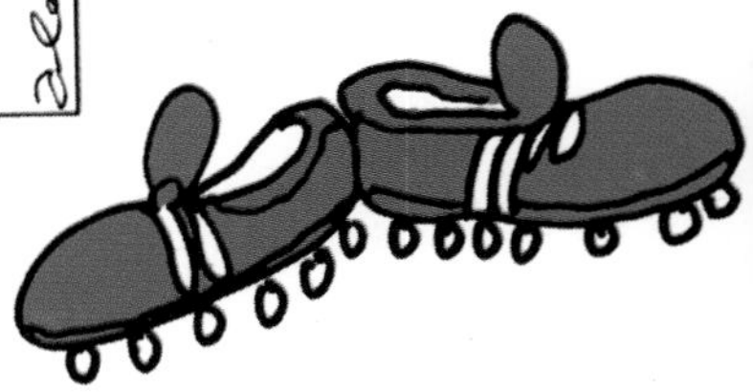